U0736081

# 这个男人四十三岁

〔美〕肯恩·格林伍德

著

李娟

译

南海出版公司

图书在版编目（CIP）数据

这个男人四十三岁／〔美〕肯恩·格林伍德著；李
娟译 . －海口：南海出版公司，2018.6
ISBN 978-7-5442-6343-6

Ⅰ.①这… Ⅱ.①肯…②李… Ⅲ.①长篇小说－美
国－现代 Ⅳ.①I712.45

中国版本图书馆CIP数据核字（2017）第254265号


著作权合同登记号　图字：30-2017-121
Replay by Ken Grimwood
Copyright ©1986 Ken Grimwood
Simplified Chinese Character translation rights arranged with Courtney Fischer c/o William
Morris Endeavor Entertainment, LLC.
through Andrew Nurnberg Associates International Limited
All Rights Reserved


这个男人四十三岁

〔美〕肯恩·格林伍德 著
李娟 译

出　　版　南海出版公司　（0898）66568511
　　　　　　海口市海秀中路51号星华大厦五楼　　邮编 570206
发　　行　新经典发行有限公司
　　　　　　电话（010）68423599　　邮箱 editor@readinglife.com
经　　销　新华书店

责任编辑　李玉珍
特邀编辑　王　鑫
装帧设计　尚艳平

印　　刷　北京汇林印务有限公司
开　　本　850毫米×1168毫米　1/32
印　　张　11.25
字　　数　270千
版　　次　2018年6月第1版
印　　次　2018年6月第1次印刷
书　　号　ISBN 978-7-5442-6343-6
定　　价　45.00元

版权所有，侵权必究
如有印装质量问题，请发邮件至 zhiliang@readinglife.com

你和我，阿朱那，已经活了许多世。
我全都记得，而你已经忘了。

——《薄伽梵歌》

# 目 录

# 第一章　重生

杰夫·温斯顿死的时候正在和妻子通话。

"我们需要——"她说，但他永远也不会听到她的答案，他的胸腔像被什么重物击打着，把气息从他的身体里逼了出去。话筒从他手里脱落下来，打碎了书桌上的玻璃镇纸。

就在一周前，她也说过类似的话，她说："你知道我们需要什么吗，杰夫？"然后是一顿，不是永久的，也不是最后的，和这次致命的停顿不同，而是叫人明显可以感觉到她还有话要说。

当时他坐在餐桌旁，琳达喜欢把那个地方叫"早餐角"，尽管那根本就不是个独立的空间，不过是一张小胶木桌和两把椅子，难看地夹放在冰箱左边和干衣机前方的空地之间。琳达说这话的时候正在柜台前切洋葱，兴许是她眼角的泪水让他陷入了思考，使得她的发问比她的本意来得更意义深远。

"你知道我们需要什么吗，杰夫？"

他原本想回她说："是什么，亲爱的？"眼睛则盯在《时代周刊》休·赛迪就总统职权撰写的专栏上，语气显得心不在焉，意兴阑珊。但实际上他并没有分神，赛迪的长篇大论他一个字没有看进去。实际上，很久以来他都没有这么专注和警觉过。于是，他良久不语，只是凝视着琳达眼里假惺惺的泪珠，思索着他们需要的东西，他和她。

他们需要离开，重新开始，需要乘飞机去某个温暖富庶的地方——也许是牙买加，也许是巴巴多斯。自从五年前那个计划了很久但最终令人失望的欧洲之旅后，他们就没有再进行过一场真正意义上的旅行。杰夫没有将他们每年例行去看望他在奥兰多的父母和琳达在博卡拉顿的家人的旅行算进去，那些不过是对日渐逝去的过去的探访，如此而已。不，他们需要的是花一个星期，甚至一个月，去某个异域荒岛，在无边无际、荒无人烟的沙滩上欢爱，而夜里，空气中的雷鬼音乐[1]像极了开到荼蘼的花朵的馨香。

有个像样的房子也很好，也许就像无数个令人怀念的周末，他们驱车驶过蒙特克莱尔的上山路上庄严的老房子，或者是怀特普莱恩斯的某个地方，靠近高尔夫球场的列格维大道上的十二间房的都铎式建筑。倒不是他想要重新拿起高尔夫球杆，只是所有那些名为枫树荒野和韦斯切斯特山坡的慵懒的大片绿草地，应该能创造出更怡人的环境，而不是给布鲁克林皇后区的高速公路当坡道和通往拉瓜地亚的滑行道。

他们也需要个孩子，兴许琳达对这个缺失比他感到的更为敏感。杰夫总是幻想他们未出生的孩子已经八岁，自动跳过了婴儿期的所有需求，却还没有到达恼人的青少年时期。一个好孩子，不过分聪明，

---

1 雷鬼音乐是一种由斯卡 (Ska) 和洛克斯代迪 (Rock Steady) 音乐演变而来的牙买加流行音乐，也译作雷吉。

也不早熟。男孩女孩不重要，只要有个孩子就好，她和他的孩子，会问千奇百怪的问题，看电视的时候会坐得太近，会显露出他或她成长中的独特个性。

但不会有什么孩子，他们几年前就知道这是不可能的了，自从琳达在一九七五年经历过那场宫外孕后他们就知道了。他们在蒙特克莱尔或怀特普莱恩斯也不会有什么房子。杰夫时任纽约 WFYI 新闻频道的新闻总监，这个职位在外人听来比它本身更有地位，也更赚钱。兴许他还有机会跳到电视台，但在四十三岁的年纪，这变得越来越不现实。

我们需要，我们需要……谈谈，他想。直视着彼此的眼睛，直接说：这行不通。什么都不行，浪漫也好，激情也罢，还有那些辉煌的计划。全都是白费心机，没有谁对谁错。只是情况就这样了。

但当然了，他们从来没有这么做。这就是失败的主要原因，他们鲜少触及更深层的需求，从未提及横隔在两人之间的痛彻心扉的不完整感。

琳达用手背拭去了洋葱熏出的一滴毫无意义的泪水，"你听到我说什么了吗，杰夫？"

"嗯。听到了。"

"我们需要的是，"她说，眼睛朝着他的方向却没有落到他身上，"一条新浴帘。"

很有可能在他死之前，她在电话里要表达的就是这种程度的需求。"几个鸡蛋，"她的话有可能就这么结束了，或者还会加上一句，"一盒咖啡滤纸。"

但他为什么这会儿会想到这些？他不解。天哪，他正在一点一点死去，他最后想到的难道不应该是更深刻、更具有哲理性的事情？或者也许他应该在脑子里飞快重温一遍自己的毕生高潮，他的人生才不过短短四十三年。人们在淹死的时候不就是这样的吗？

他此刻的感觉就像是溺水，拉长的一秒秒在流逝，他想道：这可怕的快感啊，这为呼吸而作的无望的挣扎，还有咸湿密集的汗水从他额头流下、刺痛他眼睛时，那浸泡着他身体的黏湿感。

溺毙。垂死。不，该死的，不，多么虚空的词语，它应该用在鲜花、宠物或其他人身上。老人，病人，不幸的人。

他的脸垂向书桌，右颊平压在琳达打来电话时他正要去看的文件夹上。镇纸上的裂缝像巨穴一样呈现在他睁开的一只眼前：那是世界自身裂开的一道缝，一面折射他体内撕裂般痛苦的锯齿状的镜子。透过那块破裂的玻璃，他能看到书架上电子钟显示的亮红数字：

1：06 PM OCT18  88

接着再没有什么愿意去想的了，因为他已无法再想。

杰夫无法呼吸。

他当然无法呼吸，因为他已经死了。

但如果他死了，那他为什么能意识到自己不能呼吸？还有其他的一切？

他把头从拢成一团的毯子里挪开，呼吸。陈腐、潮湿的空气里充满了他自己的汗臭味儿。

那么他没有死。不知为何，认识到这一点并没有让他兴奋，就好像他之前觉得自己死了也没有让他感到恐惧一样。

也许他内心里是欢迎死神到来的。而现在，生活不过还会像从前那般继续：那份不满，那份渐逝的野心，还有那份既非造成他的婚姻失败、也非因为他的婚姻失败而萌生的希望，他再也记不清它们的先后了。

他把毯子从脸上揭开，蹬着皱巴巴的床单。漆黑的房间里，某处，有音乐在播放，几不可闻。这是一首名叫《Da Doo Ron Ron》的老歌，来自菲尔·斯佩克特捧出来的女子乐队。

杰夫摸索着找灯的开关，但完全没有方向感。他要么是在医院里，是在办公室里倒下后被送到这里进行治疗的；要么就是在家里，刚从一个前所未有的可怕噩梦中惊醒。

他的手摸到了床头灯，拧开了。他发现自己是在一个杂乱的小房间里，衣服散落一地，书乱七八糟地堆放在两个毗连的书桌和椅子上。既不是医院也不是他和琳达的卧室，但莫名地熟悉。

一面墙上贴着一张大头贴，照片里，一个女人一丝不挂，正笑眯眯地回望着他。那是《花花公子》里的一张裸体照片插页，一张过时的照片。丰满的、浅黑肤色的女人，假正经地俯卧在一艘船的后甲板的充气床上，红白相间的圆点花纹比基尼系在扶手上。她戴着活泼的圆形水手帽，黑发仔细打理过并喷了发胶，酷似年轻时的杰奎琳·肯尼迪[1]。

他在其他墙上看到类似过时的青春期装扮：斗牛海报，一张放大的红色捷豹 XK-E 照片，一张戴夫·布鲁贝克[2]唱片集的旧封面。一张书桌上插着一面红、白、蓝相间的三色旗，上面用星条纹状的字母写着："×他妈的共产主义"。杰夫看到那个时咧嘴笑了，他在读大学时从保罗·克拉斯纳当时名动一时的名叫"现实主义者"的小服装店里

---

1 已故美国第一夫人，深受公众爱戴。
2 戴夫·布鲁贝克 (Dave Brubeck) 是美国最负盛名的爵士音乐大师，受到千百万人的热爱。

定了一面颇为相似的，那时候——

他猛地坐直了身子，血管在耳边突突地跳。

他想起来了：最靠近门的书桌上有盏鹅颈管的旧台灯，他只要一动它，它就会从底座上脱落。马丁床边的地毯上有块血红的大污渍——是的，就在那里——那天，杰夫把朱迪·戈登偷偷带上楼，她就开始绕着这群流浪汉的房间跳起了舞，结果撞翻了一瓶勤地酒[1]。

初醒后的模糊混乱现在演变成了彻底的困惑。他揭开被单，下了床，摇摇晃晃地朝一张课桌走去。那张课桌是他的。他扫视着桌上的书：《文化模式》《萨摩亚人的成年》《统计母体》，都是些社会学入门读物。什么教授的课来着？丹佛斯还是桑伯恩？校园远端一个充满霉味的大旧讲堂里，早上八点的课，他总是在上完课后吃早餐。他拿起班尼迪克的书，翻了翻，有几个部分下面被重重做了记号，他还亲手在书页边做了笔记。

"……本周热门音乐来自水晶团体！接下来的这首是卡罗尔和波拉送给玛利埃塔的博比的。那些漂亮的女孩只想让博比知道，她们和雪纺纱乐团的意见完全契合，她们认为'他真是太棒了'……"

杰夫关掉收音机，擦掉了额头上的一层薄汗。他不舒服地注意到自己完全勃起了。他多久没有这样甚至连性的念头都没有就已经那么硬了？

好吧，是时候把这件事弄清楚了。肯定是有人跟他开了个精心策划的玩笑，但他不知道谁会玩这种真实的玩笑。就算有，又有谁能这么"不辞辛苦"？那些书里面有他做过的笔记，多年前就被扔掉了，没有人能这么准确地复制出它们。

---

1 一种意大利红葡萄酒。

他的桌上放着一本《新闻周刊》，封面故事讲述的是西德总理康拉德·阿登纳的下台。期号是一九六三年五月六日。杰夫定定地盯着那些数字，希望能想出一个合理的理由来解释这一切。

可他什么也想不出来。

这时，房间门被猛地推开，里面的门把手"砰"地撞到了书柜上。还是跟从前一样。

"喂！你还在这儿搞什么鬼啊？还有十五分钟就十一点了。你不是十点要考美国文学嘛。"

马丁站在门口，一手拿着瓶可乐，一手拿着一摞教科书。马丁·贝利，杰夫大一时的室友，也是他整个大学时期以及随后几年最好的朋友。

不过一九八一年，马丁自杀了，就在他离完婚又碰上破产之后。

"所以呢，你打算怎么办？"马丁问道，"准备拿个不及格？"

杰夫看着这位过世已久的朋友，顿时傻愣在那儿，一句话也说不出来。这时候的马丁，头发依然乌黑浓密，发际线还未后退；皮肤也很光滑，尚未爬上皱纹；尤其是那双眼睛，洋溢着青春的光彩，还不曾蒙上痛苦的阴霾。

"哎，怎么了？杰夫……你没事吧？"

"我……感觉不是很舒服。"

马丁笑着把书扔到床上。"来，跟我说说。现在我算是知道，我老子为什么要警告我，不让我把苏格兰威士忌和波本酒混着喝了。嘿嘿，不会是昨晚在曼纽尔酒吧勾搭上哪个小妞了吧？当时朱迪要是在的话，一定会杀了你的。那妞儿叫什么名字？"

"呃……"

"少来了，你没醉成那样。你准备打电话给她吗？"

杰夫转过身，心中愈发感到惊慌。他有太多太多的事想告诉马丁，但和眼前这离奇的状况相比，这些事都不那么重要了。

"出什么事了，兄弟？你看起来糟透了。"

"我，呃，我得出去一下，去呼吸点新鲜空气。"

马丁困惑地朝他皱了皱眉，"好吧，我也觉得你需要。"

杰夫随手抓起扔在桌边椅子上的一条卡其裤，然后打开床边的衣柜，找了件薄棉衬衫和灯芯绒夹克。

"记得顺便去趟医务室。"马丁说，"跟他们说你感冒了，这样说不定加勒特会让你补考。"

"好的。"杰夫匆匆穿好衣服，套上双马皮便鞋。他感觉就快呼吸不过来了，强迫着自己放慢呼吸。

"别忘了今晚要去看希区柯克的《鸟》，好吧？七点宝拉和朱迪会在杜利餐馆跟我们碰头，看之前我们先去吃点东西。"

"没问题，那晚点见。"说完杰夫走进走廊，关上身后的门。然后他找到楼梯，一口气跑下三层，当经过某个年轻人跟他打招呼时，他只是敷衍地回了声"嘿！"。

休息室和他记忆中的一样：右边是电视机房，现在空空荡荡的，但每逢运动赛事或有航天飞机发射时就挤满了人；几个女孩聚在楼梯脚下咯咯娇笑着，等着男朋友从楼上下来，她们是不允许上去的；还有那几台可乐贩卖机，依旧立在布告栏对面，栏上贴着学生们的各种小广告，购买或者出售车、书、公寓，征求或提供到梅肯、萨凡纳或佛罗里达的便车。

外面，山茱萸全都盛开了，散发出粉白的微光，反射着庄严的希腊罗马式建筑的白色大理石，装点着整个校园。毫无疑问，这就是埃默里大学，南部精心打造的带有经典常春藤风格的大学，它是当地人自己的大学。这类建筑永不过时的特点容易让人产生错觉。当他缓缓地穿过那片方形建筑，走过图书馆、法学院大楼的那刻，杰夫觉得自己很容易把一九八八年当成了一九六三年。可其实并没有什么很明显的迹象，即便是那些正在校园广阔的绿地上闲晃的学生们的衣着和发型，除了活像末日过后的朋克造型外，八十年代年轻人流行的穿着打扮和他大学早年时期根本没有多大差别。

天哪，他想起了曾在校园里度过的那些时光，想起了那些从这里诞生却从未实现过的梦想……还有那座通往神学院的小桥，过去，他和朱迪·戈登多少次在上面消磨时光？再过去的是心理学馆，大三那年他几乎每天都和盖尔·本森在那边见面，一起去吃午餐，当时是他第一次，也是最后一次和女人保持真正柏拉图式的亲密友谊。为什么他不更了解盖尔一些呢？他是怎么通过各种方式，最终远离了那些诞生在这令人宽心的平静绿草地上、宏伟建筑物里的计划与抱负的呢？

到达学校正门前，杰夫已经跑了一英里多。他本以为自己会上气不接下气，结果却没有。他站在格伦纪念堂下方的矮坡上，低头注视着迪凯特北路和埃默里村，那片是校园的小型商业区。

成排的服饰店与书店看起来有些似曾相识，特别是其中一家叫霍顿药房的酒吧，勾起了他一波波回忆的浪潮。他能在脑海中看到杂志架、长长的白色冷饮柜台、附有个人点唱机的红色皮革雅座。他还能从某个雅座的桌对面，看见朱迪·戈登那张青春洋溢的脸，闻到她干净的金发的味道。

他摇摇头，重新专注于眼前的风景。同样地，还是无法断定今夕是何年。自从一九八三年美联社举办关于"恐怖主义与媒体"的研讨会过后，他就再没到过亚特兰大了，而自从……天哪，可能在他毕业一两年后，他就再也没回过埃默里大学了。因此，他无从知晓那里的店铺是老样子，还是已经被新盖的大楼——没准儿是个购物中心取代。

汽车倒是一个线索。现在他注意到了，他发现下面的街道上看不见一辆日产尼桑或丰田。全都是老款车，大多是个头大又耗油、产自底特律的车子。而且，他看见的"老车"可不只是六十年代早期的款型，呼啸而过的庞然怪物中有许多都是五十年代的车。不过当然了，不管是一九六三年还是一九八八年，路上车龄达到六年和八年的车子都一样多。

他还是没法下结论。他甚至开始怀疑，在寝室和马丁的短暂相遇是否只是个不寻常的逼真梦境，一个做到一半突然惊醒的梦。不过有一点是毋庸置疑的，那就是他此刻无比清醒，而且身在亚特兰大。或许之前他为了忘却那早已变得沉闷混乱的生活喝醉了，然后因为怀旧，一时冲动便搭乘午夜航班来到了这里。满街的旧式汽车很可能只是巧合。毕竟现如今，随时都有人开着他在任何地方都早已司空见惯的小巧日本车从身边经过。

有个简单的方法可以彻底地解决这个问题。于是，他大步下山，朝迪凯特路上的出租车招呼站走去。三辆蓝白相间的出租车排着队候在那儿。他上了最前面的那辆，司机很年轻，或许是个研究生。

"去哪儿，伙计？"

"桃树广场饭店。"杰夫对他说。

"哪里？"

"桃树广场，在市区。"

"我不知道那个地方。您有地址吗？"

天哪，这年头的出租车司机是怎么回事？他们不是该先进行某种测试，记一记城市地图和地标吗？

"那你该知道丽晶酒店吧？凯悦饭店呢？"

"喔，知道，知道。你要去那里？"

"就那附近。"

"好嘞，伙计。"

司机便往南开了几个街区，然后在庞塞德莱昂大道右转。杰夫伸手往裤子屁股口袋里掏了掏，突然意识到这条陌生的裤子里可能没有钱，不想却掏出了一个棕色的破钱包，那不是他的。

至少里面有钱——两张二十的，一张五块的，还有几张一块的。这下他不用担心车费了。以后他把钱包还有随手穿上的旧衣服物归原主时，得记得把钱还给人家……不过这些东西是从哪儿弄来的呢？物主又是谁？

他打开钱包里的一个小格子，寻找答案。他找到一张埃默里大学的学生证，上面的名字是杰弗里·L.温斯顿；一张埃默里的图书馆借书证，还是写着他的名字；迪凯特路上一家干洗店的收据；一小张纸巾，上面写着一个女孩的名字——辛迪，还有一个电话号码；一张父母站在奥兰多老房子外的照片，在父亲病重前，他们一直住在那里；一张彩色快照，照片里的朱迪·戈登笑靥如花地扔着雪球，年轻快乐的脸上裹着一圈御寒的外翻白皮毛领子。此外，还有一张杰弗里·拉马尔·温斯顿的佛罗里达州驾照，失效日期是一九六五年二月二十七日。


在凯悦丽晶酒店顶楼状似UFO的北极星酒吧里，杰夫独自坐在一张双人卡座上，看着亚特兰大市无垠的天际线每隔四十五分钟在身边旋转一圈。其实，不是那位出租车司机孤陋寡闻，而是此时七十层楼高、呈圆柱形的桃树广场根本还没开始建。同样不见踪影的还有奥姆尼国际酒店、由灰色石块打造的佐治亚太平洋大厦以及那幢如同巨大黑盒子的公正大楼。整个亚特兰大市的最高建筑就是他现在所在的地方，其大厅被后世建筑广泛效仿。不过和女服务生聊过几句后，他就明白了，这座酒店才刚刚落成，在当时还是独一无二的。

然而，对杰夫来说，最艰难的时刻莫过于看见吧台后镜子中的自己。他完全是有意这么做的，因为那时他已经很清楚自己会看到什么。话虽如此，可当他真正面对镜中那个苍白、瘦长的十八岁男孩时，还是震惊不已。

客观来说，镜中的男孩看起来要比实际年龄老成些。在那个年纪，他买酒已经很少会碰上麻烦了，就像刚才让这个女服务生上酒时一样容易，但杰夫清楚，那都是身高和深陷的眼眶给人们造成的错觉。在他看来，镜中人不过是个未经世事、未曾受过伤的毛头小子。

而那个毛头小子正是他自己。不是出现在记忆中，而是就在此时、此地：那双正握着酒杯的光滑的手，那对正凝神看着自己的犀利眼眸。

"亲爱的，还要再来一杯吗？"

女服务生对他露出漂亮的微笑，鲜艳的红唇掩映在刷着厚重睫毛膏的眼睛和旧式蜂窝头下。她的穿着很有"未来主义"的风格，一身闪亮的蓝色迷你连衣裙就是未来两三年年轻女性常穿的款式。

现在算起的两三年后，也就是六十年代初了。

老天哪。

他再也无法否认所发生的一切，或奢望找出什么合理的解释将它们掩盖过去。他本因心脏病正奄奄一息，却活了过来；他本是在一九八八年，待在自己的办公室里，可现在……他却到了这里，一九六三年的亚特兰大。

杰夫苦苦思索，却怎样也想不通，连最牵强的理由都找不出一个来。青少年时期，他也读过不少科幻小说，但他目前的处境却跟他读过的时空旅行情节没有一个相似的。他这里没有时光机，也没有疯狂或有其他毛病的科学家；还有，和他狂热阅读过的那些故事人物不一样，他的身体也回到了年轻状态。仿佛只有他的心灵跨越了这些年的时光，抹去了早期的意识，为十八岁的大脑腾出空间。

如此，他到底是已经逃离了死神的魔爪，还是只是暂时避开了它？在另一条未来的时间长河里，他那已失去生命体征的躯体是否正躺在纽约的某个太平间里，被病理学家的解剖刀切开、剥离？

也有可能他正处于昏迷：在饱受摧残、濒临死亡的大脑命令下，绝望变成了假想的新生命。然而，然而——

"亲爱的？"女服务生问道，"需要我再帮你倒一杯吗？"

"唔，我，我想来杯咖啡，可以吗？"

"当然可以。要不来杯爱尔兰咖啡？"

"一般咖啡就好。加点奶，不要糖。谢谢。"

来自过去的女孩端上了咖啡。杰夫凝视着窗外逐渐黯淡的天空下，兴建到一半的城市中那些疏疏落落的灯火。太阳消失在绵延至亚拉巴马州的红土山丘后，仿佛通向那充斥着动荡与巨变、悲剧与梦想的年代。

热气腾腾的咖啡烫伤了他的唇，他啜饮一小口冰水冷却。窗外的世界并不是一场梦，它像它的天真单纯一样坚实，像它的盲目乐观一样真实。

一九六三年的春天。

有那么多选择等着去做。

.

# 第二章　熟悉的过去

　　那天晚上剩下的时间杰夫都在亚特兰大市区的街上漫步，他的眼睛和耳朵能感受到这重现的过去里的每一处细微差别。譬如公共厕所上的"白人"和"有色人种"标志、戴着帽子和手套的女人、旅行社橱窗上贴着的"玛莉皇后号"邮轮欧洲游的广告、和他擦肩而过的男人几乎人手一根香烟。直到十一点后，杰夫才感觉到饿，于是就到五星区附近的小酒店随便买了一个汉堡包和一瓶啤酒。他以为自己还依稀记得二十五年前那家不起眼的烧烤酒吧，他和朱迪看完电影后偶尔会去那里吃点小吃。但现在，在新旧景象和场所的轮番轰炸下，他疲惫不堪，脑中全是糨糊，不再确定了。每家店的门面、每个经过的路人的脸，看上去都有种让他不安的熟悉感，虽然他知道自己不可能记得看过的一切。他已经无法从绝对真实的记忆中挑选出错误的记忆了。

　　他亟需睡上一觉，将所有事情都暂时抛开，说不定醒来后就不期然地回到了他原来的世界。所以此刻，他最想要的是旅馆的一间房，一家毫无特色，没有时间痕迹的旅馆，而且房间里看不见变幻的天空，也没有收音机或电视提醒他发生了什么。可惜他身上带的钱不够，当然了，他也没有信用卡。杰夫在皮德蒙公园小睡了一会儿，他别无选择，只好返回埃默里，回到宿舍去。没准儿马丁已经睡了。

然而没有。相反，杰夫的这位室友正很清醒地坐在书桌前，翻着一本影印的《高保真》。杰夫走进房间时，他冷冷地抬头看了他一眼，放下了手中的杂志。

"老实交代，"马丁开口道，"你到底死哪儿去了？"

"市区。只是随便逛逛。"

"那你就抽不出时间到杜利餐馆，或者是福克斯戏院逛逛？为了等你，我们差点就错过了那部破电影的开场。"

"抱歉，我……没心情看电影，至少今天晚上不想。"

"那你他妈的至少可以留个条子什么的给我吧。我的天哪，你甚至没打电话给朱迪。她一晚上都在胡思乱想，生怕你出了什么事。"

"听我说，我真的很累了，不太想说话，行吗？"

马丁一点都不觉得好笑地大笑起来，"可以，不过如果你还想见到朱迪的话，明天最好先准备好怎么开口。等她发现你还没死，她气也会被气死。"

杰夫梦到自己正在死去，醒来时发现自己依然躺在大学宿舍里。什么都没有变。马丁已经走了，可能是去上课了，但杰夫记起今天是周六早上。周六有课吗？他不确定。

无论如何，房间里现在只剩下他一个人。他利用这个私下的机会在书桌和衣柜里胡乱翻了一通。那些书都是他所熟悉的：《核战爆发令》《1960——肯尼迪的白宫之路》《斯坦贝克携犬横越美国》。而那些唱片，依旧装在全新、鲜亮的封套里，尚未拆开，唤醒了他脑中在它们的陪伴下度过的日日夜夜，所有画面历历在目。其中有史坦·盖兹和乔安·吉巴托、金士顿三重唱、吉米·维特斯朋，还有好几打，大部分都是他早就弄丢或者磨坏了的。

杰夫转向那套某年圣诞节父母送他当圣诞礼物的哈曼卡顿音响，放了张《变调》（Desafinado）进去，然后继续翻弄他年轻时的东西：挂钩上吊着裤脚翻边绣有"h.i.s."字样的便裤和波特尼五百运动夹克；一座网球奖杯，他在里士满市外的一家寄宿学校赢来的，进埃默里前他曾在那里就读；一组用棉纸包起来的高脚杯，是在新奥尔良的帕特·欧布莱恩酒吧买的；一叠叠堆放整齐的《花花公子》和《街头混混》杂志。

他找到了一个装着信件和照片的盒子，拖出来后就坐在床上整理起里面的东西。里面有他儿时的照片，一些已记不起名字的女孩的快照，几张在自动照相亭拍的表情夸张的大头贴……还有一个装满了家人照片的小文件夹，拍的是父母和妹妹在野餐、在海滩上和围在圣诞树旁的样子。

冲动之下，他从口袋里掏出一把零钱，找到大厅里的公用电话，从奥兰多的查号台查到了被他遗忘已久的父母家的旧号码。

"喂？"那头传来他母亲的声音，语气有些心不在焉，并随着岁月的推移不断加深。

"妈？"他试探性地叫了一声。

"杰夫！"她从话筒边转开，声音一时间变得很模糊，"亲爱的，快到厨房去接，杰夫打来的！"接着话筒那头的声音又恢复了清晰，"现在可以说了，这声'妈'是什么意思啊？以为你太大了，不能再叫我'妈咪'了，是不是？"

其实，自他二十出头起，他就没再叫过他妈妈了。

"你们……你们最近怎样？"他问道。

"你走之后就不一样了，你知道的，不过我们尽量不让自己闲下来。上星期我们去泰特斯威尔钓鱼，你爸爸抓到了一条三十磅重的鲳鱼。要是能给你寄一点过去就好了，那肉绝对会是你吃过最嫩的。我们在冰箱里给你留了不少，不过味道就跟新鲜的不一样喽。"

母亲的话让回忆如潮水般地涌上心头。他记得在大西洋他叔叔船上度过的夏日周末，太阳亮晃晃地照在擦得锃亮的甲板上，仿佛盘旋在海平线上那成排雷雨云的黑边……记得泰特斯威尔那些残破荒凉的小镇，以及被伟大的太空总署入侵前的可可海滩……记得放在他们家车库那装满了牛排和鱼的白色大冰箱，冰箱上还放了好几层盒子，里面装满了他的旧漫画书和海因莱因的科幻小说……

"杰夫，你还在听吗？"

"噢，在，抱歉……妈，我只是一时想不起来我为什么打电话了。"

"那个，宝贝，你知道的，你打回来永远不需要什么理由——"

话筒里传来"咔哒"一声，接着他听见了父亲的声音："好吧，说曹操曹操就到。我们之前正好聊到你呢，是吧，亲爱的？"

"可不是嘛，"杰夫的母亲说，"差不多五分钟前吧，我还在说你多久没打电话回家了。"

杰夫不知道母亲口中的久是一星期还是一个月，也不想问。"嗨，爸，"他飞快地说，"听说你捕到了一条大鲳鱼啊。"

"嘿，你真该一起去。"父亲笑得很欢乐，"巴德的鱼钩一整天都没鱼靠近，而珍妮特唯一的收获是晒伤。她还在脱皮呢——看上去就像只煮过头的虾。"

杰夫依稀记得这是父母一对夫妻朋友的名字，不过想不起他们的脸了。父母的声音听起来如此生动而充满活力，让他十分讶异。印象中父亲在一九八二年时肺气肿发作，从此就鲜少出门了。杰夫很难想象父亲是如何在海上制伏一条强大的深海鱼的，嘴角还叼着根被浪花打湿的波迈香烟。实际上，杰夫呆呆地想到，父母这时候差不多正是他的年纪而已——或者说昨天他这时候的年纪。

"噢，"他母亲说，"我有天遇到了芭芭拉。她在罗林斯做得不错，她还说要告诉你盖皮已经解决那个问题了。"

芭芭拉，杰夫还有点印象，是他高中时约过会的女孩子，但盖皮这名字，现在他已经完全不记得了。

"谢谢，"杰夫说，"下回您见到她，代我转告她，我很高兴听到这个消息。"

"对了，你还在跟那个小朱迪交往吗？"他妈问道，"你寄来的照片里面她可真讨人喜欢，我们都等不及想见她了。她好吗？"

"挺好的。"他闪烁其词地答道，开始后悔，要是没打这通电话就好了。

"你那辆雪佛兰呢？"他父亲插话进来，"还是一样耗油吗？"

天哪，杰夫不知道多少年没想过那辆旧车了。

"车子还不错，爸。"杰夫瞎猜的，他甚至不知道那辆车停在哪儿了。那辆冒烟的老家伙是父母亲送他的高中毕业礼物，他一直开到他在埃默里上大四那年才报废。

"成绩怎么样？你抱怨过的那篇论文，就是那篇……你知道的，就是你上周跟我们说你写得不顺利的那篇。什么论文来着？"

"上周？哦，那篇……历史论文啊。我写完了，分数还没出来。"

"不，不是，不是历史的。你说是关于什么英国文学的，那是什么论文？"

这时，话筒里突然传来了小孩子的声音，叽里呱啦的很是兴奋。杰夫忽然反应过来，那是他妹妹。他妹妹离过两次婚，有一个女儿，才刚上高中。听到她九岁时生机勃勃的声音，杰夫一阵感动。他仿佛从妹妹的声音中听见了失去的纯真和流逝的时光。

　　和家人的通话变得愈发沉闷，让人不舒服且不安起来。于是他长话短说，答应他们过几天再打回家。挂断电话的那刻，他前额布满冷汗，喉咙干涩。他下楼走到休息厅，花二十五美分买了罐可乐，三大口就喝干了。电视室里有人正在看《天空之王》[1]。

　　杰夫把手伸进另一个口袋里，掏出了一串钥匙。共六把，其中有一把是宿舍的，他昨晚用它才进的宿舍；另外三把他认不出来，剩下两把很明显是一套通用汽车的钥匙，一把用来发动车子，一把用来开后备箱。

　　他走到外面，在佐治亚州明媚的阳光下眨了眨眼。此时的校园弥漫着一种周末的气氛，置身其中，杰夫便感觉到了一股别样的慵懒和宁静。他知道，在联谊会会所里，一些热衷社团活动的成员们会把场地打扫干净，挂上各种纸类装饰，准备在周六晚上办几场派对。住在哈里斯楼和尚未命名的新女生宿舍楼的女孩们会穿着百慕大短裤和凉鞋四处闲晃，等待午后约会的男孩们来接，载她们到肥皂溪或石头山去兜风。在他左侧，杰夫听到一阵整齐划一的调子，是空军预备役军官训练营训练的声音，没有一丝搞笑或怨气。草地上没人玩飞盘，空气中也没有大麻的味道。这里的学生还想象不到世界将会发生什么变化。

　　他扫视着长街大楼前的停车场，寻找他那辆一九五八年产的蓝白色雪佛兰。到处都没有它的踪影。于是他走下皮尔斯道，沿着亚客来

---

1 上世纪四十及五十年代美国流行的广播及电视冒险剧集。

特路绕了个大圈，经过多布斯馆，然后往上走到另一个男生宿舍区后面。还是没有找到。

往克利夫顿路走去时，杰夫再次听到空军训练营传来咆哮而出的指令和机械式的响应。这声音让他忽然想起什么，他左转穿过一座正对着邮局的小桥，然后沿着匹奇医学联谊会的路费力地往上爬。这里是校园建筑的尽头，再过去一个街区，他找到了车子。因为还是大一学生，所以要到明年秋天后才能拿到停车证，第一年他只得把车子停在校外。尽管如此，挡风玻璃上还是贴了张罚单。根据头顶上方指示牌上给出的时间来看，他本该在今天早上就把车开走的。

他坐到方向盘后，车子的触感和味道顿时引发了他的一阵反应，令他头晕目眩。曾经，他花了数百，甚至数千个小时待在这个破烂的位子上：和朱迪去汽车电影院或汽车餐厅，和马丁、朋友一起或自己一人开车去兜风，去过芝加哥、佛罗里达，还有一次直接开到了墨西哥城。这辆车见证了他从青少年到成人的过程，远胜于任何寝室、公寓或城市。他在车里做爱，喝得酩酊大醉，开着它参加英年早逝的最喜欢的舅舅的葬礼，用它反复无常却强劲无比的 V8 引擎来表达内心的愤怒、喜悦、沮丧、厌倦和悔恨。他从没帮车子取过名字，觉得那样做很幼稚。但现在，他明白了这辆车对他有多重要，他的自我认同曾经与这部老雪佛兰的古怪特质无比契合。

杰夫把钥匙插进车里，发动了车子。引擎回了一次火，接着便轰隆隆地复活了。他掉转车头，然后在克利夫顿路右转，经过盖到一半的传染病中心（Communicable Disease Center）的大型工地。八十年代人们同样管这里叫 CDC，只不过这时候的 CDC 代表的是疾病控制中心（Center for Disease Control），这里将因为研究退伍军人症及艾滋病这两种未来带来巨大恐慌的祸害而举世闻名。

未来世界是这样的：各种骇人听闻的瘟疫，性观念革命及其成败，人类太空活动的胜利与悲剧，充斥着穿皮衣、戴链条、梳着粉红色刺猬头、眼神空洞的朋克族的城市街道，因污染而奄奄一息的地球被死亡光线包围……天哪，杰夫想到这里，不禁打了个冷颤，从这个角度看，他的世界就像是最恐怖的科幻小说。从很多方面看，相较于快乐纯真的一九六三年初，他习以为常的现实世界更贴近于《银翼杀手》之类的电影。

他打开收音机，只找到沙沙作响、单声道的调幅广播，连个调频波段都没有。电波中，露比与浪漫者乐团正对着他轻声哼唱着《我们的明天》，听得杰夫大笑起来。

他在布瑞尔克利夫街左转，漫无目的地穿过掩映的邻近住宅区，来到校园西侧。开了一段距离后，街道变成了穆尔兰大道，他继续前行，经过了英曼公园和阿尔·卡彭[1]的服刑地，联邦监狱。城市的路标消失了，他在梅肯公路上，向南。

收音机不停地放着披头士走红前的热门歌曲，音乐陪伴着他：《冲浪美国》《我将追随他》《喷烟的魔龙》。杰夫跟着每首歌哼唱，假装自己正在听一个老电台。他告诉自己，只要按下另一个键，就可以听到斯普林斯汀或王子乐队的歌，或是用 CD 播放帕特·麦斯尼最新歌曲的爵士乐。最终，信号消失了，也终结了他的幻想。除了更多类似的过时音乐外，他在调节盘上什么也没搜到。即使是乡村音乐台也听不到威利或威隆[2]的歌；放的全是欧内斯特·塔布斯和汉克·威廉姆

---

1 阿尔·卡彭（Al Capone，1899— 1947），美国黑帮成员，出生于纽约布鲁克林，于1925—1931 年掌权芝加哥黑手党。
2 两人的原名应为：Willie Nelson 和 Waylon Jennings，两人都是美国上世纪七十年代后才开始踏上音乐生涯。

斯[1]的歌，一首反叛的曲子都没有。

在麦克多诺市外，他经过了一个卖桃子和西瓜的路边摊。以前他和马丁常开车到佛罗里达，有次就在这样的路边摊前停了下来，主要是因为卖水果的是个穿着白色短裤的长腿农场姑娘。她身边跟了只高大的德国牧羊犬，在开了几句都市男孩和乡村女孩的无聊玩笑后，他和马丁向她买了一大篮的桃子。但事实上他们根本不想要那破玩意，开了大约三十英里路后，桃子的味道开始让人反胃，于是他俩就拿桃子对着路牌扔，练习射击，每当听见正中目标的啪哒声，他们就高兴地大喊大叫，像两个傻子似的。

那是什么时候的事？一九六四还是一九六五年夏天？距离现在还有一两年呢。现如今，他和马丁没开始那次旅行，没买过那些桃子，也没用桃子把从这里到瓦尔多斯塔一半的速限标志都砸脏砸凹过。所以现在这些意味着什么？假设那个六月再次到来，而杰夫依旧陷在这莫名其妙重现的过去之中，那么，他还会踏上同样的旅程、和马丁开同样的玩笑、朝一样的路牌扔着一样的熟桃子吗？要是他不这么做，如果那周他选择了留在亚特兰大，或者他只是开车经过那个卖桃子的长腿女孩而不停下……那他生命中的那个片段又会如何？它将从哪里来，又会发生什么事呢？

从某种意义上来说，他似乎重新活了一次，人生就像录像带一般倒带回放。但似乎他并没有受制于过去所发生的事，至少不是完全被束缚。到目前为止，可以确定的是，他又重新回到了生命中的这个时刻，而且每个情境都原封不动地保留了下来——考进埃默里大学，和马丁同住一个寝室，选了二十五年前修过的课，但自他在寝室里醒来

---

1 两人的原名应为：Ernest Tubbs 和 Hank Williams，两人均为美国乡村音乐传奇人物。

的这二十四小时里，他已经微妙地偏离了原先走过的道路。

昨晚放朱迪鸽子便是最大最明显的改变，尽管从长远来看，此事并不一定会影响到任何事。他记得自己和朱迪只继续交往了半年还是八个月，然后在下个圣诞节前后就分手了。她因为某个"更成熟的男人"离开了他，回想起这些的时候，他脸上挂着微笑，那个男人是个大四学生，毕业后准备去图兰大学医学院。当时，杰夫为此心伤，消沉了几个星期，然后便开始和一连串别的女孩约会：有阵子是一个叫玛格丽特的骨感棕发女孩，然后是一个名字以 D 或 V 开头的黑发女孩，再后来是个能用舌头把樱桃梗打结的金发女孩。那时他还没遇到琳达，那个他将娶的女人，直至他毕业到西棕榈滩的广播电台工作了才认识她。她当时是佛罗里达大西洋大学的学生。他们是在伯克莱屯的海滩上相遇的……

上帝啊，琳达现在在哪里呢？她比他小两岁，所以应该还在念高中，和父母住在一起。他突然有一阵冲动想给她打个电话，或是继续往南开到伯克莱屯去看她，和她见个面……不，他不能这么做，那太奇怪了。那样可能会导致严重的偏离，陷入可怕的自相矛盾中。

会这样吗？他真的有必要担心悖论，担心杀死自己祖父这一老掉牙的观点吗？说不定那完全是庸人自扰。他又不是在这个时空四处徘徊的外来者，唯恐会遇上年轻时候的自己；他其实就是更年轻的自己，他就是这个世界的一部分。只有他的思想是来自未来，而未来只存在于他的心中。

杰夫不得不把车停在路边稍做休息，双手抱着脑袋，努力消化这件事背后的种种含意。以前，他曾想过是不是他幻想出了这段过去的存在。可万一这不是幻觉，万一时光真的倒流了，万一接下来二十五年的复杂局势——从西贡沦陷开始到新浪潮摇滚乐流行和个人电脑

24

发明等所有事——最终被证明只是虚构出来的，不知怎的一夜之间从他的脑中冒出，在一九六三年这个他从未离开过的真实世界，该怎么办？这个理由比起时光旅行、来世、空间维度错乱等解释，还算比较说得通。

杰夫再次发动车子，重新回到两车道的二十三号公路。洛克斯特·格罗夫、詹金伯格、杰克森……这些分布在佐治亚州偏远地区的荒寂小镇，像大萧条时期的电影场景般在眼前飞逝而过。或许这就是促使他进行这次漫无目的之行的原因吧：在亚特兰大市外那不受时光打扰的乡间，完全无法判断现在是公元几年或哪个年代。用硕大的字体写上"耶稣拯救世人"字样、久经日晒雨淋的谷仓，每隔一段就会出现废弃柏玛刮胡膏广告牌的颠簸公路，一个牵着驴的黑人老头……相较起来，即便是一九六三年的亚特兰大，似乎也有着未来的气息。

在位于梅肯北部的教皇渡口，杰夫把车开进了一家带有商店的小型加油站。没有自助式加油枪，也没有无铅汽油。一加仑海湾优质汽油要三十三美分，常规的二十七美分。他让外面的小弟加优质汽油，油位低的话加两夸脱。

他到店里买了两包"瘦吉姆"肉干、一罐蓝带啤酒，然后在啤酒罐上抠了好一阵，才突然发觉上面没有拉环。

"你肯定是渴得不行了吧，亲爱的。"柜台后面的老妇人低声笑道，"居然想徒手就把它打开！"

杰夫不好意思地笑了笑。老妇人指了指挂在收款机旁绳子上的开罐器，于是他用那东西在啤酒罐上面打了两个 V 型小洞。这时，加油站的小弟隔着店铺破烂的纱门大喊："貌似你要加三夸脱汽油，先生！"

"好的，需要多少就给我加多少。再帮我检查一下风扇皮带，可以吧？"

喊完，杰夫喝了一大口啤酒，然后从架子上拿了本杂志。里面有篇文章，是关于新波普艺术风潮的：利希滕斯坦的大幅连载漫画，以及奥尔登堡用聚乙烯做的巨型松软汉堡。有意思，他本以为所有这些都会晚些出现，要么是一九六五年，要么是一九六六年。他发现了什么不一致的地方吗？是不是这个世界已经和他自以为认识的世界有了些许不同了呢？

他需要找个人谈谈。可马丁只会把这看作一个天大的笑话，而父母则会担心他的神志是否正常。也许这就是问题所在，也许他该去看个精神病医生。医生至少会听你说，而且对谈话内容保密。不过那样做就等于默认自己有精神方面的困扰，有种想要被"治愈"的渴望。

不，这世上没有谁可以和他一起讨论这方面的事，总是有所顾忌。不过他也不能因为担心事情曝光就选择继续逃避，那样比他言语间不小心透露出来更为奇怪。而且该死的是，他开始觉得孤独寂寞了。就算他不能说出真相，或是任何与真相有关的东西，在经历了这一切后，他还是需要来自同伴的安慰。

"可以给我换点零钱打电话吗？"杰夫递给收款机旁的妇人一张五美元，问道。

"一美元的可以吗？"

"我想打到亚特兰大。"

她点点头，按下找零钱的按键，然后从抽屉中掏出一些硬币。"一美元就足够了，亲爱的。"

# 第三章　赛马会

坐在哈里斯楼前台的女孩对于自己被拖来做周末夜的接待工作很是不爽，只好干看着同学们的盛典，尽可能地为周末找些乐子。杰夫走进来时，她冷冷地打量了他一眼，然后给楼上打了个电话，通知朱迪·戈登她的男朋友已经到了，声音里带着一丝讽刺意味。也许她知道昨晚朱迪白等了一夜，甚至还有可能偷听到了他下午在梅肯附近的加油站打给朱迪时的谈话内容。

那姑娘似笑非笑的神秘表情让杰夫有些紧张，于是他到隔壁休息室，在那些不太舒适的沙发中挑了一张坐下。房间里，一个扎着马尾的褐发女孩和男伴正在壁炉旁的一架旧施坦威钢琴上弹着《心与灵》。他进房间时，女孩还微笑着冲他挥了挥手。杰夫对她完全没印象，可能是他早就忘记了的朱迪的某个朋友，不过他还是朝对方点点头，回之微笑。宽敞的休息室里还零零散散地坐了八九个年轻人，相互间都保持着一定的距离。其中两个带了鲜花，还有一个手上拿着心型盒装的惠特曼糖。每个人看上去都很泰然自若，却遮掩不住那热切而紧张的期待。此刻，他们是阿芙洛狄忒神庙前的求爱者，是渴望得到城堡中的女神垂青而尚未通过考验的有情人。这，就是一九六三年的约会之夜。

杰夫太清楚这种感觉了。实际上，他注意到即便是现在，他的手心还在紧张地冒汗，这让他有些啼笑皆非。

这时，一阵高亢的笑声从楼梯上传来，飘进了休息室中。屋里的年轻人纷纷直了直领带，看了看手表，将一绺绺不安分的头发拍回原位。两个女孩找到了各自的护花使者，便携手穿过大门，走进了神秘的夜晚中。

二十分钟后朱迪才出现，脸上一副冷若冰霜的坚决表情，一看就是刻意装出来的。然而杰夫只注意到了她那过分的年轻，以及那股超越了青少年的青春柔情。他知道，八十年代像她这年纪的女孩——女人——看起来可不是这样的。她们根本不会这么青春无敌、这么天真无邪。从詹妮丝·乔普林时代开始就变得如此了，麦当娜以后的时代自然就更不可能了。

"哦，"朱迪说，"很高兴您今晚能出现。"

杰夫狼狈地站了起来，对朱迪露出一个歉意的笑。"昨晚真的非常抱歉，"他解释道，"我——感觉不大舒服，心情也很不对劲。你肯定不想跟我一起出门的。"

"那你可以先打个电话呀。"她娇蛮地说道，双臂在胸部下方交叉，把小圆领衬衫下那处羞怯的隆起挤得鼓鼓的。手臂上挂着一件米色的羊绒衫，下身是薄棉裙配及踝的低跟鞋。杰夫闻着她身上混合着浪凡香水与花香洗发露的味道，为正在她蓝色大眼睛上方调皮舞动的金色刘海着迷。

"我知道，"他说，"我真希望自己当时打了电话。"

闻言她的表情柔和了下来，一场对峙尚未开始便已宣告结束。是了，她从来不会生气太久的，杰夫想起来了。

"昨晚你错过了一部超棒的电影。"她说道，声音里听不出一丝不高兴，"故事从女孩在一家宠物店买鸟开始，然后罗德·泰勒假装自己在那里工作……"

从出门到坐进杰夫那辆雪佛兰的路上，她继续讲完了大部分的情节。他装作对这个曲折复杂的故事不熟悉的样子，虽然他才在家庭影院定期播放的希区柯克作品回顾展上看过。当然了，这部电影刚上映的时候他也是看了的，和朱迪一起看，就在二十五年前的昨天晚上，他的另一段生命中。

"然后那个人在加油站里点了一根烟，可是——噢，我不能再剧透了，不然会破坏你对它的兴致的。这真是一部令人毛骨悚然的电影。如果你想看的话，我不介意再看一遍。或者我们也可以去看《再见，伯迪仔》。你觉得怎样？"

"我比较想坐下来聊聊天，"他说，"要不我们找个地方喝杯啤酒，吃点东西？"

"当然可以啦。"她笑着说，"那咱们去莫伊与乔伊？"

"好啊。在——庞塞德莱昂大道上，对吧？"

朱迪皱了皱眉。"不是啊，那是曼纽尔酒吧。别跟我说你忘了啊——左转，就在这儿！"她从座位上转过身来，奇怪地看了他一眼，"喂，你真的有点怪怪的诶。出什么事了吗？"

"没什么大不了的。我跟你说过的，只是状态有点不好而已。"说话间，他认出了这个大学时常来的老地方入口，将车停在了街角。

酒吧内的陈设和杰夫记忆中的不太一样。他记得吧台是在进门后的左手边，而不是右边；座位也有些不同，似乎更高，光线也更暗。他带着朱迪向后面的位子走去，半道上有个跟他差不多年纪的男人——错了，他更正一下，是一个四十岁出头的男人，比他老多了——和蔼地拍了拍他的肩膀。

"杰夫，最近怎样？这个年轻可爱的女孩是你的朋友吧，介绍一下。"

杰夫茫然地看着那人的脸：戴着眼镜，蓄着黑白相间的山羊胡，正咧着嘴对他露出大大的笑容。看上去有点眼熟，但更多的却想不起来了。

"这是朱迪·戈登。朱迪，呃，我给你介绍一下，这位是……"

"塞缪尔斯教授，"朱迪开口道，"我室友有选修您的中世纪文学。"

"她的名字是——？"

"宝拉·霍金斯。"

闻言此人脸上的笑容更加灿烂了，连着点了两次头。"宝拉是个非常优秀的学生，无比聪明的年轻姑娘。相信她对我的课评价还不错吧？"

"喔，是的，教授。"朱迪附和道，"宝拉跟我说过所有关于您的事情。"

"这么说，今年秋天或许能有幸看到你在课上出现喽？"

"现在还不能确定啦，塞缪尔斯教授。人家还没想好明年的课该怎么安排呢。"

"有空来我的办公室，我们可以探讨探讨。杰夫你的话，那篇关于乔叟的论文写得不错，但引用文献不够完整，所以我只给了你个B。下次多注意，好吧？"

"好的，教授，我会记住的。"

"好，好。那课堂上见。"他挥挥手送别他们，然后回到座位上继续享受他的啤酒。

他们走到座位上，朱迪一屁股坐在杰夫旁边，开始咯咯地笑了起来。

"什么事那么好笑？"

"你不认得他了？塞缪尔斯博士？"

杰夫甚至记不起那位教授的名字。

"不认识，他怎么了？"

"他就是个老色鬼，这就是他出名的原因。他把每个上他课的女孩子都追了一遍，只要对方长得漂亮。宝拉说有次下课后，他把手放在了她的大腿上——就像这样。"

她将那少女的青葱玉指放在杰夫的腿上，摩挲着、揉捏着。

"你能想象得到吗？"她鬼鬼祟祟地问道，"他甚至比我爸还大诶。'有空来我的办公室'——哼！我知道他想探讨什么。都这把年纪了竟然还做这种事，你不觉得这是你听过的最恶心的事吗？"

说这话时，她的手依然搁在杰夫的大腿上，距离他不断勃起的那处只一英寸左右。看着她天真无邪的圆眼，甜美红润的小嘴，他忽然幻想着朱迪就在座位这里俯下身来含着他。我也是个老色鬼，想到这里，他笑了起来。

"你笑什么？"她好奇地问道。

"没啥。"

"你不相信我所说的塞缪尔斯博士的事，对吗？"

"我信。不是他的事，而是——你和我，每件事。我忍不住想笑，就这样。对了，你想喝什么？"

"跟平时一样。"

"三味僵尸[1]吗？"

霎时，担忧的表情从朱迪脸上消失不见，她和他一起大笑了起来。

"傻瓜。我要一杯红酒啦，跟往常一样。你今晚真的什么都不记得了吗？"

朱迪贴着他的双唇，和他想象以及记忆中的一样柔软。她发梢的清香、肌肤的年轻嫩滑刺激着他，令他亢奋，那澎湃的激情自他婚前和琳达同居不久之后就再没感受过。车窗均已摇下，朱迪将后脑勺抵在镶了软垫的门框上，任由杰夫亲吻着。电台里，安迪·威廉姆斯正娓娓唱着《美酒加玫瑰的时光》，山茱萸花香与朱迪柔软、干净肌肤的气味交织在一起，散发出迷人的芬芳。他们把车停在了距离校园约一英里的一条林木繁茂的街道上。出了酒吧后，朱迪指路，引着他把车开到了这里。

今晚的交谈比杰夫预想的顺利。基本上他都是跟在朱迪后面说，由她来提起那些人名、地点和往事。他则根据记忆或是她的表情、语气流露出的线索来回应。整个聊天过程他就说漏一次嘴：当时俩人正聊到一些认识的同学明年打算搬出学校，杰夫就说他可能也会分租一套独立公寓。朱迪从未听过这个词，幸好杰夫反应快，马上解释说那是加州流传过来的新词，他看到过，而且他想可能用不了多久人们也会在亚特兰大盖这种房子的。

夜色渐浓，杰夫放松下来，开始感觉到快活。这兴许有啤酒的作用，但主要还是因为和朱迪亲近的缘故，让他紧绷的神经在整件事发

---

1 由三种朗姆酒混合在一起的鸡尾酒。

生后第一次得到放松。甚至有那么几刻，他发现自己不再一直想着未来或过去。他只想着，他还活着，活得好好的，这才是最重要的。

他将散落在朱迪脸颊边的金色长发往后拢了拢，再次将吻落到了她的双颊、鼻子和嘴唇上。她低声发出欢愉的呢喃，而他的手指则从胸前滑到了衬衫最上面的钮扣上。她移开那只大手，让它再次覆上衣服包裹着的椒乳。两人又亲了好一会儿，然后她将手搭在他的大腿上，就像在酒吧卡座时那样，不过这次她刻意朝上面一点的地方摸去，纤纤玉指轻轻握住他的坚挺，抚弄起来。他亦爱抚着她套着丝袜的小腿，手来到她裙下，感受着袜子上方的柔软肌肤。

朱迪突然挣脱他的怀抱，坐起了身子。"把你的手帕给我。"她轻声说道。

"什么手帕？我没——"

话音未落，便见她从自己夹克的口袋中扯出一条白色手帕，那是今晚早些时候他穿上那套老土的衣服时，习惯性地塞进去的。杰夫伸手，想再次将她拥入怀中，却遭到了拒绝。

"嘘~"她娇声低语，露出了甜甜的笑容，"乖乖坐好，闭上眼睛。"

他皱了皱眉，但还是照她说的做了。她猛地拉下他的裤子拉链，毫不迟疑地释放出他的坚挺，动作老练。杰夫诧异地睁开双眼，只见她盯着窗外，手指正以固定的节奏在他身上动着。他拉住了她的手，不让它动。

"朱迪——不要。"

她回过头，关切地看着他。"你今晚不想要吗？"

"想，不过不是这样。"他温柔地拿开她的手，身子坐正，然后拉上了拉链，"我想要你，我想和你在一起，但不是以这种方式。我们可以去别的地方，找家旅馆或者——"

朱迪倏地撤回身靠在车门上，对他怒目而视。"你什么意思？我可不是那种女人！"

"别误会，我只是想说，我希望我们能以一种充满爱意的方式在一起。我想给你——"

"什么都不用给我！"她的小脸皱成一团，杰夫担心她会哭出来，"人家本来想帮你纾解，就像我们以前做过的那样，结果你突然就觉得这办法不好了，想把人家拖去廉价旅馆，把我当成一个……一个妓女！"

"朱迪，我对天发誓，我绝对不是那个意思。我只是想让你也快乐，明白吗？"

她从手包里拿出一只口红，气冲冲地将后视镜调到她能看着自己搽上口红的位置。"多谢，以前那样就让我非常快乐。或者说至少我曾经很快乐，直到今晚为止。"

"听着，如果我说错了什么，我向你道歉，好吗？我只是想……"

"那些想法还是留给你自己吧，你的手也是。"

"我不是故意惹你生气的。不然我们明天再谈这事。"

"我不想谈，我只想回宿舍，立刻马上。就这样吧，如果你还记得怎么回去的话。"


把朱迪送回宿舍楼后，他在北卓伊丘路，靠近新雷诺克斯广场购物中心的地方找了一家酒吧。它看上去不像是会碰上埃默里人的那种，而是一间好酒者的酒吧，年纪稍大、偏爱清静的人们都喜欢来这里，将房贷和沉闷的婚姻生活暂时抛到脑后。到了这里，杰夫感觉就像回到了家里一样，虽然他也知道自己看着不像这种地方的常客。酒保甚至要求他出示证件，还好杰夫在皮夹背面找出了那张为这种场合而特意改动过的身份证。酒保将信将疑地咕哝了一声，给了他一杯双份的杰克丹尼威士忌，然后便走开，接着摆弄吧台上方那架黑白电视机的天线。

杰夫慢慢地啜了一小口，茫然地盯着电视新闻看：伯明翰又出事了，吉米·霍法[1]在纳什维尔被指控贿赂陪审团，福特即将推出天王星二代。杰夫不由想到马丁·路德·金死在了孟菲斯，霍法在地球上神秘失踪，满天的通讯卫星让地球上到处充斥着 MTV 和重播的《迈阿密风云》。呵呵，好个美丽新世界。

今晚和朱迪的约会一开始十分愉快，不过在车里的收场却让他很沮丧。他已然忘记曾经是如何不真刀真枪地做爱了。不，不是忘了，而是他以前从未完全了解过，从第一次发生在他身上他就没有搞懂过。当时，这种弄虚作假全都被刚发现的悸动，以及那原始而让人欲罢不能的性欲掩盖住了。曾经美妙销魂的性爱，如今却暴露出了其廉价的本质，漫长的岁月都无法将其蒙蔽：在一辆雪佛兰车前座上快速完成的手活，身后则是糟糕难听的音乐。

那么，他现在究竟该怎么办，继续虚与委蛇下去吗？和一个来自另一个时代、连避孕药都没听过的纯洁金发小姐一起，纵情更多激烈的爱抚游戏？还是该回归课堂、年轻人的闲聊和春季舞会上，假装一切都是新鲜的？或是该背背早已忘光而且从没派上过用场的统计表，好让自己通过社会学入门？

也许，如果这离奇的时光转换是永久的话，他根本没得选。说不定他真的要将所有一切都重新经历过一遍——年复一年地活在这痛苦

---

1 美国著名工运组织者、工会主席。

且可以预见的人生中。此刻，这个交替的现实变得更具体，愈发固定下来了。至于他的另一个自我，则成了一种虚妄。他必须接受自己是十八岁大学新生的事实，要完全依靠父母，而且他现在可以成功重修数十门学术课程，这让他充满了不屑和极度厌烦。

电视新闻播完后，一个体育新闻主持正滔滔不绝地播报着青少年AA组棒球联赛的分数。杰夫又叫了一杯酒，正当酒保端来一杯新的时，杰夫的注意力忽然如激光束一般，牢牢集中在那台古董电视机发出的每一个字上。

"……来看看今年尚未被马蹄踏过的丘吉尔唐斯赛马场，两匹来自东部的雄驹或许会跟加州栗色马展开一场激烈的争斗。驯马师伍迪·斯蒂芬斯带着刚在预赛中打了一场漂亮胜仗的永不屈服，以及它无懈可击的纪录，来参加一九六三年的赛马会。斯蒂芬斯倒没有放话说会夺冠，但是……"

对啊，肯塔基赛马会。为什么不去呢？要是他真的曾经历过未来的二十五年，而不是臆想出来或做梦梦到的，那么有件事就可以确定了：他有大量的信息可以好好利用。不是技术方面的——他设计不出电脑或类似的东西，不过他的确掌握了实用的新闻记者知识，知道从现在到八十年代中期将对社会造成影响的那些潮流和事件。他可以对体育事件和总统大选下注，从中赚得大把钞票。当然，那要求他对接下来二十五年里即将发生的事确实拥有具体、准确的认知，正如他早些时候所承认的那样，这猜想不一定是有把握的。

"…… '距离拉得不远'。刚刚引领节奏的可能是格林特里·斯特布尔队的劫匪克星，它保持的纪录是一分三十四秒，是纽约市所有三岁赛马中跑出的最佳速度……而且继……一周后，它拿下了伍德纪念杯的冠军……"

靠，是谁赢得了那一年德比的赛马大会来着？杰夫绞尽脑汁地回想着。不像劫匪克星，永不屈服这个名字他模模糊糊还有点印象，但听起来好像还是不对。

"两匹马都跟威利·休马克的团队，以及西部的奇迹——糖果斑点有硬仗要打。各位，那就是将要被打败的组合；尽管它看起来像是激动人心的三强玫瑰争夺战，但大家还是一致认为——这种共识很强烈——糖果斑点将会在本周六戴上冠军花环。"

那个名字听起来也不对。到底是哪匹马呢？北方舞蹈家？还是考艾国王？杰夫确定这两匹马都赢过德比赛马大会，不过是在哪一年呢？

"喂，调酒师！"

"再来杯一样的吗？"

"不用，现在不需要。你有纸吗？"

"纸？"

"报纸，今天或明天的都可以。"

"日报还是宪政报？"

"随便。有体育版吗？"

"有，不过我在上面做了些记号。因为勇士队明年要来，我一直在关注他们的平均成绩。"

"能借我看一下吗？"

"当然可以。"说完，调酒师将手伸到放装饰物的地方下面，拿出一叠紧紧对折的体育专栏。

杰夫跳过棒球新闻的那几页，找到即将在路易斯维尔举办的某场比赛的预告。他快速浏览了参赛者名单：有主持人曾提到的几匹热门夺冠赛马，包括糖果斑点、永不屈服、劫匪克星，然后是皇家塔、柠檬皮……不，不是……灰色宝贝、恶魔……这两匹听都没听过……还有疯狂纸牌、努尔王公……呃嗯……日安，以我荣誉起誓……

夏多克。

就是夏多克，赔率十一比一。


他以六百美元的价格，把雪佛兰卖给了布雅克利夫路的一家二手车行。书、音响和唱片则在城里的一家旧货商那里卖了两百六十美元。他在寝室书桌里找到一本支票簿以及校园附近一家银行的存折，便立刻把钱从两个账户里取出来，只留了二十美元，就这样他又凑到了八百三十美元。

打电话给父母是最难的部分。显然，父母对他突然"紧急"借一笔钱无比担心，父亲还因为杰夫拒绝交代清楚而动了气。不过最后他还是借到了几百美元，母亲还从私房钱里另外给他寄了四百美元。

万事俱备只欠东风。现在他只需要下注，下个大的赌注。不过要怎么做呢？开始他想得很简单，去趟路易斯维尔，直接在现场下注；但打到旅行社的电话证实了他的猜测：早在几个礼拜前，德比赛马会的门票就已经卖光了。

另外，他的年龄也是个问题。或许他看上去足够老成，可以在酒吧里点杯酒，但下这么大的赌注一定会引来密切关注。得找个人替他出面才行。


"赌马人？你打听他们做什么，小子？"

在杰夫眼中，二十二岁的弗兰克·马多克自己就是个"小子"，不过在这种情况下，这个大四的法律预科生已经算是比较老成、有社会经验的了，而且很显然，他享受把这一角色扮演到淋漓尽致。

"我想下个注。"杰夫说。

马多克纵声大笑，点了根小雪茄，然后招手又要了一瓶啤酒。

"赌什么？"

"肯塔基赛马会。"

"你为什么不自己在寝室里开个局？说不定会有很多人来下注呢。不过切记不要声张。"

这位学长对他一脸亲切，很是谦逊。杰夫心中暗暗对这年轻人身上那不属于这年纪该有的老练世故发笑。

"我要下的注相当大。"

"是吗？有多少？"

星期四的午后，曼纽尔酒吧里一半的位置都是空的，没人能听到他们说话。"两千三百美元。"杰夫说。

马多克皱了皱眉。"你说的可真是一笔相当大的数目了。我知道糖果斑点赢是十拿九稳了，不过……"

"不押糖果斑点，是另一匹马。"

在服务员将一瓶啤酒在破旧的橡木桌上摆好时，这个年长一些的男孩大笑了起来。"你就做梦吧，孩子。劫匪克星不值得你冒险，永不屈服也一样。至少这场比赛是赢不了的。"

"这是我的钱，弗兰克。我打算赢了钱后我们七三分账。如果我是对的，你一分钱都不用出，就可以净赚一笔了。"

马多克为彼此各倒了一杯啤酒，他将杯子倾斜，不让泡沫溢起。"但你要知道，我可能会因此惹上一堆麻烦。我不希望有什么事而毁了法学院的学业。像你这么大的孩子，带着这么多钱，我哪知道万一输光了你会不会找训导主任哭诉一番呢？"

杰夫耸耸肩，"我想这正是赌局里你发挥作用的地方。不过我不是那种人，而且我也没准备输。"

"没有谁想输。"

这时，一首沙哑的歌在音乐点唱机里响起，是吉米·索尔正在唱着《如果你想快乐》。杰夫抬高语调好压过音乐声。"所以，你有认识的赌马人吗？"

马多克用一种古怪的眼神久久地盯着他，"七三分账，是吧？"

"没错。"

学长摇摇头，认命地叹了口气，"钱都带身上了？"


那个星期六下午，北卓伊丘路上的酒吧里挤满了人。杰夫进去时，电视机里正传出充斥着各种广告的赛前节目的刺耳声响：舒适牌刮胡刀正大力宣传它的最新产品——不锈钢刮胡刀片。

杰夫比自己预期的要紧张。计划看起来很完美，但万一其中出差错了呢？据他目前的判断，上星期世界上发生的各种大事与他记忆中的过去完全吻合。然而，他的记忆力就跟其他所有人的一样不可靠，再加上过了二十五年，他无法确定一九六三年中发生过的千百万件事，是否跟第一次发生时有什么不同。他注意到一些小事似乎稍微有些不同，而他自己的行动当然也大大改变了。因此，这场比赛出现新的结果，也不是什么难事了。

如果比赛结果真的不同，那杰夫将失去一切，而且他已经翘掉了这星期的期中考试，严重影响了自己的学业。他甚至可能没办法静下来重新学大学课程。他估计会被踢出校园，身无分文。

届时，越战也将打响。

"嘿，查理，"有人喊道，"在大家走之前，我请在场的各位再喝一轮，双份的！"

酒吧里顿时响起了一阵欢呼和笑语。那男人的一个哥们说："这钱花得早了点吧？"

"十拿九稳的啦，兄弟，"慷慨的男人说道，"它已经是我的囊中之物了！"

电视屏幕上，马儿们正被关入各自的马闸，焦躁不安，极度渴望甩开禁锢、尽情奔跑，而那正是它们被培育的目的。

"凡事无绝对，金博。不过那才是赛马。"

酒保把陌生人请的双份酒端给了每个人。不等杰夫拿起酒杯，马儿就冲出了闸门，其中永不屈服像通了电一般，冲刺在前，而劫匪克星几乎和它并驾齐驱。至于糖果斑点，威利·休马克冷静地跨坐在它的背上，在第一个转弯时，只落后了三个马身。

夏多克排在第六位。还剩最后一英里要跑，落后十个马身。

杰夫猛地喝下一大口酒，差点被没怎么掺水的威士忌呛到。

领先的马群快速冲过标示半英里的杆子，夏多克却没有半点进步。

找个小点的学校吧，杰夫寻思着。就算被埃默里退学，某个社区大学也是有可能接收他的。他可以到小众市场的电台打工。虽说他这些年的经验没有什么书面证明，但在工作上还是会有很大帮助的。

酒吧里的人都对着屏幕大吼大叫，好像马儿和骑师听得到他们的声音似的，隔了四百英里远呢。杰夫没费那劲。夏多克跑到非重点直道的尽头时稍微有些突破，但差不多也就那样了。正如赔率工作人员所预测的，这场比赛是那三匹马的角逐。

终点出现了，休马克骑着糖果斑点冲进围栏，令马身向后，准备夺标。夏多克跑在第四位，落后三个马身，面对这样的竞争对手，它绝无——

可就在四分之一英里杆子处，劫匪克星似乎忽然变得精疲力竭，对最后的战斗失去了信心。它开始落后，剩下永不屈服和糖果斑点向着终点狂奔，可惜休马克没能让这匹来自加州的栗色马发挥出冲刺到最后的力量。

只见夏多克超过最有希望获胜的糖果斑点，沉着而坚持不懈地打败了永不屈服，赢得了胜利。

霎时，酒吧沸腾了，喧声震天。杰夫一直没说话，一动不动地坐着，手因为紧握冰冷的酒杯而几乎冻僵，但他丝毫没有察觉。

夏多克以超过永不屈服一又四分之一马身的微弱优势赢得了比赛，糖果斑点则降到了第三。劫匪克星回到了赛场某处，筋疲力尽，排名第五或第六。

杰夫做到了。他赢了。

酒吧里的其他人则开始忿忿不平地大声分析起刚才观看的比赛，大多数人都将矛头指向了威利·休马克在最后半英里时的战略失误。杰夫一个字都没听进去。他正等着那些数字在赌金揭示牌上出现。

押夏多克赢的人每注可获得二十点八美金。杰夫反射性地将手伸向带有计算功能的卡西欧表，待意识到此时距离这东西存在的时代还有多久时，便笑了起来。于是，他从吧台抓起一张餐巾纸，用圆珠笔在上面潦草地写下了几个数字。

两千三百乘二十点八后的一半，再减去弗兰克·马多克帮忙下注所分的三成……杰夫赢了将近一万七千块。

更重要的是，比赛如他所记得的那样结束了。

他现在才十八岁，而且知道接下来的二十年内世界上将发生的每一件大事。

# 第四章　赌场得意

杰夫把手上的牌一张一张地甩到假日酒店那深绿色的床罩上，正面朝上。他以最快的速度将牌从不断变少的扑克牌中发出去，同时，弗兰克以熟悉的催眠语调在一旁念念叨叨："加四、加四、加五、加四、加三、加三、加三、加四、加三、加四、加五——停！底牌是张A。"

杰夫慢慢地将方块A翻过来，然后两个人都笑了。

"哈，太妙了！"弗兰克得意地大笑几声，用力一拍床罩，把牌全都弹到了空中，"我们真是最佳拍档，兄弟，我们将所向披靡！"

"来瓶啤酒吗？"

"妈的这还用说！"

于是杰夫放下交叉的双腿，起身穿过房间，朝桌上的冷饮走去。一楼房间的窗帘开着，他一边撬开两瓶库尔斯啤酒的瓶盖，一边用爱慕的眼神，深情地盯着他那辆停在路边，在图库姆卡利旅馆停车场的灯光照耀下正闪闪发亮的灰色全新斯蒂贝克亚凡提。

从亚特兰大开回来，这辆车一路上已吸引了不少好奇的目光和评价，而在接下来前往拉斯维加斯的途中，估计受到的关注同样不会少。坐在这辆车里，杰夫感觉无比轻松自在，其"未来主义"风格的设计和仪器设备甚至让他获得了某种安慰。这种有着长长车头、较短后车厢的机器，即使在一九八八年看上去也是最先进的，非常吸引眼球；说真的，他似乎记得八十年代还有一家独立制车厂依然在生产限量版的亚凡提。对身处一九六三年的他来说，这辆车，就像是时光旅行中的同伴，是在属于他的那个年代印象中疾驰的豪华防护壳。如果说老雪佛兰唤起了他对旧日时光的怀念，那亚凡提引发的则是他对未来更加强烈的想念。

"喂，说好的啤酒呢？"

"来啦。"

他递给弗兰克一瓶冰啤，然后拿起自己的那瓶，喝了一大口。五月底马多克一毕业，他俩就出发了。杰夫很久没去上课，已经被退了学，不过他一点也不在意。马多克想去南方，在新奥尔良停留几天庆祝一下，但杰夫坚持走更近的路线，即沿着伯明翰、孟菲斯和小岩城走。在这些城市周边，每几百英里就有段新建成的州际公路，限速七十或七十五，这些平坦宽阔的偏僻路段，让杰夫得以将亚凡提最高一百六十迈的时速发挥到极致。

那晚和朱迪·戈登的失败约会带给杰夫的沮丧和怅然，多半都被德比赛马会胜利的喜悦给驱散了。自那以后，除非擦身而过，他再也没有在校园里见过她。他也无须再为应该如何解释自己的处境而苦恼，除了清晨醒来的那些时候，大脑会寻找着无法找到的答案。不管真相可能是什么，至少他现在有证据可以证明，他对未来的认知并不只是幻想。

到目前为止，杰夫总有办法引开弗兰克提出的问题：是什么让他能够赢得如此惊人的胜利？现在，马多克以为杰夫是个有先天缺陷的天才，懂得某种神秘之术。这种形象，在杰夫拒绝在德比赛马会后两个礼拜举行的普里克尼斯赛马会上继续下注时，得到了进一步的加强。他确定夏多克会赢得该年度三冠王系列赛事的其中两场，却记不得是哪匹马输了德比赛马会后面的哪项比赛，因此，他不顾弗兰克的反对，坚持只当旁观者。结果，糖果斑点以三个半马身的差距拿下了比赛。至此，杰夫不仅确定了即将到来的贝尔蒙特赛马会的赢家，更确信糖果斑点的再度崛起，必定会推动夏多克的赔率飙升。

赌赋予了杰夫新的使命感，让他从玄学和哲学的绝望泥潭中抽身，不再挖掘深藏其中对自身处境的解答。否则，即便他现在还没精神错乱，可再这么为那些难以解释的事费神上一两个月，最后也会被逼疯。赌博是一件非常简单的事，直接得令人欣慰：非赢即输、要么是借方要么是贷方、不是对就是错。就这么简单，没有模糊地带，没有其他猜疑；特别是在你已经提前知晓了结果的时候。

弗兰克已将四散的牌收拾好，正在切牌、洗牌。"嘿，"他说，"咱们玩两副牌吧！"

"好啊，有何不可？"杰夫张腿跨坐在床边的一张椅子上。他拿过牌重新洗了一遍，然后开始发牌。

"加一、加一、零、加一、零、减一、减二、减二、减三、减二……"

杰夫满足地听着一连串熟悉的数数，计算发下来的一点和十点张数。弗兰克正废寝忘食地背诵着一本新书中的图表，该书名为《击败庄家》，是关于计算机研究出来的二十一点下注策略。杰夫亲自看过后才知道，这种算牌术有多么管用。到了七十年代中期，各大赌场已经开始禁止使用这些手法的玩家进场。然而，在这个时代，庄家和赌区经理们欢迎所有会算牌术的玩家，当他们是好骗的傻瓜。弗兰克应该玩得很好，至少能保本。而且，如果二十一点牌桌上赢钱的快感能让他专于赌局上，或许能稍微转移下他的注意力，不再过分关注杰夫有望在贝尔蒙特赛马会上赢得的惊人胜利。

"减一、零、加一——停！底牌是十点。"

杰夫将梅花J展示给弗兰克看，然后两人击掌庆祝。弗兰克喝光啤酒，把瓶子放到床头的半打空瓶旁。"嘿，"他说道，"进城那会，我们经过的一家汽车影院在放《诺博士》，想不想去看看？"

"拜托，弗兰克，那部电影你都看过几遍了？"

"三四次吧，每次看都觉得比前一次好。"

"你够了啊，我已经看了够多的詹姆斯·邦德了。"

弗兰克疑惑地看着他，"你说什么？"

"没什么，我就是不太想去而已。你把车开去，钥匙在电视机上。"

"你怎么了，在帮教皇服丧吗？我可不知道你还是天主教徒呢。"

杰夫大笑，伸手拿起鞋子。"胡说八道什么呢，好吧我去，至少不是罗杰·摩尔演的。"

"罗杰·摩尔又是什么鬼？"

"此人有一天会成为圣徒的。"

弗兰克摇摇头，皱起了眉头。"我们现在说的是罗马教皇的死，还是詹姆斯·邦德，还是别的什么啊？知道吗，兄弟，有时候我真心不懂你丫到底在说什么。"

"我也不知道自己在说什么，弗兰克，我也不知道啊。走吧，看电影去，我们正需要暂时逃离一下现实。"

第二天他们轮流开着亚凡提，一路前往赌城拉斯维加斯。杰夫从没去过内华达州，比起他记忆中电影和电视里呈现的八十年代歌舞秀，霓虹灯饰装点下的脱衣舞场显得比较冷清，少了点张牙舞爪的奢华与俗丽。这是霍华德·休斯[1]之前的赌城，他会意过来，这是希尔顿和米高梅大手笔创建大型赌场饭店前的赌城。现如今，那些占据了内华达州六〇四号公路上这一小片超现实世界的，是战后黑帮盛行年代留下的那些低矮却充满独特风味的建筑，像是"沙丘"、"热带街"与"沙滩"等酒店。拉斯维加斯"鼠帮乐队"，仿佛直接走出了伴着摇摆舞曲和响指声的老式黑帮电影。燥热的空气中仍依稀嗅得出一丝刺激的罪恶气息。

他们住进了弗拉明戈酒店，并在酒店赌场里寄存了一万六千美元的现金。满脸殷勤笑容的酒店副经理免费为他们安排了三室的套房，还包了他们入住期间的所有饮食。

弗兰克一晚上都在观察二十一点的牌桌——通过分牌和加倍下注的规矩、不同庄家的速度和性格。杰夫陪他看了一会儿就觉得无聊了，便在赌场里头四处闲逛，沉浸在此处的奇异氛围中。这里的一切都显得虚幻：象征着巨额资金的斑斓筹码、打扮得光鲜靓丽的男男女女……虚张声势的性感外表和豪掷千金的假象背后，隐隐透着一股绝望。

杰夫转完后早早地回了房间，看着《杰克·帕尔脱口秀》就睡着了。第二天一早起来，他发现弗兰克正在客厅里踱来踱去，嘴里嘀嘀

<hr />

1 美国传奇大亨，以航空业起家，六十年代开始介入拉斯维加斯赌场经营。

咕咕的，还不时看看一叠临时记忆卡。

"和我一起吃早餐去？"

弗兰克摇了摇头，"不去了，我想把这些东西再最后温习一遍，中午前去玩两把。我要在早班结束、庄家开始警觉撤退前赢他们几局。"

"有道理，那祝你好运。我估计会待在游泳池附近。记得告诉我事情的进展。"

杰夫独自坐在酒店餐厅可供六人进餐的餐桌前，一边吃着早餐，一边看《赛马消息报》。他开心地注意到，夏多克在贝尔蒙特赛马会上的赔率还在持续攀升；至于报上提到的其他众多大大小小的比赛，他就没什么兴趣关注了。他狼吞虎咽地吞下了双份炒蛋加厚厚的乡村火腿，接着又干掉了一大块松饼和第三杯牛奶。在过去那几年，他已经习惯了早上什么都不吃，或是在上班路上匆匆忙忙地吃块丹麦酥、喝下第一杯咖啡，他一天要喝很多杯。但现在这具新的年轻身体有着他自己的食欲。

等杰夫回到房间换好泳衣时，弗兰克已经下到赌场去了。他拿了块超大的毛巾和一本《视觉生活》杂志，在经过酒店礼品店时停下来买了瓶科普特防晒乳（他注意到上面没有标明 PABA 指数），然后在游泳池边找了张椅子躺下。

他立刻就看到了她：湿漉漉的黑发、棱角分明的颧骨，酥胸饱满而坚挺、腰肢纤细，一双长腿优雅而匀称。她从泳池中起身，嘴角含笑，在沙漠的艳阳下光彩夺目，朝杰夫走来。

"嗨，"她打了声招呼，"这把椅子有人坐吗？"

杰夫摇摇头，做了个手势请她坐下。于是她四肢舒展地躺下，将还在滴水的湿发撩到帆布躺椅的背后晾干。

"要喝点什么吗？"杰夫开口问道，暗自希望自己的眼神不会在她遍布水珠的胴体上停留太久、太明显。

"不用了，谢谢。"她轻启檀口，依然微笑地直视着杰夫，缓和了拒绝时的尴尬，"我刚喝了杯血腥玛丽，天气太热，感觉头有点晕晕的。"

"没习惯之前会这样的，"他附和道，"你从哪儿来？"

"伊利诺伊州，就在芝加哥附近。不过我来这里已经几个月了，我想我可能会待上一阵子。你呢？"

"我目前住在亚特兰大，"他告诉她，"不过我是在佛罗里达长大的。"

"哦？那我猜你肯定很适应这里的太阳喽？"

"差不多。"他耸耸肩。

"我去过迈阿密几次。那儿蛮不错的，希望也有赌场可以让你们玩。"

"我是在奥兰多长大的。"

"那是哪里？"她问。

"就是靠近——"杰夫差点就要说"迪斯尼乐园"，幸好及时刹车，改成"肯尼迪角"，虽然他知道那地方真正的名字并不是这个，即使是一九八八年。"……靠近卡纳维拉尔角的地方。"最后他如是说道。他的犹豫似乎让她有些不解，幸好这尴尬的一刻很快就过去了。

"那你看过那些火箭发射吗？"她提了个问题。

"当然。"说着，他想起了一九六九年，他和琳达开车去那里看阿波罗十一号升空的那次。

"那你觉得，他们真的像宣称的那样，登上了月球吗？"

"很有可能。"他笑着答道，"对了，我叫杰夫，杰夫·温斯顿。"

闻言，她伸出一只纤柔小手，手指上没有戴戒指，他立刻握住它们，抓着一小会儿。

"我是夏拉·贝克。"她将手抽回，抚过未干的直发顺着脖颈下滑，"你在亚特兰大做什么工作呢？"

"呃……其实我还在上大学。但我在考虑去当个记者。"

她亲切地露齿而笑，"还是个大学生呀？那你的父母肯定很有钱喽，既能送你上大学，还能让你来拉斯维加斯玩。"

"不是的。"他回道，感觉挺好笑。她的年纪也就是二十二三岁，他却总是下意识地用相反的角度来考虑年龄差距。"我在这儿花的都是自己的钱，是从肯塔基赛马会上赢来的。"

她抬了抬精致的眉毛，有些动容："是吗？这么说你在这里有辆车？"

"是呀，怎么了？"

她将古铜色的修长手臂慵懒地伸过头顶，顿时双峰被样式保守、过时的泳装勒得曲线毕露。对杰夫来说，这和她穿着一件八十年代暴露的法式泳装，或是什么也不穿有异曲同工之妙，同样充满了诱惑。

"我只是在想，也许我们可以走开一小会儿，避避太阳，"她说道，"比如说开着车去米德湖兜个风，你有兴趣吗？"

夏拉住在天堂和热带赌场度假村附近一间整洁的小复式公寓里，跟一个叫贝基的女孩合租。贝基在机场服务台上大夜班，从下午四点到凌晨十二点。而夏拉除了晚上到赌场或是下午在酒店泳池边闲晃外，似乎没其他事可做。

她并不是妓女，只是众多拉斯维加斯女孩中的一个，喜欢玩乐，不介意时不时收个小礼物或一把筹码。杰夫将接下来的四天时间大部分都花在了她的身上，还为她买了几件小礼物——一条银质脚链、一个颜色正好和她最喜欢的洋装相配的真皮钱包——但她从不提钱。他们泛舟湖上，驱车前往顽石坝[1]，相约沙漠酒店看西纳特拉的歌舞表演。

---

1 顽石坝（Boulder Dam），又称胡佛水坝，横跨美国科罗拉多河，高221米，坝顶长约360米。

然而，绝大多数的时候他们都在做爱。做得最多且印象较深的是在她的公寓和杰夫住的酒店套房里。夏拉是整个事件发生以来他睡的第一个女人，也是他婚后除了琳达以外的第一个。夏拉对性的饥渴远甚于他自己。她的放荡不羁就如朱迪之羞涩天真一般，让杰夫沉迷，陷在她不加节制的情欲中无法自拔。

弗兰克·马多克则偶尔从拿钱办事的女孩们身上找找乐子，她们是各个娱乐厅或赌场的一大特色。他将大部分的时间都花在了二十一点牌桌上，忙着赢钱。到了贝尔蒙特赛马会那天，他的赌金已经上涨了九千美元。他慷慨地拿了三分之一给杰夫，答谢他一开始为自己提供了赌资。在两人的共同努力下，他们现在一共在酒店里寄存了将近两万五千美元。尽管还有些保留，弗兰克还是愿意支持杰夫坚持的计划，把这笔钱全押在一次赛马上。

规定的赛马时间到来的那个周六，杰夫正和夏拉一起，坐在弗拉明戈酒店的泳池边。

"你不打算去看看电视直播吗？"看杰夫丝毫没有从藤编坐垫上起身的迹象，夏拉问道。

"没必要，我已经知道结果了。"

"你喔！"她大笑着给了他的屁股一下，"有钱的大学生，你以为自己无所不知呢。"

"如果我错了，就不会有钱了。"

"会有那么一天的。"她边说边伸手去拿防晒油。

"什么意思？是说我会有错的一天，还是说我会有变穷的时候？"

"哎呦，傻瓜，人家不知道啦。给，帮我抹抹腿背。"

杰夫沐浴在阳光下，昏昏欲睡。而当弗兰克一脸不可置信地从酒店里走出来时，他的手正放在夏拉光洁的大腿上。看见朋友的这副表情，杰夫连忙爬起了身。天哪，也许他们不该把全部身家都押上的。

"怎么了，弗兰克？"杰夫问道，身体绷得紧紧的。

"所有的钱，"弗兰克粗声粗气地回答说，"妈的所有的钱啊。"

杰夫一把抓住他的肩膀，"发生什么事了？快告诉我发生什么事了！"

弗兰克的嘴唇向后扯了扯，露出一抹奇异的笑容，"我们赢了。"他低声说。

"赢了多少？"

"十三万七千美金。"

杰夫舒了一口气，松开了弗兰克的胳膊。

"你是怎么做到的？"马多克紧紧盯着杰夫的眼睛问，"你究竟是怎么做到的呢？到现在你已经连续三次说对了。"

"运气，纯粹是运气。"

"运气？才怪。德比赛马会那次，你把所有家当全押在了夏多克身上，就差没把传家宝拿去当了。你肯定知道些什么，只是不说而已，是吧？"

夏拉咬着下唇，抬头若有所思地看着杰夫，"你确实说过你知道结果会是如何。"

杰夫不想转到这个话题上。"喂，"他笑着说道，"说不定下次我们就把钱全输光了好吗？"

弗兰克闻言咧开了嘴，心中的好奇似乎消失了。"有了这样的成绩，我愿意追随你到任何地方，孩子。那咱们什么时候再大干一场？你又有什么好的预感了吗？"

"没错，"杰夫说，"我有预感，今晚夏拉的室友会打电话请病假，然后我们四个会搞个超棒的庆祝会。我现在就敢赌这个。"

弗兰克听完大笑，走到泳池边的吧台，点了一瓶香槟，夏拉则跑去打电话给室友了。杰夫瘫坐回垫子上，气恼自己说太多了，同时想着要怎么跟弗兰克说，他们的赌伴关系已经结束了，至少今年夏天是没有了。

他肯定不会直说，他们今年不再对任何比赛下注了，因为他已经记不得谁赢谁输了。


杰夫在热羊角面包上涂了薄薄的一层橘子酱，咬掉了酥脆的一角。从福煦大道的阳台上，他可以看到凯旋门以及布洛涅森林的大片绿地，从公寓走过去很轻松就可以到达。

夏拉坐在铺着亚麻桌布的早餐桌对面，朝他露出微笑。她从盘子里拿起一颗红艳艳的大草莓，先在一碗鲜奶油中浸了浸，再裹一层糖粉，然后慢慢地舔起这熟透的莓果，在嘴唇含住果子的那一刻，双目直勾勾地看着杰夫。

杰夫把正在看的《国际先锋论坛报》放在一边，饶有兴致地欣赏她和草莓的即兴表演。反正报纸上依然还是那些令人沮丧的新闻。譬如肯尼迪在巴黎东部的分裂城市发表了《我是一个柏林人》的演说；越南，佛教僧侣们开始在街头自焚，以此向吴庭艳政府[1]抗议。

夏拉再次将草莓浸入浓稠的鲜奶油中，接着素手轻抬，放在张着的嘴唇上方，然后伸出舌尖，舔去滴下的白色液体。晨光中，她的丝质睡袍变得微微透明，杰夫可以看见她的乳头在薄薄的布料下挺立着。

他已经为巴黎纽利区的这间两室公寓付了一整个夏天的租金，除了偶尔到凡尔赛宫或枫丹白露玩几天外，他们都待在巴黎。这是夏拉

---

1 一九五四年越南分裂为南北越，吴庭艳（Ngo Dinh Diem）得到美国支持，于一九五五年起担任南越首任总统。一九六三年，南越佛教僧侣对政府的不满日益高涨，吴政权的强势镇压使其与美国关系恶化，并于该年底在美国发动的武装政变中被刺身亡。

第一次到欧洲旅行，而杰夫则曾经和琳达参加过一次赶场般的跟团旅游，这次他希望能以一种不同的方式来感受这座城市。自然，他达成所愿了：夏拉旺盛的情欲与这座城市的浪漫气息完美地融合在了一起。天气晴朗的时候，他们漫步在城市的大街小巷，随意走进一家感兴趣的小饭馆或咖啡厅享用午餐；若是雨天（那个夏天经常有雨），他们就窝在舒适的公寓里，沉溺于彼此的肉体中，慵懒地度过漫长的一天。窗外，那弥漫在巴黎的不合季节的朦胧寒意则沦为了他们激情的完美陪衬。杰夫将内心的恐惧裹进夏拉乌黑柔滑的发间，将未曾消减的不安埋藏在那对散发着香气的柔软双峰之中。

她看着桌对面的杰夫，眼中闪过调皮的光芒，突然挑逗般地一口含住那饱满的草莓。顿时，一股细细的鲜红汁液溢出，染红了她的下唇，而她伸出一根蓄着修长指甲的纤纤细指，缓缓地将它拭去。

"今晚我想去跳舞，"她说，"我要穿那件新买的黑裙子和你跳舞，下面什么也不穿。"

杰夫任由自己的目光在那白色丝袍包裹下曲线毕露的娇躯上徘徊。"下面什么都不穿？"

"或许会穿双丝袜，"她轻声说道，"然后按你之前教我的那样共舞。"

杰夫笑了笑，指尖轻轻地划过她露在睡袍外的光滑大腿。三星期前的某个晚上，他们曾到一家近来开始在巴黎流行的"迪斯科舞厅"跳舞，杰夫很自然地带着夏拉跳起了一种舞步迂回、无固定舞步的舞，那种舞十年后才会出现。她当时就喜欢上了那种舞蹈风格，并增加了几个自创的挑逗动作。其他跳着摇摆舞或瓦图西舞的一对对舞伴们，则一个接一个地退到后面，欣赏起杰夫和夏拉的舞步来了。起初众人还在试探、犹豫，然而随着热情的不断上涨，所有人都开始不约而同地跳起了那自由奔放的性感舞蹈。

现在，他和夏拉几乎每隔一夜就会去新潮吉米或是慢步舞俱乐部，而她早已开始按照穿在身上能让她在舞池中展露出多少迷人风采的准则，来挑选当晚的礼服。杰夫喜欢看着她，看到其他跳舞的来模仿她的动作，甚至越来越多地模仿她的穿着，从中获得不少乐趣。想到自己不过是某天晚上和夏拉出去跳舞，却可能在无意中改变了流行舞蹈的历史，还加速了作为六十年代中后期标志的女性时尚的情欲革命，他不禁笑了起来。

她抓起他的手，带着它在睡袍下的大腿间游移。他的羊角面包和法式咖啡在餐桌上渐渐冷却，连同困扰了他整个春天的时光之谜一起，被抛到了脑后。

"等到家的时候，"她低语，"我会把丝袜给你留着的。"

\* \* \*

"快跟我说说，"弗兰克问，"巴黎之行怎么样？"

"真的非常不错。"杰夫一边告诉他，一边在广场酒店橡树厅里的宽扶手椅上坐下，"我正需要这样的旅行。对了，你感觉哥伦比亚大学怎样？"

他的老搭档耸耸肩，示意服务生上前。"看起来就跟我预计的一样，并不轻松。还是喝杰克丹尼吗？"

"我是能找到就喝这个。那些法国人听都没听过用麦芽发酵的威士忌。"

于是，弗兰克点了杯波旁威士忌，又为自己点了杯格兰利威。一阵忽隐忽现的小提琴声从棕榈餐厅飘来，穿过敞开的酒吧大门，消散在优雅古老的纽约酒店大堂中。在那宁静祥和的乐声之中，偶尔还能听见酒杯轻碰的几声脆响，以及周围人交谈时那枯燥而模糊的嗡嗡声，谈话内容在餐厅厚重帘幔及豪华皮革的阻隔下，变得模糊不清。

"我在法学院的第一年，去的并不全是我期待中的那种酒吧。"弗兰克笑容满面地说道。

"这是你从'莫伊与乔伊'提升了啊。"杰夫表示认可。

"夏拉也一起过来了吗？"

"她今晚看《边缘之外》去了，我跟她说我是来谈生意的。"

"你们俩挺合得来的，我猜。"

"她挺好相处的，人也有趣。"

弗兰克点点头，晃了晃服务生放在他面前的冰凉酒饮。"那，我想你没怎么再跟那个和我提起过的埃默里女孩见面了吧。"

"朱迪吗？没有，去拉斯维加斯之前我们就分手了。她是个好姑娘，挺讨人喜欢的，可惜……过于天真。还是太年轻了啊。"

"她不是和你一样大吗？"

杰夫警惕地看着他，"弗兰克，你又在扮演大哥了？想说我没办法搞定夏拉或其他事是吗？"

"不，不是，只是——你总是让我惊奇不已，没别的意思。第一次见到你时，我以为你只是个乳臭未干的小子，别的不说，赛马方面你还有得学呢，但是你亲自证明了你确实有两把刷子。我的天哪，你不仅赢了那么多钱，开着亚凡提四处兜风，还能带着夏拉这样的女人飞去欧洲……有时候，你显得比实际年龄要老成很多。"

"我想现在是时候换个话题了。"杰夫生硬地说道。

"听着，我并无意冒犯谁。夏拉是个难得的好女孩，我很嫉妒你。我只是觉得……觉得你好像比我认识的人都成熟得快，我不知道。我没打算对你进行价值评判。妈的，我就把它当成对你的赞美吧。我就是觉得有点奇怪，没其他意思。"

杰夫端着酒往后靠在椅背上，想要放松因紧张而绷紧了的肩膀。"我想那是因为我对生活怀有很大激情吧，"他说，"我想做很多事，而且要迅速把它们做好。"

"嗯，我想你已经领先世界上那些容易受骗的蠢蛋很大一步了。再接再厉，希望你一直这么顺利。"

"谢谢，我敬你一杯。"他们各自举起酒杯，默默地忽略刚才两人之间的剑拔弩张。

"对了，你刚才说，你跟夏拉说你要和我谈生意是吗？"弗兰克说。

"是的。"

弗兰克呷了口威士忌，"那，要谈什么？"

"得看情形。"杰夫耸了耸肩。

"什么情形？"

"要看你对我的提议是不是感兴趣喽。"

"在今年夏天你办成那些事情后？你觉得我还会不听你其他疯狂的主意吗？"

"这事远比你能想象的还要疯狂。"

"说来听听。"

"世界职业棒球大赛，还有两个礼拜。"

弗兰克挑了挑眉，"我了解你，估计你想押道奇队赢吧。"

杰夫顿了一下，"没错。"

"喂，咱们说正经的。我承认，你在德比和贝尔蒙特赛马会上确实干得漂亮，可是拜托！洋基队的曼特尔、马里斯都回来了，而且头两场比赛还是在纽约？不行，老兄，你他妈想都别想。"

杰夫身子往前凑了凑，声音不大但很坚定地说："比赛结果就是那样的。那是一场完胜，道奇将连赢四场。"

弗兰克皱着眉头，奇怪地看着他，"你真的疯了。"

"我没疯。那是真的。一、二、三、四场。我们这辈子都不用愁了。"

"你的意思是，我们可能这辈子只能回'莫伊与乔伊'喝酒了吧。"

杰夫喝完最后一口酒，坐了回去，然后摇了摇头。弗兰克继续盯着他，似乎要找出杰夫发疯的原因。

"不然我们下的少一点，"弗兰克松口了，"比如说赌个几千刀，就五千好了，如果你坚持你的预感的话。"

"全都押上。"杰夫坚决说道。

弗兰克点了根泰瑞登，一直没把眼睛从杰夫脸上挪开。

"你究竟怎么回事啊？你是下定决心输一把还是怎的？你要知道，好运终归是会用完的。"

"这事我绝不会弄错的，弗兰克。我会押上我剩下的所有钱，我给你的条件跟上次一样：我出钱，你下注，七三分账。如果你不想的话，你不用冒一点风险。"

"你知道你押的那队赔率是多少吗？"

"不太确定。你呢？"

"我现在也想不起来。不过——肯定是糊弄人的赔率，因为只有容易上当的笨蛋才会去下注。"

"要不你打个电话，问问我们现在的情况？"

"出于好奇，我会的。"

"去吧，我在这儿等你，再叫点酒。记住，我们不只要赢一场。道奇队会获得所有胜利。"

不到十分钟，弗兰克就回来了。

"我的赌注经纪人嘲笑我，"他边坐下拿冰凉的威士忌边说，"他居然在电话里嘲笑我。"

"赔率是多少？"杰夫平静地问道。

弗兰克一口气喝下半杯酒，"一百比一。"

"你会帮我下注吗？"

"你真打算这样做了，是吗？不只是开开玩笑。"

"我不是开玩笑的。"杰夫声明。

"是什么让你对这些事如此肯定呢？你还知道什么世界上其他人都不知道的事呢？"

杰夫眼神闪了闪，竭力保持声音的平静。"这我没办法回答。我只能告诉你，这并不只是我的预感，而是确定无疑的事。"

"这在我听来似乎很可疑啊——"

"我发誓，里边绝对没有违法的勾当。你也知道，如今他们没法操纵职业棒球赛了，即便可以，我又怎么会知道什么内幕呢？"

"可你说那话就像知道很多事啊。"

"我就知道这么一点：我们不会输掉这次赌注的，绝对不会。"

弗兰克目不转睛地看着杰夫，一口气喝光了剩下的酒，然后又叫了一杯。"妈的，"他嘀咕着，"去年四月遇到你之前，我以为我今年都得靠奖学金过活了。"

"什么意思？"

"意思就是，我想我会加入你这个愚蠢的计划。不要问我为什么，因为等第一场比赛结束，估计我会想把自己脑袋炸开找找答案。不过还有个事。"

"你说。"

"以后别再说七三分账、把全部的钱都押下去这种屁话了。咱们都碰碰运气吧，把从拉斯维加斯赢来剩下的钱全投进去——我从牌桌上赢的也加上去——赢的我们平分。同意吗？"

"成交，老搭档。"

那个十月，是科法克斯和德拉斯戴尔二人的十月。

头两场比赛，杰夫带夏拉到洋基球场去看了，而弗兰克甚至没法坐到电视机前观看。

道奇队以五比二拿下了开幕战，那场比赛由科法克斯主投。第二天站上投球区土墩的是强尼·波德瑞斯，在王牌后援投手罗恩·佩安诺斯基的协助下，他让洋基队得了一分，可惜道奇队仍以十支安打得四分的成绩获得了胜利。

第三场比赛在洛杉矶举行，那是"大人物"德拉斯戴尔的经典一战：一比零完胜洋基队，把洋基击球手们一个接一个放倒。九局中的六局，德拉斯戴尔都让至少三个击球手出局。

第四场比赛双方势均力敌，就连在纽约皮埃尔酒店用彩色电视看比赛的杰夫，也开始紧张得冒汗了。惠特尼·福特，洋基队的主投手，再次对上科法克斯，两人均使尽全力，拼了个头破血流。洋基队的米奇·曼特尔和洛杉矶道奇队的弗兰克·霍华德各自都击出了本垒打，将比分在七局结束时打成了一比一平。接着乔·佩皮通在给三垒手克力特·波伊尔传球时出现失误，使道奇队的吉姆·吉列姆得以攻进三垒。下一个站上击打区的是威利·戴维斯，在他一记深远的安打下，吉列姆跑回本垒得分。

于是道奇队在世界职业棒球大赛中以四连胜击败了洋基队，这是该纽约球队自一九二二年被巨人队打败后，第一次输得这么惨。这是棒球史上爆的一次大冷门，是杰夫一辈子都不会忘记的事，就像他不可能记不住自己的名字一样。

　　在杰夫的坚持下，弗兰克将十二点二万美元的赌金分别交给六个城市的二十三个不同庄家，并在拉斯维加斯、雷诺和圣胡安的十一个赌场分开下注。

　　这次，他们总共赢得了一千两百多万美元。

# 第五章　改变过去

赌博游戏结束了，他们都很清楚这一点。关于他和弗兰克的说法已经传开，因而国内没有一个庄家或赌场会接受他们任何一人的大额下注。

当然了，改用更文雅一些的名字，还是有别的赌注可以下的。

"……把会计部设在那间办公室，法务人员的位置在大厅对面那里。现在，我们从这边下去……"

弗兰克兴致勃勃地带杰夫参观着他租下的办公室，在西格拉姆大厦第十五层，目前只配备了部分家具。经得杰夫同意，弗兰克选定了这个地方，并负责安排从注册成立这家"未来股份有限公司"到聘请秘书和簿记员等需要做的一切琐事。

弗兰克早已从法学院退学，俩人心照不宣地默认了彼此的分工：弗兰克负责监督公司的日常运营，杰夫则负责更大的投资及公司整体发展方向的决策。弗兰克不再质疑杰夫的建议是否正确，但自从世界职业棒球大赛的那次巨大成功后，两人之间就蒙上了一层奇怪的阴影。他们几乎没有交流，但杰夫知道弗兰克喝得比以往更多了。他之前的好奇已被日益增长的恐惧所取代，恐惧杰夫到底知道多少事，他又是怎么知道的。此后，这事再也没被提起过。

"……通过这里的接待区——再过几个礼拜，你就会看到一个大美女在这张桌子前坐着——然后……我们就……到了！"

这间办公室很大，但不知怎的却给人以舒适的感觉，让人印象深刻却又不会心生畏惧。椭圆形的大橡木办公桌后，一张黑色的巴塞罗那椅正静待它的主人。桌子对面是个酒藏丰富的吧台，以及一个考究、小巧的电视音响支座。两边墙上的落地窗，一边可以欣赏哈德逊河的风光，另一边则可以看见曼哈顿中心区的幢幢高楼。几盆繁茂的植物，为办公室的每一个角落带来了葱郁的感觉，而一幅幅装在画框中的波洛克[1]抽象画，则为人类创造的价值提供了证明。有趣的是，一面墙上还挂了幅放大的马的照片，马身上挂满了鲜花，正是在肯塔基德比赛马会后戴上冠军花环的夏多克，看着特别合适。

"这是专属于你的，兄弟。"弗兰克笑着说道。

杰夫被弗兰克所做的一切感动了。"弗兰克，这真是太棒了！"

"当然，要是你有什么不喜欢的，我们马上就可以改。设计师知道这些都是初步的——还要得到你的认可。毕竟，你才是要在这里办公的人。"

"这样就很好了。我真的被震撼到了。你可别告诉我有哪个设计师能想出挂夏多克照片的点子。"

"没有，"弗兰克承认道，"的确是我提议的。我想你看到后，应该会很高兴。"

---

1 波洛克（Jackson Pollock，1912–1956），美国抽象派画家，光效应艺术的创始人。

"它会带给我很多灵感的。"

"那正是我所希望的。"弗兰克露出笑容,"天啊,每次想到这些事发生得有多快,多——哎呀,你知道我的意思的。"孩子般欢乐的时刻来得快,去得也快。过去的那些经历让弗兰克不断变得成熟:那些心照不宣、得不到回答的问题,那次突如其来、无法解释的成功……都是他难以应对之事。

"话说,"弗兰克挪开眼神,看向空荡荡的接待区说,"我今天还有一大堆的事要忙呢。我从门罗那儿订了一堆崭新的办公计算机,按说两天前就该到了的。所以,如果你只是想稍微适应一下这里,感受一下这个地方……"

"没关系,弗兰克,你忙去吧。我很乐意在这里坐一会儿,想想事情。再次表示感谢。你做得太好了,兄弟。"

他们握了握手,以刻意表现友好的姿势拍了拍对方的肩膀。然后,弗兰克便朝那些几乎空无一物的办公室大步走去,杰夫则在大书桌后的巴塞罗那椅上坐了下来,在舒适的包覆中放松了自己。

一切易如反掌,甚至比他预想的还要轻松。比如那两场赛马会、一局局重演的世界职业棒球大赛……有了从那些稳赚不赔的赌局中赚来的巨额资金,杰夫现在可以为所欲为,同时轻而易举,甚至更轻易。

他已经开始研究股价,回想他之前对未来世界的认知,并将这些知识用来推断当前的市场情况。虽然他没法把那些年中经济的每一次下滑和增长都记住,但他确信,他有足够的全局洞察力,将不相干的轻微经济衰退与倒退都考虑到。

因此,有些投资是明显可以去做的,比如IBM、施乐、宝丽来。其他的则要求考虑得多一点,得先在他脑中把已经发生或即将到来的社会变动,和可能从中获利的那些公司联系起来。杰夫知道,剩下的六十年代将是普遍繁荣的时代，美国人将因为商务或休闲而足迹遍天下，所以，他的未来股份有限公司应该重仓持有酒店和航空公司的股票。同理，波音公司的股票也是必须要买进的，因为它即将开始长期上涨，虽然那备受吹捧的超音速运输机计划很快就会被叫停了，而波音727与747，虽然尚未公布，却将成为未来二十五年主要的商用飞机。其他航空公司也会有各自的成功与失败，杰夫坚信做份详细的调查会帮他记起，是哪家公司拿下了那些最赚钱的阿波罗计划合同，并且最终还组建起了一支航天飞机舰队。

杰夫低头凝视着商业气息浓厚的哈德逊河。他回到这段时空的第一天就注意到，此时，离日本汽车的大肆涌入还有很长一段时间，而美国人对大型车的酷爱之情已经快到顶了，因此，投个一百万到克莱斯勒、通用和福特汽车公司没有什么坏处。美国无线电公司或许也会是个短期投资的好选择，因为彩电即将成为标配，而且现在距离索尼压倒性地进军美国市场，可能还有好多年。

杰夫闭上眼睛，被这一切可能性搅得头晕目眩。曾经遭受过的每月财务危机、由责任过多而薪水过少的工作所带来的终身挫败感，如今都已成为过去，而且之后再无须担忧。谁会在乎这是怎么发生的？他年轻、多金，而且很快就会有更多数不尽的财富。他无意做任何改变，甚至不愿对其提出质疑，更不用说回到他曾生活过、或者臆想出来的另一个现实去。现在的他拥有了曾经渴望拥有的一切，而且还有时间和精力尽情享受。

"……无论共和党的候选人是戈德华特还是洛克菲勒。贝克丑闻[1]

---

[1] 博比·贝克曾是第三十六任美国总统林登·约翰逊的得力助手。一九六五年，被控告接受贿赂以影响参议员投票而坐牢。

不大可能对总统的连任产生什么严重影响，虽然白宫核心集团内部的‘倒约翰逊’运动确实有这种可能，如果调查行动进一步升级的话。肯尼迪幕僚更关切的将会是——”

“咱们不能看点别的吗？”夏拉噘着嘴说道，“真不明白你为什么这么关心这些政治上的事。距离下次选举还有整整一年时间呢。”

杰夫给她一个安抚的微笑，但没作回答。

“……减税以及民权法案。除非能在十二月二十号国会休会前通过，否则在参众两院的春季会议期间，这些提案将面临更为艰苦的较量，而肯尼迪也将被迫在国会持续不断的争斗阴影下开始竞选活动，而非他所期望的双重胜利气氛。”

夏拉默默地深吸了一口气，从沙发上起身，朝通往这幢地处东七十三街的小洋房楼上的楼梯走去。“我在床上等着你，”她扭头说道，身体在轻薄透明的桃色睡袍下袒露无遗，“如果，你还有兴致的话。”

“……尽管猪湾事件[1]备受指责，尽管和劳工联盟及产业工会联合会以及钢铁工业这些不同机构间存在着各种尖锐的矛盾，可对大多数民众而言，他的形象与他个人依然是不可分割的。他那倾倒众生的年轻魅力、迷人的妻子、钟爱的儿女，其家族所经历过的悲和喜，身上的那股从容优雅和机敏幽默，他所有的一切——”

杰夫将索尼VTR的原型机里的带子倒了回去。这台花了他一万一千多美金的机器注定是要失败的，因为它领先了时代整整十年，太超前了。顿时约翰·肯尼迪的黑白影像集锦再次点亮了屏幕，如此熟悉，却依然令人心碎。画面中，肯尼迪或坐在他那张知名的摇

---

1 猪湾事件（The Bay of Pigs Invasion），是一九六一年四月十七日在美国中央情报局的协助下逃亡美国的古巴人向菲德尔·卡斯特罗领导的古巴革命政府进行的一次武装进攻。猪湾事件标志着美国反古巴行动的第一个高峰。

椅上露出微笑，或在机场跑道上将小约翰和卡罗琳搂在怀里，或和兄弟们在海恩尼斯港的沙滩上耍闹。杰夫早已将这个男人这些公开的生活片段看过无数遍，但是二十五年来，紧接着短片放映的总是达拉斯城的那辆敞篷轿车、人们脸上极度的恐惧、杰奎琳衣服上沾染的鲜血和臂弯中的玫瑰。不过幸好，这些画面目前都还没有出现。今晚，录像带里那在不到两个小时前播出的新闻节目中，尚不会有林登·约翰逊接掌权力的照片，也不曾有穿过华盛顿特区的送葬队伍，以及画面淡出时的永恒火焰。今夜，他们提及的那个男人还会活着，充满着生机活力，心中满是对自己和国家之未来的抱负。

"……优雅及机敏幽默，让他提出的'新边疆、新开始'政策至少看上去是有分量的……有些人认为，这标志着现代卡米洛[1]繁盛时期的到来。这种极其正面的形象，而非他在首任取得的任何显著政绩，正是新任肯尼迪连任团队要善加利用的。索伦森、奥唐纳、塞林格、奥布莱恩以及鲍比·肯尼迪，都十分清楚各自候选人的优势和弱势，也知道这些即时神话的威力。你几乎可以肯定，他们都知道该把注意力集中在即将到来的竞选活动的哪处。"

新闻切换到法国总统戴高乐在隆重的典礼中访问伊朗国王的镜头，杰夫便关掉了电视。肯尼迪还活着，他思索着，过去几个星期他时常琢磨这个事情。谁知道，他会带领美国走向何方呢？是带给美国持续的繁荣富强、种族和谐，还是让美国提早从越南抽身退出？

肯尼迪还会活着，从现在算起还有三个礼拜时间。

除非，除非……除非什么？杰夫脑中冒出一个想法，虽然有点荒唐甚至老套，但他依然忍不住去想。然而，这不是电视剧，也不是科

---

1 卡米洛是传说中坚不可摧的城堡，此处比喻为一个昌盛的时期。

幻小说中的情节。杰夫就在当下，在这尚未从灾难中苏醒的一九六三年，本时代最大的悲剧即将在他那双知晓太多秘密的眼前上演。他是不是有可能插上一手？那么做合适吗？不过是成立了一家未来企业，他就已经给此时的经济现状带来了重要改变，幸好在这时空连续体中，还没有出现什么无法承受的迹象。

当然，对于这起即将发生的暗杀，除了在十一月二十二日那天直接冲到藏在得州教科书仓库六楼房间和杀手对峙外，杰夫觉得必定还有什么是他能做的。是打个电话给联邦调查局，还是写封信给特勤局呢？不过当局肯定没有人会把他的警告当一回事的，即便有，他很可能也会被当作可疑的共犯给抓起来。

他走到露台入口旁的小吧台，给自己倒了杯酒，然后接着考虑这个问题。现在跟任何人说这事，他们都会认为他是疯子，直到总统的车队驶过迪利广场、进入暗杀场地，最后悲惨地离开。然而，到那时他们将付出沉重的代价，再想为这世界做点好事也太迟了。

他该怎么办，就这么坐视谋杀的发生吗？就因为害怕自己被看成傻子，而任凭历史无情地重演吗？

杰夫环视着这栋考究的洋房，它比他和琳达曾经想买的房子要好得多了。他只花了六个月，就几乎不费什么力气地得到了这一切。而他的下半生还会将这些享受和财富无尽地扩张下去，因为他知道未来将会发生的事。可要是他没有根据所知的其他事采取行动，那他将永远无法好好享受这些成就。

他必须得做点什么。


于是，他在十五号那天飞到达拉斯，走进了在机场遇到的第一个电话亭。他飞快地把"O"开头的名字翻了一遍，找到了要找的那个。

虽然看着好像跟其他的一样，但在杰夫眼中，那些字母则宛若火焰铭刻的一般，跃然纸上：

李·哈维·奥斯瓦尔德，贝克利北路 1026 号，555-4821

杰夫抄下地址，然后从安飞士租车公司租了辆普通的蓝色普利茅斯。柜台的那个女孩还告诉了他，他在找的那一块该怎么走。

他开着车，在橡木崖那栋白色木屋门口来回了六次。他想象自己走到门前，按响门铃，然后和前来开门、有着温柔嗓音的年轻俄罗斯女人玛丽娜说话。他要对她说些什么呢？"你丈夫准备刺杀美国总统，你一定要阻止他"？可万一开门的是刺客本人呢？他又该怎么办？

杰夫再一次缓缓地开过那不起眼的小屋，想着那个住在里面的男人，想着他正等候时机、密谋着打破这个世界的得意自满。

最终他没有停下，直接离开了那里，在沃斯堡的一家凯马特买了台便宜的手提打字机、一些打字纸和一副手套。然后回到离东机场高速不远的那家普通假日饭店的房间，戴上手套，拆开那沓纸，万般不愿地开始写那封信：

约翰·菲茨杰拉德·肯尼迪总统
华盛顿特区，宾夕法尼亚大道 1600 号，白宫

肯尼迪总统：

是你孤立了菲德尔·卡斯特罗总理和获得解放的古巴人民。你就是那压迫者，是全拉丁美洲，甚至全世界自由人民的公敌。

你要敢来达拉斯，我就杀了你。我将用火力威猛的来复枪，一枪

打爆你的头，再用你溅出的血为西半球的自由斗士们书写正义。

这可不是吓唬你。我已经上好装备，如有必要，可随时赴死。

记着，我一定会取了你的狗命的。

古巴必胜！
李·哈维·奥斯瓦尔德

杰夫写上奥斯瓦尔德家的地址，然后驱车回到镇上，将信投进了距离那不起眼的木屋两个街区远的邮筒中。一个小时后，他出现在达拉斯东南方向四十英里处，手套早已被汗水打湿。当他站在桥上，将打字机扔进前不着村后不着店的大湖中时，绷紧的皮革让他的两只手都变麻了。在开到一个偏偏叫作枪管的偏僻小镇附近时，他终于将那副该死的手套脱下，丢出了窗外，那感觉倍儿棒。他顿时觉得自己的手自在、干净多了。

接下来的四天，他都待在假日酒店房间里，除了叫客房服务不跟任何人说话，并且只在买当地报纸时才露面。终于，周二，也就是十九号那天，《达拉斯先驱报》第五版上出现了他一直苦苦等待的消息：李·哈维·奥斯瓦尔德因危及总统的生命安全而被特勤局逮捕，并且在本周末肯尼迪结束对得州为期一日的访问之前，都不得保释。

当晚，杰夫在返回纽约的飞机上喝得酩酊大醉，但那酒精却丝毫不影响他体会到的胜利喜悦，以及那些充满大脑令他欣喜无比的念头，世界呈现出这样一些画面：越南，谈判取代了战争，饥饿的人们解决了温饱，不必发生流血事件就实现了种族平等……在那个世界里，约翰·肯尼迪与人类的乐观精神都不会消失，而是在地球上开花结果、繁荣兴盛。

飞机着陆之际，曼哈顿的灯光灿烂辉煌，仿佛预示了杰夫刚创造出来的璀璨未来。

星期五下午一点十分，他的秘书没有敲门就径直打开了办公室的门。她站在门口，眼泪顺着脸颊流淌而下，一句话也说不出来。杰夫见状，都不需要再问发生了什么事。他觉得自己的五脏六腑仿佛被某种无形的重物给击中了。

弗兰克出现在秘书身后，轻声地告诉这位年轻女士今天没有什么事务要处理了，她和其他人都可以回家了。然后，他拖着杰夫，两人一起离开了大楼。只见人们呆呆地聚集在公园大道上，有些在放声大哭，有些则围在汽车或半导体收音机旁。大多数人只是茫然地盯着前方，心不在焉地迈动着双脚，步子迟缓，失魂落魄，完全不像平时的纽约人。仿佛一场地震突临，将曼哈顿坚实的水泥地面震塌了去，所有人都不确定哪里才是可以站稳之地。没人知道街道是不是会再次震动、塌陷，甚至分裂开来，吞噬整个世界。在一个震动的瞬间，未来已然而至。

弗兰克和杰夫在离麦迪逊不远的一家安静酒吧找了张桌子坐下。电视屏幕上，空军一号正要飞离达拉斯，上面运载着总统的遗体。在杰夫的脑海中，他仿佛看见了林登·贝恩斯·约翰逊宣誓继任总统，身旁站着茫然无措的杰奎琳·肯尼迪。他还看见了那条血迹斑斑的裙子，以及那束玫瑰。

"现在局势如何？"弗兰克开口问道。

杰夫将自己从那可怕的幻想中拉回。"什么意思？"

"接下来世界局势会如何？我们该何去何从？"

杰夫耸了耸肩。"我想这很大程度上要取决于约翰逊总统了。看他会成为怎样的总统。你觉得呢？"

弗兰克摇了摇头。"你不是用猜的，杰夫。我从来没见你猜过什么。你就是知道那些事。"

杰夫四处张望着，想叫个服务生，结果他们都在看电视，听着年轻的主播丹·拉瑟第二十次播报下午的重大事件。"我不知道你在说什么。"

"其实，我也不是特别确定。但是你真的……有些不太对劲。有些古怪。我不喜欢这样。"

杰夫看到他搭档的双手颤抖着。他肯定非常需要来杯酒。

"弗兰克，今天真是可怕而又蹊跷。我们所有人都被吓到了。"

"你没有。你所受的惊吓跟我、跟其他人都不一样。办公室里甚至没人告诉你发生了什么事。就好像他们没必要说，好像你已经知道接下来会发生什么事一样。"

"别逗了。"这时，电视上一位身材魁梧的警方官员正在接受采访，介绍目前在得州进行的全州搜捕行动。

"上周你到达拉斯做什么？"

杰夫厌倦地盯着弗兰克，"你想做什么？到旅行社查我？"

"没错。你到那里做什么？"

"帮我们考察一下那里的房地产。尽管发生了今天的事，那儿还是个不断增长的市场。"

"说不定情况会变。"

"我不这么认为。"

"哈，你不这么认为？为什么？"

"这只是我的一种感觉。"

"我们已经跟着你的那些'感觉'走了很长一段路了。"

"我们还可以走得更远。"

弗兰克叹了口气，理了理他那过早变得稀疏的头发，"不，我就算了。我已经受够了。我不想再干了。"

"老天，我们甚至都还没有开始呢！"

"我相信你一定会做得非常好的。可是杰夫，这对我来说感觉太怪异了。我没法再继续与你共事了，它让我感觉很不自在。"

"天哪，你不会以为我和……有什么关系吧？"

弗兰克抬手打断了他的话，"我没那样说过，我也不想知道，我只想……离开而已。你可以继续把我大部分的股份当作流动资金，等过几年，或者再久一点也没关系，再从公司利润里把钱还我。至于我还剩下的那些业务，我建议转交给吉姆·斯宾塞，他人不错，挺尽忠职守的。而且他会严格按照你的吩咐去做。"

"胡说什么呢，我们俩是一体的！想当初在德比、埃默里，我们——"

"是啊，那时咱们连赢了好多把。可我现在要把那些筹码兑现了，老伙计。从此不再上牌桌。"

"那你要做什么？"

"先读完法学院吧，我想。然后再自己做些好的、稳健的投资。反正我这辈子已经有足够花的钱了。"

"不要这样做，弗兰克。这样你会错过那千载难逢的好机会的。"

"这一点我毫不怀疑。也许有一天我会后悔，可现在我必须这么做，让内心获得安宁。"说完他站起来，伸出了手，"祝好运，还有谢谢你所做的一切。说真的刚开始还挺有意思的。"

杰夫一边和他握着手，一边寻思着还可以做些什么来阻止他。也许做什么都没用了。有些事该发生就是会发生。

"周一我会找斯宾塞谈谈，"弗兰克说，"如果到那时世界依旧和平，国家也运转如常的话。"

杰夫意味深长地看了他一眼，"会的。"

"谢谢你让我知道。保重，兄弟。"

弗兰克离开后，杰夫挪到吧台的一张凳子上，终于喝上了酒。当哥伦比亚广播电视台报道那则简讯时，杰夫已经喝到了第三杯。"……抓获了一名涉嫌暗杀肯尼迪总统的嫌犯。我再重复一次，达拉斯警方已经抓获一名涉嫌暗杀肯尼迪总统的嫌犯。据悉，该男子名为纳尔逊·班奈特，是个流浪汉，有时又是左派积极分子。当局人士透露，他们在班奈特的口袋里搜出了一个电话号码，其来源是墨西哥市的苏联大使馆。一旦获得该消息的最新进展，我们会第一时间为您做进一步的报道……"

曼哈顿东区这幢洋房的露台，在十一月下旬的寒风中显得萧瑟荒凉。它当初是为了夏天设计的，可惜夏天已经被逐出了这个世界。而那镶着玻璃桌面的桌子、镀铬抛光的躺椅支架，不知怎的令这阴霾的日子更显出了几分凄凉。

杰夫将身上厚厚的羊毛开衫拉紧，再次琢磨起无法阻止的那天达拉斯究竟发生了什么事。这两天，他想这个问题已经不下一百次了。那个纳尔逊·班奈特到底是谁？是奥斯瓦尔德被捕后，候在一旁伺机而动的替补刺客？还是只是个意外，一个碰巧遇上的疯子，受控于远远超过一切人类阴谋的势力，从而保证现实的流动不被阻断？

他很清楚，自己是无从知晓答案的。在这段重来的人生中，他碰上了太多无法理解的事情。这个特殊事件又怎么会比其他的更容易解答呢？然而它却不停地嘲笑、折磨着他。他也曾试过利用自己的预知，以一种积极的方式来重塑命运，然而它远不是下赌注和投资计划这等小事可比的——他所有的努力，不过是在历史长河中激起了一朵小小的涟漪。刺客的名字被换了，仅此而已。

他暗自纳闷，这对他的未来预示了什么呢？他所有那些想要利用预知的优势来重塑人生的希望……是不是注定只是些无关紧要的小改变，只有量而没有质的变化？难道那些想要得到真正幸福的努力，都会像他对肯尼迪事件的干预一般，遭到莫名其妙的挫败？这一切都超出了他的理解范围。六个星期以前，他还觉得自己像上帝一样无所不知，将来的成就似乎无可限量。可是现在，所有的一切又再次打上了问号，有待商榷。他感到一种麻木的绝望，这种感觉比他上寄宿学校，在那个可怕的日子在小桥边做那事还要糟糕。

"杰夫！哎呦，我的天哪，你快过来！他们杀了班奈特，就在电视上，我亲眼看到的！"

杰夫缓缓点了点头，跟着夏拉走了进去。谋杀过程一次又一次地回放，正如他早已预料的那样。那个酷似杰克·鲁比的人戴着他在B级片中扮演黑帮时戴的帽子，凭空出现在达拉斯郡监狱地下室的过道里。接着出现了一支手枪，几乎是同时，纳尔逊·班奈特就奄奄一息了，满是胡子的脸上挂着一抹扭曲的痛苦，就像当初李·哈维·奥斯瓦尔德被完整记录下来的扭曲的垂死景象。

杰夫知道，约翰逊总统很快就会下令，全面调查这个血腥周末发生的一系列事件。同时还会成立一个特别调查小组，由首席大法官厄尔·沃伦领导。他们将努力寻找答案，可惜什么都找不到。而生活依然会继续下去。

# 第六章　完美生活

自此后，杰夫就甚少参与除了赚钱以外的事。他在赚钱方面倒是十分在行。

电影股票是个相当简单的选择。六十年代中期，电影上座率很高，并且出现了第一批出售给电视联播网时创下数百万美金票房的电影，比如《桂河大桥》和《埃及艳后》等。尽管杰夫知道很多小型电子企业将会身价倍增，但他还是避开了它们，只因为他不记得赢家的名字了。相反地，他把钱大把投入到他知道因投资电子业而能繁荣昌盛上十年的综合性大企业中：利顿工业、系泰机电、林·特姆科·沃特公司。他选择的股票从购入之日起就几乎全都盈利，然后他再把收益投资回去，购买更多股份。

很划算的买卖。

尽管杰夫叮嘱夏拉要把注下在卡修斯·克莱[1]身上，她还是倔强地赌了李斯顿，但她还是很享受这场比赛的。杰夫对这个晚上明显更喜忧参半：他对比赛本身倒是没有太多感觉，反而是对周遭环境和人群的反应更多。在场的几个豪赌客和专业赌徒认出了杰夫。在世界职业棒球大赛赌局记录胜出后，他的大名就传遍了赌界，甚至背负着那数百万美金赌注的欠债人中的几个都对他露出大大的笑容并"翘起大拇指"。他可能被驱逐出了他们的圈子，但他已经成了那个圈子里的传奇，并被赋予了那个重量级的传奇应有的所有荣誉。

他认为，在一定程度上，那就是困扰他的问题——那些赌徒显而易见的尊敬实在是一个太清晰的暗示，即，他是通过制造一场美国地下赌博世界的巨大骗局来重新开始这一轮人生的。他将会在那样的背景下被他们永远铭记，无论他以后在社会上有多飞黄腾达。这让他想要洗个久久的热水澡，去除掉那些萦绕不散的雪茄烟味和肮脏的铜臭味。

但问题也关乎一些更实在的事情，豪华轿车疾驰过科林斯大道，经过那一排迈阿密海滩旅馆的粗俗墙面时，他想。尤其是夏拉。

此刻，她已融入拳击赛的人群中，夹在那些身着俗丽的紧身裙，化着夸张浓妆的年轻活泼的女人当中，她看起来如鱼得水。瞥一眼坐在身旁的女人，他不由得想，面对现实吧：她看起来就很轻贱，昂贵却轻贱。就像拉斯维加斯，像迈阿密海滩。从粗略的估价上看，每个人都很清楚夏拉不过就是个专门设计用来供人泄欲的机器。仅此而已。就是那种典型的不要带回家给妈妈看的那种女孩，他想到自己正是那么做的时不禁面部有些扭曲：他们为了冠军赛开车来此途中停在

---

1 拳王阿里。

了奥兰多。他的家人对他一夕暴富感到不知所措，甚至吓坏了，但即使这样，也无法隐藏他们对夏拉的蔑视，以及对杰夫和她同居这一消息的焦虑失望。

她探身向前，从包里摸烟，这一动作使她裙子的黑绸紧身上衣松松垮下，让杰夫瞥见了她奶油色波涛汹涌的巨乳。即使在此刻他也渴望着她，他感到一股熟悉的欲望，想将他的脸压在那肉体上，滑起她的裙子，露出她完美的双腿。

他已经跟这个女人在一起近一年了，与她分享除了他的思想和感情以外的一切。这个想法突然让他很倒胃口，但她的美貌却是对他多愁善感的谴责。为什么他任由这种关系发展了如此之久？她对他最初的吸引力是可以理解的；夏拉是男人幻想的尤物，是伴随他重返青春的一道难以抗拒的佳肴。但这本质是一种空洞的吸引，缺乏内涵和复杂性，就像贴在他大学寝室墙上的斗牛海报一样充满了年轻的稚气。

他看着她点燃了香烟，她那极具欺骗性的贵族似的脸蛋沐浴在打火机昏暗的红色光晕中。她发现了他在盯着她看，于是扬扬她细长的眉，摆出一副性挑逗和允诺的表情。杰夫别开目光，眺望宁静清澈的河水对面的迈阿密灯火。


第二天早上，夏拉去了林肯路购物。她回来时，杰夫在多拉的一个套房里等着她。她把大包小包放在门厅后马上移步到最近的一面镜子前补了个妆。白色背心短裙衬出她耀眼的黝黑肤色，高跟凉鞋使她那光裸的棕色双腿看起来比原本更长更苗条。杰夫把大拇指从他手上厚厚的棕色信封的锋利边缘移开，他差点就改变了主意。

"你在里面干嘛呢？"她问道，手伸向背后拉开透气棉布裙拉链，"我们换套衣服去晒晒太阳吧。"

杰夫摇摇头，示意她坐在他对面的椅子上。她蹙眉，将棕色背上的拉链拉上，坐在他指的位子上。

"你怎么了？"她问道，"为什么心情这么奇怪？"

他开口了，但几小时前他就认定言语不合适。他们从没有以任何方式就任何事情真正交流过。言语交流在他们之间不太行得通。他把信封递给了她。

夏拉接过来时噘了噘嘴，然后撕开了。她瞪着那六叠整整齐齐的百元钞票好一会儿。"多少？"她最终以平静、克制的声音问道。

"二十万。"

她又向信封里瞥去，抽出一张帕纳波拉航空公司到里约的头等舱票。"这是明天早上的，"她审视了一下道，"那我放在纽约的东西怎么办？"

"我会把它们送去你想要的任何地方。"

她点点头，"在我离开前，我得在这里再买些东西。"

"随你喜欢。计入房费里就行。"

夏拉再次点点头，把钱和机票放回她身旁桌上的信封里。她站起身解开裙子，让它滑落在地，铺在她脚四周。

"管他呢，"她边解开胸罩边说，"为了这二十万，你值得最后再爽一次。"


杰夫独自回了纽约，回到他的投资项目中。

他知道，在接下来几年，裙子会越来越短，这为花纹长筒袜和裤袜创造了巨大需求。杰夫买了美国恒适集团三万股。所有那些暴露的大腿肯定会造成些后果，于是他大力买进了生产制造避孕药的制药公司。

在他们搬进西格拉姆大厦十八个月后，未来股份有限公司持股的账面价值已经高达三千七百万美金之多。杰夫全额还给了弗兰克，并写了封长长的私人信件附带最后那张支票一起寄给了他，但却再也没有收到回信。

当然，并不是所有事都完全按照杰夫的计划进行。在通讯卫星公司上市时，他想把它的大部分股份收入囊中，但因为那只股票太受欢迎，发行的股票限制每个买家只能买进五十五股。令人惊奇的是，IBM在一九六五年一直都不景气，虽然第二年它就东山再起了。快餐连锁店，杰夫选择了丹尼快餐、肯德基以及麦当劳。它们在一九六七年经历了一次大跳水，一年后却如火箭升空般出现了百分之五百的涨幅。

到了一九六八年，他的公司资产已高达数亿，他还批准在派克大街和第五十三大街上构建了一栋由贝聿铭设计的六十层楼的公司总部。杰夫也下令购买位于休斯敦、丹佛、亚特兰大和洛杉矶商业及住宅预定地的大片土地。他的公司以每平方英尺五美元的价格购买了洛杉矶新世纪城项目将近一半的未开发的房地产。杰夫在达奇斯郡购买了一块三百英亩的地产作为私人使用，从曼哈顿沿哈德逊河向上两个小时的车程。

他跟各种各样的女人约会，跟她们中的一些上床，自始至终憎恨这整个毫无意义的流程。喝酒、吃晚餐、看戏剧、听音乐会，参加画廊开幕式……他逐渐开始鄙视这种死板的约会礼节，怀念那种简单的、单纯与人在一起的轻松亲密，共享的友好沉默和自然而然的笑声。另外，他遇到的大多数女人要么对他的财富表现出明显的兴趣，要么就是太过做作地表现出厌烦。有一些甚至因此恨他，拒绝跟他约会。在六十年代后期，大笔的个人财富对很多年轻人来说是一种诅咒，杰夫在多次场合中不得不觉得自己对这个世界的所有疾病——从内城区的饥荒到凝固汽油弹的制造，都负有直接责任。

他等待着，将精力都集中到工作上。六月就要到来了，他不停地提醒自己。一九六八年六月，到那时一切都将改变。

准确来说，是六月二十四日。

罗伯特·肯尼迪离世还不到三周，被夺去了头衔、重生为穆罕穆德·阿里的卡修斯·克莱正为他的逃兵罪上诉。在越南，北部的火箭从早春开始就一直在袭击西贡。

那是下午三点左右，杰夫回想，是在一个星期一。他晚上和周末在西棕榈滩一个排名前四十的电视台工作，播放甲壳虫、滚石和艾瑞莎·弗兰克林的音乐，并在私人时间里学习广播新闻学的要旨，将自己的访谈或者故事卖给电视台，偶尔也论件卖给 UPI 音响工作室。他记得日期是因为那是他"周一周二"式的周末的开始，而当他在周三回归工作时，他终于成功安排了他职业生涯的第一次大访谈，跟退休的美国最高法院首席大法官厄尔·沃伦进行一场长时间且坦率的电话交谈。他到现在都没搞清楚为什么沃伦会同意跟他这么一个来自佛罗里达州三流无线电台的菜鸟记者对话。但不知为何，他就是成功办到了，而这场伟人对其富有争议的任职期的精练反思被美国国家广播公司以一笔相当大的金额买下。一个月内，杰夫就在迈阿密的 WIOD 新闻电台担任全职新闻制作。他的事业开始起跑。他过去的整个成年时代都可被追溯到那个夏天的那一周。

他没有理由选择博卡拉顿，也没有理由不选。有时候周一他会驱车北上去朱诺海滩，其他时候他可能南下到德尔瑞海滩或灯塔角——从马里布到南迈阿密海滩的亚特兰大海岸上遍布的上百个彼此连接的沙滩和文明人类居住地中的任何一个。但在一九六八年六月二十四日，他带着一条毯子和毛巾，以及一个装满啤酒的冷藏箱去了博卡拉顿外的海滩。而现在，他又再次在同一个阳光明媚的日子来到了同样的地方。

她就在那儿，穿着黄色针织比基尼仰卧着，头靠在一个充气式沙滩枕上，正在读一本精装的《机场》。杰夫停在十英尺之外，站在那里看她那年轻的身体，她浓密棕发中的几缕柠檬色头发。沙子灼烫了他的脚，海浪像是在应和他怦怦的心跳。有一瞬间，他几乎要转身离开，但他没有。

"嗨，"他说，"是本好书吗？"

女孩抬头，透过她那透明框、猫头鹰般的太阳镜瞥了他一眼，耸了耸肩。"挺垃圾的，但是有趣。可能拍成电影会更好。"

或者几部，杰夫想。"你看过《2001太空漫游》吗？"

"看过，但是我不知道那都在讲些什么，而且后面有些拖沓。我更喜欢《芳菲何处》。你知道吗，就是里面有朱莉·克里斯蒂的那部。"

他点点头，努力使微笑看起来更自然放松。"我叫杰夫。我坐在你旁边不介意吧？"

"请坐。我是琳达。"那个后来做了他十八年妻子的女人说道。

他铺开毯子，打开冷藏箱，并给了她一瓶啤酒。"你在度暑假？"他问道。

她支起一边手肘侧转过来，接过挂着冰冷水珠的瓶子。"我在佛罗里达大西洋大学念书，但是我家人就住在这镇上。你呢？"

"我在奥兰多长大，在埃默里上过一段时间学。但是现在住在纽约。"

杰夫努力保持冷静，但很难。他无法把眼睛从她脸上移开，他希望她能摘下那副该死的太阳镜，这样他就能看到那双他再熟悉不过的眼睛。他对她声音的最后记忆回响在他脑壳里，细弱而遥远，是电话里的声音："我们需要——我们需要——我们需要——"

"我说，你在那里做什么的？"

"噢，抱歉，我——"他喝了一大口冰啤酒，试图让头脑清楚些，"我做生意。"

"什么类型的？"

"投资。"

"你的意思是，像股票经纪人那样的？"

"也不尽然。我有自己的公司。我们跟很多经纪人打交道，股票、不动产、共同基金……诸如此类。"

她拉低那副又大又圆的太阳镜，对他露出惊奇的眼神。他凝视着那双熟悉的棕色眼睛，多么渴望对她说："这次会不同"，或"拜托，我们再试一次"，或甚至是简单地"我想你，我都忘了你有多可爱了"。但他什么也没说，只是在沉默的希冀中凝视她的双眸。

"那整个公司都是你的？"她难以置信地问道。

"现在是的。几年前我还有个合伙人，但是……现在都是我的了。"

她把啤酒放在沙地上，用瓶子前前后后地碾着沙子，直到挖出一块能把酒瓶放直的地方。

"你是有大笔遗产还是什么的？我的意思是，我认识的大多数人在纽约那样的地方甚至都找不到一个工作……不然就是不想去。"

"不，是我自己创立的，白手起家。"他大笑道，开始感觉跟她在一起更放松了，几年来第一次对自己的成就感到自信和骄傲。"我在赛马之类的赌博中赢了一些钱，我把它们全都投到了这个公司里。"

她狐疑地瞅着他："不管怎么说，你多大了？"

"二十三。"他心跳猛地一滞，意识到对他自己的情况说得太多了，对她却没有表现出足够的好奇。她怎么可能知道他已经了解了她的一切，而且在她生命的这一刻，比她自己了解的都还多。"那你呢，你在学什么？"

"社会学。你在埃默里主修商业还是什么？"

"历史，但我辍学了。你大几了？"

"今年秋天就大四了。那你这家公司生意做多大呢？我的意思是，有很多人为你打工吗？你在曼哈顿有办公室吗？"

"有一整栋楼，在派克大街和第五十三大道上。你了解纽约吗？"

"你在派克大街上有自己的一栋楼。那很不赖。"她不再看他，而是在啤酒瓶旁的沙地上画着雏菊花瓣的图案。杰夫记得他们结婚前几个月的一天，她出乎意料地捧着一束雏菊出现在他门口。阳光洒在她头发后，她的笑容如夏天一般阳光明媚。

"嗯，我……为此付出了大量心血。"他说，"那你毕业后有什么打算？"

"噢，我想也许我会买几家百货商店。从小的开始，你懂的。"她折起毛巾，开始收拾她放在毯子上的物品，将它们塞进一个蓝色的大沙滩包里。"也许你能帮我在萨克斯第五大道上谈到笔好交易，嗯？"

"嘿——等等，别走啊。你觉得我在糊弄你，是吧？"

"别放在心上。"她说着把书塞进包里，抖掉毯子上的沙子。

"不，听着，我是认真的。没有开玩笑。我的公司名叫未来股份有限公司。没准儿你甚至听说过——"

"谢谢你的啤酒。祝你下次更走运。"

"嘿，拜托，我们再多聊会儿吧，好吗？我感觉我好像认识你似的，好像我们有很多可分享的。你了解这种感觉吗？就像前世咱们就在一起了一样，或者——"

"我才不相信这种无稽之谈。"她把折好的毯子搭在一条胳膊上，开始朝公路和一辆辆停泊的车走去。

"听我说，就给我个机会吧，"杰夫跟在她身边说，"我知道如果我们熟识了，我们会有很多共同点的，我们将——"

她光裸的脚旋转了个方向，从太阳镜后方瞪着他："如果你再这么跟着我，别怪我喊警卫过来了。现在，后退，伙计。去找别人吧，行吗？"


"你好？"

"琳达？"

"我是杰夫，杰夫·温斯顿。我们今天下午在沙滩上见过的。我——"

"你他妈到底是怎么拿到这个号码的？我根本就没告诉你我姓什么！"

"这并不重要。听我说，我给你寄了最新一期《商业周刊》。那里面有一篇关于我的报道，上面还附了张照片。在第四十八页。你会发现我没有撒谎。"

"你还有我的地址？这到底是什么绝活儿？你到底想从我这得到什么？"

"我只是想了解你，还有让你了解我。我们之间还有那么多未尽事宜，还有那么多美妙的可能——"

"你疯了！我是认真的。你就是个神经病！"

"琳达，我知道我们的开始很糟糕，但就给我一个机会解释吧。给我们彼此一个余地，以开放的、真诚的方式靠近彼此，来发现——"

"我才不想了解你，不管你他妈的是谁。我不在乎你是不是很有钱，我不在乎你他妈是不是保罗·盖蒂[1]，好吗？滚一远一点！"

"我理解你现在的不安。我知道这一切对你来说肯定很奇怪——"

"如果你再打我的电话，或者出现在我家里，我会报警的。我说得够清楚了吗？"

杰夫听到她狠狠地挂断了电话。

他有机会重新体验他的大半生，而在这一天，他愿意用这所有的一切来换得另一个机会。


密拉苏葡萄园站满了采摘者，他们正在圣荷西东南的斜坡上忙碌着，头顶着大篮的新鲜绿皮葡萄，像丰收的蚂蚁似的朝着老酒窖外的碾碎机和挤压机蜿蜒前行。山坡上如波般布满了一列列大幅间隔的葡萄藤架，而石头建筑群中的橡树和榆树则披上了金秋十月的壮丽色彩。

黛安娜已经跟他生了一整天的气了，田园景致和神秘复杂的酿酒技术并不能安抚她。杰夫今早就不该带她来。他原以为她可能会被那两个年轻的天才所迷住，或者至少是被逗乐，但他错了。

"嬉皮士，完全就是嬉皮士。那个高个子男孩赤着脚，天啊，而另一个看起来就像个……穴居原始人！"

"他们的想法很有潜力，他们长什么样并不重要。"

"嗯，如果他们想靠他们那愚蠢的想法做出点什么成绩，是该有

---

1 二十世纪六十年代美国首富。

人告诉他们六十年代已经结束了。我不敢相信你居然会上当，还给了他们那么多钱。"

"这是我的钱，黛安娜。而我也告诉过你，商业决定也都由我来做。"

他还真不能因为她的反应而真正责备她。如果不是有先见之明，这两个年轻人以及他们满仓库的二手电子元件的确不像是财富五百强的热门候选。但在五年内，那个位于加利福尼亚州库珀蒂诺的车库将会声名大噪，史蒂夫·乔布斯和史蒂夫·沃兹尼亚克将会被证明是一九七六年最成功的投资。杰夫已经给了他们五十万美金，坚持要求他们听从他们最近刚遇到的英特尔公司一名退休的年轻销售主管的建议，并告诉他们想做什么就做什么，只要继续管那东西叫"苹果"。他把新公司百分之四十九的股份交给了他们。

"这世上谁会想在家里摆台电脑啊？而你又凭什么认为那两个邋遢的男孩真的知道怎么造一台出来？"

"我们别讨论这个了，行吗？"

黛安娜又开始使性子不说话了，杰夫知道这件事不会真正被放下，就算她从现在开始对此保持沉默。

一年前，他刚满三十岁后不久，他就跟她结婚了，纯粹是出于方便，没什么别的原因。她当时是来自波士顿的交际花，是美国最古老、最大的保险公司的继承人。她有一股纤弱的魅力，能够在任何到场者的个人净资产超过七位数的聚会上表现自如。她和杰夫相处融洽，只是两人除了熟稔金钱外，共同点少得可怜。现在黛安娜怀孕七个月了，杰夫希望这个孩子能激发出她最好的一面，能为他们二人之间缔造出更深的纽带。

身着合身海军蓝西装的年轻金发女郎带着他们走进酿酒厂的主

楼，来到一个前角的品酒室。菱形的酒架靠墙林立，中间由灯光柔和的壁凹隔断，壁凹里点缀着葡萄园照片、鲜花以及几瓶竖立的密苏拉产品。杰夫和黛安娜站在房间中心的紫檀吧台边，礼节性地小口啜饮着夏多内白酒。

很显然，在七年前海滩上那场不欢而散的相遇后，琳达对她所说的一切言出必行。他写给她的信被原封不动地退了回来，他送出的礼物也都被拒绝了。几个月后，他终于放弃了联系她的尝试，虽然他将她的名字加到了"私人／优先"主题中，以此来通过他订阅的剪报服务掌握她的动态。正因为如此他才能在一九七〇年五月得知琳达嫁给了一位休斯敦的建筑师，那是一个带着两个孩子的鳏夫。虽然杰夫希望她能幸福，但却不能不感觉到被抛弃……被一个对她而言，根本不认识他的人抛弃。

他再一次在工作中找寻慰藉。他最近一次成功出击是以巨额利润售出了他位于委内瑞拉和阿布达比的油田，然后马上把利润投入到阿拉斯加和得克萨斯州的同等房产中，并承包了十二座近海石油钻井设备。当然，所有交易都是在石油输出国组织的利剑落下前完成的。

他寻求的女人的陪伴，在大多方面都跟黛安娜类似：有魅力、陪伴周全、精通所有最考究的社交技巧、有修养，而且有时在床上还要富有激情。富家女，进入美国上流社会的姐妹团。那些了解基本法则的女人，从出生起就明白身为巨额财富的拥有者伴随而来的限制和义务。她们现在和他是同等人了。他有充分的理由从她们这群人中选择一个配偶。他从中选择黛安娜几乎是随机的，她满足适当的标准。如果他们的结合最终能产生更好的结果，那样很好……如果没有，那至少他也没有抱着不切实际的过高期望走向这段婚姻。

杰夫用一点芝士清理了盘子，并品尝了半甜的弗勒里白酒。黛安娜这次没有喝，而是拍了拍她浑圆的腹部作为解释。

也许孩子终究会带来不同。世事难料。


那只圆滚滚的橘色猫咪轻快地跑过硬木地板，势如破竹般迅猛，足以与 Q. J. 辛普森最好的表现相媲美。它的猎物是一条已遭受严重残害的闪亮的黄色缎带，如果被它抓到，很快就会被撕成碎片。

"格雷琴！"杰夫喊道，"你知不知道查姆利撕碎了你的一条黄色缎带？"

"没关系的，爸比，"他的女儿从大客厅较远的角落，在俯瞰哈德逊河的窗子旁回答道，"肯回家了，查姆利和我在帮忙庆祝呢。"

"他什么时候回家的？他不是还在德国的医院里吗？"

"噢，不，爸比。他告诉医生他没病，必须马上回家。于是芭比就给他寄了一张协和号的机票，所以他比其他任何人都早到家，而他一走进家门，她就给他做了六个蓝莓松饼和四根热狗。"

杰夫朗声大笑，格雷琴给了他一个她那大眼睛的五岁孩子的脸能组织起来的最讽刺的表情。"因为在伊朗没有热狗，"她解释道，"也没有蓝莓松饼。"

"我猜也是，"杰夫说道，小心翼翼地保持着他忧伤的表情，"我想他现在肯定很想念故乡的美食，哈？"

"当然啦。芭比知道怎么让他开心起来。"

猫咪回头朝另一个方向冲去，两只爪子不停地拍打着那破破烂烂的缎带，然后在一块能照到阳光的地方侧躺下，对它的战利品沾沾自喜，不时地用后腿猛踢两下。格雷琴回到自己的游戏中去了，沉浸在那精美的玩具屋里的实境游戏中。那个玩具屋是杰夫花了一年多时间为其量身打造的，玩具屋前院的绿色毛毡上的微型树如今装饰着亮黄色的缎带。过去一周，她带着大部分孩子只会对周六早上的卡通节目才会表现出的浓烈兴趣关注着人质危机结束的新闻报道。起先，杰夫担心她对德黑兰事件的狂热，想要保护她免受因看那些偏激的暴徒唱"美国去死"可能带来的心理创伤。但他已经知道这个插曲将会有一个平静的、乐观的结局，所以他选择尊重女儿对世界早熟的理解，也相信她的情绪恢复能力。

他深爱着她，连他自己都没想到会到那种程度，发现自己同时想要保护她不受到所有黑暗的侵害，也想要与她分享所有的光明。格雷琴的到来对他与黛安娜的婚姻没有起到任何加固作用。对黛安娜来说，如果非要说有什么不同的话，那似乎只有孩子给她的生活带来的种种限制所导致的怨恨。但是没关系，格雷琴本身就是他所能实现和想象的一切深刻感情的来源和目标。

杰夫看着她从玩具屋的树上取下另一条缎带，逗弄着又老又胖的查姆利。猫累了，不想再玩。它把一只柔软的爪子乞求地放在格雷琴的脸颊上，而她把自己的脸埋在它毛茸茸的金色肚皮上，用鼻子摩挲着让猫咪全然满足。杰夫可以听到它的咕噜声从房间的另一头传来，与他女儿柔和的笑声交汇在一起。

阳光透过高高的飘窗斜洒进来，在格雷琴依偎着猫咪的抛光地板上投下明亮的条纹状光束。这栋房子，这个坐落于达奇郡的宁静的木造房对她来说很好。它的宁静对任何人类灵魂来说都是慰藉，无论是年轻的或年老的，未经世事的或饱经沧桑的。

杰夫想起他以前的室友，马丁·贝利。格雷琴出生不久他就给马丁打了电话，恢复了不知出于何故，在这一次人生中已经中断了多年的联系。杰夫没能劝服他不要结那场注定会格外不幸的婚姻，这场婚姻曾导致这个男人自杀。但是他确保了马丁在未来股份有限公司有一个稳定的职位，以及不时给他一些绝佳的股票消息。他的朋友又离婚了，那么悲惨，但至少还活着，而且有偿付能力。

杰夫这些天很少想起琳达，或者他的那些故人了。他的第一段人生现在看来就如梦一般。现实是他与黛安娜的情感僵局，和女儿格雷琴在一起的幸福快乐，以及不断增长的财富和权力带来的利与弊。现实如同知识，知识给他带来的一切——好坏参半。


屏幕上显示的图像是纯粹的器官运动：血液平稳地流过弯曲的心室，以一个完美慵懒的节奏交替伸缩着。

"……你可以看到，两边心室都没有明显的阻塞。当然，在你戴了二十四个小时的霍尔特心电图上也没有证据表明你有心跳过快的症状。"

"那这一切到底表示什么？"杰夫问道。

心脏科医师关掉显示着杰夫心脏的超声波影像的录像带机器，面露微笑。

"这意味着，你的心脏处于接近于全美任何一个四十三岁男人所能希望拥有的完美状态。根据 X 光以及肺功能测验显示，你的肺部状况也是如此。"

"那我的预期寿命——"

"只要你保持这种体态，你可能长命百岁。你还有去健身吧，我猜得对不对？"

"一周三次。"杰夫已经从他对七十年代末的健身热潮的预期中获益，且不止一个方面。他不仅拥有阿迪达斯、诺提拉斯以及假日健康水疗连锁企业，而且十多年来充分利用了他们的所有设备。

"嗯，继续保持，"医生说道，"我只希望我所有的病人都能这么好地照顾自己。"

杰夫又多聊了几分钟，但是他的思绪已经飘到别的地方去了：他想到的正是同一年这个年纪的自己，不过已经是二十多年前了。那时候他是一个坐立时间过长、压力过大并体重稍微超标的经理，捂着胸口，脸朝下倒在办公桌上，世界随之一片空白。

这次没有。这次，他很好。

杰夫更喜欢葛努伊餐厅后面舒适的房间，但是黛安娜认为即使是午餐，待在一个可以看风景或被看到的地方至关重要。所以他们总是在前厅用餐，一直都是又拥挤又嘈杂。

杰夫享用着他的龙嵩叶、罗勒、微醋的清蒸鲑鱼，尽他所能无视黛安娜的愠色以及两边餐桌紧逼的谈话声。一对夫妻正在讨论结婚事宜，另一对则在谈离婚。杰夫和黛安娜的午宴谈话就介于这之间。

"你想让她进萨拉·劳伦斯学院，对吧？"黛安娜一边咬着鲜干贝一边厉声问道。

"她才十三岁，"杰夫叹息道，"劳伦斯学院的招生办公室根本就不关心她在那个年纪会做些什么。"

"我十一岁就上了康科德学院呢。"

"那是因为你的父母根本不关心你在那个年纪会做些什么。"

她放下叉子，怒视着他。"我的家庭教养与你无关。"

"但是格雷琴的和我有关。"

"那你就应该希望她从一开始就接受最好的教育。"

一名侍者把他们的空盘子撤走了，另一个则推着甜点车走近。杰夫利用这一空当让自己沉浸在这个餐厅多面镜子里的多重影像中：冷杉绿的墙面、绯红色椅座、看似刚从塞尚的风景画上剪下来的美丽花束。

他知道与其说黛安娜是关心格雷琴的教育，不如说她是想摆脱日常责任而获得自由。杰夫觉得女儿还很小，他无法忍受她要住在离家两百英里远的地方。

黛安娜生气地从金万力调料酒中夹起树莓。"你是觉得让她继续和她从公立学校里拉回家里的那些顽劣孩子交往也无所谓吧。"

"拜托，她学校在莱茵贝克，不是南布朗克斯。对她来说，这是一个很好的成长环境。"

"就我个人的经历来看，康科德也是。"

杰夫挖着他的水蜜桃派，无法将他脑海里的真实想法说出口：他无意让格雷琴成长为她母亲的翻版。那冷漠的世故，愤世嫉俗的态度，将财富视为与生俱来，理所当然和完全可以依赖的东西。杰夫是通过一丝超常的好运和强大的意志力来获得自己的财富的。现在，他想要保护女儿免受金钱的潜在腐蚀，就像他想让她获得金钱带来的好处一样。

"我们下次再讨论。"他对黛安娜说。

"我们得在下周四之前给他们回复。"

"那我们就周三讨论。"

她由此陷入暴怒，他知道，这种怒火她只能靠在波道夫和萨克斯的百货商店中进行一次全神贯注、近乎凶残的挥霍才能解决。

他拍了拍夹克口袋，拿出两颗锡纸装的健乐加消食片。他的心脏可能状况极佳，但他为自己创造的这种生活却极大地损害了他的消化功能。


格雷琴纤长的手指优雅地抚过琴键，指尖流淌出贝多芬动人心弦的《致爱丽丝》。那只名为查姆利的橙色肥猫摊开四肢，躺在她的钢琴凳上，趴在她身边。它现在太老了，不能像曾经那样恣情嬉闹，仅仅是满足于靠近着她，被温柔的音乐所抚慰。

杰夫注视着弹琴时的女儿的脸，黑色卷发垂在她那光滑洁白的皮肤四周。她的表情有些紧绷，但他知道，那并不是她在全神贯注于乐曲的音符和节拍。在音乐方面她天赋异禀，只要弹过一首曲子就无须费力去记或训练它的基本原理。不如说，她眼神中流露出的是一种激情，其中还饱含着这首诱惑人心的简单小曲的忧伤旋律。

她以熟练的连奏和踩住踏板的重复音，奏出了和弦的尾声。弹完后她静静地坐了好一会儿，从音乐把她带去的地方慢慢回转。然后她高兴地露齿一笑，眼睛又变成那个爱嬉闹的女孩。

"是不是很优美？"格雷琴天真地问道，指的只是音乐本身。

"是啊，"杰夫说道，"几乎跟钢琴家弹的一样美。"

"噢，爸比，快别说了，"她红了脸，嬉笑着在钢琴凳上摇来晃去，"我要吃三明治，你也来一个吗？"

"不了，谢谢，甜心。我想我要等到晚餐时再吃。你妈妈应该马上要从城里回来了。她到家的时候，你跟她说我在河边散步，好吗？"

"好的。"格雷琴边喊着，边蹦蹦跳跳地跑向厨房。查姆利醒了过来，打了个哈欠，用它独有的从容步伐跟着她。

杰夫走了出去，沿着林间小路往前走。秋天，榆树林荫道上的树干如同被笼罩了半英里的烈焰。一走出榆树林，首先映入眼帘的便是向下延伸至哈德逊河的辽阔草地，然后是座悬崖，悬崖向下延伸一百码的左边是一连串由岩石构成的瀑布，在瑟瑟的秋寒中奔流直下。通往此处震撼人心的入口一直都给他一种敬畏的战栗之感，竟然有如此美景。同时也让他感到自豪，因为这都是属于他的。

他此刻站在绿色斜坡的顶端，远眺美景。两只小船在远远的火红秋色下，静静地驶向河流下游。三个年轻小伙子沿着对岸漫步，一边无所事事地将石头扔进湍湍的流水中。在他们上方的一个高地建着一座豪宅，虽然不如杰夫的房子豪华，但还是相当壮观。

再过三个月，这条河就会冰冻，形成一条白色的高速路，向南延伸至城里，向北延伸至阿迪朗达克山脉。树木将会掉光叶子，但却不会荒芜：雪将会为树枝装饰上花边，再过几天，甚至是最细小的嫩枝都会被冰柱覆盖，在冬日的阳光下闪烁着无数光芒。

就是这片土地，这个郡，被柯里尔和艾伍兹[1]神话为美国理想之地的地方，他们甚至还素描过这幅景致。站在这里，很容易相信他所做的一切都是值得的。站在这里，或者将格雷琴抱在怀里，拥抱着他和琳达一度渴望却永远得不到的孩子。

不，他不会将他女儿送去康科德的。这是她的家。在她长大到自己足够做出离开这里的决定之前，她都属于这里。当这一天到来时，他会支持她可能做出的任何选择，但在那之前——

某个看不见的东西插进了他的胸腔，比他之前感受过的任何东西都要疼痛和强劲……除了曾经的那次。

他跪倒下去，挣扎着想去记住今天的日期和时间。他瞪大的双眼将秋日风光尽收眼底，片刻之前，这片山谷似乎还是重新获得的希望和无限可能性的象征。接着，他侧身倒下，目光离开了那条河。

杰夫·温斯顿无助地凝望着那片橘红色的榆树林道，是它将他引向这片承诺和实现的草地，然后死去。

---

1 美国著名石版画画家。其以纽约冬季雪景为题材的作品最受收藏家青睐。

# 第七章　轮回

他被黑暗和尖叫声包围。一双手紧紧抓住他的右臂，指甲戳进了他袖子的布料。

杰夫看到他面前的地狱景象：哭泣的孩子，他们尖叫着、跟跟跄跄地奔跑，无法逃离那长着翅膀的黑色怪物，它俯冲下来，啄食孩子们的脸、嘴、眼睛……

然后一个冷若冰霜的完美金发女郎将两个小女孩拽进一辆小汽车里，逃离了袭击。他是在看电影呢，杰夫意识到，是一部希区柯克的电影——《鸟》。

他手臂上的压力随着画面的紧张程度而逐渐变轻，他扭头看到朱迪·戈登面带着少女那不自然的微笑。在他的左边，朱迪的朋友宝拉依偎进了年轻的马丁·贝利保护的臂弯中。

一九六八年。一切又重新开始了。

"亲爱的，你今晚怎么这么安静？"朱迪在马丁的考威尔[1]后座上问他。电影散场后他们正驶向莫伊和乔伊酒吧的方向。"你不会觉得我那么害怕很傻吧？"

"不，不，一点也不会。"

她与他十指相扣，将头靠在他肩上，"好吧，如此你就不会觉得我是个傻瓜了。"她的头发清新、干净，而且喷了几滴浪凡香水在她修长白皙的脖子上。她甜美的气味正如二十五年前，在杰夫的车上那个尴尬的夜晚一样……还有在那之前，几乎是半个世纪之前的同一个晚上。

他所完成的一切都被抹去：他的金融帝国、在达奇斯郡的家……但最具毁灭性的是，他失去了他的孩子。格雷琴，她那修长的身材，已经有了些许女人味的言谈举止，以及她那聪慧的、深情的眼睛，统统都消失了。死了，或者更糟。在这个现实世界里，她根本就不曾存在过。

在他漫长、破碎的人生中，他第一次完全理解了李尔王对科迪莉亚的哀悼：

　　……你再也不会回来了，
　　永远，永远，永远，永远，永远。

"亲爱的，你说什么？你是不是说了什么？"

"没有，"他轻声道，将女孩拉进他怀里，"我只是在自言自语罢了。"

---

1 通用汽车的雪佛兰车厂在一九五九年至一九六九年生产的车款。

"嗯。一分钱买你的想法，告诉我吧。"

宝贵的纯真，他想道。对这个狂乱的世界能带来的伤痛一无所知，也是一种恩赐的幸福。

"我在想，这里有你对我来说有多重要。我有多需要拥抱你。"

这里是他在里士满外曾就读过的寄宿学校，和埃默里大学一样丝毫未变。这个地方的有些方面和他记忆中有些偏差：建筑看起来小一些，公共食堂比他记忆中离湖更近。他已经预见到了这样的小改变，很久以前他就认为是错误记忆造成的，而不是事物的本质发生了具体的变化。这一次，距离上次他来这里已经过去了近五十年，记忆逐渐褪色。他完整的成年人生，虽然被一分为二，但现在又重新开始了。

"在大学过得还好吗？"布兰登夫人问道。

"还不错。就是觉得离校好多天了——想着应该回来看看。"

丰满娇小的图书管理员慈爱地咯咯笑起来。"你毕业都还没一年呢，杰夫，这么快就开始怀旧了？"

"我想是的，"他微笑道，"感觉似乎要久得多。"

"等到十年二十年后，那时你会看到这一切有多遥远。我怀疑那时候你还会不会想要回来看望我们。"

"肯定会的。"

"真希望如此。能知道你们这些男孩子们变成了什么样，知道你们如何应对外面的世界，那该有多好。我认为你们都会做得很好的。"

"谢谢，夫人。我正在努力呢。"

她瞥了一眼手表，有些分神地看向图书馆前门："嗯，我三点要见一群明年的新生，随便带他们逛逛，你走之前肯定会去看安布鲁斯特博士的吧？"

"肯定会。"

"下一次，来我家里吧，我们喝杯雪利酒，追忆旧时光。"

杰夫与她道了别，穿过书架，从侧门出来。他本没有打算跟任何教员或职工交谈，但开车来这儿时他就想到，一两次偶然的相遇是在所难免的。总而言之，他认为他刚才和布兰登夫人应对得不错，但还是为谈话的简短松了口气。他现在已经对处理在埃默里大学里这样的邂逅有了信心，但这里的人将会难处得多。他对这个地方，这里的人的记忆，是那么地遥远。

他在图书馆后面的一条小道上缓步下行，走进了僻静的弗吉尼亚树林，他在这片树林环绕的校园里度过了从青少年到青年的时光。他是被什么东西吸引到这里来的，是某种比乡愁更强大、更无法抗拒的东西。天啊！到目前为止，他已经被强行体会了太多的乡愁，实在不想再找寻更多了。

也许这是他生活中最后一个他还没重新来过的重要生活环境，它还是如他记忆中的那般模样存在着。他已经回到过他在奥兰多的儿时家园，已经两次回到埃默里大学。还有他大学毕业后最初居住的地方，他在那里从一个年轻的单身汉，到后来娶了琳达，在这一次人生和他刚经历的上一次人生中都没有出现。然而，在这里，有人记得他。他在这个学校已经留下了他个人的小小烙印，在这次和上次人生中，这所学校也对他产生了重大影响。也许他只是需要和这里接触，以此来证实他的存在，并让他想起那段现世安稳，而且将不会重复的时光。

杰夫拨开垂落在小道上的一条低垂的榆树枝，毫无征兆地，他就看到了那座一直以愧疚和羞耻困扰着他的桥。

他震惊地站在那里，凝视着那个给他带来五十年梦魇的场景。那仅仅是一座小小的木桥，横跨过一条小溪，结构简单，长度不超过十英尺，但是他一看见它，就无法控制地从胸腔中升起惊慌。他从不知道这条小道通往此处。

他松开榆树枝，缓缓走向那座小桥，小桥由手锯木板和精雕细琢的三脚护栏组成。当然，它被重建过了，他一直都是这么假设的。从那一天起，尽管他仍在学校就读，却再没有来过这个地方。

他在桥边的溪畔坐下，用手抚摸着那饱经风霜的木头。在小溪的另一岸，一只松鼠啃食着捧在双爪之间的橡果，以平静但小心翼翼的眼神注视着他。

在这个学校的第一年，杰夫不算是个腼腆的男孩。安静，并且对学习严谨，但绝不胆怯。他很快就交了好几个朋友，参加了宿舍喧哗的玩闹：比如剃须膏之战啦，在别的学生宿舍里挂卫生纸啦，等等，不一而足。至于女孩，他有着十五岁男孩在那个更为纯真的年代，该有的不多不少的经历。在他初中最后一年时，他有了一个稳定的女朋友。但直到那时，周末从里士满来这个校园参加舞会的高中女生中，没有一个是特别的。那场值得深情回忆的与一个叫芭芭拉的女孩的邂逅，要等到他十六岁时才会发生。

然而，在第一年，他坠入了爱河。彻底地，失去理智地，与他的法语老师相爱了。那是一个二十多岁，名为迪尔德丽·伦德尔的女人。他并不是唯一一个痴迷于她的人。在这个男校里，约百分之八十的男孩都爱上了这个苗条的浅黑肤色的女人。她的丈夫教美国历史。每天吃晚餐的时候，公共食堂里都会上演伦德尔那张桌子旁的六个学生座位的疯抢事件，杰夫每周都会有两三个晚上能抢得一席之地。

他确定她对他是有特殊感情的，比她对其他男孩的明亮温暖更多的感情。当她跟他说话时，他很确定他感觉到了她眼里的特殊光芒和火焰。有一次在课堂上，她带着全班同学朗诵波德莱尔[1]的文章时，站在他椅子后面，缓缓地、随意地揉着他的脖子。对他来说，那一刻给他带来了强烈的情欲刺激，而他则深陷同同班同学的嫉妒怒视中。有一段时间，他甚至停止了用《花花公子》的裸体插页来自慰。当他私下想起她时，他将他的性幻想保留给了迪尔德丽，只给了她。

十一月末时，伦德尔太太很明显怀孕了。杰夫尽一切努力忽视这暗示了她与她丈夫的健康关系，而是将注意力集中于她脸上那因即将为人母所带来的美丽风韵上。

她在冬天休了产假，在她能回来上课之前，另一名老师接替了她的课。二月中旬时，孩子出生了。伦德尔太太在四月份时回到公共食堂他们夫妻的餐桌上，她的胸部因奶水胀得很壮观。她没有抱着婴儿时，便把他放在一个手提的便携摇篮里；他的丈夫坐在她旁边的座位上，不时做出宠爱的举动。老公和孩子，他们占据了她一切关爱注意的瞬间。杰夫无法再想象他能从她对他露出的鲜少微笑中读出秘密爱意了。

伦德尔夫妻住在校园外的房子里，在图书馆后面树林的另一边。晴天时，伦德尔夫人喜欢穿过宁静的榆树和白桦树林，步行往返于学校和家之间。有一条破旧的小道通向这条路，但被一条小溪隔断。秋天，她能轻易地从狭窄的小溪涉水过去。但是现在，要用婴儿车推着孩子，那条小溪便变成了严重的障碍。

他的丈夫苦干了六周，建成了这座小桥。他在学校商店里用带锯机将木材锯成适当大小，将木材刨光，将小桥的托梁和横梁打造得比原本需要的要坚固一倍。完工的那天晚上，伦德尔夫人就在公共食堂

---

1 夏尔·皮埃尔·波德莱尔（Charles Pierre Baudelaire，1821-1867），法国十九世纪最著名的现代派诗人，象征派诗歌先驱，代表作有《恶之花》。

里的餐桌旁亲吻了他，那是个深长而充满爱意的吻。她从未在任何男孩面前做过这种事。杰夫瞪着他未动过的食物，只觉得肚子里一阵紧缩冰凉。

第二天，他走进那片树林独自呆着，来排解那几乎要压垮他的不快。但是当他走过那座桥时，内心突然猛地升起一个邪恶的念头。

他从河床上捡起一块大石，用尽全力砸向木护栏，当时他的脑子因异乎寻常的愤怒而一片空白。

他一次又一次地掷着石头——他能找到并举起的最重的石头。桥墩是最难摧毁的部位，建造它们就是为了能持久。但在杰夫狂暴的攻击下，横梁最终缴械投降，与小桥的其他残骸一起坍塌进了小溪里。

当做完一切之后，杰夫站在那，瞪着那一片浸湿的残骸，疲惫而痛苦地大口呼吸起来。然后他抬眼一瞥，看到伦德尔夫人站在小溪另一端的小道上。那张他喜爱了那么多个月的脸，在看着他时仿佛戴上了无表情的面具。他们的眼神交汇了数秒，然后杰夫飞奔而去。

杰夫以为他可能会被开除，但是关于那场意外却不曾有只言片语。杰夫再也没有坐在伦德尔夫妇的那张餐桌旁。他尽可能地避免见到他们中的任何一个人。她在课堂上始终对他礼貌有加，甚至是和蔼可亲，那年期末，他法语得到了一个 A。

他将一块鹅卵石投进缓缓流动的小溪，看着它从一块岩石上弹开，"扑通"一声掉进了水里。毁掉那座桥是一个卑鄙的，不能被原谅的行为，尽管伦德尔夫人已经原谅了他，保护了他，甚至理智地没有以言语表达她的谅解来进一步羞辱他。她一定明白了将他引向那种极端的孤独与愚蠢的暴怒，一定已经从他幼稚的方式上看出，他将她对丈夫和孩子的爱视为了最深刻的背叛。

从杰夫对事情扭曲的迷恋观点来看，那的确是背叛。那是他第一次尝到希望破灭的滋味。

现在他知道是什么吸引他回到了学校，回到了这片他年轻时代的安静的林间空地。他必须再一次面对那无尽失落的空虚感，但是这次，是在一个更复杂的程度上。这一次他知道他不能在无法忍受的重量下崩溃。没有多余的桥可以用来摧毁了。尽管饱受丧女之痛，但他必须学会向前走，学会在明知不可为的情况下去建造。

在某个周五晚上的十点四十五分，至少有二十对情侣在哈里斯楼外的阴影处拥抱，手臂缠绕着彼此，脸紧紧相贴，只为年轻女孩被机警的舍管阿姨叫进宿舍之前那最后几分钟火热的接触。杰夫和朱迪远离那些抱作一团的情侣，坐在一条石凳上。她很沮丧。

"是因为那个弗兰克·马多克，对不对？都是他的主意吧，我知道肯定是。"

杰夫摇了摇头："我告诉你了，是我向他提议的。"

朱迪根本不听。"你不该跟他厮混的。我知道这样的事迟早会发生。他觉得自己很酷，觉得自己老于世故。你看不穿他的装腔作势吗？"

"亲爱的，这不是他的错。整件事都是我的主意，而且结果会好的。等到明天你就会知道了。"

"噢，你又知道些什么？"一阵冷冷的夜风袭来，她从他手里抽出自己的手，拉紧了她的兔毛夹克，"你甚至都不够年龄自己去下注呢，还得叫他去。"

"我知道得够多了。"杰夫微笑道。

"当然，够多到把你全部的钱扔掉。够多到卖掉你的车。我还是无法相信——你真的为了一场赛马卖掉了你的车。"

"我明天下午就会另买一辆的。你可以跟我一起去，帮我挑选。你喜欢哪一款呢，捷豹还是科威尔特？"

"别说傻话了，杰夫。你知道，我以前觉得自己挺了解你的，但是这次……"

风吹起一个凋落的山茱萸花苞，落在她头发上。他伸手去拈那朵花，结果那动作就变成了爱抚。她在他的触摸下变得柔和了，他温柔地将白色花瓣沿着她的脸颊滑下，将它们轻轻压在她的唇上，然后再压到自己唇上。

"噢，亲爱的，"她呢喃道，更靠近他，"我不是想要责备你。只是这让我很为你担心，我无法——"

"嘘，"他说道，用双手捧着她的脸庞，"没什么好担心的，我保证。"

"但是你不知道——"

他以一个吻让她安静了下来，直到一个女人尖锐的声音喊着"还有五分钟宵禁！"打断了他们。

他送她走向灯火明亮的宿舍前门时，女孩们匆匆从他们身边经过。"那么，"他说道，"你明天想不想跟我去买车呢？"

"噢，杰夫。"她叹息道，"我明天下午还得完成一份学期报告，不过如果你七点左右来的话，我会在杜利餐馆帮你买个汉堡。你要是输了也别太沮丧。再怎么说，也是个很好的教训。"

"好的，女士。"他咧嘴笑了，"我一定会好好记下来。"


一名身穿红色夹克的泊车员把他们的捷豹停在了皇家马车餐厅门口。杰夫偷偷塞给服务员二十块小费，于是当他点了一大瓶酩悦香槟时，没人问朱迪要身份证。

"致夏多克。"当香槟倒上时，杰夫举杯庆祝道。

朱迪犹豫了一下，将酒杯举在半空。"我宁愿是为今晚而干杯。"她说道。

他们碰了杯，小口抿着酒。朱迪今晚看起来美极了，穿着她为春季正式场合买的墨蓝色的低胸礼服：介于正式装扮的女孩和活力四射的性感女郎之间。他之前太快放弃她了，一直在寻找一个经历能与他相配的女人。但是当然了，这是个不可能实现的目标。如今他沐浴在因她的率真带来的温暖而诚实的快乐中，和夏拉的廉价性欲，或是黛安娜冷漠世故的行为截然不同。这样的纯真是值得鼓励，而不是拒绝的。

皇家马车餐厅的食物是标准的高档美式餐点，菜单上没有什么新鲜菜品，但朱迪似乎备受感动，明显煞费苦心地保持着她最好的成人仪态。杰夫为她点了龙虾，为自己点了顶级肋排。她看着他，学他用哪一只叉子来吃沙拉和开胃菜，而他因为她毫不掩饰的笨拙而爱她。

晚餐过后，在喝利苏格兰威士忌利口酒[1]时，杰夫递给她一个小小的蓝色克劳德 S. 班奈特珠宝店的盒子。她打开了，久久瞪着那个完美的两克拉钻石戒指，然后开始哭了起来。

"我不能接受，"她喃喃道，小心翼翼地盖上盒子，把它放到他那边的餐桌上，"我真的不能。"

"我以为你会说你爱我。"

"我是爱你，"她说，"噢，该死，该死，该死。"

"那有什么问题？如果你觉得我们还太年轻的话，我们可以等上一两年，但是我想现在就正式定下我们的计划。"

---

1 一种烈性甜酒。

她用餐巾擦干眼泪，弄花了她化好的淡妆。杰夫想要吻掉她的泪痕，想要让她沉浸在他的吻里，就像小猫被大猫舔着。

"宝拉说你好几周没去上课了，"她对他说，"她说你可能甚至都退学了。"

杰夫满面笑容，抓住她的手："就这些？亲爱的，那没关系的。反正我都是要退学的。我刚赢了一万七千美金，到十月份，我可以赚……瞧，没有什么好担心的。我们会有很多钱，我可以打包票。"

"怎么做到？"她苦涩地问道，"靠赌博吗？我们就靠这个生活吗？"

"投资，"他告诉她，"在大公司进行完美的合法商业投资，比如：IBM、施乐、还有——"

"现实点吧，杰夫。你不过在一场赛马中走了大运，现在你就突然觉得你可以在股市大发横财了。好吧，那如果股票跌了呢？如果发生了经济萧条或者什么呢？"

"不会的。"他静静地说。

"这种事怎么说得准呢？我爸爸说——"

"我不在乎你爸爸是怎么说的。但不会有任何——"

她放下餐巾，推开椅子。"好吧，但我却很在乎我父母说的话。我甚至都不愿想象，如果我告诉他们我要跟一个辍学想去当赌徒的十八岁男孩结婚，他们会有什么反应。"

杰夫无言以对。当然了，她是对的。在她看来，他一定像个不负责任的蠢蛋。把他正在做的事告诉她真是个可怕的错误。

他把戒指塞回夹克口袋。"这个我先保留着，"他说道，"也许我会重新考虑学业的事。"

她双眼再次湿润了，碧蓝的眼眸透过朦胧泪光闪闪发亮。"拜托，一定要回学校，杰夫。我不想失去你，不想因为像这样的疯狂而失去你。"

他捏了捏她的手。"有一天你会戴上那戒指的，"他说道，"你会为之骄傲，也为我骄傲的。"


一九六八年六月，他们在田纳西州的罗克伍德第一浸信会教堂结婚了，就在杰夫拿到工商管理学硕士学位的一周后，就在他遇见琳达的四天前——在他的这次人生中，两次相遇，结局却如此天差地别。罗克伍德是朱迪的家乡，婚礼结束后她父母举办的招待会是一场盛大的、非正式的烤肉会，就在他们靠近华特拜湖的避暑山庄里。杰夫注意到他父亲的咳嗽更严重了，但是他仍然不愿意听从儿子的请求，停止一根接一根地抽长红牌香烟。直到几年后他被诊断出肺气肿才戒烟。杰夫的妈妈表现得比在他和琳达及黛安娜的婚礼上都开心，尽管，当然了，她对那两个场合都没有记忆。他妹妹，一个戴着牙套的害羞的十五岁女孩立马就喜欢上了朱迪。

同样地，戈登一家也全心全意地欢迎杰夫来到他们的圈子里。他已经把自己转变成一个非常完美的金龟婿形象：二十三岁、受过良好教育、勤勤恳恳、有责任心。他已经存了一笔可观的储蓄金，还有一份在他和朱迪名下的保守却稳健的股票投资组合。

这可不简单。五年的校园生活够艰难的了，强迫他回到早被抛弃的学习、学期报告以及考试的生活中。但是最艰难的部分却是：努力不要变成有钱人。上一次他在这个年纪时已经是一个金融才俊了，是一家实力雄厚的企业集团的主要合伙人。突然涌入大量财富会让朱迪不知所措，会在他们之间造成严重问题。因此，他完全放过了贝尔蒙特赛马会和世界职业棒球大赛的赌博机会，而且不遗余力地避开了很多能够轻易让他再赚个几百万美元的高收益投资。

这次，他和弗兰克·马多克在肯塔基德比赛马会后很快就分道扬镳了。他那毫不知情、仅和他成功合作过一次、攀上了成功顶峰的伙伴已经完成了哥伦比亚法学院的学业，现在是匹兹堡一家公司的青年律师。

杰夫和朱迪抵押贷款在亚特兰大的柴郡桥路上买了一栋漂亮的仿殖民风格的小房子，杰夫在他曾拥有的一栋靠近五星区的大楼里租了一个有四个房间的办公室。一周五天，他都穿上西装，打好领带，驱车前往市中心，向他的秘书和合作人问早安，然后将自己锁在办公室里读书。索福克里斯、莎士比亚、普鲁斯特、福克纳……所有他以前有意吸收理解，却没时间读的文学作品。

一天结束时，他会匆匆为他的合作伙伴写一些备忘录，推荐他们最好不要冒险去投资一些未经证明的公司，比如索尼，而是应该在一些安全的公司上保持逐渐增长的原则，比如美国电话电报公司。杰夫谨慎地操作着这个小公司，避开任何可能突然暴富的资源，确保他和他的合作人能舒适而又不引人注目地扎根于中上阶层。他的合作伙伴经常听从他的建议。当他们没有听从时，那损失刚好就平衡了收益，所以净收入一直都按杰夫计划的那样维持着。

晚上，他会和朱迪依偎在小窝里看《爆笑生活》或《不败法则》之类的电视连续剧，然后在上床睡觉前可能来个拼字游戏。在温暖的周末，他们会去拉尼尔湖上划船，或者是打羽毛球，在卡拉威花园的自然小径上远足。

生活宁静，井然有序，十分正常。杰夫万分满足。但并没有什么令人欣喜若狂的时刻——没有他看着他女儿格雷琴在达奇斯郡庄园里长大时的那种彻底的迷醉——但是他很快乐，并且很平静。第一次，他冗长混乱的人生可以用简简单单、平平淡淡来形容。

杰夫把脚指头插进沙地里，用手肘撑起身子，用一只手挡住眼睛遮阳。朱迪在他身边的毯子上睡着了，卷曲着的手指里还拿着一本《大白鲨》。他温柔地吻上她半张的嘴。

"想来点菠萝鸡尾酒吗？"当她伸展身体醒来时，杰夫问道，"我们还有半瓶呢。"

"嗯，我只想像这样躺在这里，躺个二十年。"

"那最好每半年翻个身吧。"

她扭头看着她右肩后面的皮肤，那里变红了。她抬起头来，凑近他，然后他再次亲吻了她。这次时间更长，而且吻得更深。

几码远的地方另一对夫妻在播放收音机。当音乐停止，一个牙买加口音的播音员开始念约翰·迪安那天在水门事件听证会上的证词时，杰夫停下了这个吻。

"爱你。"朱迪说道。

"我也爱你。"他回答道，点了点她那被太阳晒得粉红的鼻尖。而且他是真的爱，上天知道他有多爱她。

杰夫每年都给自己放六周的假，以此与他假装的常规工作日程相符。这被武断强加的限制使这些时间似乎更甜美了。去年，他们骑行穿过苏格兰。今年夏天，他们计划乘坐热气球环游法国的葡萄酒之乡。然而此刻，与这个给他杂乱无章的生活带来理智与喜悦的女人一起，他想不出还有哪里比奥乔里奥斯更想让他待了。

"为这位美丽的小姐买一条项链吧？漂亮的贝壳项链。"

这个牙买加小男孩不超过八九岁。他的手臂上挂了几十条精美的贝壳项链和手镯，腰间绑着一个布袋子，里面鼓鼓囊囊地装着用同样的彩色贝壳制作的耳环。

"那个……多少钱，那边那个？"

"八先令。"

"一镑六先令我就买了。"

男孩扬起眉毛，很是疑惑，"嘿，先生，你疯了不成？你应该杀价而不是抬价。"

"那就两英镑吧。"

"我不打算跟你争了，先生。这个是你的了。"那个孩子匆匆从他手臂取下项链，递给朱迪，"你要是还要买，我还有很多。这片沙滩上的人都认识我，我叫莱纳德，好吗？"

"好的，莱纳德。跟你做生意很开心。"杰夫递给他两张一英镑的钞票，男孩咧着嘴，蹦蹦跳跳地跑下沙滩。

朱迪戴上项链，摇头装作不高兴的样子。"真不知羞啊你，"她说道，"那样占一个小孩便宜。"

"还能更坏一点呢，"他微笑着说，"再过一分钟我可能会抬价到四或五英镑呢。"

她低头重新调整了一下项链，当眼神再次和他交会时，里面竟染上了悲伤的神色。"你和孩子那么玩得来，"她说道，"这是我唯一的遗憾，我们都没有——"

杰夫轻轻将手指放在她唇上："你就是我的宝贝女孩，是我需要的一切。"

他绝不会告诉她，甚至让她猜到，他已经在一九六六年，就在他们开始上床之后不久就去做了结扎手术。他再也不会像他对格雷琴那样，给另一个人生命，却只能眼睁睁看着她的所有存在被否定。除了杰夫，对所有人来说，她甚至都不存在于他们的记忆中。而且在不堪设想的可能中，他也许注定还要再次重复他的人生，他拒绝将他不仅爱过，而且由他创造出来的某个人留在那样完全被遗忘的角落。

"杰夫……我一直在想。"

他回头看向朱迪，努力忍着伤痛和愧疚，不让它们显露出来。"在想什么呢？"

"我们可以——不要马上回答我，给你自己一点时间考虑——我们可以领养。"

他好一会儿没有说话，只是看着她。看到她脸上的爱意，看到她需要更多出口来表达她的爱。

他想着，如果不是他自己的孩子，大概会有所不同吧。就算他对他们生出爱意，他们的出生也不是他的责任。他们已经存在了，已经出生了，无论他们可能是谁。就算最坏的情况发生，他们也会继续存在，虽然会有个不同的人生等着他们。

"好，"他告诉她，"好，我非常喜欢这个主意。"


码头在一个叫厄尔福特的地方，在阿巴拉契亚森林的南方边缘，靠近北和南卡罗莱纳州与乔治亚州尖端交会处。那儿共有六艘橡皮艇：黑色的，看起来很笨拙的东西，在营地处充满气，然后被费力地拖到查托格河。杰夫、朱迪和孩子们与一个欢快的灰发女人，以及一个看起来只有大学生年纪，脸和手臂都被太阳晒成棕色的导游一起共乘一艘橡皮艇。

当橡皮艇驶进清澈、缓缓流淌的水面，杰夫伸手将艾普丽瘦小身子上的救生衣紧了紧。德维恩看到父亲的动作，也系紧了自己的救生衣，在他年轻的双眼里有男人坚定的神色。

艾普丽是一个漂亮的金发小女孩儿，被亲生父母严重虐待。她的哥哥是个性情热情、非常聪明的孩子，父母死于一场车祸。孩子们的名字并不是杰夫或朱迪选择的，他们被领养时已经一个六岁，一个四岁了，似乎最好还是不要改名来扰乱他们的自我认知了。

"爸比，看！一只小鹿！"艾普丽指着远远的河岸，脸庞因兴奋而发光。那只小鹿得意地回瞪着他们，做好了必要时随时逃走的准备，但又不愿意仅仅因为看到这些奇怪的家伙而打断进食。

很快，两边树木葱郁的堤岸开始升高，变成了一个布满岩石的峡谷。随着深入峡谷，河水的速度也加快了，不久这支橡皮艇小队就进入了第一个湍流地带。当橡皮艇在向下的水流中颠簸、摇摆时，孩子们发出欢快的呼喊。

当他们穿过了湍流，再一次平缓地顺流而下时，杰夫看着朱迪。他很高兴地看到她之前的紧张已经被和孩子们同等的开心所取代。她本来一直担心这次出行，但杰夫不想让孩子们被剥夺任何能带来这等快乐的事情。

探险队在一座小岛上上岸了，朱迪把她放在防水箱子里的午餐摆了出来。杰夫一边嚼着鸡腿，啜饮着冰啤，一边看着艾普丽和德维恩探索着这块三角楔形的小岛。孩子们的好奇心和想象力一直都很吸引他，通过他们的眼睛，他得以重新欣赏这个令人疲惫的世界。当他和朱迪决定领养他们时，他在正确时机买了一些苹果和雅达利[1]的股票，不多，只刚好将家庭收入抬高几个等级。他们在西佩西费里路上买了一栋更大的房子。房子有一个大后院，一个浅浅的鱼塘，还有三棵大橡树。对孩子们来说完美至极。

橡皮艇再次启程，向下游航行了约一英里左右冲进了一个更大的

---

1 从事计算机游戏、家庭游戏机和家庭计算机产业的先驱。

湍流中。水流现在流得更急了，甚至是在旅途的蓝色水域。但杰夫可以看出妻子已经抛开了对河流的恐惧，被它的美和刺激深深迷住。当他们穿过牛水闸瀑布的激流时，她紧紧握住了他的手。然后一切结束了，水面再一次平静下来，太阳隐没在了松树林后。

艾普丽和德维恩看到停在那里等着载他们回亚特兰大的公交车时显得很难过，但是杰夫知道，他们的冒险就如夏天一般，才刚刚开始。他很快就要带着全家展开一场穿越法国和意大利的从容不迫的自由行，为期两个月。明年，他计划带他们去日本和刚开放的广袤的中国。

杰夫想要让他们见识一切，去经历这个世界给予的每一点壮丽和奇迹。他仍然暗藏恐惧，害怕这一切记忆，以及他给他们的爱，很快将会被一股他也不理解的力量所消除。


三天后，他胸口贴着电极的地方开始强烈发痒，但是他不允许取下心电图，一分钟都不行。

护士们对他充满了蔑视，杰夫是知道的。当他们以为他听不到的时候就会取笑他，怨恨得为一个十分健康的臆病者服务。他还占据着十分宝贵的病床位。

他的医生多多少少也这么觉得，而且也毫不掩饰地这么说了。但杰夫仍然强求，而且很激烈。最后，在给医院的建设基金捐了一大笔钱后，他总算被允许住院一周。

一九八八年十月的第三周。如果会发生，就是这个时候了。

"嗨，亲爱的，你感觉如何？"朱迪穿着一套锈色秋装，头发松松地挽在头顶。

"很痒。除此外，其他都好。"

她微笑起来，仍然天真的脸上带着一丝不寻常的狡猾，"我能帮你抓抓哪里吗？"

杰夫大笑，"我倒是希望。但我想我们还得再等上几天，等我身上的这些金属线拆下来。"

"好吧，"她说道，举起一对购物袋，一个是牛津书店的，另一个是甲鱼唱片的，"这些东西可以让你在此期间打发时间。"

她给他带来了最新的特拉维斯·麦基[1]和迪克·弗朗西斯[2]的推理小说（这种类型是他这一次人生获得的阅读口味），加上一本安德烈·马尔罗[3]的新传记，以及一本丘纳德航运公司的历史。虽然她从未真正了解他，但朱迪当然知道他在兴趣方面的不拘一格。另一个袋子里装的是十几张盒装音乐光盘，从巴赫和维瓦尔第[4]到数字技术转录的《比伯军曹寂寞芳心俱乐部》专辑都有。她把一片闪亮的光盘放进他床边的便携式 CD 播放器里，帕赫贝尔[5]优美的 D 大调卡农便充盈了医院的病房。

"朱迪——"他声音沙哑。于是他清了清喉咙，重新开口，"我只想让你知道……一直以来，我有多爱你。"

她轻言慢语地回答他，却无法掩饰眼里的惊慌。"我希望我们一直相爱下去，长长久久地。"

"尽可能地天长地久。"

朱迪蹙眉，开口要说话，但他嘘声制止了她。她探身到床上吻了他，手在握住他的时候不停发抖。

---

1 美国侦探小说家。
2 英国退休骑师，赛马犯罪小说家。
3 法国著名作家，也是相当具有影响力的政治人物。
4 意大利作曲家。
5 德国音乐家。

"快点回家，"她贴着他的脸轻声说，"我们甚至都还没开始呢。"

事情发生在朱迪离开病房去医院的自助餐厅吃午餐后的一个多小时。杰夫很高兴她没有在现场目睹。

甚至是在痛苦中他都能看到心电图剧烈波动时护士脸上惊愕的神情。但她的表现却很专业，丝毫没有耽搁，马上叫了急救。几秒钟后，杰夫被一整个医疗团队团团围住，他们在他身上急救，不停地喊着指令和情况报告。

"肾上腺素，一毫升！"

"碳酸氢钠两安培？给我三百六十焦耳电击！"

"后退……"砰！

"心搏过快！血压八十，有脉搏反应。两百瓦特电击，静脉注射利卡因七十五毫克，开始！"

"快看——心室颤动。"

"重复注射肾上腺素和碳酸氢钠，除颤器三百六十焦耳。后退……"砰！

一次又一次，他们的声音随着光亮逐渐消退。杰夫试图愤怒尖叫，因为这不公平。他这次已经做好了万全准备，但他无法尖叫出声，甚至无法哭泣。除了再次死去，他什么也做不了。

然后再次醒来，他在马丁·贝利的科威尔的后车座上，朱迪就在他身边。十八岁的朱迪，一九六三年，他们尚未坠入爱河、结婚和建立家庭之前的朱迪。

"停车！"

"等等，兄弟，"马丁说道，"我们快回到女生宿舍了。我们——"

"我说停车！现在就停！"

马丁困惑地摇了摇头，将车停在历史教学楼后面的奇果圆坏。朱迪用手抓着杰夫的胳膊，试图让他冷静下来，但他猛地甩开她，推开了车门。

"老天，你他妈在干嘛？"马丁大喊道，但杰夫下了车跑了，他漫无目的地狂奔，去哪里并不重要。

一切都不重要。

他快速跑过四边形建筑，经过化学和心理系大楼，年轻强健的心脏在他的胸腔里跳动，仿佛它没有在几分钟前、也不会在二十五年后背叛他。他的双腿带着他跑过生物系大楼，穿过皮尔斯拐角处，以及阿克莱特车道。终于，他跌跌撞撞地跪在了足球场中央，抬起头，透过朦胧的泪眼看着星星。

"妈的！"他对着无动于衷的天际尖叫，带着他在那个临终病床上无法表达出来的力量和绝望尖叫，"妈的！为什么……你……要这么对我！"

# 第八章　借毒消愁

在那之后，杰夫什么都不在乎了。他已经做了能做的一切，获得了一个男人希望得到的一切——无论是物质方面、爱情方面，还是为人父方面——然而到头来依然是一场空，他依然被独自留下，无能为力，两手空空，心灵空虚。回到最初，如果他最大的努力不可避免地被证明是无用功，那为什么还要开始？

他无法鼓起勇气再去见朱迪。这个有着甜美脸庞的少女不是他曾经爱过的那个女人，而仅仅是有可能成为那个女人的一张白纸。当他深知那一切最终只会导致情感和精神的死亡时，生搬硬套双方的既成事实的过程将会毫无意义，甚至是自讨苦吃。

他回到很久以前他在北卓伊丘路上找到的那家不知名的酒吧，开始喝酒。当时机到来时，他再一次虚伪地说服弗兰克·马多克帮他在肯塔基赛的赛马会上下注。钱一到账他就独自飞去了拉斯维加斯。

在各个旅馆和赌场游荡了三天后，他终于找到了她，坐在沙丘赌场的一个最低下注一美元的二十一点赌桌上。一样的黑发，一样的完美身材，甚至同样穿着他在她小小的双层公寓的客厅沙发上，他们彼此欲火难耐时他扯掉的那条红裙子。

"嗨，"他说，"我叫杰夫·温斯顿。"

她回以他熟悉的诱人微笑，"夏拉·贝克。"

"嗯。想不想去巴黎？"

夏拉困惑地瞪着他："你介意我先打完这一手牌吗？"

"三个小时后有一班飞往纽约的飞机，可以直接换乘法国航班。你有时间收拾行李。"

她押十六点，爆了。

"你是认真的还是开玩笑？"她问道。

"我是认真的。你准备走了吗？"

夏拉耸耸肩，抓起剩下的筹码放进钱包里："当然。为什么不呢？"

"的确，"杰夫说，"为什么不呢？"


上百支高卢和吉坦尼斯香烟闷烧着，令人作呕的刺鼻气味弥漫在俱乐部的空气中。从这团云雾里，杰夫看到夏拉在一个角落独自跳舞，闭着眼，醉醺醺的。她此刻似乎喝得比他记忆中的要多，或者也许是她想与他保持同步，而他现在也比他以往喝得多。至少酒精让他更合群。今晚他这桌有六个人，大多数表面上都多多少少像学生，但是比起他们的书，都对这个城市无止境的夜生活更感兴趣。

"美国也有这样的俱乐部吗？"简·克劳德问道。

杰夫摇摇头。胡榭特地窖是巴黎一家古典风格的爵士乐酒吧，是间石墙地下室，里面充斥着缥缈辛辣的音乐，如同这里每个人赖以生存的香烟散发出的呛人刺鼻的气味。不像更新式的迪斯科舞厅，这是一种永远无法在美国流行起来的风格。

米雷叶，简·克劳德娇小的红发女友歪着嘴慵懒地笑了。"真可惜，"她说道，"那些黑人在他们的祖国没有人喜欢，所以他们只好来这里表演他们的音乐。"

杰夫不置可否地比了个手势，给自己又倒了一杯红酒。美国当下的种族问题在法国是一个重要话题，但是他对卷入那种讨论毫无兴趣。现在没有什么严肃的，让他思考或回忆的事情能勾起他的兴趣。

"你一定得去非洲看看，"米雷叶说道，"那儿很美，有很多值得了解的。"

她和简·克劳德最近刚从摩洛哥旅游回来。杰夫很善意地没有提起法军最近在阿尔及利亚的溃败。

"注意，注意，劳驾！"俱乐部主人站在小舞台上，倾身向前靠近麦克风，"女士们先生们，各位好友……胡榭特地窖很高兴向各位介绍热情蓝调……以及蓝调大师，无人能及的西德尼……贝凯特先生！"

当那位移居法国的老音乐家上台时，掌声雷动。他手拿竖笛，以一首振奋人心的《洞窟里的蓝调》开始，接着是灵魂式性感版的《弗兰基与约翰尼》。夏拉继续在角落里独舞，她的身体随着震动肺腑的音乐舞动着。杰夫喝完了一杯，示意再来一杯。

第二首结束，当年轻的观众吼叫着对他异国情调的艺术表示赞赏时，这位年老的蓝调演奏者咧嘴笑了，点点头。"谢谢，谢谢，谢谢！"贝凯特喊道，"我的法语不是很好，"他带着浓厚的美国黑人口音说道，"所以我还是用我自己的方式说吧，我看得出来你们都懂蓝调。你们听到了吗？"

至少有一半的观众差不多能听懂他的英语并热情地回应他。"是的！"他们欢呼道，"当然啦！"杰夫大口喝着他新点的那杯酒，等着音乐再一次使他迷醉，冲走他所有的记忆。

"好吧，好的！"贝凯特在舞台上说道，擦拭着竖笛的嘴口，"现在我要演奏的这一首才是真正能表现出蓝调精髓的。你们知道，有一些蓝调是给那些一无所有的人的，那是悲伤的蓝调……但是最悲伤的一种是给那些拥有了想要的一切却又失去，而且知道永远不会再回来的人。这世上没有什么比那更痛苦的了，这首蓝调，我们叫它《我失去了曾经拥有的所有》。"

音乐响起，小调发出带着幻灭和悔恨的低沉声，无法抗拒又无法忍受。杰夫颓然地倒进椅子里，努力想要抹掉这声音。他的手伸向酒杯，酒洒了出来。

"怎么了？"米雷叶碰了碰他的肩膀问道。

杰夫试着回答，却没办法开口。

"来吧，"她说道，在这个烟雾缭绕的夜总会将他拉起身，"我们出去，去呼吸点空气。"

当他们走出去踏上胡榭特路时，外面下起了毛毛细雨。杰夫仰脸向着冷冷的雨水，任由它们从他的前额细细淌下。米雷叶抬起手，用纤纤玉手抚上他的脸颊。

"音乐会伤人。"她柔声道。

"嗯。"

"没好处。最好是……法语'忘记'用英语怎么说？"

"'忘记。'"

"对，就是那样。最好忘记。"

"是啊。"

"暂时。"

"暂时。"他同意，他们向着米奇大道走去，找了辆出租车。

回到杰夫在福煦大道上的公寓的客厅，米雷叶用捣碎的棕色大麻和等量的鸦片填满了一支小烟斗。她在一条东方地毯上挨着他坐下，点燃了这强力混合物，并把烟管递给他。他深深吸了一口，熄火时又重新点燃了它。

杰夫偶尔会抽大麻卷烟，主要是在他第一次人生里，他从未感觉到像这次这样深沉涌动的幸福平静。那就像马尔罗描述吸食鸦片的经历那样，"像被巨大的静止的翅膀带走了"。然而大麻卷烟使他脑子活跃且开放，让他不能渐渐飘忽着完全进入梦境。

米雷叶向后躺在毯子上，她绿色的丝裙抬高到大腿处。雨点不停地敲打着窗子，她随着雨声有节奏地转动着脑袋，她那富有光泽的红褐色秀发此刻垂下面颊，落在她裸露的肩膀上。杰夫抚摸她的小腿，然后是她的大腿内侧，她发出一声默从而渴望的温柔低吟。他探身过去，解开她裙子正面的纽扣，从她少女般的胸脯上滑下光滑的面料。

在地板上，他们无言地享用着对方的身体，几乎是猛烈的。当他们做完后，米雷叶又用鸦片碎叶填满了一烟管，他们在卧室里抽。这次他们一起疲倦地缩在羽绒被里，他们的腿和手臂以一种刚熟悉的轻松纠缠在一起。稍后，当圣黑诺教堂晨间弥撒的钟声响起，米雷叶再一次爬到他身上，她苗条的臀部欢快地戏耍着骑在他身上。

夏拉在了无生气的黎明时分才回到公寓。"早上好，"她打开卧室门说，看起来精疲力竭，"你们要咖啡吗？"

米雷叶在床上坐起来，摇着蓬乱的头发。"加点白兰地？"

夏拉脱下皱巴巴的裙子，在衣橱里摸索着找袍子。"听起来不错，"

她说，"你也一样吗，杰夫？"

他眨了眨眼，揉去眼里的药霭。"嗯，可以。"

米雷叶起身，随意地走向浴室去冲澡。当夏拉端着早餐托盘回来时，这位娇小的红发女郎正坐在床沿擦干头发，身上依然一丝不挂。三人在啜饮着加了白兰地的咖啡时，两个女人兴高采烈地聊着西佛利街上新开的一家女士内衣店。

九点多一点时，米雷叶说她得回家换衣服了。她约了另一个朋友吃早午餐，她不想穿着昨晚的丝裙出现在咖啡厅里。她与杰夫吻别，匆匆拥抱了一下夏拉，然后走了。

米雷叶一走，夏拉就撤走了床上的咖啡杯，把被单拉下来，温热的舌沿着杰夫的腹部滑下……

杰夫没问夏拉昨晚一整晚都去哪。那真的无所谓。


地中海轻柔地拍打着布满卵石的沙滩，宁静的波浪一如永恒不变的私语。附近一家咖啡厅飘来一阵新鲜鱼汤的香气。杰夫感到饿了。姑娘们一游完泳，他就建议吃午饭。

七月初，天气已经糟糕了大约一周，他们和简·克劳德、米雷叶以及其他人伴随着密斯脱拉风来到了法国南部。火车开进土伦时，他们全都醉了。他们一行八人喧闹地挤进两辆出租车，行驶四十三英里前往圣特罗佩斯。

自从瓦蒂姆和巴多发现这里，并将此地取代了传统贵族式的昂提布和蒙通等蔚蓝海岸度假胜地，成为广受年轻人欢迎的去处后，在过去六年里，这个小渔村经历了一场巨变。但它还是那么生气勃勃，这个城镇还没有让人窒息的成群游客，他们将使得这里在未来几十年变得无法居住。

一道阴影划过杰夫半阖的眼，他被一双女人光滑的大腿压进沙里，有人坐在他臀上。夏拉？米雷叶？接着女人赤裸的乳房摩擦着他的背，爱抚着，乳头在海风中变得坚硬。

"基卡？"他猜道，抬起一只手朝女孩的头发摸去，感受头发有多长，多浓密。她把头摇开，咯咯笑起来。

"你疯了，"女孩戏弄道，更用力地用自己的大腿夹紧他，把乳房压着他：比夏拉的胸小，比基卡的饱满。

"不可能是米雷叶，"他说道，手伸向后方拍拍她紧实的小屁股，"太肥了。"

米雷叶用法语吐出一连串的咒骂，并拉起他的短裤裤腰把一杯冰柠檬汁倒进去作为强调。他大叫一声把她翻下身，并把她俯身压进沙地里，她玩闹地用胳膊抵挡他的掌控。

"虐待狂。"她咧嘴笑道。杰夫抽出一只手来，伸长到足够把他游泳裤里的冰块抖出来，她通过薄薄的布料抓住他的下体。"看到了吗？"她说道，"你喜欢这样。"

他想把她带到九霄云外，她的头发松散狂野，胸部和小腹在阳光下闪闪发亮，她胯部微微的隆起透过白色比基尼裤裆显出轮廓。她的手指顺着他短裤的正面往下滑，握紧他使他变得更硬。他猛地吸了口气。

"周围有人呢。"他说道，声音很紧张。

米雷叶耸耸肩，手仍旧在他的下体动着。他抬眼瞥着拥挤的沙滩，看到夏拉正朝他们走来，她光裸的乳房晃动着，手臂揽着简·克劳德的腰。

"米雷叶。"他急切地低声道。

她用她沾着沙粒的臀部磨着他，更用力、更快地揉搓着他的老二。

他现在无法停下了。他闭上眼呻吟着，有嘴唇碰到他的唇，一条舌头探进他嘴里，一对乳头摩擦着他的胸部，另一对压着他的肩膀，头发，乳房，嘴，手……他射了，米雷叶给他带来高潮时，夏拉正在亲吻他；还是她们俩倒过来？归根结底，那又有什么不同呢？

"大家都有食欲了吧，嗯？"简·克劳德大笑着说道。

那天晚上，在旅馆的花园里，在他们一起抽了几管鸦片烟，夏拉和简·克劳德、基卡以及另一对儿晃到一间房间后，杰夫告诉了米雷叶。药物使他的舌头放松下来，在他心里燃烧了多年的秘密现在不由自主地涌了出来。米雷叶只是刚好在那里。

"我之前已经活过这辈子。"他说道，透过旅馆的松树盯着西沉的夕阳。

米雷叶将光裸的双腿盘成莲花式，她白色的棉裙在她周围的草地上鼓起。"似曾相识之感，"她微笑道，"我也是，有时候我也有这种感觉。"

杰夫摇摇头，皱起眉头。"我说的是字面意思。我的意思是——不是说和现在的生活，跟你和夏拉一起在这里，还有其他一切一模一样，但是……"

然后他便将一切真相悉数吐尽，那些他埋藏了许久的话语和记忆：他在办公室里突发心脏病，回到埃默里大学宿舍的第一个早晨，得而复失的财富，他的妻子们，孩子们，一次又一次的死亡。

米雷叶一言不发地听着。夕阳从后方给她的头发打上了一层光，使它色如火焰，在她的脸上镀上越来越深的阴影。最后他的声音渐渐减弱，被他试图告诉她的事情的匪夷所思所击败。

当时天色已暗，他看不清米雷叶的神情。她会认为他疯了，或是在叙述一场鸦片作用下的梦境吗？她的沉默开始削弱他向她倾诉的轻松感。

"米雷叶？我不是想要吓你，我——"

她跪了起来，用她修长的双臂环住他的脖子。那紧密的红铜色卷发轻轻地压着他的脸颊。

"很多次人生，"她低语道，"很多次伤痛。"

他紧紧地抱住她苗条年轻的身体，深长地呼吸着新鲜的带着松树香的空气。零星的笑声透过树木向他们飘来，然后是塞尔薇·瓦丹最新唱片那清澈、甜美、轻快的声音。

"来吧，"米雷叶说道，站起身来拉着杰夫的手，"我们去参加派对吧。大好人生在等着我们。"


他们都在八月又开始下雨时回到了巴黎。米雷叶没有对杰夫那晚在圣特罗佩斯的花园对她说的一切再多说什么，她一定是将那一切归为毒品作祟，那倒无妨。杰夫和夏拉也没有开诚布公地说起那场群交和现在已经成为他们生活中不可或缺的毒品。那些事已经发生了，它们还在继续发生着。既然每个人都玩得很愉快，那就没有理由讨论它们。

一对偶尔加入他们活动的新情侣介绍他们到夏特里耶路上的一家狂欢会所，那是在一九七〇年戴高乐去世前都被称为星形广场往北几个街区的地方。那家店是自二十年代起就在这座城市繁荣发展的几家会所之一，是一家运行良好，装饰奢华的处所：起居室玻璃柜中的古董玩偶收藏，和挂着颓废派画作的墙壁相搭配的紫红色厚地毯……三个穿着制服的女仆服侍着三十或四十岁的裸体伴侣，他们在此地两层设备良好、卧室宽敞的地方漫步着，嬉闹着。

圣特罗佩斯的那群人开始每周末出没于这家店。有一天晚上，杰夫和夏拉与一个刚来巴黎的放荡不羁的美国小明星玩起了三人行，比起她的表演能力，她很快将会因她激进的女权主义而被熟知；另一晚，米雷叶，夏拉以及基卡即兴发起一场比赛，看看她们谁能在一场派对上最快和二十个男人做爱。结果夏拉赢了。

杰夫对这不停歇如回旋舞般和漂亮的陌生人随意公开性爱如此快地就变得稀松平常感到惊奇，他同样惊讶于他们能继续乱搞，丝毫无惧来自他那个时代的瘟疫，如疱疹和艾滋病等。那样无所顾忌的安全感给这堕落行为营造了一种返璞归真的氛围——就像人类堕落前在伊甸园里赤身裸体玩耍的孩子们。他好奇，如果是在八十年代，这些狂欢会所和美国、欧洲其他国家的同类会所会发生什么。如果它们真的都存活下来了，那它们一定都充满了疾病引发的偏执和罪恶感。

八十年代：充斥着迷失，破灭的希望以及死亡的十年。这一切都将卷土重来，他知道，而且很快。

# 第九章　飞机事故

才来到伦敦不到一个月的时间，他就遇到了一个给他提供迷幻药的女孩。事实上，他遇见她的时候，她正从切尔西药房[1]走出来。他跟她搭讪，他们聊到金巴利苏打调酒时，笑得很开心。杰夫说他是拿药方来抓药的，并且拿到的正是他想要的药。她觉得这句话很好笑，但当然，她并不明白这句话所暗指的东西：滚石乐队要再过一年才会录这首歌。

她向他透露她名叫西尔维娅，但大家都叫她西拉。"听起来像歌手卡拉·布莱克[2]，你知道吗？"她的父母都住在布莱顿（说到这她扮了个鬼脸），但她和另外两个女友在南肯辛顿合租了一套公寓，她在"奶奶

---

1 一九六八年七月切尔西区英皇路上开张的一家复合俱乐部。里面有晚餐餐厅、舞厅、夜间营业的药房和唱片行。自从滚石乐团在一九六九年在一首《你无法总是得到想要的一切》（*You Can't Always Get What You Want*）的歌曲中唱道"我到切尔西药房，去帮你拿药"，这家俱乐部便一炮而红。
2 英国二十世纪六十年代女歌手，有许多歌曲上过畅销排行榜。

环游世界"[1]小店里打工，在店里她能以半价买到所有行头——比如她此刻穿在身上的蓝色乙烯基材质的迷你裙和印有黄色图案的长筒袜。

"我们那卖的都是最新流行的东西，你知道的，比'倒数计时[2]'和'流行尖端'的还更潮。凯西·麦高恩[3]是我们那儿的老客户了，简·诗琳普顿[4]昨天才刚光顾的。"

杰夫微笑着点点头，无视她没头没脑的喋喋不休。他感兴趣的不是她这个人，而是药。他已经感兴趣很长一段时间了，而且他不想承认自己一直不敢尝试。这个女孩看起来对此觉得稀松平常，也没有看出她遭受了什么明显的副作用（假设她生来就是如此索然无趣的话）。

他选择跟这个女孩搭讪仅仅是出于习惯，评价了一下她腋下夹着的动物乐队的新唱片，过了不到五分钟，她就问他要不要来一点。好吧，管它呢，为什么不呢？


回到位于斯洛恩大街上的排屋，夏拉正和她昨晚在多利舞厅遇到的一个男人躺在床上睡觉。杰夫关上了卧室的门，在客厅里小声地放着玛丽安娜·菲斯福尔[5]的唱片，问西拉要不要再喝一杯。

"如果我们要服迷幻药的话就不要了，"她说，"它们不能一起服用，你知道吧？"

杰夫耸了耸肩，还是给自己倒了一杯苏格兰威士忌。他需要酒精来帮自己放松，缓解他对自己要服用迷幻剂的紧张情绪。这又能造成

1 上世纪六十年代开在英皇路上的一家卖服装、饰品的小店。
2 "倒数计时"和"流行尖端"都是上世纪六十年代英皇路上的时尚名店，售卖前卫大胆、设计感十足的服饰，彰显当时英伦摇滚及流行音乐反叛性的次文化流行势力，披头士和滚石乐团的成员都曾光顾过它们。
3 英国第一个摇滚音乐节目《预备站好向前走》（*Ready Steady Go*）的主持人。
4 英国名模，以性感美艳著称，是当时的时尚女王。
5 英国歌手，演员。

什么伤害呢？

"在另一个房间的是你太太？"西拉问道。

"不是。只是一个朋友。"

"她会介意我在这里吗？"

杰夫摇了摇头笑了出来，"绝对不会。"

西拉咧嘴笑了，同时甩开搭在眼睛上的棕色直发。"我从来没……你知道的，在另一个女孩在场的情况下做过。当然，除了我室友之外，但那也只是因为我们没有更多地方。"

"嗯，她是我的室友，这样没什么妨碍。楼下还有一间卧室。到那里去你会不会觉得更舒服？"

她在那个跟她的裙子一样材质，跟她的袜子一个颜色的黄色乙烯基手提包里翻找着："我们先吃药，等药效发作。然后我们再下楼去。"

杰夫接过她递过来的吸墨纸包着的紫色花纹的小方块，用最后一口威士忌送服下去。西拉想要拿橘子汁来服，于是他去冰箱里取了一罐出来。

"要多久才能感觉到药效？"他问道。

"看情况。你今天吃午饭了吗？"

"没有。"

"那大概要半个小时，"她说道，"或多或少。"

结果药效来得更快了一些。二十分钟不到，周围的墙都变成了橡胶，开始时退时近。杰夫等着他期待的幻像出现，结果却落了空。而他周围的一切似乎都轻微地扭曲了起来，不可名状地歪斜起来，还有一点耀眼。

"你感觉到了吗，亲爱的？"她问道。

"这……跟我想象的感觉有点不一样。"他说出的字句都很清晰，但却感觉舌头变得笨重起来。西拉的脸开始变形，像加热过的蜡一样流动起来，她的唇膏和胭脂此时有种淫秽的俗艳感，像是肉体上覆盖着一层层红色油漆。

"但是爽极了，对不对？"

杰夫闭上了眼睛，是的，他看到了许多图案，一个套着一个的圆圈，和一个错综复杂的闪着微光的格状结构连接着。轮子，曼陀罗：象征永恒轮回和虚幻变化的图形，那些图形通向改变开始的地方，从那里又一次开始新的改变……

"摸摸我的长筒袜，感受一下。"西拉把他的手放到她的大腿上，那黄色图案的连裤袜变成一幅纹理分明的风景，被一轮奇异的太阳照亮。那太阳，也成了无止境的轮回的一部分，那——

西拉咯咯地笑了，把他的手夹在她的两腿之间。"现在带我去楼下，好吗？等下你就知道服了迷幻药之后做起来是什么感觉了。"

他照做了，虽然他只想躺下去，让自己的思想沉浸在循环反复的平静与接纳的浪潮之中。在楼下那间小卧室里，西拉帮他脱掉了衣服，用涂着红色指甲油的指尖在他身上游走，在碰触的地方留下一道冰冷的火焰。她从脱下的迷你裙和长筒袜里跨出来，从头上脱下薄薄的上衣，把他的嘴拉向自己的右边乳头。他吮吸起来，与其说是出于欲望，不如说是受到好奇心的驱使，就像一个婴儿突然意识到了自己在生物链中的位置，一个全知的孩子看着自己的出生、死亡、重生。

西拉引导他进入她的身体，他自然而然地勃起。她湿润的身体内部像是某种古老、原始的东西，对于他充满活力的阴，那就是善于接纳的阳，共同成为这些无止尽再生的循环的创造者，这些——

杰夫睁开眼，那个女孩的脸又变了形状。变成了格雷琴的脸。他正在操格雷琴，操自己的女儿：他给了她生命，但她却不曾真正存在过。

他立刻嫌恶地离开她的身体。

"啊！"女孩充满挫折感地叫起来，伸手握住他瘫软的阴茎，轻轻地抚摸着，"来嘛，亲爱的，来嘛！"

他脑海中的浪潮不再令人平静，它们恶毒地拍打着他的情绪。圆圈，轮子……在那个宇宙链中没有他的容身之地，没有一个图案能容纳他这不合时宜的突变的存在。

那个女孩张开鲜红的双唇，弯下身子帮他吸起来。他把她的脸推向脉冲一般跳动的墙，试图从脑海中赶走在她身上看到的景象。

"介意我们一起加入吗？"夏拉一丝不挂地站在敞开的门边问道。在她身后是一个瘦得皮包骨的年轻男子，一头凌乱的长发，脸上满是麻子。西拉不确定地对新来者皱起眉头，然后就放松了下来，松开了她抓过来盖住胸部的床单。

"可能会不错，"西拉说道，"你这同伴似乎不适合服用迷幻药。"

"迷幻药？"那个年轻人兴奋地说道，"你带了吗？"

西拉点点头，伸手去拿她带到楼下来的手提包。

"嘿，给我们来一点，可以吗？"他说。接着，他对夏拉说："你试过嗑药之后做吗？那感觉棒极了！"

他们躺到了床上，他们所有人，夏拉——抑或是琳达？——抚摸着西拉的头发，格雷琴的头发，接着那个陌生人变成了马丁·贝利，血从他射向自己头部的伤口喷涌而出，洒满了床单，浸透了杰夫妻子和女儿赤裸的身体。他们全都死了，除了他自己，而他不管死了多少次，却总也死不了。他就是轮子，他就是圆圈。

他们在旧金山国际机场的头等舱候机厅候机，夏拉不耐烦地轻拍着脚。她的脸像鬼一样苍白，框在她油光发亮的黑色直发之中，这是最新潮的打扮。她的眉毛漂白成几乎看不见的颜色，所用的唇膏就像一截粉笔。她身着夸张的斑马纹图案的欧普艺术印花连身裙和白色的紧身裤，让她的整体装扮彻底失去了色彩。

"还要等多久？"她粗鲁地问道。

杰夫看了一眼手表："应该随时就要登机了。"

"那我们抵达那边需要多久？"

"要飞四个半小时。"他叹了口气，"我们之前就谈过了。"

"不管怎样，我不明白我们为什么要进行这趟旅行。我以为你已经厌倦了该死的热带地区。我们离开巴西之前你就是这么说的。我们为什么要突然跑去夏威夷呢？"

"我想要在阳光下享受点安静的时光，换换环境，独处一下。我需要一些时间来思考，可以吗？这个我们之前也谈过了。"

她对他投以嘲讽的目光："是的，好吧，你不过就是认为你已经经历过所有事了，不是吗？"

他回瞪她，觉得不可置信。"你这话什么意思？"

"你说的那些重生的鬼话，那些关于轮回转世之类的屁话。"

杰夫从那并不舒适的座位上转过身，紧紧抓住她的手腕："你是从哪里听到这些话的？我从来没有——"

"放开我，"她说着甩开他紧握的手，"上帝啊，你软得连个小女生都上不了，你嗑药吓尿了，突然就想逃跑，还抓着我——"

"闭嘴，夏拉。只要告诉我你听到了什么，从哪里听到的。"

"去年米雷叶全都告诉我了。说你试图让她觉得很玄妙，你跟她说你挂了又复活过来。真是胡说八道！"

真相的揭示给杰夫带来沉重的一击。在他所经历的所有重生中，在他所认识的所有人当中，只有米雷叶对他表现出了一点同情和理解，让他可以跟她分享自己的秘密。他原以为她不会对他所说的话进行评判，会把他的话当成必须保守的秘密……

"为什么——"他的声音变得嘶哑起来，"她为什么要告诉你？"

"因为她觉得很好笑。我们都这么觉得，我们在巴黎认识的每个人都在你背后笑了好几个月。"

他把头埋进双手，试图理解她的话里的含义。"我信任米雷叶。"他轻声说。

夏拉轻蔑地哼了一声："没错，你那特别的小女友，啊哈。我先跟她认识的，你要知道。你大半时间都沉浸在那愚蠢的郁郁寡欢的恐惧中，你觉得是谁让她和你一起跳上床，让你走出那种状态？我已经烦透你了。我只想开开心心地过，跟人上上床。只要简·克劳德和我让她去，就算是只该死的猴子米雷叶也会上的，所以我们就这么做了。你难道不是幸运的吗？"

一个仿佛天外来音的女人的声音播报出他们的航班。杰夫因难以置信的情绪而神情恍惚地走向登机口，夏拉跟在他身后，脸上挂着僵硬而满足的微笑。他们在依旧崭新的波音707右侧找到了座位，就在机翼后方的位置。他们两人都一言不发，把随身行李塞进行李架，系上了安全带。一位空姐走了过来，给他们发糖果和口香糖，杰夫一言不发地拒绝了。夏拉拿了一块橘子味硬糖，饶有滋味地吮吸着。

"早上好，女士们先生们，欢迎乘坐从旧金山飞往火奴鲁鲁的泛美航空八四三号航班。你们今天的机长是查尔斯·奇姆斯，在驾驶舱中还有副机长弗雷德·米勒，二副机长马克思·韦伯，还有随机工程师费奇·罗伯森。我们的飞行高度大约是……"

杰夫凝视着窗外缓缓后退的土灰色飞机跑道。

实际上，除了他自己他不能怪任何人。当他带着找到夏拉的明确目的前往拉斯维加斯时，就给这一次重生定下了冒失草率、骄奢淫逸的基调。

"……午餐将会在起飞三十分钟后供应。请注意当'请勿吸烟'和'系好安全带'指示灯亮起的时候，为了您的旅途舒适……"

他心里想着，此刻自己应该是什么心情呢——愤怒？挫败？这两种情绪对他都没有什么好处，伤害已经造成了。很显然，没有人——甚至包括米雷叶——相信他在圣特罗佩斯对她所说的话。至少她和夏拉的欺骗行为没有给他带来任何威胁，只是让他比之前更加孤独罢了。

飞机在跑道上加速后优雅地升空了。他看了一眼机舱前部。当然了，没有电视屏幕。环球航空公司依然拥有机上影视播放的专有权。太糟糕了。他很希望能有个分散注意力的东西。

杰夫望向窗外，飞机正向上攀升，飞过繁忙的海岸高速公路。他应该带一本书来的。汤姆·沃尔夫的《糖果色橘片式流线型婴儿》[1] 刚刚出版，他不介意重读一遍——

这架大飞机剧烈地抖动起来，一个沉闷的爆炸声让飞机摇晃起来。杰夫惊恐地看着右外侧发动机从底座松开，落向下面的城市，在机翼上撕开一个锯齿状的窟窿。煤油从翼端的油舱中喷射出来，燃起卷曲的白色火焰，里面飞溅出融化的金属碎片。

"看，机翼着火了！"他身后有人喊道。机舱里充斥着尖叫声和孩子的哭喊声。

着火机翼上第三引擎掉落了，飞机疯狂地向右倾斜。杰夫看见山口处的人家，接着又看见太平洋蔚蓝的海水，就在下方不到一千英尺的地方。

---

1 美国作家、记者汤姆·沃尔夫的处女作杂文集。

夏拉紧紧抓住他的左手，他也紧紧抓住她的，在这个可怕的时刻，他已经将敌意和悔恨抛之脑后。

他在恐惧中想到，他这次蹉跎岁月的重生才开始两年时间，他会这么早、在这么猛烈的死亡中回到原处吗？尽管他痛彻心扉地诅咒过不断重复的生命，但此刻他不顾一切地渴望生命可以继续。

飞机又一次晃动起来，更加往右倾斜。金门大桥进入了视野中，大桥的桥柱近得吓人。

"我们要撞上去了，"夏拉急切地低声说道，"我们要撞到桥上去了。"

"不会的，"杰夫粗声粗气地说，"我们差不多还是平稳的。从发动机掉落到现在我们并没有下落太多。不管怎样，我们会避开大桥的。"

"我是机长奇姆斯，"一个故作镇静的声音传来，"我们遇到了一个小问题，女士们，先生们……好吧。也许这个问题并不小。"

他们此刻正在陆地上空缓缓地往回飞，朝着那些山峦和旧金山的高楼大厦飞回去。

"我们正在试着——我们将要飞往特拉维斯空军基地——大约距离这里四十英里远——因为那边有一个很不错的长跑道可以供我们使用，比旧金山国际机场的任何一条跑道都要更长。我等下会非常忙碌，所以请大家坐在座位上，我会让二副机长韦伯来负责告诉你们关于着陆时的注意事项。"

"他不觉得我们可以成功着陆，"夏拉号啕大哭，"我们要坠机了，我知道我们要坠机了。"

"安静，"杰夫对她说，"走道对面的那些孩子会听到你说的话。"

"我是二副机长马克思·韦伯，"小扩音器里传出一个新的声音，

"大约十分钟后我们将要在特拉维斯紧急迫降,所以……"

夏拉开始啜泣,杰夫把她的手抓得更紧了。

"……如果要使用逃生梯的话,请保持冷静。记住,您要坐下后再从逃生梯出去,不要惊慌。降落的时候,如果颠簸得厉害——这种情况是有可能发生的——请坐在座位上将身子往前倾。您要抓住脚踝将身子伏低,或者将手臂放到膝盖下方。尽可能将身子往前伸,在我们下一步指示前请保持不动……"

飞机迅速下降。在往面积辽阔的军事基地靠近时,杰夫看见在十字形的空荡荡的飞机跑道中那条最长的跑道上,消防设备和救护车已经排成一列。

他们开始在距离空军基地的营房和飞机棚仅几百英尺高的空中绕大圈盘旋。杰夫听见机轮在不平稳的抽动中从飞机起落架上伸出的声音。机组人员一定是用手动方式把它们转动下来的,他如是想道。爆炸可能损毁了液压系统。

夏拉在他身旁喃喃自语,听起来像是在祷告。杰夫最后往窗外看了一眼,看到一阵旋风在他们即将降落的跑道近端刮起一阵尘土。这可能会带来麻烦。飞机已经经受了巨大的损伤,在这紧急关头的一阵湍流可能——好吧,想这些也没有用了。他把手从夏拉手中抽出来,帮她做出胎儿的姿势,然后把自己的头埋进双膝之间,用手抓住了脚踝。

剩下的发动机突然爆发出一股力量,飞机向左侧拉起,然后又摆回原来的航道上。机长一定是在极力避开那阵旋风,一定是——

机轮着地了,在柏油碎石跑道上发出尖锐的摩擦声,像是稳住了。他们在跑道上飞速前进,那几秒钟时间令人饱受折磨。接着发动机又轰鸣起来,他们开始减速,停了下来……他们成功着陆了。

乘客爆发出一阵欢呼。接着空姐打开紧急逃生出口,每个人都争先恐后地从逃生梯滑下去。受损的飞机散发出喷气燃料的气味，已经走出飞机的杰夫看到清亮的可燃液体从损毁的右翼的裂缝中流下来。他拉过夏拉，一起跑离飞机。

跑出三百码后他们筋疲力尽地瘫倒在两条跑道之间的草地上。军用消防车正往那架波音707上喷洒白色的泡沫，周遭全是受了惊吓的人们，漫无目标地乱转。

"哦，杰夫，"夏拉用手臂绕住他的脖子，把脸靠在他的肩上哭着说道，"哦，我的上帝，我真是吓坏了。我以为——我以为——"

他掰开她的手臂，推开她，站了起来。她脸上黑白分明的妆容留下一道道泪痕，她身上欧普艺术风格的连衣裙被逃生梯、烟雾和草地弄脏。

杰夫环视四周，看到左边的一栋建筑看起来像是行动中心，一批返回的救护车和穿着石棉服的紧急救援人员忙作一团。他开始往那个方向走去，留下夏拉躺在草地上哭泣。

"杰夫！"她在他身后喊道，"你不能离开我，不能在这时候离开！不能在经历这一切后！"

为什么不能？他想道，并大声说了出来，然后继续朝前走去。

# 第十章　不存在的电影

太阳冉冉升起时，杰夫吃完了鸡蛋和培根。他擦净碗碟，把平底锅放在水里泡着。通常他都会在这栋斜顶的白色房子的小门廊里喝上一杯咖啡，但今天早上他已经迟了，还有很多事情要做。

他在法兰绒衬衫外面套上了一件羽绒服，走出门去。已经是五月的第三个星期了，但依旧寒气刺骨。今年的最后一次霜冻前天晚上刚下过。他朝埋葬着老史密斯的石头堆点头致意后便大步朝一块刚刚犁过的玉米地走去，那块地已经立好了桩，可以栽种了。在八十年代获得这块宅地之后，史密斯也跟他一样独自在这块地上耕作。杰夫听说，史密斯是在某次意外之后患上了病，死后好几个礼拜都没人发现他的尸体。后来在欠税拍卖中买下这块地的人从未在地里种过任何东西。他们一找到史密斯藏在荷兰炖锅里的一小笔金币，就立即卖掉了这块土地。这位老人似乎拥有属于自己的秘密。

杰夫用靴子尖翻动着厚厚的黑色表层土，今天下午他就要在这地里种上这一季的第一片玉米，种的是糖金玉米的早期品种。这里的土壤是肥沃的加州火山土，富含矿物质。他对很久之前居住在这里的人家充满了轻蔑之情，竟让这块土地闲置着。他们拿走了西尔韦斯特·史密斯的金子，离开这个隘口去寻找不劳而获的快乐和安逸。像这样的土地需要被耕种，而它所生长出的新鲜食物的价值要远超任何金币。这是契约，是上万年前人和土地之间在美索不达米亚地区所达成的买卖。杰夫相信，遗弃沃土就是打破古老而近乎神圣的契约。

他走过不久后就要长出莴笋的一小块土地。从他第一次在这片地上栽种到现在至少过了两年时间了，也是时候给这些一年施肥两次的植物施头一次肥了。晚春的霜冻似乎没给它们带来任何影响，杰夫想着这霜应该会让植物的茎变得更脆一些。他在流经自己土地的泉水旁跪下来，用手舀起两捧冰凉的山泉水送进嘴里。他正喝水的时候，两条德国棕鳟从他面前游了过去。他决定，如果能在夜幕降临前种完玉米并给莴笋施好肥的话，他就带根钓竿过来钓几条鱼当晚餐。

太阳继续爬上天空，照亮了西南边猪背山拱起的山岗上的松树顶。杰夫沿着泉水蜿蜒的上坡路走去，每走二十英尺左右就停下来清理掉堆积在水道中的碎片杂物，疏通被堵住的集水箱和输水管，他的农作物的灌溉还要依靠它们呢。

他在九年前买下了这块地方，就在那次去火奴鲁鲁途中差点酿成灾难的飞机事故发生几周之后。自从那天在充斥着烟雾的机场跑道旁离开夏拉之后他再也不曾见过她。实际上，从那个夏天开始，他就很少跟任何人见面了。

定居在此处，离他最近的邻居住在龟池，在一条古老的马车道往东走三英里远的地方。杰夫居住的地方唯一一条与外界连通的道路是一条曲折的山路，那条路经常被大水冲垮。从十一月到一月，大雪、雨水和泥土让穿过大理石溪的道路几乎不可通行，他已经学会了为过冬做好物资储备。

其他的时间里他几乎都是独自一人。他差不多每周都会驱车前往蒙哥马利溪边的小镇，到那边的商店里买一些东西或是把他的小卡车送到只有两个油泵的壳牌公司的加油站去维修。大体来说，他已经戒了酒，但如果收成好的话，他可能会到分叉角或山顶小屋喝杯啤酒，吃顿晚餐当作庆祝。友善的马齐尼一家是分叉角的主人，妻子埃莉诺在镇上那栋布局不规则的大房子里经营沙斯塔县立图书馆的分馆。杰夫有时会同他们夫妻俩中的某个人聊聊天，话题各式各样。他们的儿子乔比杰夫小几岁，对外面的世界有股永无止境的聪明好奇心。但这一家人从来都不会打探杰夫的隐私，他们从来不曾深入追问杰夫为何选择了如此与世隔绝的生活。乔曾经帮他在隘口安装了一个短波接收设备，除了与马齐尼一家人偶尔聊聊天之外，收音机成了杰夫与外界文明的唯一接触途径。

在这加州北部的小角落里，居住的主要是伐木工人和印第安人，杰夫与这两种人都没有打交道。在他搬过来后不久，有少数嬉皮士和一些想要回归土地的人进来过，但大多数人都没有待太久。耕作这片土地比他们想象中要困难得多，要让一个地方运转下去可不是种种大麻就可以的。

他觉得这些年最难熬的是禁欲，但原因并非他想象的。在与夏拉和米雷叶在一起的时间里，他几乎是为性而性地纵欲过度。

有一阵子，他觉得没有性生活也可以过得很好，他曾经很惊讶自己能这么容易就消除对性的需求。但很快，他就惊讶而不快地发现，自己对最基本的人类碰触的渴望是多么强烈。这一方面的缺失每一天都撕扯着他，日夜折磨着他。有时候他会梦见一个女人抚摸他的脸颊，或是梦见将她的头靠在自己胸口上。出现在这些梦境里的女人可能是朱迪或者琳达，甚至可能是夏拉，更多时候只是一个没有面目的抽象的女性形象。

通常他都会带着无比强烈的伤感从这些梦境中醒来，认识到一个熟知的事实：要缓解这种缺失只能通过冒着被进一步背叛的风险，而最终注定要被彻底消灭。这两种痛苦都过于强烈，让他无法再次去面对。似乎更好的选择是让他的灵魂慢慢死去，在寂寞中一点点消逝。

由于要不断弯腰清理灌溉系统，他的背开始酸痛，于是他在泉水边坐了下来。北边远处，在越过矮树林，通往俄勒冈州的中途，沙斯塔山惊人的白色圆锥体像沉睡的神灵耸立在地平线上，生活在周遭的印第安人曾经都这么以为。

他嚼了口牛肉干，又捧了一点清凉的泉水吞送下去。他的新家正好位于反复无常的喀斯喀特山脉的山脊上，位于拉森峰和沙斯塔山的正中间。北边是形成火山口湖的大型史前火山遗迹，再过去是胡德山，再往上进入华盛顿州，圣海伦斯火山安静地隆隆作响……目前是这样的。七年之后它会来一次致命的猛烈爆发，就像前三次一样。这一事件杰夫记得，也只有杰夫才记得。

这种力量可以摧毁一座山，然后又让它恢复原状，接着再一次摧毁，周而复始，就像个在沙地里玩耍的孩子，他就处在这种力量的掌控之中。要理解这样的事物有何用处呢？就算他理解了，哪怕只是一部分，一个人类的大脑也可能无法在接受这一认知的情况下仍然保持一定的理智。

杰夫把剩下的牛肉干放回玻璃包装纸中，塞回口袋里。此时太阳正高挂头顶，是时候开始种植今年的玉米了。他沿着山泉原路下山，再也没有抬头看一眼远处白雪皑皑的峰顶。

"要不要泥煤苔？你的存货还够吗？"

"可以再来几百磅，"杰夫说道，"我还需要再来四十加仑的西维因。"

店老板同情地用舌头发出两声咯咯声，把杀虫剂加进了订货单。"是啊，这个季节的棉铃虫特别多，不是吗？住在巴克艾的老查理·雷诺兹已经因为它们损失了三英亩庄稼了。"

杰夫点点头，用所能记得的最礼貌的方式咕哝了几句。一年两次来雷丁的大补给是他与陌生人接触的唯一机会。

"你对阿拉伯人什么看法？还有这里的这些汽油管道？"那人问道，"没想到还有这一天。"

"我想会好起来的。"杰夫说，"给我来一盒那种大盒装的牛肉干，要辣味的那种。"

"没想到还会有这一天。如果你问我的话，我觉得尼克松应该给阿拉伯人丢一颗炸弹，而不是去跟他们谈判。他还嫌自己这里的麻烦事不够多吗？"

杰夫心不在焉地浏览着钉在补给商店收款机后面的海报和告示，希望那人很快就会觉察出他并不想参与政治话题。杰夫看到告示说郡长正在拍卖某个人在伯尼的一处取消赎回权的抵押房产；当地的反潮流嬉皮士要在铁峡谷举行一场大型舞会；很多待售的汽车和小卡车……这时候，他看到了一个奇怪的东西。看起来与周围的东西十分格格不入：一张画着夜空的蓝黑色海报，一道闪着磷光的波浪划破半圆的月亮上方的夜空。海报底部用细细的金色字体写着：星海。

"这是什么？"杰夫指着那张海报问道。

店主转过身来看，然后难以置信地皱起眉头把目光转到杰夫身上："孩子，你是住在多么偏远的深山里啊？你没看过《星海》？"

"那是什么？"

"见鬼，那是部电影。在这部以前我看过的最后一部电影是《音乐之声》吧，但我绝不会错过这一部。孩子们在三四个月前拉着我和我老婆去萨克拉蒙托看了这部电影。之后我又去看了两遍，现在雷丁也上映了，我们很可能还会再去看。我可以告诉你，我还没看过这么好的电影。"

"是热门电影吗？"

"热门？"那人大笑起来，"他们说是他妈有史以来最大型的电影。我听说票房已经有上亿美元了，而且依然很好。没想到我会见到这种事。"

这不可能。在《大白鲨》之前没有一部电影的票房达到这么高，而《大白鲨》还要一年多以后才上映。杰夫从未听说过任何叫《星海》的电影，在一九七四年肯定是没有的。这一年的大电影，他记得是《唐人街》还有《教父》的续集。

"这部电影是讲什么的？"

"如果你还不知道的话，我不想破坏了你看电影的乐趣。现在正在卡斯喀得上映，你应该在开车回去前去看一下。我可以告诉你，绝对值得让你推迟回家的行程。"

杰夫心中燃起一丝好奇，他很多年都没有这种感觉了。

店主用拇指迅速地翻阅一份《雷丁城记事探照灯报》。头版上，是基辛格与伊扎克·拉宾拥抱的照片。"在这里，下一场的时间是……三点二十。"那人扫了一眼挂在商店后面墙上的大钟，"如果你愿意的话，我可以帮你把定的货保留在这里。你看完电影后还能在天黑前回到家。"

杰夫露出了微笑:"你是从剧院拿到了回扣还是什么的?"

"我告诉你,我通常对电影都不感冒,但这一部非同一般。去吧,我会把你的东西都打好包,等你回来的时候就可以装车了。"

在雷丁的周二下午,排队看《星海》的队伍长得超出了一个街区。杰夫惊奇地摇了摇头,买了一张票,加入了等候的人群中。等候的人涵盖了不同的年龄层,从睁着大眼睛的六岁孩童到穿着破旧的工装裤不苟言笑的七旬老夫妻都有。从周围人们的低声交谈中,杰夫得知许多人都已经看过这部电影不止一遍了。他们的态度几乎像是一起来参加一次宗教活动,像一群参拜者安静但快乐地向挚爱的圣殿靠近。

电影完全就像店主所声称的那般精彩,而且要远胜于此。即使在杰夫看来,电影的主题、画面和特效都比这个时代超前了许多年,就像是库布里克的《2001:太空漫游》的海底版本,同时又具有杜鲁福最佳电影中的温暖与人性。

电影的开头以挽歌般的语调阐述了人类和海豚之间的古老联系,接着把这种神话般的联系扩展到一个贤明的外星物种,很久以前,他们就和地球海洋中聪明的哺乳动物建立了联系。根据剧情,在人类发展到为银河大家庭所接受之前,那个物种曾经指派鲸目哺乳动物作为人类慈爱的守护者。但到了接近二十世纪末时,海豚们得知,数千年来一直被期盼重新归来的来自天鹅座四号星云的人类导师们,已经在一次星际浩劫中毁灭了。于是在欣喜与深切哀痛交织的心情下,海豚们就把他们的真实本性及他们伟大的历史告诉了人类。这个星球第一次真正成为一个整体,陆地上和海洋中的生物形成了一个相互连结的团体……而苍凉的外太空却比以往更加寂寥，因为地球生物从未谋面的恩人永久地消亡了。

这部电影巧妙地传达出，即使实现了最终愿望，带来的也最终是失望的、令人难以承受的讽刺，展现方式老练绝妙，其见解之深刻在电影中难得一见。杰夫发现自己和其他观众一起因为被深深打动而狂喜落泪，他多年来的自我放逐与超脱于世在两个小时之内就被摧毁了。

而且整部电影都是全新的。像这样一部展现出如此杰出的艺术成就，从各个层面上说都是十分成功的电影，如果它曾经在他的任何一次重生中出现过的话，杰夫不可能毫无印象。

他看到摄制组人员名单时的惊讶之情几乎不亚于观看电影本身：导演是史蒂芬·斯皮尔伯格……编剧及制片人是帕梅拉·菲利普斯……创意顾问及特技监制是乔治·卢卡斯。

这怎么可能呢？斯皮尔伯格的第一部大电影《大白鲨》当时还尚未开拍，而卢卡斯用《星球大战》颠覆整个电影产业是在两年之后的事。但这一切之中最费解，最令人好奇的是——这个帕梅拉·菲利普斯到底是谁？

"我不管要付出什么代价，艾伦，除了时间。我想要你安排好这次会面，时间就定在下周。"

"温斯顿先生，事情并没有那么简单。那些人都有自己的小阶级，现在这个女人差不多是最上面的头头。好莱坞有一半的编剧和制片人都想挤进……"

"我又没打算向她推销什么，艾伦。我是个商人，不是电影制作人。"

电话那头是长久的沉默。杰夫知道这位经纪人在想什么。他上一次直接跟客户对话已经是九年前了。这让他看起来像是怎样的生意人呢？杰夫·温斯顿是一位隐士，一位仅在旧金山的经纪行出现过一次的遁世者，那是一九六五年，当时他在那里存过一笔巨款。他住在森林里，偶尔会送出一条隐秘的信息，指示他们以他的名义大量买进某支并不出名或并不明智的股票。可是，可是……

"我的股票现值是多少，艾伦？"

"先生，现在我手边没有可以提供的信息。你的股票账户很复杂，变化多端，我需要几天的时间……"

"只要大概的数字。"

"嗯，考虑到可能的变动——"

"我说了我只要一个大约的估算，就说出此刻你脑子里的数字。现在就告诉我。"

那人叹了一口气表示顺从，"大约六千五百万，加减五百万上下。您知道的，我没有——"

"是，我明白。我只是想确定你明白我们这会儿在谈论的事情是什么。我们正在谈论一个有一大笔钱等着投资的人，和另一个处于完全依靠新资金不断注入的行业的人。你听明白了吗？"

"当然，先生。但您要记住菲利普斯小姐的公司现在依靠她的那部电影的收益有充裕的新资金流入。现在这可能不是她最优先考虑的事。"

"我相信她能看到我对她的兴趣所拥有的长期价值。如果不成的话，试试别的办法，你没有认识跟电影行业有接触的什么人吗？"

"嗯……我想我们洛杉矶办公室的哈维·格林斯潘手上很多客户跟制片厂有联系。"

"那就让他打电话讨些方便，用上他能用得上的所有人脉。"

有人在杰夫的宾馆套房外面礼貌地轻敲着房门。

"我是服务员，先生。布鲁克斯兄弟[1]公司的人来这里为您量身了。"

"我要挂电话了，艾伦，"杰夫对着话筒说，"等你把这件事安排好了，可以在费尔蒙酒店联系到我。"

"我会尽力去办的，温斯顿先生。"

"尽快办好。这么多年了，我可不想被逼得把账户移到别的地方去。"


星海制片公司的办公室位于皮科南部的一栋灰泥粉刷的两层白色建筑中，在位于米高梅电影制作公司和二十世纪福克斯影业公司之间的一片没什么特点的商业区中。接待区被装饰成蓝白相间的色调，接待台后面挂着关于这部电影的一张广告牌大小的海报。其余的几面墙上则装饰着各色的抽象艺术作品和海底的照片，在一张很大的贴着西班牙瓷砖的咖啡桌上陈列着六本反映该部电影主题的书：《宇宙中的智慧生命》《海豚的头脑》《人类生物计算机的编程及元编程》……杰夫一边翻阅着拓荒者号执行首次任务时拍摄的木星彩色图片，一边等着。

"是温斯顿先生吗？"娇小的浅黑皮肤的接待员愉快地对他露出专业的微笑，"菲利普斯小姐现在可以见您。"

他跟着她走下一条长长的走廊，经过六扇打开着的办公室的门。他所看见的每一个人都在打电话。

帕梅拉·菲利普斯宽敞的办公室跟接待区是一样的蓝白色调的组

---

1 美国著名男性服饰品牌，因产品质量优良和设计经典著称。不少名流和政治人物世代均为其忠实客户。

合，但墙上没有看见电影相关的纪念品，没有波洛克的画作，也没有海豚的照片。这里视觉上只有一个主题，重复出现在十多种不同的变体中：曼荼罗、轮子和圆圈。

"早上好，温斯顿先生。你要来点咖啡或是果汁吗？"

"不用了，谢谢。"

"那就这样吧，娜塔莉。谢谢。"

杰夫打量着这位他等了一个月才见到的女人。她个子很高，大约有一米七，嘴巴宽大，圆脸，脸上化着很淡的妆，一头纤细的金发剪成男孩般刘海齐额的造型。杰夫高兴的是在布鲁克斯兄弟店里给自己订做了一套衣服。帕梅拉·菲利普斯打扮得很商务，身着一套裁剪合身的灰色套装，内搭一件紫红色的高领上衣，脚上是一双相配的低跟鞋。除了别着一支设计成同心圆样式的金色小领针之外没有佩戴别的珠宝首饰。

"请坐，温斯顿先生。据我所知你是希望来商谈关于投资星海制片公司一事的？"

直奔主题，没有拖泥带水或是亲切地寒暄。这是在一九七四年，她的行事风格却像是一位八十年代中期的职业女性。

"是的，没错。我发现自己有一些多余的资金可以——"

"让我一开始就把话挑明吧，呃——"

"请叫我杰夫。"

她并没有在意他想要通过直接称呼名字套近乎的行为，而是继续自己要说的话："我的公司是私人出资的，完全自主经营。我同意跟你见面是出于对朋友的礼貌，但如果您是想投资电影行业的话，我想您是来错地方了。如果您需要的话，我的律师可以给你列出一张其他制作公司的名单，可能会——"

"我感兴趣的是星海，而不是这整个行业。"

"如果公司要上市的话，我会确保你的经纪人会收到一份申购书。在那之前……"她从办公桌后面站起身来，伸出手，打算送他出去。

"你对我的兴趣一点都不感觉好奇吗？"

"并没有特别的感觉，温斯顿先生。自从这部电影在十二月份上映以来，已经在多个地区引发了众多兴趣。当下我自己的精力都投入到其他项目上了。"她又一次伸出了手，"如果你不介意的话，我还有其他的工作安排……"

这个女人把这件事弄得比他预想的要困难得多。他别无选择，只能勇往直前。"《星球大战》呢？"他问道，"您的公司会介入吗？"

她眯起那双绿色的眼睛："关于即将上映的电影的传闻一天到晚都在这座城市里流传，温斯顿先生。如果我是你的话，我是不会听信贝莱尔的泳池边谣传的那些消息的。"

杰夫心想，还是要全部说出来才行。"还有《第三类接触》呢？"他问道，"我不确定斯皮尔伯格现在还想不想制作这部影片——你怎么看？有了《星海》，那部影片可能有点狗尾续貂的感觉。"

她的眼睛里依然闪着怒火，但此时又多了点别的东西。她坐回到座位上，警惕地盯着他："你是从哪里听说这个名字的？"

他也同样目不转睛地盯着她，回避了这个问题。"还有，《ET 外星人》，"他滔滔不绝地说道，"那完全是另外一回事，我看不出两者之间有任何冲突。当然，《夺宝奇兵》也是一样的，是完全不相关的电影，虽然它的第一部续集烂透了。也许你可以跟他说一说这个情况。"

现在他已经完全吸引了她的注意。她的手指紧张地抚摸着自己的喉咙，她的脸上除了惊讶之外没有任何其他的情绪。

"你是谁？"帕梅拉·菲利普斯低声问道，"你到底是谁？"

"有意思，"杰夫露出了微笑，"我也一直在想你是谁。"

# 第十一章　第二个重生人

作为一栋如此靠近大城市的房子来说，帕梅拉在多潘那谷的房子已经算是最与世隔绝，难以抵达的了。它建在一块五英亩大的土地中央，那块地上长满了各种植物：蓝花楹树、柠檬树、葡萄藤、黑莓树丛……全都不加抑制地肆意纠结在一起。

"你应该把一些树修剪一下。"他们坐在她的路虎车上朝那栋房子蜿蜒开去时杰夫说。她自如地操纵着那辆四轮车，毫不觉察或者说是毫不在意自己穿着时髦的灰色裙子，涂着指甲油的打扮与这辆车显得多么不协调。她把剪裁讲究的外套放在了车后座上，踢掉了鞋子以更好地控制离合器，但看上去更应该出现在一个保险公司的会议室里，而不是开着一辆车行驶在荒谷中的一条土路上。

"它们就是这样生长的，"她耸了耸肩膀说道，"如果我是想要一个正常的花园，我就会选择住在比弗利山庄了。"

"但这样你会浪费掉很多好果实。"

"所有我想要的水果都是在农民市场上买来的。"

他没有再继续这个话题。这是她的土地，她想怎么样就可以怎么样，虽然看到如此暴殄天物的情景让杰夫有点恼怒。他对她依旧了解不多。简单地验证了他的怀疑——她也是一个重生者后，她坚持要听他从头开始讲述自己的故事，还时常打断他并盘问更多的细节。当然，他省略了很多事情，尤其是关于与夏拉在一起的那些事情，而且他还没有听她说过自己的经历。但很明显，她是一个充满矛盾的人。这完全说得通，他自己也是一样。他们俩当中谁不是这样呢？

房子的装修朴素却舒适，顶上是橡木横梁的天花板，房子的一边是一面大型落地窗，通过落地窗可以俯瞰她房产周围杂乱的丛林和远处的大海。就像她的办公室一样，墙面上挂着裱了框的各式各样的曼荼罗图案：有纳瓦霍的、玛雅人的，还有东印度群岛的。靠近窗户的地方是一张很大的桌子，上面堆放着书本和笔记本，桌子中央放置着一台笨重的绿灰色设备，连着一个荧光屏，还有一个键盘和一台打印机。他皱着眉头疑惑地看着那台设备。她这么早放一台家用计算机在这儿是想要做什么？这时候还没有——

"那不是电脑，"帕梅拉说，"是王安 1200 型文字处理机，最早的机型之一。没有磁盘驱动器，只有卡带，但还是比打字机快。要来点啤酒吗？"

"好。"她这么快就看出他在看那台机器的时候在想什么，这一点仍让他感到有点震惊。经历了这几十年后，面前这个人和他有着一样的不寻常的知识参考框架，他还需要一点时间来适应这种情况。

"冰箱在那一边，"她用手指着说道，"给我也来一瓶，我去换掉这身衣服。"她手里提着鞋子向房子后面走去。杰夫找到了厨房，打开了两瓶贝克啤酒。

等她换衣服时，他观察着她书架上的书本和唱片。看起来她并不怎么看小说或听流行音乐。大部分书籍都是属于传记、科学类的，还有电影业的、商业面的。她的唱片大多是巴赫、亨德尔和维瓦尔第的。

帕梅拉穿着一条褪了色的牛仔裤和一件松松垮垮的南加州大学运动衫回到了客厅，她从他手里接过啤酒，扑通一声坐到一张加了厚软垫的躺椅上。"你跟我说的飞机那件事，差点坠机的那件事，那可真是愚蠢，你要知道。"

"你这么说什么意思？"

"在我第二次重生快结束的时候，我意识到自己可能要再经历一次，我就把自一九六三年以来的每一次飞机坠机事件都列表记了下来。还有宾馆火灾、铁路事故、地震……所有的大型灾难都记下来了。"

"我也想过这么做。"

"你早就应该这么做了。不管怎样，接下来发生了什么？从那以后你都在做什么？"

"这样是不是有点太单方面了？我对你的事情也特别好奇，你知道的。"

"先说完你的故事，然后我们再来说我的故事。"

他在她对面的一张沙发上坐下来，开始解释他在过去九年里的自我放逐：他与地球上生长的万物合为一体的苦行者感受，他对万物在时间中的永恒对称性的痴迷——生物体为了开花而枯萎，花朵和青涩的果实周而复始地从前一年枯萎的藤蔓上重新生长出来。

她若有所思地点点头，注意力集中到其中一张复杂的曼荼罗图案上。"你读过印度教哲学吗？"她问道，"《梨俱吠陀》《奥义书》？"

"只读过《薄伽梵歌》。很久很久以前的事情了。"

"'你和我，阿朱那[1]，'"她流畅地引用道，"'已经活了许多世。我全都记得，而你已经忘了。'"她眼中闪烁着热烈的光芒，"有时我觉得他们所说的正是我们的经历：不是在线性时间尺度上轮回转世，而是作为整个世界历史的一小部分不停地一次次重复人生……直到我们意识到正在发生什么，并回到正常的时间流。"

"但我们已经意识到了，可它还是发生。"

"也许它会继续下去，直到所有人都明白。"她静静地说道。

"我不这么认为。我们俩都是马上就明白的，只是承认还是不承认的问题。其他人都是继续着同样的模式。"

"不包括那些我们接触过的人的生活。我们可以引发转变。"

杰夫冷笑。"那这么说你和我成了先知，成了救世主了？"

她眺望着外面的大海。"也许是。"

他坐直了身子，盯着她说："等一下，这不正是你的这部电影所要说的，让人们准备做好……？你不会是计划要——"

"我还不确定自己想要做什么，现在还不。你出现了，让一切都改变了。我没有预料到这一点。"

"你想要做什么，成立一个该死的教派吗？你知不知道这会是多大的灾难——"

"我什么都不知道！"她厉声道，"我跟你一样迷茫，我只是想让自己的人生有点意义。难道你想就这样放弃，甚至都不去尝试弄明白吗？那么，随便你！回到你该死的农场去过行尸走肉的生活，但不要告诉我应该怎么处理这一切，可以吗？"

---

1 印度神话《薄伽梵歌》中的英雄人物，古代天神的转世化身。

"我只是提供我的建议。在这种情况下，你还能想到其他人有资格这么做吗？"

她对他阴沉着脸，怒气未消。"我们稍后再来谈这个问题。现在，你要不要听听我的故事？"

杰夫坐回到柔软的坐垫上，小心翼翼地看着她。"我当然要。"他语气平平地说道。谁也不知道什么事会触发她的怒火。好吧，他能理解她必然经历过的一切，他可以体谅她。

她唐突地点了一下头："我去再拿两瓶啤酒来。"

杰夫了解到，帕梅拉·菲利普斯于一九四九年出生在康涅狄格州的西港镇，父亲是一位成功的房地产经纪人。她的童年生活与常人无异，跟正常人一样生点病，跟平凡人一样在青春期有过快乐也受过创伤。六十年代末，她在巴德学院学习艺术，吸毒成瘾，参加了华盛顿游行，跟她那个时代的其他年轻女子一样乱搞男女关系。不出所料，她在尼克松卸任后不久就"改过自新"，嫁给了一名律师，搬到了新罗谢尔。她生了两个孩子，一个男孩和一个女孩。她的阅读兴趣转向了爱情小说，闲暇时把画画当成爱好，不时从事慈善活动。她为自己没有事业而苦恼，偶尔在孩子睡觉时偷吸点大麻，为了保持身材做一些有氧运动。

她在三十九岁时死于心脏病。时间是一九八八年十月。

"是哪一天？"杰夫问道。

"十八号。跟你的是同一天，不过时间是在一点十五分。"

"比我晚了九分钟，"他咧嘴笑了，"你看过的未来比我所看到的要更多。"

听到这句话，她的嘴角几乎要露出笑容来。"沉闷的九分钟，"她说道,"除了垂死之外什么也没发生。"

"你醒过来的时候人在哪里?"

"在我父母家的娱乐室里。当时电视机开着,里面在重播《我的小玛吉》。我回到了十四岁。"

"天呐,你做了什么——他们在家吗?"

"我妈妈出去买东西了。我爸爸还在上班。整整一个小时我都恍恍惚惚地在房子里走来走去,看看我衣柜里的衣服,翻看我上大学时候弄丢的日记本……看着镜子里的自己。我哭个不停。我还是以为自己已经死了,这是上帝用这种离奇的方式让我最后一次回顾我在地球上的生活。我对前门感到害怕,我真的以为如果我走出去的话,就会走向天堂,或是地狱,或是地狱的边境之类的地方。"

"你是天主教徒吗?"

"不是,只是这些模糊的影像和恐惧不停在我脑海里打转。被淡忘的状态,这个说法会更准确一点。我当时真的以为走到外面去会是这样的感受。迷雾、虚无……除了死亡之外什么也没有。然后我妈妈回到了家里,从那扇我十分恐惧的门走了进来。我以为她是一个伪装的幽灵,来拖我走向死亡,我开始尖叫。"

"她花了好长一段时间让我平静下来。她叫来了家庭医生,他来了以后,给我打了一针——可能是杜冷丁——我昏了过去。我再次醒来时,爸爸也在,他俯身在床上方,看上去十分担忧,我想就是在那时我才第一次意识到我并没有真正死掉。他不想让我下床,但我还是穿着睡衣跑到了楼下,打开了前门,走到外面的院子里……当然,一切都十分正常。周围还是我印象中的样子。隔壁家的狗蹦蹦跳跳地跑了过来,开始舔我的手,不知道为什么这让我又哭了起来。"

"接下来的一周我都待在家里没有去上学,我装病在房间里无所事事，只是不停地在想……一开始我试图要弄明白发生了什么，但很快我就发现这根本就做不到。接下来，日子一天天过去，什么事情都没有改变，我开始试图弄清楚自己接下来要做什么。"

"记住，我不像你一样有那么多选择。我才十四岁，还住在家里，还在读初中。我没办法参加赌马，或是搬去巴黎住。我被困住了。"

"那一定糟透了。"杰夫同情地说。

"是的，但不管怎样我还是撑了过来。我别无选择。我变成……我逼迫自己再次变成一个小女孩，努力去忘却我在第一次生命中所经历的一切：大学、婚姻……孩子。"

她停了下来，低头看着地板。杰夫想起了格雷琴，他伸出一只手想搭在帕梅拉的肩膀上。她躲开了他的碰触，于是他收回了伸出的手。

"不管怎样，"她继续道，"几个星期之后——几个月后——第一次人生在我脑海中开始淡忘，就像是做了一个长长的梦。我又回到学校上课，开始重新学习学过的一切，就像从来没有学过一样。我变得非常内向，成天抱着书看。跟我的第一世完全不一样。我从不出去约会，不再跟那些我之前认识的孩子混在一起。我无法忍受带着朋友们在未来的几年里长大成人的这些记忆，或是想象跟他们玩在一起。我想要把这些记忆全部清空，假装自己从来都不知道这些事。"

"你有没有……跟什么人说过？"

她啜饮了一口啤酒，点了点头。"就在我第一次回到过去尖叫之后，我的父母送我去看了精神科医生。几次治疗后，我以为自己可以信任她，于是我就开始试着解释我所经历的事情。她带着微笑，轻声地鼓励我继续讲述，表现出很能理解的样子，但我知道她认为这一切都是我的幻想。当然我自己也希望是……于是这一切就成了幻想。直

159

到我在肯尼迪事件发生前一周把这件事告诉了她。"

"这让她完全丧失了信心。她非常生气，并拒绝再给我看诊。她无法承受我如此详尽地描述出刺杀的细节，我的这种'幻想'突然就以想象中最可怕、最具毁灭性的方式成真了。"

帕梅拉静静地盯着杰夫看了一会儿。"这也让我感到害怕，"她继续说道，"不仅仅是因为我已经知道他将会被射杀，还因为我很肯定实行刺杀的人叫李·哈维·奥斯瓦德。我从来没听说过这个叫纳尔逊·班奈特的人——当然，我并不知道你去了达拉斯，又是如何介入进来的——从这件事之后，我对现实的全部想法都改变了。仿佛在这一分钟我还对未来无所不知，突然之间，我就完全一无所知了。我处在一个不一样的世界，遵从不一样的规则。任何事都可能发生——我的父母可能死去，可能会爆发核战争……或者，从最简单的层面上说，我可能会成为与前一次人生或者说是我想象中曾经历过的人生中的自己完全不同的人。"

"我上了哥伦比亚大学而不是巴德学院。我主修生物学，然后又继续上了医学院。这很困难。我之前对科学并没有太大的兴趣，在我第一次人生中我接受的全部训练都是艺术方面的。但是，正因为这样，才让这一切变得有趣得多。因为我不是在简单重复我之前学过的东西。在我新的人生中，我所学习的是一个全新的领域，一个全新的世界。"

"我没有太多时间用于社交，但我在哥伦比亚长老会医院实习期间认识了一位年轻的整形外科医生……嗯，并不是说他真的让我想起了我第一次人生中的丈夫，但他也有同样的热情，同样干劲十足。只是这一次我们之间有了共同点，我们共同致力于医学。之前，我甚至根本不知道我的丈夫每天都在做些什么，他也只是猜测我并不感兴趣，所以他从不跟我讨论他的法律工作。但跟戴维在一起——就是这位整形外科医生——完全相反。我们无所不谈。”

杰夫投来好奇的目光：“你该不会是说——”

“不，不，我从来没把发生在自己身上的事告诉他。他听到了会觉得我是疯了。我还在试图把它从自己脑海中驱赶出去。我想要埋葬所有的记忆，假装一切都从未发生过。”

“我一结束实习，戴维和我就结婚了。他来自芝加哥，所以我们就搬回了那里。他开了一家私人诊所，我在儿童纪念医院的加护病房工作。在不可挽回地失去了我的孩子之后——嗯，你知道那是怎样一种感受——我一直不想再有小孩，但同时我有一整个医院的孩子，他们就是我的儿子和女儿，他们非常需要我，他们……不管怎样，这都是一份回报非常高的事业。我所做的事情正是我还是新罗谢尔的一个失意主妇时一心想要做的事情：用我的智慧，给世界带来正面的改变，拯救生命……”她的声音变小了。她清了清喉咙，闭上了眼睛。

“然后你就死了。”杰夫轻声地说。

“是的，我又一次死了。然后又回到了十四岁，全然无助，无法改变任何一件该死的事。”

他想告诉她自己完全能理解这种感受，他明白当她知道自己之前照顾的那些生病的和垂死的孩子还要再经历一次折磨，她为帮助他们所做的努力全都付之东流所带来的至深的痛。但这时候并不需要任何言语。她的痛苦全都写在脸上，他是地球上唯一能理解她的这份深切失落的人。

“我们为什么不休息一下呢，”杰夫提议说，“找个地方弄点吃的？你可以在饭后继续跟我讲剩下的故事。”

“好的，”她很感激他打断了她的回忆，“我可以在这里给我们弄点吃的。"

"你不用忙了。我们经过太平洋海岸高速公路的时候路上有几家小海鲜店,我们可以选一家。"

"我不介意做饭,真的——"

杰夫摇了摇头:"我还是坚持出去吃。我来请客。"

"呃……我还要去换下衣服。"

"牛仔裤就可以了。如果你想要正式一点的话,穿双鞋子就好了。"

自从见到帕梅拉后,他第一次看到她露出了笑容。


他们坐在露天平台上一张隐蔽的餐桌旁用餐,可以俯瞰下面拍岸的浪花。饭后他们一起啜饮加了金万利酒的咖啡。月亮在太平洋上空升起,在饭店后面高高的玻璃窗上映下倒影,看上去那一轮皎月仿佛和黑暗的大海融为一体。

"看,"杰夫指着这如梦似幻的景象说,"看起来就像——"

"——《星海》的海报。我知道。你以为我是从哪里获得这个作品的灵感的?"

"伟大的想法。"杰夫笑着举起酒杯要跟她干杯。帕梅拉犹豫了一下,然后也举起了自己的酒杯,快速地跟他的杯子碰了一下。

"你真的喜欢那部电影吗?"她问道,"还是说这只是你为了弄清楚我是谁的一个计策?"

"你不需要问这个问题,"他真诚地道,"你知道这部电影有多棒。我跟其他人一样被它感动,但我敢肯定没有人跟我一样在看到它的时候会如此震惊。"

"现在你了解我第一次知道一个我从未听说过的人杀死了肯尼迪

总统时的感受了。你觉得这表明了什么？为什么在你阻止之后，刺杀还是发生了？"

杰夫耸了耸肩膀："有两种可能。第一，可能真有一个暗杀肯尼迪的大型阴谋，奥斯瓦德只是一个死不足惜的小人物。策划这场暗杀的人让班奈特在一边做好准备，以防万一，或许除此之外还有更多的后备人员。所有事情都是事先精密安排过的，直到让杰克·鲁比杀掉任何一个背负罪名的人。把奥斯瓦德从整个计划里拿掉对于整个阴谋背后的人来说只是造成了一点小小的不方便而已。不管我做了什么，肯尼迪还是会死，因为他们已经做了非常精密的安排，任何人、任何事都不能阻止他们，不论是谁。"

"这是一种可能。另一种可能性没有这么确切，但对你我来说有着更深刻的含义，也是我更倾向于相信的一种可能。"

"那是什么？"

"那就是我们无法使用我们的预知对历史上的任何大事件造成影响。我们的能力是有限的。我不知道这种限制具体是什么，还有这些限制是怎么施加的，但我认为这种限制是存在的。"

"但是你创立了国际大集团。你拥有几家大公司，之前从来不曾联合……"

"但这些全都不影响事情的整体发展，"杰夫说，"这些公司还是照常存在，生产出相同的产品，雇佣同样的一些人。我所做的只不过是改变了利润的流向，让它朝着我这一边流入。我自己的人生发生了极大的改变，但从更大的事物发展层面看，我所做的不过是微不足道的小事。在金融圈之外，大多数人——包括你在内——甚至根本不知道有我这个人存在。"

帕梅拉陷入沉思，扭绞着手中的餐巾。"那《星海》怎么解释？这个星球上有一半的人都知道这部影片。我引入了一个新的理念，让人们从一个新的角度来审视自己与宇宙的关系。"

"这是阿瑟·奈特在《综艺》上的评论，对吗？"

她脸红了，抬手想遮掩。

"我在来见你之前查了所有的影评。这是一部很精彩的电影，我承认这一点，但它从本质上也只是供消遣的一部作品而已。"

她的眼睛反射出月光，看着他，眼神中透着怒气和受了挫的骄傲。"它可以发挥更大的作用。它可能会成为一个开端——"她停了下来，让自己镇静下来，"算了。我不同意你对我们的能力的悲观看法，这个话题我们就谈到这里吧。现在，你想要听听我的第二次……'重生'吗——你是这么称呼这些循环的对吧？"

"我是这么看待它们的。没有比这更好的称呼。你想继续说下去吗？"

"你已经把你的经历告诉我了。我最好还是把我到目前为止的经历也告诉你吧。"

"然后呢？"

"我不知道，"她说，"我们好像对这件事持完全不同的态度。"

"但我们找不到其他人可以一起讨论，不是吗？"

"就让我把要讲的说完吧，好吗？"餐巾纸已经被她撕成了一条一条，现在被她揉成一团，塞进烟灰缸里。

"你继续，"杰夫对她说，"想要再来一杯喝的吗？还是再来一张餐巾纸？"

她眼神锐利地看着他，在他脸上搜寻讽刺的神气，但没有找到，于是她点了一下头。杰夫伸手在空中做了一个画圈的动作，示意女侍再送上一些金万利香橙酒。

"第二次死的时候，"帕梅拉开始说道，"我无比愤怒。当我再次以十四岁的年纪出现在我父母的房子里时，我完全知道在发生什么，虽然不知道为什么会这样。我只想砸东西，想要尖叫，因为愤怒而不是因为恐惧。就是你说的在你第三次……重生的时候的那种感受。一切都变成了徒劳：医学院、医院、那些我治疗过的孩子……一切都毫无意义。"

"我变得十分叛逆，甚至对我的家人态度恶劣。我作为成年人的时间比我妈妈和爸爸加起来的时间都要久，我结了两次婚，曾经是一名医生。而现在我又成了一个孩子，没有了权利，没有了选择。我从父母那里偷了一些钱，离家出走。但事情糟透了——没有人愿意把公寓租给我，我找不到工作……这种年纪的女孩子独自一人什么都做不成，只能沦落街头，而我还不打算让自己沦落到那种悲惨境地。于是我又爬回了西港镇，灰头土脸，深陷孤独。我回到了学校，蔑视在学校里的每一分钟，我有一半的科目不及格，因为我无法忍受第三次背诵那些一模一样的该死的代数公式。"

"他们把我送到了之前给我看诊的那位精神科医生那里，就是当她发现我预知肯尼迪被暗杀事件时变得极度沮丧的那位医生。这一次我没有对她坦白我的任何情况。那时候我已经研读了大多数关于儿童发展和心理学的标准教科书，所以我只给她那些标准答案，能让我看起来像个稍微叛逆的青少年，正在'经历特殊阶段'，但还是处于正常范畴内。"

女侍者放下他们的酒时她顿了顿，直到那个女孩远离餐桌才开始继续讲述她的故事。

"为了能至少让我的一部分神智保持健全，我又回到了我最初的兴趣上，画画。我想要什么材料父母都会给我买来，于是我要求他们给我买画具。他们对我的作品感到非常骄傲。在我所做的事情当中，他们认为只有这件事是积极有益的。他们不去在意我从他们的酒柜里偷杜松子酒，跟二十多岁的男人在外面鬼混到半夜，每个学期都被留校察看。他们几乎要放弃对我的管教。他们看出在我的不良品行背后有一股过于强大、任性的力量，已经超出了他们的控制范围。但我有自己的才能，这一点是真实的，我就跟之前想成为一名医生一样全身心投入绘画中。他们无法忽视我的努力，没人可以忽视这一点。"

"我在十七岁的时候从高中辍学，我父母在波士顿为我找了一所艺术学院。虽然我在学校的成绩很差，但他们看到我的作品集还是愿意接收我。在那里，我的人生开始绽放。我终于又可以以成年人的身份开始生活了，我跟学校里比我年长的一个女孩住在同一个阁楼里，开始跟我的构图指导老师约会，日夜不停地作画。我的作品里充满了奇异，有时候是很凶残的图像：身体残缺的儿童掉进一个黑色的旋涡，像照片一样逼真地画出蚂蚁从手术伤口里爬出来的大特写……都是很强烈的意象，完全不像你们印象中的女学生的样子。没有人知道我到底是什么样的人。"

"我二十岁的时候在纽约开办了第一次画展。就是在这次画展上我认识了达斯汀。他买下了我两幅油画，然后，在美术馆闭馆后，我们一起出去喝了酒。他告诉我他曾经——"

"达斯汀？"杰夫打断了她。

"达斯汀·霍夫曼。"

"是那个演员吗？"

"是的。总而言之，他喜欢我的画作，他的作品也总给我留下很深的印象——那一年《午夜牛郎》刚刚上映，我还要不停提醒自己，不要跟他提起任何跟《克莱默夫妇》和《窈窕淑男》相关的事。我们马上一拍即合。只要他身在纽约，我们就会出来约会。一年后我们结了婚。"

杰夫掩饰不住忍俊不禁的惊讶之情："你跟达斯汀·霍夫曼结了婚？"

"对，在他某个版本的人生中。"她带着一丝恼怒说道，"他是个很不错的男人，非常聪明。当然，现在他认识的我只不过是一个作家和制片人，他完全不知道我们曾经在一起七年。我上个月在一个派对上还遇到了他。看到一个曾经跟你那么亲密，一起度过那么长时光的人完全不记得你了，感觉很奇怪。"

"不管怎样，总体上说，那是一段美好的婚姻。我们互相尊重，互相支持对方的追求……我继续作画，取得了一点点成就。我最著名的作品是一幅叫作《过去与未来的自我回声》的三联画。那是——"

"我的天呐，没错！我在惠特尼美术馆见过那幅画，当时我跟我的第三任太太朱迪去纽约旅行！当然她也喜欢那幅画，但是她不明白我为什么完全被那幅画迷住了。该死的，我还买下了那幅画的影印版，把它装裱后挂在我房间的书桌上方！我就是在那时候听说了你的名字的。"

"嗯，那是我最后一幅重要作品。不知怎么的，我……从那以后我就才思枯竭了。我不知道怎么回事。我有很多想表达的东西，但或许我不敢，或许我已经无法再把那些东西淋漓尽致地表现在画布上了。我不知道是艺术辜负了我，还是我辜负了艺术。到了一九七五年左右我就基本上不再作画了。也是在那一年，达斯汀和我分开了。我们没有大吵大闹，但一切已经结束了，我们都知道这一点。就像我的画作一样。"

"我猜想这跟我当时已经走到了那一次重生的中途有关，我知道自己所取得的一切成就在几年之后都将被再次抹杀。于是我就成了追求享乐的花蝴蝶，在世界各地流浪，跟罗曼·波兰斯基[1]、劳伦·赫顿[2]、山姆·夏普德[3]之类的人来往。跟他们在一起，有一种感觉……像是一个可以暂时停留的社区，一个有趣的关系网。那种友情从不会变得过于亲密，随时都可以停止或是重新开始，那取决于你的心情，还有当时你人在哪个国家。它无关紧要。"

"一切都无关紧要，"杰夫说，"我自己也有过这样的感受，还不止一次。"

"这样活着让人绝望，"帕梅拉说，"你有一种自由和开放的幻觉，但过了一阵子，一切都变得模糊起来。遇过的人、去过的城市、有过的想法、见过的面孔……都成了不断改变的现实的一部分，永远无法看清，也永远找不到出路。"

"我明白你的意思，"杰夫说道，他想起了自己跟夏拉一起度过的那些只有随性的、转瞬即逝的肉体欢愉的岁月，"这种做法看似符合我们的处境——但那只是从理论上说。事实并不是太尽如人意。"

"是的。不管怎样，我就这样漂泊了几年，等到时间要到的时候，我在马略卡岛上租了一间僻静的小屋。我在那里独自待了一个月，等着死亡的降临。我还对自己许诺……那个月里，我决定，下一次，也就是这一次，一定要有所不同。我必须要给这个世界带来影响，要改变事物。"

杰夫怀疑地看着她："你成为一名医生的时候就做了这些事了。等到下一次重生开始的时候，那些你治疗过的孩子注定还要再经历一

---

1 法国大师级导演。
2 美国二十世纪七十年代最知名的模特儿和演员。
3 美国剧作家、演员、导演。

遍痛苦。什么都没变。"

她不耐烦地摇摇头："这个类比并不恰当。在医院里，我只是在几个人身上做了些修补工作。完全是身体上的，而且范围有限。这些事出发点是善意的，但却没什么意义。"

"那现在你想要拯救整个世界的集体灵魂，是这样吗？"

"我想要让人类清醒地认识到正在发生的一切。我想要教他们去认识这些循环，就像你和我一样。这是唯一的办法——只有这样，我们，所有人——才能跳脱这个模式，你难道不明白吗？"

"不。"杰夫叹了一口气说道，"我不明白。你凭什么认为人们可以被教会把这种意识带到下一次重生去？你和我都已经经历过三次这样的人生了，我们从一开始就知道这是落到我们身上的。没有人来告诉我们这件事。"

"我相信我们是被安排来引领其他人的，至少我相信我自己是。我从来没有预期到你会出现。你难道不明白我们受托了多么重要的任务吗？"

"受谁之托，或者说受何物之托？上帝？这整个经历只是让我更加赞同加缪的话：如果真有上帝存在的话，我鄙视他。"

"你可以说是上帝，也可以说是阿特曼[1]，随便你怎么叫都行。你知《薄伽梵歌》里有一段话：

回忆的心灵认识到了阿特曼的存在

醒了过来

对于无知者而言那是黑夜：

---

1　来自古印度梵文，可以指个别的灵魂体，也可以是众多的灵魂体组合。汉语一般音译为"阿特曼"。

无知者在他们的感官生活中醒来

他们以为那就是白昼：

对先知者而言那却是黑暗。


"我们可以照亮那片黑暗，"她的热情出人意外，"我们可以——"

"听着，我们先暂时放下这些精神层面的东西。先说完你的故事。你在这一次重生中做了什么事？你是怎么制作出那部电影的？"

帕梅拉耸了耸肩膀："这并不难，大部分资金都是我自己出的。我在学校的时候一直在等待时机，并制定了计划。电影无疑是把我的想法传播给广大观众的最有效方式，而我在上一次重生中通过跟达斯汀以及其他认识的人的交往，已经对这个行业很熟悉了。所以当我十八岁时，我就开始进行你谈到的那些投资：IBM、共同基金、宝丽来等等……你知道六十年代时候的市场情况，就算是盲目地买入，也很难赔钱。而对于对未来有一定了解的人来说，让几千美元在三四年时间里增值到几百万是很简单的一件事。"

"我为自己写出的剧本感到骄傲，但剧本的构思花了我好多年的时间。我写完剧本并成立了制片公司之后，就只需要雇佣对的人来工作了。我对那些人以及他们的长处了解得一清二楚。一切就如我计划的一样配合得天衣无缝。"

"那现在——"

"现在要进入下一步了。到了要改变整个世界的认知的时候了，我可以做得到。"她倾身向前，目不转睛地看着他，"我们可以做得到……如果你加入的话。"

# 第十二章　我在下一世等你

"……很明显这是杀人后自杀。初步报告体现了一个可怕的大屠杀景象，在小村落里四处散落着尸体，死去的母亲怀里还抱着婴儿的尸体。一小部分受害者是遭枪击死去的，但大多数人似乎是自杀而亡的，这个以死亡为主题的宗教仪式不像任何——"

杰夫伸出手去调节短波设备的频率调节器，从英国国家广播公司的新闻频道调到其他频道，最后他调到了一个爵士乐音乐节目。

咖啡壶发出咕噜咕噜的声音。他给自己倒了一大杯，又加入了一点美雅士朗姆酒，让它能更加暖身。昨晚新下了一场雪，积雪超过了六英寸厚，被风吹来的雪花早已遮住了厨房窗户的下半部分。他心想，今天下午应该把那积雪给铲掉一些。也是时候出门去库房里，再劈一捆引火用的雪松了，再多拖上一些白桦木柴火堆到后阳台去。但他并不想干这些事，至少现在不想干。

琼斯镇惨案发生的那一周，全世界都陷入不安的情绪中。虽然他之前已经听到这个令人作呕的故事被重述了三次，但他还是无法不为之感到难过。不管是因为什么，他今天唯一想做的事情就是坐在劈啪作响的火炉边上看看书。他已经读到汉娜·阿伦特的《心灵生活》第二卷的一半了，接下去他打算重读《遥远的镜子：多灾多难的十四世纪》。这两本书都是今年刚刚出版的，但他第一次读塔奇曼的这本书是在二十多年前，那一年夏天他带着朱迪和孩子们乘坐穿越西伯利亚的快车穿过苏维埃境内的亚洲。单是看着那本书的封面就能让他想起新西伯利亚周边广阔的大草原，无边无际的白桦林，还有小阿普里尔对列车走道上的那个古老的黄色俄式茶壶的痴迷。在从莫斯科到满洲里以北的哈巴罗夫斯克这六千多英里的旅程中，女列车员用缓慢燃烧的泥煤块让那个茶壶始终冒着热气，从这个茶壶端出了无数杯热茶。茶杯的金属杯托上刻着苏联宇航员和伴侣号[1]。在旅途结束的时候，女列车员把一对杯托当作礼物给阿普里尔带回家。杰夫记得自己看着养女蜷腿坐在他们位于亚特兰大西培思渡口路家中的壁炉前面，用其中一个杯托喝着一杯热牛奶，那就在他死前一周……

他清了下嗓子，眨了眨眼睛让自己走出回忆。也许今天他真的要做些家务才好，好让自己的身体忙碌起来，而不是光坐在家里胡思乱想。不管怎样，还有大把这样的日子在眼前，因为冬天——

杰夫竖起了耳朵，他觉得自己听到了引擎的声音。不，不可能。在春天来临之前，没人会蠢到开上这条路上来，除非杰夫用短波发出了紧急求救信号。但又传来一阵响声，他对天发誓自己听到了嘎嘎的响声和隆隆作响的马达轰鸣声，变得更大声了，听起来像是往他这边的路上开过来的。

---

1 人类第一颗进入地球轨道的人造卫星，一九五七年由苏联发射。

他穿上一件羽绒大衣，戴上一顶羊毛帽子，走出了门外。是不是马齐尼家里遇上什么麻烦事了？或许是有人生病或者受了伤？还是遇上了火灾？

　　当那辆溅满了泥浆的路虎穿过他打开着的门，猛地来了个左转弯，杰夫脑海中闪过了一丝印象。随后他看见司机一头金色的直发，他就知道那是谁了。

　　"早啊，"帕梅拉·菲利普斯边说边将那只穿着靴子的脚踏上那辆结实的四轮驱动汽车的踏脚板，"你这条车道可真是糟糕极了。"

　　"不经常有车开上来。"

　　"我并不感到意外，"她边说边从车上跳下来，"那边好像有个可怜的家伙开车压到了地雷，很久以前的事了。"

　　"别人告诉我那是一个叫赫克托的人，乔治·赫克托。在禁酒时期他在他的福特T型车上安装了一台移动蒸馏器，把车开来开去以免被人抓住。结果，一天晚上那辆车爆炸了。"

　　"赫克托怎么样了？他也跟着一起被炸了吗？"

　　"显然他毫发无损。他得再装一台蒸馏器，但他放弃了做成移动式的想法。至少大家是这么说的。"

　　"创意的点子也不过如此，嗯？"她深吸了一口山上清新冰凉的空气，缓缓地吐出来，看着他，"那么，你过得好吗？"

　　"还不错。你呢？"

　　"自从上次见过你之后就一直很忙。那是……天呐，三年半之前的事了。"她将双手快速互搓了几下，"嘿，这里有没有什么地方能让一位女士取暖的？

　　"对不起，快请进，我煮了一些咖啡。我没料到你会来，就只有咖啡了。"

她跟着他走进小屋，脱下了外套，在他倒咖啡时，她拉了一张椅子在火炉旁坐下。他把美雅士酒瓶举起来，用询问的表情看着她，帕梅拉点了点头。他往她的杯子里添了一点浓郁金黄的酒液，递给了她。她喝着混合饮料，用嘴巴和眉毛做出生动的表情表示赞许。

"你是怎么找到我的？"他边问边在她对面的一张椅子上坐了下来。

"嗯，你跟我说过你住在雷丁附近。我的律师在旧金山跟你的经纪人谈过，他又很好心地把范围给缩小了一点。我来到这边就在镇上四处问，但我还是花了一阵子才找到愿意给我指路的人。"

"这边的人非常注重隐私。"

"我也是这么想的。"

"很多人都不喜欢别人不打声招呼就开着车到他们的地盘上转。尤其是陌生人。"

"对你而言我并不是陌生人。"

"也差不多了，"杰夫说道，"我觉得我们在洛杉矶分别时就已经是形同陌路了。"

她叹了一口气，心不在焉地轻抚着她叠放在膝盖上的褪色牛仔外套的羊皮领子。"虽然我们有很多共同点，但我们的想法却大相径庭。最后我们都很讨厌对方。"

"对，你可以这么说。或者你也可以说你太过固执，以至于无法审视到自己的执迷——"

"喂！"她将咖啡杯重重地放到短波收音机旁边，厉声打断了他，"这已经让我够难受的了，你就别火上浇油了，行吗？我可是开了六百英里的路来看你的。现在你就听我把话说完吧。"

"好吧，你继续。"

174

"听着，我知道你今天看到我很吃惊。但你要想想，当你出现在我面前的时候我该有多吃惊。你当时已经看过了《星海》，你有时间来对我这个人进行猜测，得出明显的结论。你已经知道我很可能也是一个重生者，但我完全不知道有跟我一样的人存在。我以为我已经找到了发生在我身上——在这个世上的事情的唯一可能的解释。我相信我所做的事情是对的。

"好吧，我还不知道。我也许是对的，也许是错的，目前还不能得出定论。"

"为什么？"

"我能再加一点朗姆酒吗？或者再来点咖啡？"

"当然。"他往两个人的杯子里都重新添上了饮料，又坐回座位上继续听她说。

"你来洛杉矶的时候我已经在为我的下一部电影创作剧本了，十月份的时候我们的拍摄剧本就已经准备好了。

"自然，预算并不成问题。我签约了彼得·威尔来执导。他还没有拍摄《最后大浪》，所以大家都认为我用他是疯了。"她苦笑了一下，倾身向前用她修长的双手捧住冒着热气的杯子，"我配备的特效小组很有趣。我先是雇佣了约翰·惠特尼。当时他已经打下了制作电脑生成影像的基础，他的许多短片都是以曼荼罗为主题的，我想要用曼荼罗作为影片的核心意向。我完全放手让他去做，给他配备了最早的克雷超级电脑的样机。

"后来我又找来了给《2001 太空漫游》做特效的道格拉斯·特兰伯尔。我推动他提早几年发明了肖斯康动态影像技术。整部影片我们都是用这个方法来处理的，虽然——"

"等一下，"杰夫打断她的话，"什么是肖斯康动态影像？"

175

帕梅拉惊讶地看着他，神情中带着一点自尊心受挫的感觉："你还没看过《连续体》？"

他抱歉地耸了耸肩膀："这部片没在雷丁上映过。"

"是。在这片地区，它只在旧金山和萨克拉门托上映。我们得将所有影院做特别的改造。"

"为什么？"

"肖斯康动态影像技术能在电影屏幕上呈现出非常逼真的影像，但要达到这个效果，你得有特殊的投影设备。你知道动画片的基本原理，对吧？二十四画格，一秒钟展现出二十四个静止的图像……当一个影像在视网膜上渐渐消失的时候，下一个影像就出现了，从而创造出一种流动、连续的动态效果，这叫视觉存留。实际上，一秒钟里一共是四十八画格，因为每一个影像都重复了一次，来迷惑人的眼睛。当然了，其实真正被欺骗的并不是眼睛，而是大脑。虽然我们觉得自己正在看屏幕上连续不断的画面，但在更深的潜意识的层面上，我们能感知到停顿和开始。这就是录像带比电影呈现出更清晰、更真实的效果的一个原因。录像带是以每秒钟三十画格的速度来录制的，所以停顿的空当就更少了。

"嗯，肖斯康动态影像技术把这个方法更进一步。它是以每秒钟六十画格的高速来拍摄的，没有多余的画格。特兰伯尔使用脑电图来监测人们在观看电影时的脑电波，并以不同的速度来投影，六十画格的速度时大脑反应是最强烈的。实验显示出视觉皮质就是在这个特定的速度下感知真实，每秒钟六十次的输入。所以肖斯康动态影像技术就像是一个直接连接大脑的导管。它不是3D，而效果要更加精妙。那些影像像是触动到认知深层的弦，和真实存在的东西产生了谐振。

"所以，不管怎样，我们把肖斯康动态影像技术用在了整部影片的拍摄上，包括惠特尼和他的团队所制作的曼荼罗和曼德尔布罗特集以及其他特效。影片大部分是在伦敦的松林制片厂拍摄的。演员全是才华横溢的无名之辈，多数来自皇家戏剧艺术学院。我不希望因为任何明星自我价值观或是因为他们的加入而遮盖了电影的主题，以及它……传递出的信息。"

她喝完了咖啡，盯着那沉重的棕色杯子的底部。"《连续体》六月十一日在全国上映。它彻底地失败了。"

杰夫皱起了眉头说："你这么说是什么意思？"

"就是我说的意思。这部电影遭遇了滑铁卢。头一个月的时候票房还不错，但之后就没人看了。影评家讨厌那部电影，观众也一样。比起糟糕的影评，它的口碑甚至更差。'六十年代神秘主义的残留'差不多总结出了普遍的反响。'乱七八糟''东拉西扯''矫揉造作'这样的评论也经常出现。人们会去看这部片子，唯一的原因是冲着肖斯康动态影像技术的创新价值和电脑绘图特效而去的。这些很受欢迎，但却是人们唯一喜欢这部电影的地方。"

接下来出现了一阵冗长、尴尬的沉默。"我感到遗憾。"杰夫最后开口说道。

帕梅拉苦笑了起来。"很好笑，不是吗？你拒绝跟我有进一步的接触，正是因为担心这部电影可能带来的潜在危险，担心它可能发动起来的全球变革……但最终全世界都没把它当成一回事，只把它看作一个老掉牙的笑话。"

"什么地方出了问题？"他低声问道。

"部分是因为时机的问题：'自我中心的一代'、迪斯科、可卡因，诸如此类的东西。没有人想要再听到关于宇宙统一性和存在的永恒链条的说教。他们在六十年代就听到够多这类说教了，现在唯一想要做的就是派对狂欢。但主要还是我的错。影评家说的是对的,这是一部烂电影。太抽象,太深奥,缺乏情节,缺乏真正的人物塑造,没有一个可以让观众产生共鸣的人物。那纯粹是一场哲学运动,是自我放纵的'信息图片',没有实质内容。人们成群结队地与这部片子保持距离,这我不能怪他们。"

"你对自己太过苛刻了吧?"

她将空杯子在手里转了一圈,眼睛向下看着。"只是面对事实罢了。这是教训沉痛的一课,但我已经逐渐接受了。我们俩都需要接受很多东西。也要失去很多东西。"

"我知道这部片子对你而言有多重要,也知道你对自己所做的事情有多深的信念。虽然我不赞同你的做事方式,但我仍然尊敬你这一点。"

她看着他,绿色眼睛里透出的眼神柔和了许多,这是他从未见过的。"谢谢。你的这番话对我有很深刻的意义。"

杰夫站了起来,从门口的挂衣钩上取下派克大衣。"穿上你的大衣,"他对她说道,"我要带你看个东西。"


他们站在山顶上,踩着新下的积雪,他在第一次看《星海》前的一周才在这里清理过灌溉系统。此时的皮特河已经被冰封住了,河里已经不见了成群的鲑鱼,巴克山上的树都被白雪压弯了身子。在远处,沙斯塔山巍峨雄壮的对称圆锥形山峰直触十一月的晴空。

"我曾经梦到过那座山,"杰夫对她说,"梦到它要告诉我一些意义重大的事情,给我所经历的事情一个解释。"

"它看起来……很不真实,"她喃喃自语道,"甚至有点神圣。我可以理解为什么这样的一个景象能支配你的梦境。"

"这附近的印第安人确实把它奉为圣山。不仅仅因为它是一座火山，喀斯喀特山脉有其他比它更活跃的火山，可以对环境造成更直接的影响。但没有一座山峰跟沙斯塔山拥有同样的吸引力。"

"它的吸引力依旧，"帕梅拉盯着那座沉默的山轻声说道，"那座山有一股……力量，我能感觉得到。"

杰夫点了点头，他的双眼也像她一样盯着远处那雄伟壮丽的山坡。"这边仍然保留着一个敬拜那座山的祭礼——是白人的，而不是印第安人的。他们认为这座山跟耶稣有关，跟复活有关。还有一些人认为那边有外星人，或者是远古时代人类的某个支系，就住在山下的岩浆地道里。都是些奇异的、疯狂的想法。不知怎么地，沙斯塔山似乎总能激起这一类的想象。"

一阵阵吹来的风让他们觉得更冷了，帕梅拉打起了冷颤。杰夫下意识地张开手臂抱住了她的肩膀，让她贴近自己的身体来取暖。

"曾经，"他说道，"我想象过发生在我——我们俩——身上的事情的所有可能的解释。时间扭曲、黑洞、上帝发了狂……我提到过有人认为沙斯塔山住着外星人。呃，我自己曾经也相信这一切都是由某个外星物种所操纵的某个实验，你肯定也曾有一两次有这样的想法吧。我从《星海》里看到了一些类似的元素。也许这就是真相——也许我们就是有感知力的小白鼠，要自己找到这个迷宫的出路。或许一九八八年底会发生核毁灭，而所有曾经活在这个世上的男男女女的集体心灵意志选择了这样一种方式来避免人类的灭绝。我不知道。

"这就是重点：我无从得知，而我最终也成熟到可以接受自己没有能力弄明白真相，或者去改变它了。"

"这并不意味着你不能继续去探索。"她把脸靠近他，说道。

"当然不，而且我还是想去探寻真相。我一直都在思索。但我已经不再为追寻答案而饱受折磨了，很长一段时间不再这样了。我们所面对的窘境，虽然不同寻常，但本质上跟曾在这个地球上存在过的每个人所面对的问题是一样的：我们虽身在此处，却不知道是为什么。我们可以理性地思考一切，通过上千种不同的途径来寻找解开秘密的钥匙，但是我们从未向解开它靠近过一步。"

"我们被赋予了一种无可比拟的能力，帕梅拉：活着的能力，我们的感知能力和潜能高过我们所知道的任何一个人。我们为什么不接受现在的样子呢？"

"有个人——我想应该是柏拉图吧——曾经说过，'浑浑噩噩的生活不值得过'。"

"没错。但如果看得太仔细会让人发疯，甚至会让人自杀。"

她低下头看着他们在原本洁白质朴的雪地里留下的脚印。"或者只剩下失败，"她静静地说道。

"你并没有失败。你曾经做出努力想让世界联合成一个整体，在这个过程中你创造出了出色的艺术作品。这种努力，这种创作——这些行为有它们自己的价值。"

"也许吧，直到我又一次死去，直到下一次重生。然后一切都消逝殆尽。"

杰夫摇了摇头，手臂紧紧抱住她的肩膀。"消失的只是你的作品。你的奋斗，你在尝试中所投入的……那才是真正有价值的地方，而且会留存下来：在你的心里。"

她的眼里噙满了泪水："但我失去了这么多，忍受了这么多痛苦。孩子们……"

"生命总要有所失。我花了好多好多年才学会了如何去面对，我不希望自己有一天完全听任摆布。但这并不意味着我们要脱离这个世界，或者不再努力做到最好，成为最好的自己。至少我们亏欠自己太多，我们值得拥有从中得到的任何好处。"

他亲吻了她布满泪痕的脸颊，然后轻轻地在她嘴唇上亲了一下。西边，一对苍鹰在魔鬼峡谷上空缓慢地盘旋着。

"你曾经翱翔过吗？"杰夫问道。

"你是说坐滑翔机或滑翔器吗？没有。从来没有过。"

他用两只手臂环绕住她的腰，把她抱紧。"我们将要体验一下，"他对着她柔软的黄褐色发丝低语道，"我们将要一起翱翔。"

\*\*\*

经过了雷夫尔斯托克，火车开始攀爬进入落基山脉，沿着宽大阴沉的冰河急速行驶。周围的山坡上覆盖着浓密的红刺柏和铁杉树林，经过一个转弯处，两条冰河之间围困着的一片石楠地突然映入眼帘。粉色和紫色的花朵在柔和的春风中泛着涟漪，闪烁着光芒，它们转瞬即逝的美似乎是在无声地指责围困住它们的冷漠的冰墙。

杰夫心想，这些花儿有些情色的意味：它们那娇弱的身躯在风的吹拂下轻抚着坚硬的冰河，那鲜亮的色彩就像女人的双唇，或是……

他向坐在身旁的帕梅拉露出微笑，把手放到她裸露的膝盖上，手指滑到她的裙下。当他温柔地抚摸着她的大腿内侧时，她的双颊刷地红了起来。她朝圆顶车厢里扫视了一圈，看有没有人在看着他们，但发现其他乘客的眼睛仍然都盯着车外经过的景色。

杰夫的手往上移动，摸到了湿润的丝绸。他轻柔地按压着她的裂瓣处，帕梅拉发出一声微弱的呻吟，挺胸向后靠在皮质座椅上。他慢慢地把手收回，指尖在她的大腿上轻轻地滑过。

"要去走一走吗？"他问道，她点了点头。他抓起她的手，带着她走出观景车厢，向火车后部走去。他们在娱乐车厢和餐车之间停了下来，站在摇摇晃晃的金属平板上亲吻起来，一起小心地保持着平衡。风从打开着的窗户吹进来，与他们那天早上离开温哥华的时候相比，气温至少低了十五度，帕梅拉在他怀里颤抖着。

他们所在的卧车车厢空无一人，看起来所有其他人要么去圆顶观景车厢欣赏一望无际的美景了，要么就去餐车用餐了。一走进他们的双人卧车间，杰夫就把其中一张折叠床放下来，帕梅拉伸出手去想把遮光窗帘拉起来。他拦住她，把她拉入怀中。

"让这美景激发我们的热情吧。"他说。

她抗拒地嘲弄他："如果让窗户开着的话，我们自己就成了一道风景了。"

"没人会看我们的，除了几只鸟和鹿。我想看你在阳光下的模样。"

帕梅拉向后退了几步，站在窗口处，身后积雪覆盖的河流和陡峭的冰崖形成不断变化的背景，她解开上衣，让它从手臂上滑落下来。她拉开裙子的腰带，裙子轻轻地落到地板上。

"你为什么不看风景了？"她微笑着问道。

"我在看。"

她褪去剩下的全部衣物，一丝不挂地站在窗外飞驰而过的粗犷的原野景色中。杰夫一边用渴望的眼神扫视着她的身体，一边脱下了自己的衣服，然后他向她走过去，跟她结合在一起，急切地把她按倒在打开的窗户旁边柔软的椅子上，午后的阳光在他们的脸上闪动着，下方铁轨上隆隆作响的车轮以稳定的节奏摇动着他们的身体。

火车开了四天四夜才到了蒙特利尔。一星期之后，他们又乘坐火车返回了西部。

"中世纪怎么样？"帕梅拉问道，"想象一下那会是什么样子，千篇一律，单调重复的吓人生活。"

"其实中世纪并不像多数人想象中的那样枯燥透顶。我还是认为一场大型战争，还有战争前的那几年时间比那个糟糕多了，想想看不断回到一九三九年的德国是什么感觉。"

"至少你可以离开，跑到美国去，你知道在那里是安全的。"

"如果你是犹太人的话就不安全了。假如你已经在奥斯维辛了呢？"

这是他们这一个月里最喜欢的话题：对于在另外一个历史时期里重生的人来说会是什么样的体验，在与他们所熟知的世界大事件和局势迥然不同的环境里要怎样应对才是最好的。

一旦他们打开了话匣子，似乎就有说不完的事情：推测、计划、会议……他们回过头去详细地叙述了各自在不同人生中的经历，把他们一九七四年在洛杉矶第一次谨慎的见面中简单说明的人生历史详细叙述了一遍。杰夫已经把自己跟夏拉在一起的那段空虚疯狂的日子，还有这些年里在蒙哥马利溪独居疗愈的经历全都告诉了她。而她则向他生动描述了自己曾经给予医疗事业的付出，在得知自己再也无法淋漓尽致地发挥自己所学时的挫败感，还有后来创作《星海》的过程中所体会到的欢欣。

一位身材修长的、留着胡子的年轻黑人穿着旱冰鞋从他们身边经过，灵巧地在东五十九大街拥挤的人行道上穿梭，往中央公园的门口滑去。他扛在肩上的一台大型松下收音机里正大声地放着乔吉奥·莫罗德尔改编自金发女郎乐队的重节奏版本的《给我打电话》，声响盖过了帕梅拉对杰夫提出的回到地狱般的奥斯维辛集中营重生这个假设性问题的回答。

他们已经在纽约待了六周，之前的一年多里，他们轮流在杰夫位于北加利福尼亚州的小屋和帕梅拉在多潘那谷的住处里居住。他们在一起之后，那两个与世隔绝的隐居地更加适合他们了。他们有太多事情需要倾诉，有太多极度私密的想法和情感需要相互分享。但他们并没有完全与世隔绝。杰夫开始涉足一些风险投资，支持那些在前几次的重生中明显无法得到足够多的注资，他也无法预知它们的成败的小公司和产品。一种桌面玩具已经开始大规模地流行起来，就是一个透明塑料管里放着一些小磁铁，一个芭蕾舞者在清澈的黏性悬浮液体中慢慢地跳着舞，这成了一九七九年圣诞节最畅销的礼品。但目前由帕梅拉的两位电影摄影技师朋友推出的镭射录像系统还没这么走运。摄影机不断遇到技术问题，也许会因为这些原因导致这个想法无法成功。但这没关系，这些计划的不确定性，它们的不可预测性，正是吸引他的地方。

至于帕梅拉，她已经再度投身电影制作事业，从中享受到新的快乐和自由。她不再受限于给自己强加的任务，要将人类的意识与存在提升到一个新的高度。她写了一部略带心酸的爱情喜剧，是关于错配、不合时机的爱情故事。一位没什么名气的年轻演员达瑞尔·汉娜被选为女主角，而且帕梅拉坚持要让电视喜剧演员罗伯·莱纳来担任导演。跟往常一样，她的同事对她选择这些未经考验的人大感惊讶，但作为制片人和这个项目的唯一出资人，在这些问题上她拥有最终的决定权。她和杰夫到纽约来就是为了让她监督这部新电影拍摄前的准备工作以及选择采景地。几天之后电影就要开机了，就定在六月的第二个星期。

他们右转进入第五大道，往北边走去，继续开始讨论他们对历史的幻想。

"想想看如果达芬奇有我们这样的机会的话，会有什么样的成就，"帕梅拉若有所思地说道，"想想他在不同的生命中可能完成怎样的雕像和画作。"

"假设他有这样的经历，也许世界会在他每一次生命的不同时间线中持续运转，我们所经历的每一次人生也是一样。如果他有时间进行重新创作并加以完善的话，在某一个版本的二十世纪中，他的发明也许会比他的艺术成就更为人所知。在另一个版本中，也许他会退回自己的思考之中，完全没有留下任何值得注意的成就。同样，也许在某个未来，人们会因为《星海》而记住你，而在另一个未来，未来股份有限公司已经继续作为一家大企业存在。"

"已经继续？"她皱起了眉头，"你是说'将会继续'吧？"

"不，"杰夫说，"如果时间的流逝是连续性的——世界的其他部分无视你我所不停经历的这种循环，不间断地继续下去，根据我们在每一次人生中的行为所引起的变化，在每一个版本的循环中都会延伸出新的现实线——那么我们所经历的每一次重生都应该要让历史往前演变二十五年。"

她噘起嘴唇，想了一想："但如果是这样的话，那每一条时间线将会相互交错。每一个延伸出的分支都将会从一九八八年开始延续下去，就是在我们死掉的那一年，但之前的那一条分支将会比后面的一条早二十五年。"

"没错。所以在我们最近的一次重生中，也就是你跟达斯汀·霍夫曼结婚，我生活在亚特兰大的那一次，从我们死掉后才过了十七年的时间。那现在就是二〇〇五年，我们所认识的大多数人依然活着。

"但从我们的第一次重生开始，就是你在芝加哥当医生，而我建立了自己的集团企业的那一次，已经过去了四十二年。那现在就是二〇二九年，我的女儿格雷琴将会是五十多岁的年纪，很可能她自己的子女都已经成年了。"

杰夫沉默了下来，他唯一亲生的孩子依然活着，但客观上却比他本人曾经活过的年龄大了十岁，这个想法让他心情凝重了起来。

帕梅拉按他的想法继续推测："在我们最初的那一次生命线上，已经过去了六十七年时间了。我们所成长的那个世界已经进入了二十一世纪后半期了。我的孩子们……他们应该已经七十多岁了。我的天哪。"

他们的推断游戏变得比他们俩所预想的都更沉重，更令人不安。他们都沉浸在各自的思索中，保持着沉默，差点没有注意到荷兰雪梨酒店外站着一位穿着时髦的年近四十的金发女人和一个十几岁的男孩，在等门卫为他们招来一辆出租车。

当杰夫和帕梅拉走过的时候，那个女人眯起了眼睛，表现出一点好奇的神色。杰夫在忙着思考的大脑突然被她表情中的某种东西给吸引住了。

"朱迪？"他在酒店的遮阳棚下停了下来，试探性地叫出来。

那个女人向后退了一步。"恐怕我不记得——不，等等，"她说，"你曾在埃默里就读，对吗？亚特兰大的埃默里大学？"

"是的，"杰夫柔声说道，"当时我们在一起。"

"你知道，我刚刚就觉得你看着眼熟。我发誓……"她的脸红了起来，就像以前一直以来那样。也许她是突然记起了在那辆老雪佛兰车的后座上的一夜，或是宵禁前在哈里斯楼门口的一条长椅上发生的事。但杰夫看得出她已经记不起他的名字，于是他立刻开口帮她解除这种尴尬。

"我是杰夫·温斯顿，"他说，"我们以前常会一起去看电影，或是出去到莫伊与乔伊酒吧喝啤酒。"

"嗯，我当然记得。杰夫，我记得你。你过的怎么样？"

"很好，挺不错的。帕梅拉，这位是……我在大学的时候认识的。朱迪·戈登。朱迪，这是我的朋友帕梅拉·菲利普斯。"

朱迪睁大了眼睛，在某一片刻她看起来像是又回到了十八岁。"那位电影导演？"

"是制片人。"帕梅拉亲切地笑着说道。她很清楚朱迪是谁，以及这个女人在另一次重生中对杰夫的意义。

"我的天哪，这真是不可思议。肖恩，你觉得呢？"朱迪对站在她身旁的那个身材瘦长的年轻男孩问道，"这是我的一位老校友，杰夫·温斯顿，这位是他的朋友帕梅拉·菲利普斯，那位电影制片人。这是我的儿子，肖恩。"

"非常高兴能见到您，菲利普斯小姐，"那个男孩用出人意料的热情语气说道，"我只想说……嗯，想告诉你《星海》对我的意义有多大。那部电影改变了我的人生。"

"你知道，他不是在开玩笑。"朱迪满脸堆笑地说，"他第一次看那部电影的时候是十二岁，后来又回头看了不下十多次。从那之后，他成天都在谈海豚的话题，还有如何跟它们沟通。这也不是一时的兴趣。肖恩秋天就要上大学了，他要去加州大学圣地亚哥分校就读，而他将要主修——亲爱的，你自己告诉他们。"

"海洋生物学。双辅修语言学和计算机科学。我希望有一天能和李利[1]博士一起共事，研究跨物种沟通。如果我做到了，那我要感谢

---

[1] 美国医师、精神分析学者、跨物种沟通的先驱。上世纪六十年代曾发表数篇论文指出，人类和海豚之间有共同的交谈模式。

你，菲利普斯小姐，你不知道这对我有多么大的意义，但是，好吧，也许你知道。我希望如此。"

一位两鬓灰白的高个子男人从酒店里走出来，后面跟着一个推着一车行李的行李员。朱迪把她的丈夫介绍给了杰夫和帕梅拉，跟他们解释说他们一家人刚刚结束了在纽约的度假。不知道杰夫和帕梅拉是否打算要去亚特兰大？如果去的话，一定要去他们家里坐坐。她现在姓克里斯蒂安森，这里是地址和电话。新电影会叫什么名字？他们一定会去看，并推荐给所有的朋友。

出租车开走了，杰夫和帕梅拉手臂紧扣，紧紧地靠在一起。他们沿着第五大道向皮尔酒店走去，一路上两人脸上都挂着笑，但他们的眼睛里却是对对方的悲伤的理解，那是为了他们曾经认识，现在却不再认识的那些世界。


杰夫给自己又倒上了一杯蒙特西红酒，看着落日染红了西边陡峭而布满岩石的海岸线。在矗立着别墅的斜坡下，越过一座长满了郁郁葱葱的杏仁树林和橄榄树的山坡，他看到了归来的渔船驶向安得拉港红色屋顶的村落。仍带着暖意的十月的微风突然改变了风向，从开着的窗户吹进地中海的香气，混合着他身后的厨房里正在炖煮的西班牙海鲜饭浓烈的香味。

"要不要再来点酒？"他叫道。

帕梅拉从厨房门口探出身子，手里拿着一只大号的木勺子。她摇了摇头。"厨师要保持清醒，"她说道，"至少要等到晚饭上桌后。"

"确定不需要帮忙吗？"

"嗯……如果你愿意的话，可以切一些甜椒。别的东西都已经快好了。"

杰夫慢悠悠地走进厨房，开始把红甜椒切成薄薄的条状。帕梅拉把勺子伸进浅浅的铁锅里，舀了一口海鲜饭来让他尝。他吸进那浓郁的红色汤汁，咀嚼着一小口鲜嫩的鱿鱼。

"米饭里面会不会放太多番红花了？"她问。

"非常完美。"

她露出满意的笑容，做手势让他拿盘子过来。他照做了，虽然这狭小的厨房难以容下他们两个人。山腰上的这座小房子只有在租房中介的嘴里才能称之为"别墅"，它可比这个宏伟的名号要小得多，朴素得多。但当时，帕梅拉选择这里作为临时的住所时脑海里只有一个简单的目的。杰夫努力不去想这个目的，但还是难以做到。

她看出了他的眼神，用指尖轻轻触摸他的脸颊。"快来，"她说，"可以吃饭了。"

他帮忙端着盘子，她舀出热气腾腾的海鲜饭，然后在浓郁的海鲜饭上放了青豌豆和他切好的红甜椒条。他们把晚餐端回前厅窗户旁的桌子上。帕梅拉点上蜡烛，并放上劳林多·阿尔梅达的一张磁带，是《阿兰惠斯协奏曲》[1]，这时杰夫给他们俩都各倒了一杯新的葡萄酒。他们安静地吃着饭，看着山下渔村里的灯光一盏盏点亮。

吃完饭后，杰夫去洗碗，而帕梅拉则摆上一大盘曼彻格芝士和切成片的甜瓜。他心不在焉地挑拣着甜点来吃，啜饮着梨形小口高脚杯里的君主白兰地，并又一次试图不去想他们为什么会待在这马略卡岛上。但并没有成功。

"我明早就走，"他最后开口说道，"不用开车送我，我可以坐船回到帕尔马，然后叫一辆出租车去机场。"

---

1 西班牙作曲家罗德里戈所作的著名曲目。

她从桌面上伸过手去抓起他的手："你知道的，我希望你能留下来。"

"我知道。我只是不想……让你经历这一切。"

帕梅拉握紧了他的手："我可以应付。我可以守候着你，陪伴在你身旁……可是，如果要先轮到我的话，我不希望你看到它发生。所以我明白你的感受。我尊重你的决定。"

他清了清嗓子，环视这大地色的房间。在蜡烛微弱的光下，他情不自禁地想，这里看起来正是适合的地方：一个临死的时候待的地方。二十五年前，她正是在这里死去的，不到两周之后她会再一次在这里死去，就在他自己的心脏再次停跳后不久。

"你打算去哪里？"她轻声问道。

"我想是去蒙哥马利溪吧。我觉得你的想法是对的，找一个与世隔绝的地方……等它发生。一个特别的地方。"

她笑了，温暖、真诚的笑容里充满了温柔和回忆的快乐。"记得那天我第一次出现在你小屋的时候吗？天哪，我当时非常害怕。"

"害怕？"杰夫说着自己也笑了起来，"怕什么？"

"怕你吧，我猜。我怕你会对我说什么，你会有什么反应。再上一次我在洛杉矶见你的时候你对我那么生气，我以为你还是会对我生气。"

他将双手搭到她的双手上："我并不是那么生你的气，我只是担心你所做的事可能带来的后果。"

"现在我知道这一点了。但当时……当你突然出现在我制作《星海》的办公室里时，我根本不知道该如何反应。我想当时我甚至都没有意识到自己变得多么孤独，多么绝望。当时我只认为，我绝不会遇到任何一个跟我一样的人，甚至都不会遇到一个愿意相信我的经历的人，更别提有人跟我有着一样的经历了。你退隐田园，回到山里和庄稼为伴……而我则筑起了一道情感的围墙：我把全副精力放在了外面的世界，以公开的形式与世隔绝。试图去拯救世界是我隐藏自己需求的方式。承认这一点是很难的——对你，对我自己都一样。"

"我很高兴你有这样的勇气。这也让我学会了不再去隐藏我自己的感受或恐惧。"

帕梅拉长久、深情地望着他，眼睛里和脸上都满是温柔。"我们高飞过了，对吗？我们真的高飞过了。"

"是的，"他回应了她的眼神，低声说道，"不久以后我们还会再次高飞。坚信这一点，别忘了。"


杰夫站在船尾，看着村庄和它背后的山丘渐渐远去。他一直看着，直到再也无法看清站在木码头上的帕梅拉的身影。然后他抬起眼睛，看着变成红白相间小点的别墅，直到它模糊地消失在视野中。

开阔的大海吹来的风刺痛了他的双眼，于是他走进渡轮室内，买了一杯啤酒，独自找了个位子坐下来，远离那些在淡季出来旅游的零零散散的法国和德国旅客。

一切并没有真正结束，他强行提醒自己，他也让帕梅拉不要忘了。结束的只是这次重生，很快他们就又会在一起了，一切都可以重新开始。但是老天呐，他是多么痛恨要离开当下这现实，这段他们俩相遇相爱的人生。他们走了这么远，做了这么多事，他为帕梅拉在电影方面取得的成就感到自豪，就像那是他自己取得的成就似的。想到要进入一个《星海》以及之后几年里她所制作的那一系列取得巨大成功的感人且充满人性的喜剧和戏剧从未存在，而且将不会再出现的世界，是多么让人悲痛啊。

他十分坚持几年前在纽约的时候他们讨论过的时间线的概念。他确信，在某个地方，存在着一条现实的分支，她的艺术遗产会在那里继续存在下去，会继续感动并启迪着未来的几代人。也许朱迪的儿子，肖恩，真的会找到让地球海洋中和陆地上的智慧物种相互沟通的方法。如果他做到了，那么物种间相互分享星球智慧的这份至高无上的礼物，将会是从帕梅拉的愿景中直接催生出来的。

这曾是一个值得怀有的希望，是值得珍惜的梦想。但现在他们必须要集中精力于新的希望，新的梦想，以及尚未开始的新的人生。

杰夫把手伸进外套的口袋里，拿出她在他登船时交给他的一个扁平的小包裹。他小心地解开包装纸，当他看到里面的东西时，心头千思万绪，喉头一阵发紧。

那是一幅画，完全就是从他的产业的那座山上看到的沙斯塔山的精确模型。在山顶沉静的天空中，两个人张开亮闪闪的羽翅在展翅翱翔：杰夫和帕梅拉，像是神话里的生物活过来了一样，在永恒的欢欣中，他们一起飞往在现实和神话中都不曾实现过的命运。

他盯着这个充满了爱的小小艺术作品看了好一会儿，然后把它重新包好放回口袋中。他闭上了眼睛，听着船在帕尔马海湾破浪前行的声音，安静地开始他走向死亡的这段旅途。

# 第十三章 时间偏离

清晨阴暗的灰色光线从百叶窗和青绿色的窗帘透进来。杰夫睁开眼睛,看到一只毛发光滑的褐点暹罗猫在特大号床的床脚安详地睡着。他翻身时,那只猫抬起了脑袋。它打了个哈欠,然后发出"喵"的一声,叫声中带着恼怒,还有明显的质问意味。

杰夫坐了起来,打开床头灯,扫视着这个房间:靠着远处的那面墙摆放着音响和电视机,两边是摆满了飞机和火箭模型的柜子,右手边的墙摆的是书柜,左手边的窗户下摆着整洁的梳妆台。一切都整齐、有序、井井有条。

哦,该死,他心里想。他是在奥兰多的父母家里,在少年时期的那个房间。一定是什么地方出了问题,可怕的问题。他为什么不是出现在埃默里大学的宿舍里?老天啊,如果他这次回到了孩童时期该怎么办?他掀开被子,看着自己的身体。不,他有阴毛了,甚至有了晨间勃起现象。他摸了摸下巴,摸到了须茬。至少他没有回到青春期之前。

他跳下床，冲进隔壁的浴室。那只猫也跟着进来，只要他们在这个点起床，它就有希望能早点吃上早餐。杰夫打开灯，盯着镜中的自己：他的外表看上去跟他十八岁时的模样并无二致。那他到底在家做什么？

他穿上一条褪色的牛仔裤和一件 T 恤，把没有穿袜子的脚套进一双旧拖鞋。他床边的钟显示时间大概是六点四十五分。也许他妈妈已经起床了，她向来喜欢在开始新的一天前安静地享用一杯咖啡。

他揉了揉那只猫的脖子。他当然记得在自己大三的时候被车撞死的这只猫，它名叫沙。他应该要嘱咐家人把它关在家里才对。这只带着王者风范的动物趾高气昂地跟着杰夫一起走过走廊，穿过铺着大理石地板、大落地窗采光的房间，走进了厨房。他母亲在厨房里，边读着《奥兰多哨兵报》边啜饮咖啡。

"好吧，老天开恩了，"她扬起眉毛说道，"夜猫子找早起的鸟儿要做什么？"

"我睡不着，妈妈。今天有很多事要做。"他想问今天是哪一年的哪一天，但是不敢开口。

"是什么事这么重要，让你天刚亮就起床了？我这么多年来一直都在为此努力，但从未成功过。一定是跟女孩子有关，对吧？"

"差不多。能给我一两张报纸看看吗？头版可以吗，如果你看完了的话？"

"你可以全拿去，亲爱的，反正我要开始做早餐了。要来点法式吐司吗？还是煎蛋和香肠？"

他正要开口说"都不要"，马上就意识到自己已经饿得前胸贴后背了。"呃，煎蛋和香肠好极了，妈妈。能来点玉米粥吗？"

她假装受辱地皱起眉头："好了，我给你做早餐什么时候没做玉米粥了？你的肋骨都是用玉米粥糊起来的，你是知道的。"

杰夫听到母亲在早餐时讲的这个老掉牙的笑话，露齿一笑。她开始准备早餐，而他则拿起了报纸来看。

主标题报道是关于发生在萨凡纳的民权冲突和美国东北部发生的一次日全食。现在的时间是一九六三年的七月中旬，是暑假期间，所以他才会在奥兰多。但是天哪，这比他原本应该回到的时间晚了整整三个月！帕梅拉一定急疯了，一定在想他怎么到现在还没有跟她联络。

杰夫无视母亲叫他吃慢点，匆匆忙忙地吃完了早餐。他看了一眼厨房里的钟，刚过七点，他的父亲和妹妹随时会起床。他可不想卷入家庭讨论，听他们说那些他已经知道要做的事情。

"妈妈……"

"嗯？"她正在给后面起床的人煎蛋，回答得心不在焉。

"听我说，我要出城去几天。"

"什么？去哪里？要去迈阿密找马丁吗？"

"不，我要，呃，往北边去。"

她用怀疑的表情看着他："往北边去，什么意思？你这么早就要回亚特兰大了吗？"

"我要去康涅狄格州。但我不想告诉爸爸这件事，我还需要一点钱当路费。我很快就会还给你的。"

"康涅狄格州到底有什么？还是说我应该问到底是谁在那里？是学校里的某个女孩吗？"

"是的，"他撒了谎，"是埃默里大学里的一个女孩，她家住在西岗镇。他们家人邀请我过去住几天。"

"是哪个女孩？我不记得你提起过什么人住在康涅狄格州。我以为你还在跟来自田纳西的那个可爱的小女孩约会呢，叫朱迪的那位。"

"没有了，"杰夫说，"我们在期末考前正好分手了。"

他母亲露出关切的神情，"你都没有告诉我，这就是你回家以来一直胃口不好的原因吗？"

"不是，妈妈，我很好。没什么大不了的，我们只是分了手，仅此而已。现在我真的很喜欢这个住在西港镇的女孩，我要去见她。你能帮我这个忙吗？"

"她九月份不是就回学校了吗？你就不能等到那个时候再跟她见面吗？"

"我现在真的很想见到她，而且我还没去过新英格兰。她说我们可以开车去波士顿，跟她还有她的朋友们一起。"他想起那个时代的风俗习惯和他母亲自己在男女之防上的顾虑，马上加上了一句。

"呃，我不知道……"

"求你了，妈妈。这对我来说很重要。这真的很重要。"

她生气地摇摇头："你这个年纪，什么事都很重要，什么事都要立马去做。你父亲很期待下周的钓鱼之行，你知道他多么——"

"可以等我回来以后我们再去钓鱼。听我说，不管怎样我都要去找她。我只是想让你们知道我要去哪里，如果你可以再额外借我一点钱的话，就算是帮了我一个大忙了。如果你不想的话，那么——"

"好吧，你都这么大人了，都上大学了，想去哪儿就去哪儿吧。我只是担心你。做母亲的就是爱瞎操心……除了借钱之外。"她眨了眨眼睛，打开了钱包。

杰夫往行李箱里丢了几件衣服，把他母亲给的两百美元塞进了一双卷起的袜子里。在他父亲和妹妹起床前就出门去了。

那辆旧雪佛兰停在弯曲的车道上，就在父亲庞大的别克依勒克拉和母亲的庞蒂克后面。杰夫发动时，车子发出熟悉的嘎嘎声，然后就轰隆隆地恢复了活力。

他把车子开出了父母所居住的市郊开发区，绕过小康韦湖，来到霍夫纳路和奥兰治街的交叉口时，他停车在开着引擎的车里坐了一会儿。通往海角的直线高速公路已经建好了吗？他记不得了。如果建好了，那将是通往 I-95 号公路北段的快捷道路。今天早上的报纸上并没有提到有通车仪式，所以可可海滩和泰特斯维尔的交通应该不会太糟。但如果高速公路还没有建好的话，他就会在这坑坑洼洼的双车道旧马路上开上好一段时间。他决定谨慎行事，继续往镇上开，然后从 I-4 号公路开往代托纳。

杰夫开车穿过这座睡梦中的小城。这时候这座城市还未被迪斯尼的繁荣所影响，而四十英里之外的美国国家航空航天局的存在对这里发展的带动作用才刚刚显现。他开上了 I-95 号公路，比预期的时间更快些，他把收音机调到杰克逊维尔的 WAPE 电台：正在播放小史提夫·汪达的《指尖 II》，然后是马文·盖伊高唱《傲慢与欢乐》。

三个月。他这次到底是怎么失去三个月时间的？这意味着什么？唉，现在为此担忧也没用了，这不是他能控制的。帕梅拉一定很心烦意乱，她有充分的理由，但至少他很快就能见到她了。他一边在心底告诉自己专注在这点上，一边在绵延不绝的松树林和灌木丛中快速往北开去。

他在中午时分到达萨凡纳。那边的州际公路上有一小段路出现了间断，拖慢了他的行程，而这优雅的老城街道上全都站满了表情严肃、戴着头盔的警察，显得与环境很不协调。杰夫小心翼翼地穿过路障，他知道这周在这里发生了示威游行，接着又爆发了种族主义暴力。看到这一切再次发生是件令人难过的事，但他除了不去看血腥的冲突之外什么也做不了。

三点过一点时，他把车停在南卡罗莱纳州佛罗伦萨外的霍华德·约翰逊快餐店，快速吃了一顿三明治。此刻平原地形的佛罗里达州和滨海的佐治亚州都已经被他甩在了身后，他驱车穿过乡村丘陵地带，让这辆马力强大的老 V-8 的里程表指针保持在比限定的七十英里的时速高一格的位置。

当他经过通向他曾就读的位于弗吉尼亚州的寄宿学校的高速公路出口匝道时，天已经黑了。他在多年前曾临时起意到这里朝圣，只为了看一眼在他看来已成为失意和徒劳象征的那座小桥。他从高速公路上可以看到伦德尔家的灯光，他以前那位年轻漂亮的老师，他曾经盲目崇拜的对象，应该正在为丈夫和孩子准备晚餐，而她的孩子的降生还曾经点燃了他青春期的妒火。好好爱你的家人吧，他飞速开过位于风景优美的山脊上那座宁静的房子时默默为她祝福。这世界上有太多伤痛了。

他在里士满北部一个卡车停靠站里吃了一顿炸鸡和甜土豆当晚餐，买了一个保温瓶，并让女服务员在里面灌满黑咖啡。他沿着环城高速公路绕过了华盛顿，午夜过后抵达了巴尔的摩。在特拉华州的威尔明顿，他从 I-95 号公路转上了新泽西收费高速公路，避开了通过费城和特伦顿时可能遇到的黎明前的交通拥堵。随着夜色渐渐褪去，像每次重生之初一样，他再次对自己的年轻精力感到惊奇。在他三四十岁的时候，这段车程至少要分两天来完成，即便那样也会令他感到精疲力尽。

凌晨四点的乔治华盛顿大桥几乎没什么人，杰夫把广播的音量开到最大，听着布鲁西表哥[1]随着埃塞克斯乐队的《说得比做得容易》一会儿高呼一会儿悲叹。车子经过位于新英格兰高速公路的新罗谢尔时，他脑海中满是不为他所知的那个帕梅拉的影子：她在第一次生命中曾在此地居住，组建了一个家庭……在这里去世，她以为那就是她生命的终结，却不知道她多次的重生才刚刚启程。

他在想，这一次在马卡略岛上的死亡对她来说是什么样的呢？他希望她在知道了这次能回到彼此身边，而更平静、更坦然地接受，就像他在蒙哥马利溪附近的小屋里死去时一样。但他不想继续去想象她的痛苦，尽管那痛苦是短暂的。现在，那一部分已经成为过去了，他们可以展望彼此相伴的无限未来。


当杰夫抵达西港镇的时候，第一道曙光已经开始染红东方的天际。他在一家壳牌加油站的电话簿里找到了帕梅拉家的地址。早上这个时间出现在她家还是太早了。他找到了一家二十四小时营业的咖啡店，强迫自己把《纽约时报》从头到尾看了个遍，只是为了打发时间。他在报上读到，萨凡纳的局势依旧紧张；拉尔夫·金兹堡对自己因为出版《爱神》杂志而被判传播淫秽内容罪提起上诉；最高法院对近来学校里的强制祷告作出的判决正引发越来越多人的争议。

杰夫看了看手表：现在是七点二十五分。八点的话会不会太早？那时候帕梅拉的家人应该都已经起床了，可能正在吃早餐。他要在他们吃早餐的时候去打扰吗？那又有什么不同呢？他心想。帕梅拉会把他以朋友的身份介绍给家人，然后他们会邀请他一起用餐。他紧张地喝着咖啡消磨着时间，直到七点四十分，然后向咖啡店的收银员询问

---

1 美国广播界名人，多在纽约地区的广播电台主持节目，凭此称号为听众熟知。

了他写下的地址怎么走。

　　菲利普斯家的房子是一栋新殖民主义风格的两层建筑，位于一条荫蔽的中上层阶级居住的街道上。这座房子跟全国其他镇上的房子并无二致，只有杰夫知道在这里发生过什么不可思议的事。

　　他按响了门铃，把衬衫的下摆塞进牛仔裤里。他突然想到自己应该先去换一身衣服，至少应该先找个洗手间把胡子刮一下——

　　"哪位？"

　　应门的女人跟帕梅拉惊人地相似，只有发型不一样，她是高耸蓬松的中等长度发型，而不是杰夫后来变得喜欢的男孩般刘海齐额发型。她的年纪跟杰夫最后一次见到的帕梅拉差不多，这让杰夫感到心神不宁。

　　"请问，呃，帕梅拉·菲利普斯在家吗，夫人？"

　　那个女人皱起了眉头，略带惊愕地撅起双唇，跟杰夫经常在帕梅拉脸上看到的表情一模一样。"她还没起床。你是她学校里的朋友吗？"

　　"不是在学校里的，但我确实——"

　　"谁啊，贝丝？"房子里传出一个男人的声音，"是来修理空调的吗？"

　　"不是，亲爱的，是帕姆的朋友。"

　　杰夫不安地挪动双脚。"不好意思一大早来打扰，但我真的有很重要的事要跟帕梅拉说。"

　　"我都不知道她醒了没有呢。"

　　"如果可以的话，能否让我进去等——我不想给你们带来不便，但是……"

　　"那……你为何不进来稍坐一下呢？"杰夫踏进小门厅，跟着她走进布置舒适的客厅，客厅里一位穿着灰色细直条纹西服的男人正站在一面镜子前整理领带。

"如果那家伙今天早上来的话，"那个男人说道，"告诉他恒温调节器——"他在镜子里看到了杰夫，停住了口。"你是帕姆的朋友吗？"他转身面对杰夫问道。

"是的，先生。"

"她知道你要来吗？"

"我想……是吧。"

"你这是什么意思，你想是吧？这个时候这么不打声招呼就出现在别人家里是不是有点太早了？"

"喂，戴维……"他妻子提醒他道。

"她知道我要来。"杰夫说。

"我是第一次听说。贝丝，帕姆昨晚有跟你提到有人今天早上要来找她吗？"

"我不记得有这件事，亲爱的。但我相信——"

"你叫什么名字，年轻人？"

"杰夫·温斯顿，先生。"

"我不记得帕姆提起过这个名字。你有印象吗，贝丝？"

"戴维，别对这个男孩这么没礼貌。你要来点肉桂吐司吗，杰夫？我刚做了一些，还有一壶刚煮好的咖啡。"

"不用了，夫人，非常感谢，我已经吃过早餐了。"

"你是在哪里认识我们女儿的？"帕梅拉的父亲问道。

洛杉矶，杰夫心想。因为缺乏睡眠，又喝了太多咖啡，加上开了上千英里的路，他感觉头晕目眩。他想说，我是在蒙哥马利溪、纽约和马略卡岛认识她的。

"我说，你是在哪里认识帕梅拉的？你看上去比她的同学年纪要大。"

"我们……是通过一个共同的朋友认识的。在网球俱乐部认识的。"这听起来应该挺合理的。她曾经对他说过，她从十二岁开始就打网球了。

"那个人是谁？我想我们认识帕姆大多数的朋友，还有——"

"爸爸！我是不是把酬宾赠品券落在你车上了？那个本子都快集满了，我现在找不到——"

她站在楼梯最上层，手脚瘦长，一副青春期女孩的模样，身上穿着白色百慕大式短裤和黄色的马球衫，纤细的金色头发在两只耳朵上扎成了两个马尾。

"你能下来一下吗，帕姆？"她的父亲说道，"这里有个人想要见你。"

帕梅拉看着杰夫，慢慢地走下楼梯。他想要向她跑过去，把她拥入怀中，亲吻她以抚慰她所经历的所有痛苦，但他们有的是时间这么做。他露齿一笑，她也回应了一个微笑。

"你认识这个年轻人吗，帕姆？"

当她的目光与杰夫充满深情的目光相遇时，她的眼里充满了年轻与希望的神采。

"不，"她说道，"我想我不认识他。"

"他说是在网球俱乐部认识你的。"

她摇了摇头。"我想如果那样的话我会记得的。你认识丹尼斯·惠特迈尔吗？"她天真地问杰夫。

"马略卡岛，"杰夫的声音因为紧张而变得沙哑，"那幅画，那座山……"

"抱歉，你在说什么？"

"不管你是谁，我想你最好马上离开。"她的父亲打断他们的谈话。

"帕梅拉。哦，天哪，帕梅拉……"

那个男人紧紧抓住杰夫的手臂，把他推向门口。"听着，伙计，"他的语气平稳却带着命令的口吻，"我不知道你在玩什么把戏，但我不希望在这附近再见到你。我不希望你再来骚扰我的女儿，不管是在我家里，还是学校里，或者网球俱乐部里。任何地方都不行。听明白了吗？"

"先生，这完全是一个误会，我为给您带来的困扰道歉。但是帕梅拉真的认识我，她——"

"认识我女儿的人都叫她'帕姆'，而不是'帕梅拉'。我还要提醒你，她才十四岁，你明白了吗？你听懂我的话了吗？我不想听你把骚扰未成年人这个事实声称成一个'误会'。"

"我不想给任何人造成困扰。我只是——"

"在我打电话报警之前，滚出我家。"

"先生，帕梅拉很快就会记起我是谁了。请允许我留下一个电话号码，以便她可以联系上我——"

"你滚出我的房子，什么也别想留下。现在就滚。"

"我们要以这样的方式见面真是十分遗憾，菲利普斯先生。我真的希望以后我们可以好好相处，我也希望——"

帕梅拉的父亲粗暴地把他提到了外面的台阶上，当着他的面砰地摔上了门。杰夫听见了从客厅的窗户传来的高分贝的声音：帕梅拉因为困惑而哭了起来，她的母亲求她平静下来，她的父亲尖锐的声音则时而关切，时而斥责。

杰夫回到了车上，坐在驾驶座上，将疲惫而烦躁的脑袋靠在方向盘上休息。过了一会儿他启动了引擎，往南开去。

亲爱的帕梅拉：

很抱歉昨天我让你感到困惑，还惹恼了你的父母。我希望不久后的某一天你会明白。等那一天到来的时候，你可以通过我在佛罗里达州奥兰多的家人联系到我。电话号码是555-9561。他们知道怎么联系上我。

请不要丢掉这封信，把它藏到一个安全的地方。当你需要的时候就会明白了。

致上最深切的问候！

杰夫·温斯顿

七月和八月就像个让人懒洋洋提不起精神的阴沟，佛罗里达湿热的三伏天只会被几乎每天下午都会出现的暴风雨所打断。杰夫跟他的父亲一起去钓鱼，教他的妹妹开车，但大多数时间他都待在房间里，看重播的《正义保护者》和《迪克·范戴克秀》，等着电话响起来。

他的母亲为他感到着急。他变得无精打采，突然对朋友和女孩失去了兴趣，也不再半夜开车去娱乐场所鬼混。杰夫想要离开，逃离令他感到压抑的父母亲的关爱，逃离令人变得迟钝的无聊的奥兰多。但他无处可去。他已经十分习惯无拘无束地想去哪就去哪，但现在这一点因为缺钱而受到严重限制。德比和贝尔蒙特赛马会已经结束了，他没有其他即时可得的收入来源。

夏天结束了，帕梅拉还是音信全无。杰夫回到了亚特兰大，表面上是去开始他在埃默里大学的大二学年。他选了一大堆的课，只是为了能够分配到宿舍，但他从不去上任何一堂课。他无视院长办公室发来的带威胁口吻的信件，只等着十月的到来。

弗兰克·马多克已于去年六月毕业了，现在人在哥伦比亚，开始法学院的学习生活，从没有跟他昔日的搭档见过面。杰夫在高年级找到了另一个潇洒的赌徒，愿意帮他对世界职业棒球大赛下注。但只收取少量费用。不论给的比例有多慷慨，没人愿意对这样明显十分愚蠢的赌注拿抽成。杰夫押了将近两千美元，赢了十八万五千美元。至少他有一阵子不需要为钱担心了。

他搬去了波士顿，在灯塔山找了一套公寓。历史按照熟悉的路径上演：吴庭艳政权在西贡被推翻；约翰·肯尼迪总统又一次被刺杀；梵蒂冈会议让天主教的弥撒不再使用拉丁文；而披头士乐队的到来也照亮了美国人的心。

杰夫在三月的时候拨打了菲利普斯家里的电话，那一周杰克·鲁比因为刺杀李·哈维·奥斯瓦德而被判处死刑。没人听过纳尔逊·班奈特这个名字。帕梅拉的母亲接了电话。

"你好，请帮我叫一下……帕姆，好吗？"

"请问是哪位找她？"

"我叫艾伦·科克伦，是她学校里的朋友。"

"请稍等，我去看一下她有没有在忙。"

杰夫紧张地把电话软线卷起来又解开，等着帕梅拉来接起电话。他是从记忆里挖出这个假名字来的，帕梅拉有一次曾提起过她在高中的时候跟这个人约会过，但这时候她已经跟这个男生见过面了吗？他无从得知。

"艾伦吗？嗨，什么事？"

"帕姆，请不要挂掉电话，我不是艾伦，但我必须跟你谈一谈。"

"那你是哪位？"她像小猫一样的声音里更多地流露出的是好奇而不是恼怒的语气。

"我是杰夫·温斯顿。我去年夏天去你家拜访过一次，然后——"

"是的，我记得。我爸爸说我不应该再跟你说话，再也不要。"

"我可以理解他的反应。你不需要告诉他我打过电话给你。我只是……想知道你是否开始记起什么事情了？"

"你说的是什么意思？比如说记起了什么？"

"哦，也许是关于洛杉矶的一些事。"

"是的，当然。"

"你记起来了？"

"当然，我在十二岁的时候跟我的伙伴一起去过迪士尼乐园。我怎么会不记得呢？"

"我说的是其他事情。也许你记得一部名字叫《星海》的电影？这个名字你听起来觉得熟悉吗？"

"我想我没看过这一部电影。嘿，你真是挺奇怪的，你知道吗？你为什么想要跟我说话？"

"我就是喜欢你，帕梅拉。这是唯一的原因。你介意我这么叫你吗？"

"其他人都叫我帕姆。还有，我根本不应该跟你说话的。我现在要把电话挂掉了。"

"帕梅拉——"

"还有什么事？"

"你还留着我寄给你的那封信吗？"

"我丢掉了。如果被我爸爸看到的话，他会大发雷霆的。"

"好吧。我不再住在佛罗里达了，我现在住在波士顿。我知道你

206

并不想记下我的电话号码，但你可以查得到我的联络方式。如果有一天你想要联系我的话——"

"是什么让你觉得我会这么做？这位男孩，你真的很奇怪。"

"我想是吧。但请不要忘了，你可以随时打电话给我，不管是白天还是晚上。"

"我现在要挂掉电话了。我觉得你不应该再打电话给我了。"

"我不会了。但我希望不久后能收到你的消息。"

"再见。"她的声音听起来有点依依不舍，这个坚持不懈的年轻人已经用一系列奇怪的问题激起了年轻的好奇心。但好奇并不意味着什么，杰夫跟她说再见时心里难过地想道，对于她来说，他还是个陌生人。


哈佛书店的店员把钱放进收款机后，将找零和他刚刚买下的那本《糖果》[1]递给杰夫。外面的广场上满是准备开始新学年的学生。杰夫注意到那些人都故意打扮成邋遢的样子。他朝学校剧院瞥了一眼，那边正在上映《一夜狂欢》[2]，他看到一位留着胡子的年轻人正在小心翼翼地兜售五美元一个的火柴盒般大小的大麻。这时候距离莱雷和阿尔帕特[3]被哈佛开除，并在查尔斯河对岸的埃默森广场设立短命的"国际内在自由基金会"已经一年半时间了。在剑桥，人们记忆中的六十年代来得比在埃默里要早些。即便如此，时代的更迭还尚未完成，只有一个孤单的抗议者站在哈佛广场上，默默地分发谴责美国派兵越南的宣传页。在报摊亭附近立着的一张桌子旁，两位学生正在贩售写着"阻

---

1 一九六四年《纽约时报》畅销书冠军。
2 披头士的第一部传记电影。
3 心理学家，迷幻药用途的研究者及提倡者。一九六四年被哈佛心理学系解雇。

止戈德华特"和"LBJ64"[1]的小徽章。他们理想幻灭的时候不久就将到来。

杰夫走下地铁站的台阶，走进了其中一节像有轨电车一样的老旧的地铁车厢。经过肯莫尔广场后，车子开到了地面上，穿过查尔斯河上的朗费罗大桥。在右手边，杰夫看见脚手架上的工人正在给新建的保德信中心刷最后一层涂料。注定霉运的带着凸窗的约翰·汉考克大厦，还要到很久以后的未来才能建起来。

他在想，现在他要对这未来怎么办呢，他曾经面对过这些漫长而空虚的年月，这一次又要孤身一人吗？他开始这第四次重生已经一年了，而他曾经预期的和一个他全心全意爱着的，跟他有一样的经历和体会的人共同分享这一次轮回的想法，已经落空了。帕梅拉还是一个陌生的孩子，对她自己曾经是什么样的人以及——他们——曾经共同经历的人生一无所知。

也许她对东方宗教的一些见解是对的，而对他们两个人来说，那是深不可测的。也许她在上一次重生中已经大彻大悟了，而她的灵魂或者本质或者其他什么东西已经进入了极乐世界。那么，现在住在西港镇的那个天真的年轻女孩还拥有什么呢？难道那仅仅是一个没有灵魂的驱壳，是真正的帕梅拉·菲利普斯的一个幻影，毫无目的地经历着这一次人生？也许她，或者说"它"的目的可以被比作戏剧或电影中的一个活的道具，是一个没有灵魂的机器人。启动这些重生的那一股难以想象的外部力量也许仅仅在用一个假的帕梅拉来维持世界依然在正常的、原始的轨道上运转的假象，而数十亿的演员阵容都完好如初。

---

1 戈德华特是美国共和党政治家，一九六四年和民主党的约翰逊竞选总统。"LBJ"是约翰逊的全名缩写。"64"是指一九六四年的总统大选。

但这是为了谁的利益呢？这是要迷惑哪些观众呢？是杰夫吗？他曾以为自己是第一个，也是唯一一个有这样的遭遇的人，直到他遇到了帕梅拉。但也许，他是最后一个，或者说至少是属于最后的那一批，知道这种无限轮回的人。帕梅拉曾经推理说，这些年月会一直不停地重复下去，直到地球上的所有人都意识到发生了什么。会不会说这种领悟是要通过一点一点逐步来实现的，一次一个人，而不是突然间所有人的顿悟？每次有一个人看到了真相，他或者她就开始要逃离这曾经以为是现实的无尽的循环？

这就是说整个人类历史，过去和未来，不过是一个虚假的东西，不过是为了创造出这世界而被植入的虚假记忆与记录。人类物种的诞生，它的文化、科技和编年史都是预先选择好的，早已经被一股看不见的力量安排好了，也许就发生在一九六三年……而人类在地球上全部持续时间可能只延续到主观时间上的一九八八年，或者是那之后不久的一段时间。这种有节奏的循环可能覆盖了人类经历的全部范畴，而对这个事实的认知就标志着一个个体已经达到了认知的顶峰。

这就意味着，杰夫以及其他每一个人，从时间之初就一直在不知不觉中重生了无数年，而这一世可能将是他的最后一次轮回，就像上一世是帕梅拉的最后一世一样。而其他的人，要么是处于前意识状态，要么就是已经成为呆板机械的人物，他们真实的灵魂和思想已经超越了他们的肉体，就像帕梅拉一样。没有任何一种方法可以辨别出他见过的哪些人仍然处于"沉睡"状态，哪些人已经上升到了另一个层次，把他们活着的、会呼吸的躯体留在这个叫作地球的大型舞台上。

要一下子把这些消化掉是件困难的事。就算假设这个理论是对的，他也至少还要花上二十五年的时间在这次重生中与这个想法斗争。现在，在失去他所知道的唯一的完美伴侣之后，他必须开始考虑如何一天天应对这些岁月。

杰夫在下一站下了车，沿着查尔斯街道走下去，经过了花店和咖啡店。土耳其酒吧敞开的大门内传出一位民谣歌手带着浓厚鼻音的歌声，而阁楼外面挂出的标示牌上写着周末会有陶瓶乐队的演出。栗树街上很多古板的老房子都已经改成了公寓，房子外观呈现出温文尔雅的宁静气息。

他该怎么办？回到蒙哥马利溪，把这一辈子——也许是他的最后一辈子——剩下的时间用来思考宇宙的高深莫测？也许他应该做最后一次努力，去改善人类的命运，虽然他的影响微不足道：将未来股份有限公司重建为一个慈善基金，将数亿元资产全部投入到埃塞俄比亚或者印度去。

他踩着二层公寓的楼梯往上爬，脑海里萦绕着无数互不相让的想法和不可能的选项。如果他就这样放弃，选择了自杀，又会怎么样呢？他会——

走廊的门口下方塞进了一个黄色的信封，他能看到露出的一角。他拾起那封电报，拆开来：

我打了一整天的电话。你去哪里了？我回来了。我回来了。我回来了。马上来找我。我爱你。

帕梅拉

当他在西港镇帕梅拉家门前停下车时已经是当天晚上十一点钟之后了。他原本想从洛根搭乘飞机飞往布里奇波特，但没有马上起飞的航班。他决定还是开车比较快，于是就以破纪录的时间完成了这段短途旅程。

帕梅拉的父亲来应的门，杰夫立刻就从他的表情上看出，事情将不会一帆风顺。

"我想让你知道，我允许你们见面全是因为我太太的坚持，"他直截了当地说，"而我太太被说服的原因也只是因为帕姆威胁说如果我们不让她跟你谈谈就要离家出走。"

"很抱歉事情变成这样，菲利普斯先生，"杰夫表现出最大的真诚说道，"就像我去年说过的那样，我从来没打算给您的家庭带来任何困扰，这完全是一个令人遗憾的误会。"

"不管怎样，这种事不会再发生了。我已经跟我的律师谈过了，他说我们在这个礼拜末之前就能拿到签发好的限制令。这就意味着你如果在我女儿满十八周岁之前再次出现在她周围的话，你就会被捕。所以不管你想对她说什么，你最好今晚就说清楚。听明白了吗？"

杰夫叹了一口气，努力从半开着的门缝往里面看。"我现在能见到帕梅拉吗，先生？我不会惹麻烦的，但我等了很久，想和她交谈。"

"进来吧，她在客厅。你有一个小时的时间。"

帕梅拉的妈妈显然刚刚哭过，她的眼眶红红的，眼神中满是挫败感。她十五岁的女儿跟她一起坐在沙发上，脸上则是一脸镇定的模样，虽然她脸上咧嘴笑的表情告诉杰夫，她正在努力克制兴高采烈的心情。她的马尾辫已经不见了，她把头发梳得跟她成年以后差不多的样子。她身上穿着一件羊绒衫，配一条米黄色的羊毛裙，穿着长筒袜和高跟鞋，脸上化着专业级的淡妆。然而和上一次他见到她的时候相比，她的内在变化要比外表变化更加深刻。从她那双机灵、心照不宣的眼睛里，杰夫立即就看出这实际上就是他深爱并共同生活了十年的女人。

"嗨，"他说话时回应给她一个大大的笑容，"想要一起去翱翔吗？"

她笑了出来，笑声浑厚、低沉，充满了成熟的嘲弄和世故感。"妈妈，爸爸，"她说道，"这位是我亲爱的朋友杰夫·温斯顿。我想你们之前已经见过面了。"

"你怎么突然又认识这个这……个人了？"杰夫可以看出，她的父亲也注意到了帕梅拉的声音和举止里发生的巨大变化，并对她莫名其妙在一夜之间就长大成人感到十分不开心。

"我想是因为去年我的记忆出现了一个很大的空缺。你答应过我，我们可以单独待在一起一个小时。不介意的话，我们现在就要开始了，可以吗？"

"不要离开这座房子。"她的父亲阴沉着脸对他们两个人说道，"连客厅都不要离开一步。"

菲利普斯太太不情愿地从她女儿边的位子上站起来。"如果你需要我们的话，你父亲和我就在书房里，帕姆。"

"谢谢，妈妈。一切都没问题的，我保证。"

她的父母离开了房间，杰夫把她拥入怀中，紧紧地抱住她，差点没把她压得喘不上气了。"我的天哪，"他粗声在她耳边说道，"你去哪里了？发生了什么？"

"我不知道，"她边说边把身子往后拉直看着他，"我死在马略卡岛上的那间房子里，就在预期的十八号那天。而我的这一次重生直到今天早上才开始。当知道这是哪一年时，我整个人都惊呆了。"

"我也迟到了，"杰夫说，"但我只迟到了三个月。我已经等了你一年多时间了。"

她抚摸着他的脸，温柔同情地看着他。"我知道，"她说道，"我爸妈已经把去年夏天的事告诉我了。"

"那你不记得了吗？对，你当然不会记得。"

她悲伤地摇摇头："我对那段时间唯一的记忆是来自我的第一世，还有从那之后的重生。对我而言，我最后一次见到你是在十二天之前，就在安得拉港的码头上。"

"那幅微型画，"他说着露出了温暖的笑容，"真是太完美了。真希望我能把它保存下来。"

"我确定你已经保存下来了，"她轻声说道，"保存在最有意义的地方。"

杰夫点点头，又一次抱住了她。"那么……你是怎么在波士顿找到我的？"

"我打电话给你的父母。他们好像知道我是谁——至少是有点模糊的印象。"

"我第一次来这里时告诉过他们，说我在学校认识了一个来自康涅狄格州的女孩。"

"天哪，杰夫，我没有认出你时，你一定感觉糟透了。"

"是的。但如今你回来了，我还有点高兴能看一眼你在十四岁时的真实样子。"

她咧开嘴笑了。"不管你是谁，我敢肯定我当时一定觉得你很可爱。实际上，我还有点吃惊我当时没有撒谎，告诉我父母我认识你呢。"

"我去年三月给你打过电话。你说你觉得我有点'奇怪'……但是你的声音听上去还是有点感兴趣的样子。"

"我肯定是会的。"

"帕姆？"她的父亲从走廊那边喊道，"里面一切都还好吗？"

"完全没问题。"她回答道。

"你们还有四十五分钟，"他提醒道，然后又走回后边的房间去了。

"这将会是个问题，"杰夫焦虑地皱起了眉头，"从法律上讲你还是个未成年人，你父亲还说正在申请限制令，要阻止我跟你见面呢。"

"我知道，"她悲伤地说道，"这有一部分是我的错。今天下午我告诉他们我在等你的电话或者你会来拜访之后，这里的场面真是一团乱。我不知道他们之前就听说过你，当我提到你的名字时，我的父亲勃然大怒，恐怕当时我并没有做出很好的回应。他们从来没有从我这个年纪的嘴里听过那样的话，除了在我第二次重生的时候，当时我变得很叛逆。当然他们不记得有那么一回事。"

"你觉得他说的要把我们分开这件事是认真的吗？如果他要这么做的话，事情就真的会很棘手了。"

"不幸的是，他是个说到做到的人。我们可能有一阵子要过得很煎熬了。"

"我们可以……一起逃走。"

帕梅拉干笑了起来："不。这条路我曾经试过一次，记得吗？当时并没有成功，这一次也不会成功的。"

"不一样的是我现在有钱了，可以打通我们所需要的任何门路。我们是不会流落街头的。"

"但我还是个未成年人，别忘了这一点。如果我们被抓到的话，你会陷入大麻烦的。"

杰夫挤出了一个笑脸："诱拐未成年少女，这个主意我喜欢。"

"我敢肯定你喜欢，"她嘲弄地说，"但这不是开玩笑的，特别是在这个年代。'爱之夏[1]'大集会还是三年之后的事。在一九六四年，人

---

1 活动始于一九六七年。该年夏天十万名年轻人聚集在加州旧金山，将嬉皮士运动推入高峰。

们对于这种事情是非常非常严肃的。"

"你说得对，"他沮丧地表示同意，"所以我们到底要怎么办呢？"

"我们只能等一段时间。几个月之后我就要十六岁了，也许到时候他们至少会同意我们约会了，如果我现在讨好他们，扮演好一个听话的女儿的角色的话。"

"天哪……为了跟你在一起我已经等了一年半时间了。"

"我不知道除此之外我们还能怎么办，"她同情地说道，"我跟你一样不喜欢这样的未来，但我觉得目前我们没有更好的选择了。"

"是的，"他承认道，"我们没有更好的选择。"

"这段时间你打算做什么？"

"我想我会回到波士顿去，那是一个很不错的城市，离这里不会太远，我在那边也差不多安顿下来了。或许我会专心积攒我们的储备金，这样我们能在一起的时候就不要为赚钱的事情操心了。能不能至少让我给你打打电话？或者写信给你？"

"我想还是别联系到这里，现在还不是时候。我会去租一个邮政信箱，这样我们就可以互通书信，我会尽可能给你打电话的。放学后从外面给你打。"

"天哪。你真的还要再回去上高中吗？"

"我必须去。"她耸了耸肩膀说道，"我可以忍受得了。之前我已经做过很多次了，我想我记得每一门考试的每一道题的答案。"

"我会想你的……你知道的。"

她给了他一个深长而热情的吻。"我也会的，亲爱的，我也会的。但等待是值得的。"

# 第十四章　第三个重生人

　　帕梅拉调整了一下学士帽上的流苏，看向礼堂拥挤的人群，找到了坐在他父母身旁的杰夫。她母亲的脸上绽开了快乐而骄傲的笑容。帕梅拉与杰夫四目相对，她眨了眨眼睛，杰夫回以一个苦笑。他们俩都明白这次典礼的喜剧反讽意味：她，一个曾经是执业医师、成功艺术家和知名电影制片人的女人，终于要被授予高中文凭了。而且这已经是第三次了。

　　这需要相当大的执着精神，而她很高兴杰夫能理解过去三年的生活对她而言是多么乏味。他自己也曾有过重新进入学术界的经历，是在他第二次重生的时候重新上了大学。但重新上高中这么多次，真是独一无二的地狱般的体验。

　　但她的坚持得到了回报，正如她所料到的。从她十六岁起，眼看她成了一个品学兼优的好学生，对与同龄的男生们出去玩兴趣平平，她的家人对她的态度也变得宽容了起来，允许她每周有两个晚上可以与杰夫见面。他在布里奇波特租了一间公寓供他们周末使用，而且每周五和周六晚上都小心翼翼地准时在午夜前把她送回父母家里。在她父母的眼里，这一对年轻人看了好多电影，如果他们对这点有疑问的话，这两个人也可以轻松地背出像《摩根》《乔琪姑娘》，或者《四季之人》这些电影的情节来，他们在过去的几年里已经看过这些电影至少两遍了。

奇怪的是，来自父母的负面压力开始纾解之后，这样的安排给他们带来了别样的乐趣。他们在有限的相处时间和必须偷偷摸摸的激情中感受到了美好的情欲张力。他们用年轻的肉体表达对彼此的爱意，就像从未如此亲密过一样，他们从未在彼此身上——或者从其他任何人身上，给予或得到过如此美好的性欲享受。

如果她的父母亲曾经怀疑过她和杰夫发生了性关系的话——到目前为止，他们一定有过这样的怀疑——他们也都极好地对此保持沉默。他们对杰夫的态度从一开始小心翼翼的容忍，很快就变成了接受，然后是赞成，最后已经彻底地喜欢上了他。在他十八岁而她十四岁的时候，他们之间四岁的年龄差距在她父母的眼里十分令人不安，而到了他们一个二十二岁，一个十八岁的时候，这年龄差距就变得完全符合传统了。而且，在这个充斥着迷幻药和非主流的淫乱现象的时代，她能和这样一位干净利索、彬彬有礼且成功富有的年轻人发展一段稳定的关系也让她的父母明显松了一口气。

最后一本学位证书也颁发了出去，她四周那些羽翼未丰的毕业生都欢呼雀跃地从舞台上冲下来。帕梅拉平静地朝等待她的杰夫和父母的方向走去。

"哦，帕姆，"她的母亲说，"你在台上看起来真漂亮！你把其他人都比下去了。"

"恭喜你，亲爱的。"她的父亲说着抱住了她。

"我要把帽子和学士服交回去，"帕梅拉对杰夫说，"然后我们就可以走了。"

"你们真的要这么快就出发吗？"她母亲懊恼地问道，"你们可以留下来吃顿晚饭，明天一早再出发。"

"妈，我们已经跟杰夫的家人约好了周二晚上到，我们今晚就得到华盛顿了。来，拿着这个，"她说着把卷起来的毕业证书交给了杰夫，"我很快就回来。"

她在女更衣室里脱下了黑色的棉袍，换上一条蓝色裙子和一件白衬衫。几个女孩子羞涩地向她表示祝贺，她也祝贺了她们。但当她们兴奋地谈论起男朋友和暑假计划以及秋天要去上的各所大学时，她就隐隐约约地被排除到她们的友谊圈之外了。这些女孩在她第一世的时候都曾是她的朋友，她曾经全程参与了她们的所有恶作剧和善意的玩笑，还有试探性地踏出成为女人的第一步。但这一次，就像她在第一次重生中重读高中时一样，这些女孩心里清楚她们和帕梅拉之间有一条不可逾越的鸿沟，但却无法弄明白那到底是怎么回事。帕梅拉跟她们一直保持距离，远离青春期的社交生活，尽全力达成对父母的承诺：要在与杰夫一起离家之前完成学校的课业。如今这一天到来了，她希望能将离别的尴尬尽量降到最少。

她换好了衣服，回到了人潮渐渐退去的礼堂，重新回到了父母以及她将要共度余生的那个男人身边。

"那么，"她的父亲对杰夫说道，"你真的认为我应该继续持有那些二十五美分的硬币，对吗？"

"是的，"杰夫回答，"作为一项长期投资，这一定是对的。我敢说，在十到十二年之内，您将会看到十分可观的回报。"

她父亲问这个问题是为了缓解紧张的气氛，帕梅拉看出来了，她对此十分感激。这段对话再次肯定了她父亲已经将杰夫视为精明而有创意的投资人，他知道自己的女儿可以得到很好的照顾。杰夫已经在它们在市场上绝迹之前，买下了价值数千美元的已经停止流通的百分之九十纯度的十美分硬币和二十五美分硬币，他推荐帕梅拉的父亲也这么做。这是一项符合逻辑的、看起来保守稳健的理财投资，不会因为可疑的价格暴涨而吓到她的父亲，也不会因为看起来太费解而给他带来困扰。但毫无疑问将来这会带来回报，尤其是到了一九八〇年一月份，亨特兄弟非法秘密操纵银市，使这种贵金属的价格上涨到一盎司五十五美元。杰夫告诉过帕梅拉，他会在那个月与她的父亲联系，确保他在不久后到来的价格猛跌之前将那些硬币脱手。

　　"你会在奥兰多待很久吗，亲爱的？"她母亲问道。

　　"就待几天，"帕梅拉说，"然后我们会开车去佛罗里达群岛，也许会租一条船玩上几个礼拜。"

　　"你们想好暑期结束后……你要去哪里吗？"

　　这仍是造成他们之间不愉快的话题：虽然她的父母知道她和杰夫在物质上并不会有任何匮乏，但他们还是对她拒绝继续读大学感到惋惜。

　　"还没有，妈妈。我们可能会在纽约找个住处，我们都还没决定好呢。"

　　"现在去纽约大学注册还为时不晚，你知道的，凭着你的国家优学成绩可以免申请入学。"

　　"我会考虑考虑的。东西都搬到车上了吗，杰夫？"

　　"都打包好了，车也加满了油，可以出发了。"

　　帕梅拉拥抱了她的父母，眼泪情不自禁地涌上双眼。他们只希望她能得到最好的，却不知道他们这么多年来充满爱意的指引和教导都是不必要的。她不能去责怪他们。但现在，她和杰夫终于真正自由了：一直以来他们欺骗性的青少年身躯下始终隐藏着一颗成熟的心，如今他们可以自由地做自己，以独立的成年人身份踏入这个熟悉的世界——而且不止于此。

她优雅地从水里走出来，爬上船尾那段短梯，踏上船时接过杰夫扔过来的毛巾。

"要啤酒吗？"他把手伸进冷柜问道。

"当然。"帕梅拉边说边用那条大大的蓝色毛巾包住自己赤裸的身体，并猛地甩了一下头发。

杰夫打开了两瓶多瑟瑰啤酒，将其中一瓶递给她，伸开四肢躺到一张折叠帆布躺椅上。"游得很过瘾。"他咧着嘴笑了。

"嗯，"她把冰凉的啤酒瓶贴在脸上，心满意足地表示赞同，"那水就像按摩浴缸一样舒服。"

"墨西哥湾暖流。温暖的洋流从这里一直跨越了整个大西洋。这股暖流避免了欧洲陷入另一个冰河期，我们就坐在这股暖流的出口处。"

帕梅拉抬起脸向着太阳，闭上了眼睛，呼吸着新鲜的海风。突然一个声响把她从冥思中惊醒，她抬眼看见一只巨大的白色苍鹭优雅地从船的上空飞扑下来，它以符合空气动力学的平衡姿势伸展开长长的腿和锥形的鸟喙，朝着他们早上泊船的那个无名礁岛俯冲而去。

"天哪。"她叹息道，"我真不想离开这个地方。"

杰夫露出了微笑，默默地举起他手中的多瑟瑰啤酒向她敬酒表示赞同。

帕梅拉走到船边，靠在栏杆上，凝视着她刚刚徜徉过的波光粼粼的蓝绿色大海。在西边的远处，一群游过的海豚一阵滑稽的嬉戏动作搅动了原本平静的海水。她盯着它们看了好一会儿，然后转身面向杰夫。

"我们一直在逃避一些问题，"她说，"这是我们必须讨论却没有讨论的问题。"

"是什么问题？"

"这一次我为什么花了这么长的时间才开始重生。为什么我错过了一年半的时间。我们已经忽视这问题太久了。"

这是事实。他们俩十分熟悉的循环模式出现了令人烦恼的误差，但他们从未讨论过这个问题。在杰夫看来，只要她重新回到自己身边就无限感激了，而她因为要专心于完成学业这个繁重的任务，还要为说服父母接受她必须跟杰夫在一起而采取小心谨慎的外交手腕，只好把自己的担忧抛之脑后。

"为什么要在这时候提起这个话题？"他问道，被太阳晒成棕色的额头随之皱了起来。

她耸了耸肩膀："我们必须要面对，迟早都要的。"

他用哀求的眼神看着她的眼睛："但我们在接下来的二十年里并不需要为这个问题担忧。我们就不能好好享受生活，到时候再说吗？享受当下不好吗？"

"我们无法忽视这个问题，"她轻声说道，"我们做不到完全无视它。这一点你是知道的。"

"你凭什么认为我们能弄明白为什么，就像我们无法解读重生中的其他问题一样。我以为我们已经把这件事了结了。"

"我并不是要知道这件事为什么会发生，或者它是怎么发生的，但我一直在思考，我觉得它可能是整个模式中的一个环节，而不仅仅是一次偏差。"

"怎么说？我这次比以往晚了三个月回来，但之前在我们俩身上都从未发生过这种情况。"

"我还不确定，当然从没有到这个程度，但确实……在这几次重生中偏离一直都在加剧，几乎从最初那一次开始就存在了。现在只是开始加速了而已。"

"偏离？"

她点了点头。"你想一想。在你第二次重生开始的时候，你不是在宿舍里，你是和朱迪在一个电影院里。"

"但也是同一天。"

"没错，但是……晚了有八九个小时吧？而我第一次重生的时候是在刚过正午不久，但下一次却是在午夜。我想大概晚了十二个小时。"

杰夫开始陷入了沉思。"第三次——也就是前一次我开始重生的时候，我是和朱迪一起坐在马丁的车里……"

"然后呢？"她追问道。

"我以为那是同一天的晚上，就是我们看完《鸟》后一起回家。我因为失去女儿格雷琴而悲痛万分，并没有那么多精力注意周围发生的事情。我把自己灌醉，好几天都是酩酊大醉的状态。但那一次肯塔基赛马似乎比以往开始的时间早了好多。我是在赛马开始前一天才让弗兰克·马多克帮我下了注。虽然当时我心烦意乱，但我还记得因为至少没有失去这次机会而感觉松了一口气。我以为是因为酗酒让我失去了时间概念，但也可能是我开始重生的时间晚了两三天。我可能是在另外一个晚上和朱迪一起回家。"

帕梅拉点点头。"我那一次也没有注意日历上的时间,"她对他说道,"但我记得我开始重生的那一天早上,我的父母都在家,所以那一定是一个周末,但前一次的重生是从周二开始的,是四月的最后一天。所以偏离了大概有四天的时间,也可能是五天。"

"那是怎么从几天变成——几个月的?你的情况甚至超过了一年。"

"也许这是呈几何级数增长的。如果我们能准确知道我们每一次重生的时间差的话,我觉得我们是可以弄明白的,也许还能计算出……下一次的偏离会是多久。"

想到死亡,还有再一次可能更长时间的分别,他们突然笼罩在沉默的阴影中。在远处海滩的碎浪边上,苍鹭迈着细长的双腿来来回回地昂首踱步,显得孤独而冷漠超然。西边的那一群海豚已经继续向前游去了,海面又恢复了平静。

"但为时已晚了,不是吗?"杰夫说道。这句话与其说是一个提问,不如说是一句陈述,"我们永远也不可能准确地重建那些差别。我们当时都没有注意过这件事。"

"我们当时没理由那么做。一切都太新奇了,而偏离又是那么小。我们俩的脑子里都装满了许多别的事情。"

"那我们再去猜想也没有意义了。如果真的存在几何级数增长,而它从几个小时逐渐上升成几天,再到几个月的话,就算我们能得到一个粗略的估算,那误差也可能会有好几年。"

帕梅拉坚定地看了他好一会儿。"也许其他人更详细地记下了那些偏离。"

"你所说的'其他人'是什么意思?"

"我们发现彼此应该算机缘巧合,因为你碰巧发现《星海》是一部全新的电影,而你又有办法安排与我见上一面。但可能还有其他的重生者，可能有很多，我们从没有齐心协力地找过他们。"

"你凭什么觉得有这些人的存在？"

"我不知道他们是否存在，但当时我从未料到会遇见你。如果我们俩能存在这个世界上，那很可能有更多其他人也一样。"

"如果他们真的存在的话，你不觉得我们应该听说过他们才对吗？"

"不一定。我的电影在宣传方面都十分成功，而你在第一次重生中对肯尼迪暗杀事件的介入也引起了不小的波澜。但除此之外，我们俩还在这个社会留下过什么引人注意的影响吗？就算是你的未来公司，很可能在金融圈之外也不是那么广为人知。当时我忙于医学院的学业，之后又投身芝加哥的儿童医院的工作，就没有注意到这家公司。很可能还有其他各式各样的小型的、地方性的变化在发生——是由其他的重生者带来的——而我们只是没有注意到罢了。"

杰夫沉思了一会儿。"当然，我也经常在思考这个问题。只是我一直都太过全神贯注于自己的经验，而没能对此拿出实质行动——直到我看到了《星海》，然后找到了你。"

"也许我们是时候对此拿出一些实质行动了。做一些比你第一次见到我时我想实现的事情更加简单、直接的事情。如果真的存在其他重生者的话，我们可以学到很多东西。我们之间可以互相分享很多东西。"

"没错，"杰夫笑着说道，"但此时此刻我唯一想分享的对象只有你一个。我们等了好久才能像这样重新在一起。"

"确实够久了。"她也回应了一个微笑，解开蓝色的毛巾，让它滑落在洒满阳光的木甲板上。

他们在各大报刊上登了小小的醒目广告：《纽约时报》《邮报》和

《纽约每日新闻》;《洛杉矶时报》和《洛杉矶先驱考察报》;《法国世界报》《快报》和《巴黎竞赛画报》;《朝日新闻》和《读卖新闻》;《伦敦时报》《伦敦标准晚报》和《太阳报》;《圣保罗州报》和《巴西日报》。考虑到他们在每一次重生中专攻的不同领域，他们还定期在下面这些杂志报刊上登出广告:《美国医学会刊》《柳叶刀》和《医药合作周刊》;《华尔街日报》和《金融时报》;《新经济学家》;《综艺日报》和《电影笔记》;《花花公子》《阁楼杂志》《淑女》和《男性》。

全世界总共有两百多份报刊上都登出了看起来无关痛痒的告示，告示除了针对少数的那些未知的、很可能根本就不存在的人之外，在其他人看来那根本毫无意义:

你记得水门事件、戴安娜王妃、挑战号爆炸灾难、伊朗首相霍梅尼、《洛基》和《闪电舞》吗?

如果记得的话，你并不孤单。请写信联系纽约一九八八号信箱。

"这里又收到了一封信，里面还有一张一美元的钞票，"杰夫边说边把信扔到一旁，"为什么这么多人都觉得我们是在推销东西呢?"

帕梅拉耸了耸肩膀:"多数人都这么认为。"

"更糟糕的是有些人觉得我们是在举行什么比赛。这会成为一个问题，你知道的。"

"怎么说?"

"邮局那边的人会有麻烦，除非我们小心一点。我们得写一封格式信，解释一下这则广告并非推销产品，要把这封信寄给所有人。尤其是那些给我们寄来钱的人。我们要确保所有的钱都退还回去。我们可不想招来什么抱怨。"

"但我们并没有给任何人卖出过什么东西。"帕梅拉抗议道。

"即便如此，"杰夫说，"你怎么在一九六七年跟一个邮务督察解释什么是'水门事件'？"

"我想你是对的。"她又打开另一封信，匆匆读了一遍信的内容，笑了起来。"听听这个，"她说，"'请给我提供更多关于你们的记忆训练课程的信息。你们在广告上提到的那些事，我一件都不记得。'"

杰夫也跟着她咯咯笑了起来，对她现在还能对这一切保有一丝幽默感而感到高兴。他知道这次搜寻任务对她有多大的意义：她的重生开始日的偏离显然要比杰夫的大很多，如果这是沿着一条曲线发展下去的话，从一开始的四五天延迟一下子就跳到了十八个月的延迟，那么她下一次重生的持续时间将可能被大幅缩减。虽然他们从来没有讨论过，但他们俩都明白，她甚至可能不会再回来了。

在过去的四个月里，他们收到了几百封来信，多数人都觉得这则广告是一场比赛或者是一个商品宣传，从宣传杂志订阅到推销玫瑰十字会员都有人相信。有一些来信是会引人怀疑的，但进一步的调查都证明没什么有意义的信息。所有来信中最有希望，但也是最让人抓狂的是一封盖着澳大利亚悉尼邮戳的信，上面只有一行字，没有留下签名或是回信的地址。"时候未到，"上面写道，"耐心等候。"

杰夫开始对一切努力感到绝望起来。他们所作的尝试是合理的，他也觉得他们已经尽全力用最佳的方式来做了，但却没有得到他们希望看到的结果。也许真的不存在其他的重生者，或者确实是存在的，但他们选择不作回应。但现在杰夫比之前更加相信他和帕梅拉是孤独的，而且会继续孤独下去。

他从今天收到的一叠信中又拿了一封打开，准备把它跟其他那些没有意义，弄不清状况的回信一起丢掉。但信的第一行就阻止了他，他在震惊中读完了这封简短的来信。

亲爱的不管你是谁，

你忘了提到查帕奎迪克事件。这件事不久之后就要重演了。还有泰诺止痛片杀人恐慌事件，以及苏联击落韩国的 747 飞机事件。大家都记得这些事。

如果你想聊一聊，随时欢迎。我们可以一起追忆那些将要到来的美好的旧时光。

斯图尔特·麦科恩

威斯康辛州，克罗斯菲尔德，斯特拉斯莫尔路 382 号

杰夫张大眼睛看着信里的署名，然后检查了邮戳上的地址。是相符的。"帕梅拉……"他轻声说道。

"嗯？"她刚要打开一封信，听到声音抬头瞥了他一眼，"又发现了一封有趣的信吗？"

杰夫看着他所熟悉的那张带着微笑的美丽脸庞，他以奇怪的错乱顺序爱上了这张脸：先是爱上她成熟的样子，现在的她却正值青春年华。他隐约感到一丝不祥之兆，像是他们之间互相分享的亲密关系即将被侵犯，他们彼此之间无可取代的感觉就要被一个陌生人摧毁了。他们已经找到了他们一直在寻找的东西，但此时此刻他却完全不确定他们是不是该开始这次搜寻。

"你看看这个。"他说着把信递给了她。

他们驱车驶入麦迪逊南部三十五英里处的克罗斯菲尔德时，阴沉沉的天空开始落下薄薄的雪。帕梅拉坐在大型普利茅斯复仇女神的副驾驶座上，紧张地把一张克里内克斯纸巾撕成薄薄的条状，再把它们一条条揉成团，然后塞进仪表盘上的烟灰缸里。自从他们在马里布的餐厅里第一次见面的那个晚上开始，杰夫还没见过她这个紧张时的老习惯，那是十九年前，五年之后的事情。

"你是不是还觉得只有这一个人存在？"她看着车外小镇的街道两旁那些桦树在冬天光秃秃的轮廓问道。

"或许吧，"杰夫一边说，一边想透过下落的雪花看清黑灰色的路标，"我不觉得提到'大家'都记得泰诺止痛片杀人事件和韩国飞机事件有任何特殊含义。我想他指的是事件发生后的普通大众，而不是他已经集结起来的一群重生者。"

帕梅拉撕完了那张克里内克斯纸巾，又伸手拿了一张。"我不知道我是希望这样还是另一种结果，"她用不知所措的语气说道，"一方面，能找到一群理解我们经历的人将会是个极大的安慰。但我不确定自己是否已经准备好面对……那么多聚积起来的类似的伤痛。或者是准备好听他们讲述所知道的关于重生的一切。"

"我想这是重点。"

"这事有点吓人，就这样，我们现在已经很接近结果了。我真希望能在电话簿里找到这位斯图尔特·麦科恩的联系方式。如果我们可以事先打个电话给他，先了解一下他大概是个什么样的人，就会比只从一张字条获得信息要让我感觉安心许多。我讨厌像这样毫无准备地去拜访别人。"

"我确定他已经做好准备迎接我们的到来了。很显然，既然我们已经花费了那么大的力气才找到他，就不可能拒绝他的邀请。"

"那边就是斯特拉斯莫尔路。"帕梅拉说着指向左边一条沿着一座山丘蜿蜒而上的路。杰夫已经开过了十字路口，于是他调转车头，开上了那条空无一人的宽阔街道。

三八二号所在的屋子是一栋独立的三层维多利亚风格建筑，位于山丘的另一边。那实际上是一座庄园，在粗犷的石板砌成的围墙后面，是维护良好的宽阔庭院。他们的车开进庄严雄伟的大门时，帕梅拉又开始撕起克里内克斯纸巾，但杰夫伸出手制止了她不安的手，并对她展露出一个温暖的笑脸鼓励她。

他们把车停在宽广的柱廊下，感激顶上有遮挡可以避开越下越大的雪。房子的前门上镶嵌着一个装饰精细的黄铜门环，但杰夫没有敲门环，而是找到了门铃按了下去。

一位穿着带白色围领的朴素褐色连衣裙的女总管模样的人过来应门。"有什么事吗？"她问道。

"请问麦科恩先生在吗？"

那位戴着双光夹鼻眼镜的妇人皱起了眉头。"麦……"

"麦科恩。斯图尔特·麦科恩。他不住在这里吗？"

"哦，哎呀，斯图尔特啊。当然。你们跟他约过了吗？"

"没有，但我想，他知道我们要来，您只要告诉他是纽约来的朋友，我相信——"

"朋友？"她的眉头皱得更紧了，"你们是斯图尔特的朋友？"

"是的，从纽约来的。"

那位妇人显得紧张不安起来。"恐怕……你们何不进来避避寒，稍坐一下呢？我很快就回来。"

那位妇人消失在走廊那一头，杰夫和帕梅拉一起坐在散发着霉味的门厅里一条垫着厚软垫子的高靠背长椅上。

"不止一个人，"帕梅拉低声说道，"很明显，这座房子甚至都不是他的。那位女仆只知道他的姓。这里就像公社，一个——"

一位穿着花呢西装的高个、头发灰白的男人从走廊走过来，后面跟着一位戴夹鼻眼镜的身材丰满的女人。"你们说你们是斯图尔特·麦科恩的朋友？"

"我们，呃……我们曾经和他通过信函。"杰夫站起身来说道。

"是谁先开始联系的？"

"您看，我们是应麦科恩先生的信件邀请来到这里的。我们是从纽约大老远过来见他的，所以请您告诉他——"

"你们与斯图尔特的通信是什么性质的？"

"我看不出这事跟您有什么关系。您为什么不去问他呢？"

"一切跟斯图尔特有关的事都和我有关。他由我来照顾。"

杰夫和帕梅拉快速交换了眼神。"您说由您来照顾，是什么意思？您是医生吗？他生病了吗？"

"相当严重。你们为什么对他的案子感兴趣？你们是记者吗？我不会允许任何人侵犯我病人的隐私，如果你们是哪家报纸或杂志派来的话，我建议你们马上离开。"

"不，我们俩都不是记者。"杰夫递给那个人一张名片，上面写着他的身份是一位风投顾问，他介绍说帕梅拉是他的同事。

那个男人脸上谨慎紧张的表情缓和了下来，对他们露出抱歉的微笑。"对不起，温斯顿先生，如果早知道这是生意上的事……我是乔尔·法伊弗医生。我只是想保护斯图尔特的利益，请您理解。这地方限制严格，行事谨慎小心，任何——"

"那这么说，这里并非斯图尔特·麦科恩的家？这是某种类型的医院吗？"

"是的，是一家疗养中心。"

"是他的心脏有问题吗？您是心脏病专家吗？"

那位医生皱起了眉头。"你们对他的背景不熟悉吗？"

"我们不了解。我们与他之间的联系仅仅是……生意方面的，都是投资方面的事。"

法伊弗点头表示理解。"不管他在其他方面有什么问题，斯图尔特对市场还是很有见地的。我鼓励他继续处理金融方面的事务。当然，现在他所有的收益都由信托管理，但或许有一天，如果他的情况能持续好转的话……"

"法伊弗医生，您是说——这是一家精神病医院？"

天哪，杰夫心想。原来如此。麦科恩一定是某个时候向不该透露的人讲了太多事，于是他们就把他送进了精神病院。杰夫看了一眼帕梅拉，他看出她也立刻明白了这是怎么回事。他们俩都很清楚，对于他们的经历太过坦诚会让外人觉得他们发了疯，而这里就是对这种危险的一个活生生的例证。

医生误解了他们交换眼神的含义。"我希望你们不会因为斯图尔特的精神问题而对他抱有成见，"他关切地说道，"我可以向你们保证，他在金融方面的判断一直都是无可挑剔的。"

"这不是问题，"杰夫对他说，"我们知道这对他而言一定……非常煎熬，但我们都非常清楚他在投资配置上一直都有良好的管理。"这个谎言似乎缓解了法伊弗的担忧。杰夫猜想麦科恩信托基金一定承担了这个地方很大一部分的运作经费，甚至很可能这里最初还是由这个信托基金捐资成立的。

"我们现在能跟他见面了吗？"帕梅拉问道，"如果我们事先知道这种情况的话，自然会通过您来安排会面的事，但既然我们已经大老远来了……"

"当然，"法伊弗医生向她保证说，"我们这里是有规定探访时间的，你们现在就可以见到他。玛丽，"他转过身对身后那位灰白头发的女士说道，"请把斯图尔特带到楼下的客厅里来，好吗？"


法伊弗医生把他们带到了一个房间，房间角落的窗户边上坐着一位穿着黄色蕾丝连衣裙的年轻漂亮的女士。她正在看窗外的飘雪，他们走进房间时，她期待地转过身来。

"嗨，"女孩说道，"你们来这里是为了见我吗？"

"他们是来见斯图尔特的，梅琳达。"医生柔声对她说。

"没关系，"她脸上带着兴高采烈的笑容说道，"周三就有人来看我了，对吗？"

"是的，你姐姐周三会过来。"

"但我可以给斯图尔特的客人送一点茶水和蛋糕过来，可以吗？"

"当然，如果他们想要的话。"

梅琳达从那白色背景的窗台跳下来。"你们想要来点茶水和蛋糕吗？"她礼貌地问道。

"好的，谢谢，"帕梅拉说，"您真是贴心。"

"那我就去拿。茶水在厨房里，而蛋糕在我的房间，是我母亲做的。你们能稍等一下吗？"

"当然了，梅琳达。我们就待在这儿。"

她从房间的一个边门走了出去，他们能听到她在楼梯上匆匆的脚步声。杰夫和帕梅拉审视着周围的环境：砖头砌成的壁炉边上摆放着围成半圆形的舒适皮椅，壁炉里两根木头正热烈地燃烧着；柔和的蓝色墙纸上点缀着精细的鸢尾花图案；房间对角的地方摆放着一张桃花心木的桌子，桌上放着被人完成了一半的黑脉金斑蝶的拼图，桌子上方挂着一盏蒂凡尼吊灯。长毛绒的深蓝色挂帘打开着，展现出远处被积雪覆盖的山顶。

"这地方真不错，"杰夫说道，"看起来一点也不像——"

"像疗养院的样子？"那位医生露出了微笑，"是不像，我们尽量让这里的环境保持正常舒适。你可以看到，窗户上都没有装窗格条，这里的工作人员也都没有穿工作服。我相信这样的氛围可以加快康复的进程，在病人做好回家的准备时，也能帮助他们更容易转换到日常生活中去。"

"斯图尔特的情况如何？你认为他能很快就离开这里吗？"

法伊弗噘起了嘴唇，望着窗外纷纷落下的飘雪。"自从他转来这里之后就已经有了很大好转了。我对斯图尔特抱有很高的期望。当然，这里面还有很多复杂的情况，有一大堆法律方面的障碍要——"

一位体型单薄，面色蜡黄的三十出头的男人走进了房间，后面跟着一位穿着牛仔裤和一件黑色羊毛衣的健壮的年轻男人。那位脸色较苍白的男人穿着蓝色便裤和一双擦得发亮的意大利平跟船鞋，身上穿着一件开领式的白衬衫。他的发际线已经开始后退，头顶上有些地方的发量已经变得稀疏。

"斯图尔特，"医生兴高采烈地说，"你有意外的访客。我想是生意上的合作伙伴，从纽约来的。这是杰夫·温斯顿和帕梅拉·菲利普斯。这是斯图尔特·麦科恩。"

那位过早谢顶的男人露出愉快的笑容，伸出手来。"终于等到了，"他说着先跟杰夫握了手，然后又跟帕梅拉握手，"我等这一刻已经很久了。"

"我明白你的感受。"杰夫轻声回答道。

"好了，"法伊弗医生说道，"我会走开让你们自己聊的。不过恐怕这里的这位迈克得留下来。这是法律对我们的规定，在这个问题上我没有选择。但他不会妨碍你们的，你们还是可以让谈话保有隐私。"

那位壮硕的随从点点头，医生离开了房间，他就在那盏蒂凡尼吊灯下面的桌子旁坐了下来，开始玩起了那个拼图。

"请坐。"斯图尔特说着指了指壁炉边上的椅子。

"天哪，"杰夫直接表达了自己的同情之心，"这一切对你来说一定糟糕透了。"

斯图尔特皱起了眉头："这里也没那么糟糕。已经比其他一些地方要好很多很多了。"

"我所说的不是这个地方，我是说你身上发生的事情。我们会尽一切所能尽快把你从这里弄出去。我在纽约有个很棒的律师，我会让他明天早上就坐飞机赶来这里。他会搞定这一切的，我有信心。"

"我很感激你的关心。但这得等一段时间。"

"你是怎么——"

"茶和蛋糕来啦。"梅琳达欢快地说着，端着一个银色的托盘从门口走了进来。

"谢谢，梅琳达，"斯图尔特说道，"你可真贴心。我来给你介绍一下我的朋友，杰夫和帕梅拉。他们都是从我的年代来的，来自八十年代。"

"哦，"那个女孩高兴地说道，"斯图尔特把未来的事全都告诉我了。关于帕蒂·赫斯特[1]和共生解放军的事，还有发生在柬埔寨的事，还有——"

---

[1] 美国报业大亨的孙女，十八岁时遭共生解放军绑架，后来自己也加入了绑架她的恐怖组织。

"我们现在先不谈这些了，"杰夫打断了她，转过头去瞥了一眼正坐在那里全神贯注地玩着拼图的随从，"谢谢你的茶点，把盘子留在这里吧。"

"如果你们还想要的话，我就在前屋。很高兴见到你们，我们可以稍后再聊未来的事情吗？"

"也许吧。"杰夫简短地回答道。那个女孩笑着离开了房间。"天哪，斯图尔特，"她走后杰夫说道，"你不该这么做。你根本不该信任她，更不能把我们的事情告诉她。如果她把这些事跟别人说起的话，事情会变成怎样？"

"在这里没人真正在意我们说些什么。嘿，迈克，"他叫道，于是那位随从看了过来，"你知道哪支球队会连续三年赢得世界职业棒球大赛吗，从一九七二年开始？是奥克兰队。"

那位随从木然地点点头，又开始玩他的拼图去了。

"你懂我的意思了吗？"斯图尔特咧嘴笑道，"他们甚至都没在听。当奥克兰队开始取胜的时候，他也不会记得我曾经告诉过他他们会夺冠。"

"但我还是觉得这不是个好主意。这会让我们更难把你从这里弄出去。"

那个脸色苍白的男人耸了耸肩膀。"这无关紧要。"他转向帕梅拉，"你制作了《星海》，对吗？"

"对，"她笑着说道，"很高兴知道有人还记得它。"

"非常，非常棒。我看完电影后几乎要给你写一封信过去了。我马上就知道你一定也是一个再生人，那部电影证实了许多我自己学到的东西。它让我又重新获得了目标感。"

"谢谢。你提到了你学到的东西。我想知道——你是否曾……经历过偏离？就是你的重生，或者说你所认为的再生，它们的起始日正在加速往后？"

"是的，"斯图尔特说道，"最近的这一次晚了几乎快一年。"

"我的是一年半，杰夫的只有三个月。我们在想，如果我们能精确地绘制出每次不同起始时间的曲线的话，我们也许能预测出……下一次循环我们将会失去多少时间。但这必须要非常精确。你有没有记录下——"

"没有，我没能这么做。"

"如果我们三个人互相对比一下记录的话，也许能唤起你的记忆，至少我们能把范围给缩小下来。"

他摇了摇头。"这个办法不行。前三次我的再生开始的时候，我是没有知觉的。我处于昏迷的状态。"

"什么？"

"我在一九六三年经历了一场车祸——你们也是从回到一九六三年开始的，对吗？"他问话的时候先看看帕梅拉，然后看看杰夫，最后又看着帕梅拉。

"是的，"杰夫深信不疑地对他说，"是在五月初的时候。"

"没错。那一年的四月我遇上了意外，我的车子完全毁掉了。我连续昏迷了八个星期，每次醒来时我都是再生的状态。我以为这跟昏迷有关，直到这次才发现不是这样。所以我不知道我的——你们是怎么说的来着？起始日的不同？"

"偏离。"

"我不知道我前面三次重生的偏离是几个小时还是几天还是几个星期，也不知道到底存不存在偏离。"帕梅拉脸上的失望之情十分明显，连麦科恩都看出来了。"很抱歉，"他说，"我希望可以帮上更多的忙。"

"这不是你的错，"她说道，"我相信这对你而言一定是糟糕透顶了，以那样的方式进了医院，而现在——"

"这全是表演的一部分，我可以接受。"

"'表演'？我不明白。"

斯图尔特疑惑地对她皱起了眉头。"你们也曾跟那艘飞船保持联系吧，不是吗？"

"我不知道你在说什么。什么飞船？"

"安塔里安飞船啊。少来了，你可是制作了《星海》的。我也是一个再生者，你们不用跟我假装不知道。"

"我们真的不知道你在说什么，"杰夫对他说道，"你是在说你曾经跟……操纵这一切的人，或者生物，联系过？他们是外星人？"

"当然了。我的天，我以为……那么说你们不是在表演来安抚他们？"他原本苍白的脸色变得更加煞白了。

杰夫和帕梅拉互相对视，然后又看着他，一脸困惑。他们俩都曾考虑过外星智能生物跟重生有关的可能性，但从来没有看到任何一点迹象表明这就是事实。

"恐怕你接下来要把这一切从头解释一遍了。"杰夫说道。

麦科恩看了一眼那个仍然弓身坐在房间远处的角落里玩拼图的一脸冷漠的年轻人。他把椅子朝杰夫和帕梅拉移近了一些，压低声音讲述起来。

"再生，或者是重生——他们根本就不关心这个，"他说着扭动脑袋暗示他说的是那个随从，"让他们不高兴的是我们做的安抚。"他叹了一口气，用探索的眼神盯着杰夫的眼睛，"你真的要听完整个故事？从头开始吗？"

# 第十五章　斯图尔特的经历

"我是在辛辛那提长大的，"斯图尔特·麦科恩告诉他们，"我的父亲是一位建筑工人，但他也是一个酒鬼，所以他经常都找不到工作。我十五岁的时候，他在工作时喝醉了酒，让一根绳索松脱了，失去了一条腿。从那之后，我们家唯一的收入来源就是来自我的母亲——她在一家制作警察制服的公司做计件工作——而我则在克罗格超市做打包的工作赚一点小费。"

"我的父亲总是责骂我过于瘦弱，身体不够强壮。他自己是一个大块头，强健有力，他的前臂是那边那位迈克的一倍半那么粗壮。自从他失去了一条腿，我们之间的关系变得越来越糟。他无法接受的事实是，我虽然瘦弱，但至少是一个健全的人。有时当他手里抱着一堆东西还要挂着拐杖，应付不过来的时候，我得去帮他拿东西。他痛恨这种时候。过了一阵子他真的开始看不起我，喝酒喝得更凶了……

"我十八岁的时候离开了家，那一年是一九五四年。我去了西部，到了西雅图外面。我不是十分强壮，但我的眼睛和手都很稳。我在波音公司找到了一份工作，学会了用机床加工一些轻一点的飞机零部件，平衡调整片之类的。我在那边遇到了一个女孩，结了婚，生了几个孩子。过得不算太糟。

"后来我在一九六三年的春天出了意外，就是我告诉过你们的那一次。我一直都有喝点小酒的习惯，但不像我爸爸平时喝得那么多，我只会在下班回家的路上喝一点啤酒，回到家以后再喝上一两杯，你知道的……我撞上那棵树的时候就是喝醉了。我整整八周都没有醒过来，而我醒来之后，一切都大变样了。脑震荡破坏了我手眼之间的协调能力，所以我没法胜任工作。似乎我父亲的事都在我身上重演了。我开始喝酒喝得更厉害，对老婆孩子大呼小叫……最后她打包了行李，搬出了家，把孩子也都带走了。

"不久之后我就失去了房子，银行取消了抵押品赎回权。我流落街头，开始过起流浪酗酒的日子。就这样过了差不多二十五年。我成了一个'无家可归的人'，就像八十年代时候人们所说的那样。但我一直都知道自己只是一个流浪汉，一个酒鬼。我死在底特律的一条巷子里，连自己当时几岁都不知道。但我后来弄清楚了，当时我是五十二岁。

"然后我就醒了过来，又回到了同一张医院的病床上，从昏迷中醒了过来。就像那些年都只是一场梦，而很长一段时间我都相信是这样——反正大多数事情我也记不清了。但我记得的也够多了，不久之后我就发现有件事情很奇怪。"

麦科恩看着杰夫，因为述说自己第一次人生而变得疲惫的双眼突然放射出光芒。"你是个棒球迷，对吧？"他问道，"那一年你赌了世界棒球大赛了吗？"

杰夫对他咧嘴笑了。"当然。"

"赌了多少？"

"很多。我先在肯塔基德比赛马会上赌了夏多克，然后又下注了贝尔蒙特赛马会，赢了一大笔彩头。"

"你下了多少？"斯图尔特刨根问底。

"当时我有一个搭档——他不是重生者，他只是我在学校认识的一个人——我们俩总共下了差不多一百二十五。"

"你是说万？"

杰夫点点头，麦科恩低低吹了声长哨。"你很早就赚大发了，"斯图尔特说道，"而我呢，我只搞到了几百美元，我老婆发现的时候差点儿提早离家出走——但当我拿回了两万块之后，她就哪儿也不去了。"

"于是我继续下注——但只赌那些大型的、结果明摆着的事——重量级的比赛，比如超级杯，总统大选，都是那些就算一辈子都泡在酒里也不会忘记结果的事。我不再酗酒，一劳永逸地戒掉了。从那以后甚至连一杯啤酒都没有沾过，在我经历的所有重生中再也没有喝过。

"我们搬进了西雅图北部，斯诺霍米什郡北奥德伍庄园的大房子里。买了一艘很不错的船，停在秀秀海湾的小艇停靠处，每年夏天都在普吉特海湾来回航行，有时也到维多利亚去，过着无忧无虑的生活，你知道这是种什么感觉。然后——然后我就开始收到他们的消息。"

"来自……？"杰夫欲言又止。

麦科恩坐在椅子上倾身向前，压低了嗓子："来自安塔里安人，制造了这一切的人。"

"他们是怎么……跟你联系上的？"帕梅拉试探性地问道。

"一开始是通过电视机。通常是在播新闻的时候。我就是这样才发现一切都只是一场表演的。"

杰夫开始变得越来越紧张不安。"什么是一场表演？"

"一切，新闻上报道的所有事情。安塔里安人非常喜欢，所以他们不停地回放。"

"他们喜欢的是什么？"帕梅拉皱起眉头问道。

"那些血腥的东西，枪击和杀人事件，所有这一类的事情，越南战争，在芝加哥杀害护士的理查德·斯派克，曼森杀人案，琼斯镇惨案……还有恐怖分子——天哪，对，恐怖分子让他们兴奋异常：卢德机场扫射事件，爱尔兰共和军所制造的爆炸事件，贝鲁特海军总部的卡车炸弹袭击，没完没了。他们乐此不疲。"

杰夫和帕梅拉快速交换了一下眼神，相互点了点头。"为什么？"杰夫问麦科恩，"为什么外星人那么喜欢地球上的暴力事件？"

"因为他们已经变弱了。他们先承认了这一点。他们拥有控制时空的能力，对于他们的能力来说，他们太软弱了！"他瘦小的拳头重重地敲在桌子上，震得桌上的碟子和杯子都砰砰响。迈克，那位体格健壮的随从，扬起眉头往这边看了一会儿，但杰夫向他做出没事的手势，那个人就又埋头玩他的拼图去了。

"他们全都是不死之身，"斯图尔特继续充满激情地说道，"而他们的杀戮基因已经丧失了，所以他们的世界里已经没有战争和谋杀了。但他们大脑里兽性的那一部分还是需要这一切的，至少要通过间接感受来获得满足。所以我们就介入进来了。

"我们是他们的消遣，就像电视或电影一样。而二十世纪的这段时期是最佳时期，是发生最多偶发性的血腥事件的时期，所以他们就不停地一遍又一遍重播。但唯一知道这些事情的人是那些表演者，是站在舞台上的人：那些再生者。曼森就是我们之中的一个，我知道，我从他的眼神里看出来了，安塔里安人也是这么告诉我的。李·哈维·奥斯瓦德和那次先去刺杀肯尼迪的纳尔逊·班奈特也是。哦，现在我们的人数可真不少。"

杰夫再次开口时，尽量让自己的声音保持平静亲切。"但你和我还有帕梅拉是怎么回事呢？"他问道，期望能唤起这个男人身上残存的理智，"我们没干过那些可怕的事情，所以我们为什么要重生，或者再生呢？"

"我已经完成我该做的安抚工作了，"麦科恩骄傲地声明道，"没人能说我在偷懒。"

杰夫突然感觉很不舒服，不想继续问下一个问题，但那却是必须要问的一个问题。"……你之前也用过那个词：'安抚'。那是什么意思？"

"啊唷，就是我们的职责啊。我们所有的再生者，都要让安特里安人不觉得无趣。否则他们就会关掉这一切，然后这个世界就要终结了。我们要安抚他们，给他们提供消遣，这样他们才会继续看下去。"

"那么——你是怎么做的呢？怎么安抚他们？"

"我都是从塔科马港市的那个小女孩开始下手的。我用一把刀子干掉了她。这个很容易，我从来没被抓过。然后我就离开那地方，到波特兰或者温哥华干掉几个妓女……我从来不在离家太近的地方下太多次手，但我经常到处跑。有时候我还出国去，但多数还是在美国：得克萨斯州搭便车的旅行者、洛杉矶街头流浪的孩子、还有旧金山……你别以为我会再次选择在威斯康辛州下手，这次我很早就在这里被捕。但我四五年后就能出去。他们总说我疯了，而我也总会在其中一个地方被抓，但我在糊弄医生和假释裁决委员会上可是有一手的。我最后总能被释放，然后我就能重新回来表演我的安抚工作了。"

他们开车穿过飞旋的雪花时，帕梅拉把头靠在车窗上啜泣。

"都是我的错！"她哭道，眼泪止不住地从脸上落下，"他说是《星海》——让他产生了'目标感'。我对那部电影寄予了那么多厚望，最终却是鼓励了一个杀人狂魔！"

杰夫双手紧握着租来的普利茅斯车的方向盘，在结冰的道路上前进。"不仅仅是因为那部电影。在那很久之前他就开始杀人了，从第一次重生就开始了。他一开始就发了疯，我不知道是因为他所经历的那一次意外，还是因为重生给他造成的震撼，或者是两者共同作用的结果。也许是多种不同因素，这没办法说清楚。但看在老天爷的份上，不要再为他的所作所为责备自己了。"

"他杀了一个小女孩！他每一次都杀掉她，用刀捅她！"

"我知道。但这不是你的错，明白了吗？"

"我不管这是谁的错。我们必须阻止他。"

"怎么阻止？"杰夫眯着眼试图在铺天盖地的雪中看清道路。

"确保他这次再也出不去。在他开始杀人之前就抓住他。"

"如果他们认为他已经'痊愈了'，他们就会把他放出去，我们说什么也没用。医生和法庭凭什么要听我们的话？难道我们要告诉他们我们跟麦科恩一样都是重生者，只是我们没疯，而他疯了？你知道那样我们会得到什么结果。"

"那下一次……"

"我们去西雅图或者塔科马港市的警局，告诉他们这位体面的公民，拥有价格不菲的郊区房子和游艇，正打算开始在全国漫游，肆意谋杀。这是行不通的。帕梅拉，你知道的。"

"但我们必须要做点什么！"她抗辩道。

"我们要做什么？杀了他？我做不到，你也不行。"

她默默地哭泣着，眼睛闭着不去看冬天暴风雪那死一般的白。"我们不能坐视这一切发生。"最后她低声说道。

杰夫小心翼翼地左转上了通往麦迪逊的高速公路。"恐怕我们不得不这么做，"他说道，"我们只能接受。"

"你怎么能接受这样的事情！"她厉声说道，"我们已经事先知道他会去做这些事，无辜的人将死去，将被这个疯子杀掉！"

"我们一直都在接受，从一开始就是：曼森、伯科威茨、盖西、波诺和比安奇……那种没有目标的野蛮行为是这个时代的一个部分。我们已经见怪不怪了。我甚至连这些将在接下来的二十年里突然出现的连环杀手的名字都记得不到一半了，你呢？"

帕梅拉沉默不语，眼睛哭红了，牙关紧咬。

"我们都没有试过去干预其他这些谋杀案，不是吗？"杰夫问道，"我们甚至都没想过要这么做，除了我在第一次重生时试图要阻止肯尼迪被暗杀之外，而那件事的性质和这些不同。我们——不仅仅是你和我，而是这个社会上的每一个人——我们都在和暴行、偶然的死亡共存。除非它对我们造成直接威胁，我们都选择睁一只眼闭一只眼。更糟的是，有人甚至觉得这是一种消遣，从中获得兴奋感。新闻产业至少有百分之八十是关于这些的，每天都要固定给美国提供这些悲剧，和其他人的鲜血和痛苦的消息。"

"我们在麦科恩精神错乱的幻想里是'安特里安人'。他和其他那些不配为人的屠夫都成了舞台上的表演者，但嗜血的观众就在这里，而不是在外太空的某个地方。你我什么都不能做来改变什么，甚至是少流一滴血。我们只是做我们一直以来都在做，并且将会一直做下去的事：接受，尽量把这些事抛之脑后，然后继续我们的生活。习惯它，就像我们对待其他无望的，不可避免的痛苦一样。"

广告继续收到各方回应，但没有一个是他们想要的结果。一九七〇年，他们减少了刊登广告的刊物数量。到了七十年代中期，那则广告一个月只登出一次，仅仅刊登在十多个发行量最大的报纸和杂志上。

他们位于西村银行街的公寓渐渐被一排排的文件柜占满。杰夫和帕梅拉把希望最渺茫的回信都保存了下来，还有他们从一堆堆期刊中剪下来的剪报，他们每天都仔细研读这些剪报，寻找可能的时代错误事件，然后通过这些事件去寻找位于世界某处的另一位重生者的足迹。不管怎样，通常都很难确定某个小事件、作品或艺术品是否曾在之前的重生中出现过，他们之前从未这么专心于这些细枝末节。他们多次联系发明家和企业家，这些人的发明创造没经过良好的宣传，所以他们都很不熟悉。毫无例外，显而易见的线索都证实是错误的。

一九七九年三月，杰夫和帕梅拉在《芝加哥论坛报》上看到了下面这则消息：

威斯康辛州杀人犯获释，医生说他"神智正常"

威斯康辛州克罗斯菲尔德（美联社）公认谋杀多人的斯图尔特·麦科恩，一九六六年在麦迪逊的女学生联谊会所杀害四名年轻的女大学生，因精神失常被宣告无罪。今日麦科恩从过去拘禁了他十二年的私人精神病院获释。克罗斯菲尔德疗养院的院长乔尔·法伊弗医生说，麦科恩"已经完全从他的幻想模式中康复了，目前已不会对社会造成任何威胁"。

一名目击者称，一九六六年二月六日发现尸体的那天清晨，曾看见麦科恩的车从卡帕伽马女学生联谊会所停车场离开，为此麦科恩被指控杀害四名同校女生并毁尸。那天晚些时候，威斯康辛州警局在齐佩瓦瀑布镇外逮捕了麦科恩。他们在他的后车厢里找到了一支沾了血迹的碎冰锥，一支钢锯和其他凌虐工具。

麦科恩对自己谋杀了那些女学生的事供认不讳，并声称是因为得到外星生物的指使才这么做的。他进一步声称自己已经多次转世重生，并在他每一次的"前世"里都实施了杀人犯罪。

在一九六四和一九六五年发生在明尼苏达州和爱达荷州的多起类似的杀人事件里，他都被列为疑犯之一，但从未有证据显示他与这些案件有关联。一九六六年五月十一日，麦科恩被判无法接受审讯，以精神病犯罪者的身份被送入了威斯康辛州立医院。一九六七年三月他自费转入了克罗斯菲尔德疗养院。


帕梅拉把绕在杰夫手臂上的橡皮管拉紧，并指给他要扎向哪一条静脉，以及如何把皮下注射针斜着插入，并让细针管与静脉外侧保持平行。

"但这样会不会心理成瘾？"他问道，"我知道我们的身体在醒来后不会受到它的影响，但我们会不会还会渴望这样的感官刺激？"

她一边看着他练习注射，一边摇摇头，无害的生理盐水缓缓流入他手肘弯曲部凸起的蓝色静脉里。"如果我们只用几次的话是不会的，"她说道，"等到十八号早上，只要用足够让你保持镇静的剂量。然后把我给你看的剂量翻一倍，在一点差几分钟的时候注射进去。等到……心脏停跳的时候，你就失去意识了。"

杰夫把注射器里的药剂全部从胳膊打进去，稍等了一下才拔出针头。他把皮下注射器扔进垃圾桶里，用浸过酒精的一团棉花擦拭了注射的部位。咖啡桌上放着两个一样的皮革包，每一个包里都放着还未使用的消毒针头和注射器，一节卷着的橡皮管，一小瓶酒精，一盒棉花球，还有四个装着药用海洛因的玻璃小瓶。拿到这些药品和使用工具并没什么困难，杰夫的股票经纪人向他推荐了一个可靠的可卡因贩子，那个贩子有充足的存货满足中上层阶级日渐增长的海洛因交易需求。

杰夫凝视着那两个昂贵的死亡工具包，然后抬头看着帕梅拉的脸。她的额头上出现了几道轻微的细纹。上一次重生中他认识的这个年纪的她，是在嘴角和眼周有细纹，而她的额头和少女时一样光洁。幸福快乐的一生和几乎没有从焦虑情绪中解脱出来过的一生之间的差别鲜明地刻画在她皮肤的状态上。

"我们没有做得很好，对吗？"他闷闷不乐地说。

她想要展露一个笑容，嘴角颤动了一下，又放弃了。"是的，我想我们做得不好。"

"下一次……"他开口说道，声音却小了下去。帕梅拉向他伸出手，他们紧紧握住对方的手。

"下一次，"她说，"我们会更关注自己的需求，每天都要。"

他点点头。"我们这次有点失控了，就这样让时光流逝了。"

"我为了寻找其他重生者忘乎所以。谢谢你如此纵容我，但——"

"我跟你一样想要找到其他重生者，"他打断她的话，抓起她的手放到自己唇上，"这是我们必须要做的事情，最后事情变成这样并不是任何人的错。"

"我不这么认为……但回想一下，这些年过得是如此死气沉沉，如此消极。因为担心错过我们一直期待的联系人，我们甚至都很少离开纽约。"

杰夫把她拉到自己怀里，抱住她。"下次我们要重新做回自己的主人，"他保证说，"主动出击，为自己而活。"

他们一起轻柔地在沙发上滚动，都没有说出各自内心最深处的东西：他们无从得知这次死后，帕梅拉要过多久才能重新回到他的身边……甚至都不知道在下一次重生他们能不能重聚。


杰夫从海洛因带来的沉睡中突然惊醒。发现自己被瀑布状的白色炽焰所包围，他就莫名其妙地在圆柱状瀑布似的乳白色火焰中央漂浮着。同时，他的耳朵里袭来一支墨西哥流浪乐队所奏出的刺耳的喇叭声和夸张的和声，音量令人备受折磨，演奏的曲目是《圣诞快乐》。

这一次杰夫没有自己死掉时的记忆，没感觉到过去每一次都感受得到的心脏停止跳动时的痛苦。毒品达到了麻醉的效果，但它并没有让他轻易从那种麻木愚钝的状态转换到现在这个吓人的未知环境里。他此时又一次栖息的这个年轻的身躯并没有受到麻醉药的任何影响，他被迫完全清醒过来，没有得到一刻迷醉后的缓解。

周围的火瀑和音乐，扰乱他已经被连续损伤的感官，让他处于可怕的迷茫状态。这个地方除了包围着他的燃烧着的瀑布一般的光源之外没有任何其他光源。但透过耀眼的磷光，他现在认出了其他人的轮廓：有坐着的、站着的、跳着舞的。他自己坐在一张小桌旁，颤抖的手上抓着一杯冰镇饮料。他啜饮了一口，尝到了玛格丽塔酒的咸味。

"该死！"有人对着他的耳朵喊了一声，声音盖过了喧闹的音乐声，"真是太壮观了！我想知道从外面看进来会是怎样。"

杰夫放下饮料，转身去看说话的人是谁。在急速下坠的火焰白光中，他看到了他在埃默里大学时的舍友马丁·贝利轮廓尖锐的脸。他再次往四周看去，眼睛已经渐渐适应了这个大房间里四面八方射下来的怪诞的白炽光线。这是一个酒吧或者夜总会，其他的十几张小桌旁坐着一对对高声欢笑的情侣，舞池旁的墨西哥流浪乐队穿着张狂的服饰，天花板上悬挂着色彩艳丽的驴和公牛造型的五彩缤纷的纸偶。

墨西哥城。一九六四年的圣诞假期。那一年他和马丁一起开车来到这里，来了一次说走就走的旅行。肮脏的牲畜在两车道的高速公路上晃荡，弯曲的山隘看不清前路，墨西哥石油公司的卡车经过他们的雪佛兰汽车时扬起一阵棉花一般的尘雾。桑那罗沙区的一家妓院，通向太阳金字塔的长长石阶。

他意识到这个地方的窗户外面坠落下来的光亮是一场烟火表演，一道道液体烟火从夜总会所在的酒店顶楼上方倾泄而下，从下面的街道上看一定蔚为壮观。整个酒店看起来会像一根燃烧的针，整座三四十层高的楼在城市的夜空中闪耀着光芒。

这是什么时候，是圣诞前夜还是跨年夜？那时墨西哥城会有这样的烟火表演的日子。不管是什么日子，都是一九六四年末，一九六五年初的时候了。这一次重生他失去了十四个月的时间，就跟帕梅拉在上一次重生中失去的时间一样。天知道这一次她会怎么样，这对他们意味着什么。

马丁咧嘴一笑，生气勃勃而友善地在他肩膀上捶了一拳。是的，他们的这一趟旅行十分愉快，杰夫记起来了。一切都没出娄子，当时看起来他们俩的生活中似乎永远不会出什么差错。今天是快乐的，前面的日子都会是快乐的——当时他们就是这么以为的。至少不论自己的境遇如何,杰夫在每一次重生中都设法阻止了他这位老朋友的自杀。虽然他无法阻止马丁踏入不幸福的婚姻,也无法再拥有一家跨国公司给他的老室友一个终身职位,但他一直以来都通过让他一开始就买入一些优质股票来避免他最终陷入破产的结局。

这让杰夫想起自己要如何能立即得到现金,他以往所依靠的一九六三年世界职业棒球赛,此时已经成为历史一页了,而又没有其他什么赌注可以在短时间内获得那么大金额的收益。职业足球赛季已经结束了,超级杯比赛要再过两年才开打。如果现在是跨年夜的话,他不知道自己是否能赶得上在墨西哥城安排下注,赌明天伊利诺伊对华盛顿的玫瑰杯橄榄球赛。现在他可能只能满足于通过正在进行的篮球赛事设法赚上一点了,但他再也不能靠波士顿凯尔特人在美国职业篮球赛的冠军赛季中的八连胜得到可观的赔率了。

窗外坠落的烟火渐渐变成溅落的火星停了下来,乐队突然演奏起了《美丽的天空》,夜总会里又重新恢复了昏暗的灯光。马丁正在几张桌子之外跟一位苗条的金发女郎搭讪,他扬起一边眉毛问杰夫对她的红发女友有没有兴趣。杰夫记起来那两个女孩是从荷兰过来旅游的,他和杰夫没有跟人发生关系,但他们会——已经——和这两位荷兰女孩一起喝酒跳舞,度过一个非常美妙的夜晚。当然,他对马丁耸了耸肩膀,为什么不呢?

至于钱的问题,反正这个时候钱的问题对他而言也不那么重要了。他所需要的就是能够让他维持到……帕梅拉出现的时候为止。从现在开始,只是一个等待的游戏罢了。


帕姆神志恍惚,她沉醉在麻醉状态里精疲力竭。彼得和艾伦提供的天使粉可真是猛，这是自从上个月在电动马戏团里那个家伙给她抽过之后她尝过最棒的，而那一次的闪光灯和音乐以及舞池上的吞火表演等等都很可能让药效要比实际效果来得更强烈。克莱普顿开始演奏《爱的阳光》美妙的重复乐段时，她觉得此时的音乐也非常棒。她希望那个小小的便携式立体音箱能再大声一点，这是她的全部所求。

她把光着的脚丫缩到大腿下面，向后靠在床后墙上贴着的彼得·马克斯[1]的大型海报上，研究起了《迪斯雷利的齿轮》[2]唱片盒的封面。那只眼睛可真是迷人，花朵直接从眼睫毛处伸长出来，印在眼白和虹膜图案处的歌曲名称几乎都看不见……还有，天哪，还有一只眼睛。你看得越久，越觉得图案上除了眼睛之外别无他物，那是你唯一注意到的东西。甚至连那些花朵看起来都像长了眼睛似的，斜视着，像是猫的眼睛，或是东方人的眼睛……

"嘿，看看这个！"彼得叫道。她抬头看去，他和艾伦把音量调小了正在看劳伦斯·威尔克的节目。帕姆盯着黑白屏上年长的搭档翩翩起舞，是波尔卡舞之类的，看起来简直就像他们在跟着唱片的节奏起舞。然后画面就切换成威尔克上下挥舞着他的小指挥棒。她放声大笑起来。威尔克紧跟着节拍，像是这个老家伙正在指挥奶油乐队演奏《劲舞到天明》。

"来嘛，你们这些家伙，我们上路吧，"艾伦看腻了电视，坚持道，"今晚大家都会去那里的。"她在过去的一个小时里都在努力劝服大家离开房间，走去阿道夫酒吧。她是对的。今晚大学酒吧里会很好

---

1 生于德国的美国艺术家。
2 该专辑由"奶油"乐团发行，封面设计运用团员人头拼贴而成，色彩鲜艳，具有浓厚的彼得·马克斯风格，是唱片封面设计的经典。

玩，有很多值得庆祝的事情。在这周早些时候，尤金·麦卡锡在新罕布什尔州初选中差点就击败了约翰逊，而就在今天，鲍比·肯尼迪宣布他改变主意，终于决定要参加民主党的提名竞选。

帕姆穿上靴子，从门上的钩子上抓下一条厚的羊毛围巾和她那件旧海军粗呢大衣。艾伦正慢慢走下通往大厅的回旋楼梯。她总在这座像《乱世佳人》里的塔拉庄园一样由宅邸改造成的宿舍楼里绊倒。等他们走到外面时，彼得也加入了进来。他漫步在隔壁井然有序的花园里，开始模仿着浓重的南方口音半真半假想象地念起了电影里的台词。但三月的夜晚寒风刺骨，没办法长时间进行有趣的表演，不久之后他们三人嘎吱嘎吱地踩着雪朝着位于校园边缘安嫩代尔邮局对面那栋温暖诱人的木屋走去。

阿道夫酒吧跟往常一样周六晚上都挤满了人。没去纽约度周末的人迟早会到这里来。这是从学校步行能到达的唯一一个酒吧，也是在哈德逊河的这一岸唯一能让那些头发蓬乱、奇装异服的巴德学院学生感觉完全放松和受欢迎的地方。在波基普西北部通常比较保守的地区，学校与社区之间的矛盾非常突出。这里的常住居民，不论老少，都很鄙视巴德学院的学生不合传统的浮夸外形和言行举止，到处流传着闲言碎语——帕姆逗趣地觉得，其中一些的真实性已然超过了他们的想象——都是关于校园里滥用毒品和性滥交的。

有时候城里的年轻居民也会到阿道夫酒吧里来，喝点酒，试图结交一些"嬉皮少女"。帕姆欣慰地注意到，今晚除了那个一年到头都在校园里晃荡的奇怪的家伙之外，没有别的城里人在，那个家伙看起来并没什么问题。他很不合群，十分沉默，他也从没有给任何人带来什么麻烦。有时候她感觉那个人在观察自己，并不是跟踪她之类的，但一周总会在她可能出现的地方故意出现几次，比如图书馆，艺术系的画廊，以及这里……但他从没有骚扰她，甚至从没跟她说过话。有时候他会抬头微笑，她也会稍微回以一个微笑，只是确认他们彼此认识。没错，他没什么问题，如果他把头发留长的话，甚至还会挺迷人。

自动点唱机放起了史莱和史东家族的歌曲《跟着音乐摇摆》，前面房间的舞池上挤满了人。帕姆、艾伦和彼得扭动身子在人群中穿梭，想找一个坐的地方。

帕姆依旧处于被毒品麻醉的状态。他们在从校园走过来的路上又吸了一根大麻卷烟，酒吧里色彩缤纷的喧闹景象突然让她觉得像是一幅画，或是一系列的画作。一会儿要在这里突出旋转着的流苏马甲，一会儿要在那里突出转着圈儿的黑色长发，还有那些脸庞、身躯、音乐和噪声……是的，她想要用画布捕捉下这个美妙的老地方的声音，将之化为可以看见的东西，这种联觉转化经常在她处于这种麻醉状态时出现在她的脑海里。她环视酒吧四周，挑选着画面中的人物和细节，然后她的目光集中到那个她总是碰上的奇怪的家伙身上。

"嘿，"她说着推了推艾伦，"你知道我想要画谁吗？"

"谁？"

"那边的那个家伙。"

艾伦朝帕姆小心翼翼暗指着的方向看去。"哪一个？你该不会说的是那个直男吧？那个城里人？"

"对，就是他。他的眼睛很特别，很……我不知道，看起来有一种很古老的感觉，像是他要比实际年龄大很多，感觉他已经看过太多……"

"当然，"艾伦直截了当地讽刺道，"他很可能是退役的海军陆战队队员之类的，他在越南已经见多了被他射杀的婴儿与妇女的尸体。"

"你又在说春节攻势[1]了吗？"彼得问道。

"不，帕姆迷上了某个城里人。"

"变态。"彼得笑着道。

帕姆气得涨红了脸。"我可从没这么说。我只是说他有一双有趣的眼睛，我想要把它们画下来。"

自动点唱机放起了《海湾码头》，大多数跳舞的人都回到了各自的桌旁。帕姆想知道是谁在播放奥蒂斯·雷丁这哀伤沉思的曲调，这首曲子就像是这位在唱片发行之前就死去的歌手为自己唱的充满讽刺意味的墓志铭。也许这首歌曲正是那个有一双奇怪的眼睛的家伙播的。这看起来像是他会喜欢的那种音乐。

"虚度光阴……"彼得跟着唱片唱着，然后顽皮地咧嘴笑了。他脱下手表，用表演戏剧一样的夸张动作把它丢进半满的啤酒杯中。"我们把光阴给淹了！"他大声宣布道，然后举起杯子，跟其他人干杯起来。

"我听说博比是个瘾君子，"当他们干杯的时候，艾伦突然没来由地评论道，"他拿草的那个贩子就是滚石乐队在那边时给他供货的那个。"

他们现在谈论的话题是彼得最喜欢的。"听说雷诺烟草公司已经秘密……那个词是怎么说的来着，取得了专利权？对所有好的牌子名称。"

"是注册了商标。"

"对，对，注册商标。'阿卡普尔科金''巴拿马红'……烟草公司的人为了以防万一，拿走了所有的好名字。"

---

1 一九六八年越战期间，北越趁美军及南越在新年停战协议下松于防备，对南越各城镇发动了一系列突袭。

帕姆听着熟悉的传闻，感兴趣地点着头。"我想知道包装看起来会是什么样子的，还有广告。"

"涡纹图案的纸盒。"艾伦微笑着说。

"让亨德里克斯来拍电视广告。"彼得插嘴道。

他们放声大笑，进入一起麻醉之后无休止的狂笑状态之中，这是帕姆一直很喜欢的感觉。她笑得过于猛烈，以至于眼泪都流了下来，她感觉头晕眼花，张开嘴大口吸气，她——

帕梅拉在想，这一次她到底在哪里，为什么她会感觉如此头晕目眩？她眨眼挤掉不知怎么就模糊了双眼的泪水，看清周围的环境。老天啊，这是在阿道夫酒吧。

"帕姆？"艾伦问道，他突然注意到她的朋友停下了大笑，"你还好吗？"

"我很好。"帕梅拉说着缓缓地做了个深呼吸。

"你不是兴奋过度了什么的吧？"

"没有。"她闭上眼睛，试图集中精神，但她的思维没法冷静下来，还在不停地飘荡。音乐声非常大，这个地方，甚至她穿的衣服都散发着臭味——她是受到毒品麻醉了，她意识了过来。她去阿道夫酒吧的时候通常都是这样的。"上路。"他们通常都这么说，轻松上路，轻松上路……

"再喝一杯啤酒吧，"彼得用关切的声音说道，"你看起来很奇怪，你确定没事吗？"

"我很好。"她是在大一那年冬天的专业领域课上才和彼得以及艾伦交上朋友的。等帕梅拉上了大二的时候，彼得已经毕业了，而艾伦则辍了学，和他一起搬到了伦敦。这说明现在应该是一九六八或一九六九年。

自动点唱机上开始播放一张新的唱片，是琳达·朗丝黛唱的《不一样的鼓声》。不，帕梅拉心想，不止是琳达·朗丝黛，是石头小马乐队。表现自然一点，她对自己说道，慢慢重新适应，不要让你脑子里的大麻让这一切变得更麻烦了。现在不要想着做出任何决定，甚至不要说太多话。等到你冷静下来，等到——

他在那里，我的天哪，就坐在不到二十英尺远的地方，正在盯着她看。帕梅拉瞠目呆地看着杰夫·温斯顿安静地坐在一群吵闹的年轻人之中，就在她大学时期常去的地方。她感觉难以置信。她看出他注意到了她眼神的变化，并对她缓缓露出了一个温暖的微笑，向她表示欢迎，让她安心。

"嘿，帕姆？"艾伦说道，"你怎么哭起来了？听我说，也许我们应该回宿舍去。"

帕梅拉摇了摇头，把手放在她朋友的肩膀上让她安心。然后她从桌旁站了起来，穿过房间，穿过这几年的时光，走进杰夫等待的怀抱中。


"刺青小姐，"杰夫咯咯笑着，亲吻着她大腿内侧的粉色玫瑰刺青，"我不记得之前这里有这个。"

"这不是刺青，是贴花纸，可以洗掉的。"

"可以被舔掉吗？"他眼里闪着顽皮的光问道。

她笑了。"欢迎你试一试。"

"也许要晚一些，"他说着滑了上来，让自己靠在她身旁的枕头上，"我挺喜欢你当一个佩花嬉皮士的。"

"你会的，"她说着戳了戳他的肋骨，"再倒点香槟。"

他伸出手拿起床头桌上的玛姆香槟，给两个人的杯子都重新倒上酒。

"你是怎么知道我什么时候会开始重生的？"帕梅拉问道。

"我不知道。我已经观察了你几个月了。我在这个学年一开始就租下了莱茵贝克这里的这间房子，从那时开始我就一直在等。过程令人备感挫折，我也开始有点不耐烦了，但在这里的这段时间也让我接受了一些旧的回忆。我曾经就住在河的上游，就在那片旧庄园里的某一栋里，那时候我跟黛安娜在一起……还有我的女儿格雷琴。我一直以为我再也没机会回到这里了，但你给了我一个回来的理由，我也很高兴自己能回来。除此之外，我很高兴能看到你在这个时期里真正的样子，原汁原味的样子。"

她做了个鬼脸。"我是个大学嬉皮士，皮质流苏和扎染的衣服。我希望你没听到我跟朋友们是怎么聊天的，我很可能说了很多放浪形骸的话。"

杰夫亲吻了她的鼻尖。"你以前很可爱。应该是现在很可爱，"他纠正道，将她长长的直发从脸上拨开，"但我忍不住想象这些孩子十五年后的样子，穿着三件套西装，开着宝马去办公室上班。"

"并不是所有人都会这样，"她说，"巴德学院出了许多作家、演员、音乐家……还有，"她苦笑地补充道，"我丈夫和我没有宝马开，我们开的是奥迪和马自达。"

"好吧，你赢了。"他笑着喝了一口香槟。他们心满意足地躺在一起，但杰夫看得出在她欢快的表情下隐藏着沉重的心情。

"十七个月。"他说。

"什么？"

"我这次失去了十七个月的时间。你正在想这件事，不是吗？"

"我一直都想问，"她承认道，"我忍不住好奇。我的偏离达到了……你说现在是三月？一九六八年？"

杰夫点点头。"三年半。"

"从上一次算起。与最初的那几次重生相差了五年。天哪。下一次我可能——"

他将一只手指放到她的嘴唇上。"我们要专注于这一次，你不记得了吗？"

"我当然记得。"她说着在被子下面与他靠得更近了。

"我一直在思考这件事，"他对她说道，"我有好一阵时间来考虑，我想我已经想出了一个计划，勉强称得上计划的东西。"

她把头向后仰，饶有兴趣地皱起眉头看着他。"你说的是什么意思？"

"嗯，起初我想到去接近所有相关科学社群——国家科学基金会、某个私人的研究机构……任何看起来最合适的团体，也许是普林斯顿大学或麻省理工学院的物理系，研究时间性质的学者。"

"他们绝不会相信我们的。"

"没错。这是一路上的绊脚石。我们每一次都这么保守秘密，也因此让这个障碍一直都存在。"

"我们不得不小心谨慎。人们会觉得我们精神不正常。你看看斯图尔特·麦科恩，他——"

"麦科恩是不正常——他是一个杀人犯。但预测未来事件并非犯罪，没人会因此把我们关起来。而一旦我们所预言的事情确确实实发生了，就证明了我们对未来的认知。他们就会听我们的话了。他们就会明白有件真真切切的事情——虽然无法解释，但却是真实的——正在发生。"

"但我们要怎么迈出这第一步呢？"帕梅拉表示反对，"在麻省理工学院这样的地方，甚至没人会费这个工夫来看我们给他们的任何预言的清单。只要我们把脑海里的想法告诉他们，他们立刻就会把我们跟不明飞行物的狂热分子以及灵媒归为一类。"

"这就是问题的重点了。我们不去接近他们，而是让他们来找我们。"

"他们凭什么——你这话说不通。"帕梅拉困惑地摇着头说。

"我们把秘密公开。"杰夫解释说。

# 第十六章　公开秘密

这一次他们没必要像前一次那样在全球发行的杂志上刊登广告，那些小广告只是为了吸引其他重生者的注意。对于他们现在的目的来说，第一次登广告时的含糊措词和匿名发表也没有必要了。

《纽约时报》拒绝刊登整版的一次性广告，但它成功登在了《纽约每日新闻》《芝加哥论坛报》和《洛杉矶时报》上。

在未来的一年内：

美国核潜艇"天蝎号"将会于五月末沉没海底。

六月将会爆发导致美国总统选举中断的重大悲剧。

暗杀马丁·路德·金的凶手将会在美国境外被捕。

首席大法官厄尔·沃伦将会于六月二十六日辞职，继任者将会是阿贝·福塔斯法官。

八月二十一日，以苏联为首的华沙条约五国将会入侵捷克斯洛伐克。

九月一日，发生在伊朗的一场大地震将造成一万五千人罹难。

一艘苏联的无人驾驶航天飞机将会绕月球飞行并将于九月二十二日坠落印度洋。

十月，秘鲁与巴拿马都将发生军事政变。

理查德·尼克松将在总统选举中以微弱优势击败休伯特·汉弗莱。

圣诞节那一周，三位美国宇航员将绕行月球并安全返回地球。

一九六九年一月，苏联领导人列昂尼德·勃列日涅夫将侥幸逃过一次暗杀。

二月，一场大规模原油泄漏将会污染南加州海岸。

法国总统夏尔·戴高乐将于明年四月辞职。

在一九六九年五月一日之前，我们不会对这份清单发表任何评论。我们将会于当日与新闻媒体见面，地点将于一年后的今天公布。

　　　　　　　　　　杰夫·温斯顿；帕梅拉·菲利普斯

　　　　　　　　　　一九六八年四月十九日于纽约

他们在纽约希尔顿酒店租下来的大型会议室座无虚席，那些找不到椅子坐的人不耐烦地在过道上及房间旁边绕来绕去，还要防止自己的脚被弯弯曲曲的麦克风和电视缆线缠住。

下午三点整，杰夫和帕梅拉准时走进房间，一起站在了演讲台上。电视摄影机的灯光打开后亮得让人睁不开眼睛，她紧张地微笑着，杰夫悄悄地握了一下她的手，给她鼓励。自从他们一踏进房间，一屋子就满是嘈杂的提问声，所有的记者都争相吸引他们的注意力。杰夫好几次喊话让大家安静下来，最后将音量降成了听不分明的低吼。

"我们会回答你们所有的问题，"他对集中在台下的记者们说道，"但我们要建立秩序。我们就从后排开始好了，每个人提一个问题，从左到右来，然后我们再换到下一排，用同样的顺序提问。"

"那没有座位的人怎么办呢？"站在房间旁边的一个人喊道。

"后来的人后提问，从房间左边先开始，按照从后面到前面的顺序来。现在，"杰夫边说边用手指出去，"我们先从那位穿蓝色衣服的女士开始提第一个问题。不需要自报家门，只要说出你们想问的问题就行。"

那位女士站了起来，手里拿着笔和本子。"最明显的一个问题，你们是怎么能对这么大范围的事件做出如此精确的预测的？你们是不是要宣称拥有通灵能力？"

杰夫深吸了一口气，尽量平静地说道："请一次提一个问题，但我会一次性回答你这两个问题。不是的，我们不想假扮成通常意义上的通灵者。菲利普斯小姐和我都是一种循环现象的受益者——或者说是受害者——我们一开始也觉得难以置信，就像你们今天无疑将会有的感受一样。简单地说，我们都在重活人生，或者说其中的某一部分。我们都死于——或者说将要死于——一九八八年十月，但都复活了，接着又死去了，这样重复了好几次。"

刚才他们走进房间时向他们打招呼的声音根本就无法跟这个言论发表之后出现的混乱场面相比，刺耳的声音清清楚楚地传出嘲弄的意味。其中一家电视台的工作人员直接关掉灯，开始打包自己的设备，几位记者觉得受到了侮辱，盛怒之下昂首阔步离开了房间，但还有许多人渴望坐上空出的座位。杰夫又一次示意大家保持安静，指向下一个记者等他提问。

"这个问题也是很显然的，"这位沉着脸的肥胖男士说道，"你们怎么会期望我们当中有人相信这样的无稽之谈？"

杰夫不动声色，对帕梅拉露出鼓励的微笑，平静地对充满嘲弄之情的人群说道："我之前就告诉过你们，我们将要说的话听起来难以置信。我只能指出，我们一年前所刊登的那些'预言'都成真了——那些对我们来说都已经是回忆了——请你们在我们讲完之前先不要做出判断。"

"你们今天还要做出更多预测吗？"下一位记者问道。

"是的，"杰夫说，人群中的骚动似乎要重新袭来，"但我们得回答完你们所有的问题，并且把需要说的都说完了之后才能开始预测。"

他们花了将近一个小时把他们生活中关键的部分做了概略描述：他们原本是什么人，他们每一次重生中做了什么值得注意的事情，他们是如何认识的，以及不断加速的起始日偏离这个恼人的事实。就像他们事先商量好的，他们省略了大量私生活的东西，也没有揭示他们觉得可能带来危险或不明智的东西。但接着有人提出了他们早知道会被提出，但他们还没想好如何应对的问题："你们认不认识其他……你们所谓的，重生的人？"第三排有个人用嘲笑挖苦的声音问道。

帕梅拉看了一眼杰夫，在他开口之前断然开口说话。"是的，"她说，"一个叫斯图尔特·麦科恩的人，住在华盛顿的西雅图。"

上百支笔在上百本笔记本上奋笔疾书这个名字，于是出现了短暂的停顿。杰夫对帕梅拉皱着眉头表示警告，而她并没有理睬。

"据我们所知，他是唯一的另一位重生者，"她继续道，"我们曾花了某一次重生的大部分时间来寻找其他的重生者，但麦科恩是我们唯一证实的一位。但我要告诉你们，他对整件事的某些看法我们是极不赞同的，这就是他今天没跟我们一起出现在此的原因。但我认为你们一定会觉得采访他是件有意思的事，甚至可以密切跟踪他的一举一动，看看他是如何应对我们三个人所处的境地的。至少可以说，他是一个不同寻常的人。"

她回头看着杰夫，杰夫露出满意的微笑向她表示赞赏。她没有说任何诋毁或控诉麦科恩的话，但却肯定会让他的背景被彻底调查清楚，并且从今往后他每一个公开的行动都将受到监视。他将无法再次杀人，这次是不行了。

"你们想从这件事得到什么？"另一位记者问道，"这是你们策划的一种赚钱计划吗，想让人们顶礼膜拜？"

"绝对不是。"杰夫坚定地说道，"我们可以通过正常的投资渠道获得我们需要或想要得到的钱，我希望你们所报道的每一个故事都要包含我们明确的要求，就是任何人都不要给我们寄钱，不论多少，出于什么目的。我们会退回所有的礼物。我们所要追寻的唯一一个东西就是信息，对我们所经历的一切以及该如何结束这种情况给出一个可能的解释。我们希望科学机构——特别是研究物理学与宇宙学的机构——能了解发生在我们身上的事实，直接联系我们，告诉我们他们对此事的任何看法。这是我们把这不寻常的现象公之于众的唯一目的。我们之前从未揭示过自己的身份，要不是为了刚刚所概述的真正关切的问题，我们现在也不会暴露身份。"

房间里充满了闹哄哄的怀疑声。正如帕梅拉曾经指出过的，每个人都在卖东西，要让这群冷酷无情的记者接受杰夫和帕梅拉不是在策划一场骗局这个事实是件很困难的事，虽然这一对情侣显然十分真诚，并且他们令人匪夷所思的精准预知能力是无可辩驳的铮铮事实。

"那如果你们不是想要凭这些声称之事获利的话，你们的目的是什么呢？"另一个人问道。

"这取决于我们以这种方式公开身份之后会得到什么样的结果，"杰夫回答道，"目前，我们只打算等着看看你们报道了我们的故事之后会发生什么。现在，各位还有别的更进一步的问题吗？如果没有的话，我这里有一些复印件，在你们看来，这是我们最新的一组……预测。"

大家争先恐后往房间前面涌去，无数只手伸出来抓取复印的资料，更多尖锐的问题又迸发出来。

"会发生核战争吗？"

"我们能在登月行动中打败俄国人吗？"

"我们能找到癌症的治疗方法吗？"

"抱歉，"杰夫喊道，"请不要问关于未来的问题。我们所要说的一切都写在这份文件里了。"

"最后一个问题，"一位戴眼镜，头上戴着一顶像是被人的屁股坐过的软呢帽的男士喊道，"这周六哪一匹马将赢得肯塔基赛马赛？"

杰夫咧嘴笑了，从这场充满紧张感的记者招待会开始以来第一次感觉放松了下来。"我为这位先生破一次例，"他说，"王子殿下将会赢得肯塔基赛马和普里克内斯赛马，但艺术和文学将会在它冲刺三连冠的时候打败它。我想我刚才告诉你这一点已经让我自己下的赌注变得没有价值了。"

王子殿下以一比十的赔率冲出匣门，赢家每注获得二点一美元，这是同注分彩型赌博的相关法律规定所允许的最低获利。当杰夫和帕梅拉的故事登载在网络和各大通讯社的报道上之后，几乎没有人在德比赛马会上对其他马押注。肯塔基州赛马委员会下令进行了一次全面调查，马里兰和纽约都传出小道消息说要取消将要举办的普里克内斯赛马会和贝尔蒙特赛马会。

　　赛马后的星期一早上六点，他们位于泛美大厦内的新办公室的电话就开始响了起来。到了中午，他们已经从凯利女孩人力公司多雇了两个临时工来接听电话和接收电报，还有接待那些未经预约就登门的那些好奇的探访者。

　　"先生，我把过去一小时之内接收到的信息都列了一张清单。"这位穿着打褶及膝裙、一脸敬畏神情的年轻女孩紧张地用手指拨弄着胸前的长珠链。

　　"你能帮我概述一下吗？"杰夫把当天《纽约时报》的社论丢在一旁，疲倦地问道。当天的社论名称是《面对可能是诺斯特拉达穆斯现代传人以及他们对巧合事件的操纵时应持理性的怀疑态度》。

　　"好的，先生。有四十二个人要求做私人咨询——重病患者，丢了孩子的父母等等——九家股票经纪公司打电话来，提出要降低佣金争取您成为他们的客户；还有十二个电话和八份电报，来自那些愿意把钱投入各类赌博计划的人；还收到了十一条讯息，来自其他灵媒，想要分享——"

　　"我们不是灵媒，……肯德尔小姐，你的名字是叫这个吧？"

　　"是的，先生。如果您愿意的话，可以叫我伊莱恩。"

　　"好的。伊莱恩，我要你清楚地知道一点：帕梅拉和我并没有声称有任何通灵能力，任何做出这样假设的人都需要被告知真实的情况。这是很不一样的，如果你还要在这里继续工作下去，就要知道我们选择以何种方式面对公众。"

　　"我明白，先生。只是——"

　　"当然，这对你来说有点难以接受。我并不是说你自己本人必须相信我们，你只要确保在跟公众讲话的时候，不要让我们所说过的话的基本内容被曲解，这样就可以了。现在你继续说清单的内容吧。"

那个女孩抚平上衣，看着自己的速记本开始念："有十一通……我想你可以称之为仇恨来电，有一些甚至很下流。"

"你不需要容忍那些。告诉其他女孩，她们可以随便挂掉那些出言不逊者的来电。如果有人不停地打过来，那就报警。"

"谢谢，先生。我们也收到了几通来自加利福尼亚的某个未来主义者团体的来电。他们希望您能去那边参加他们的一场会议。"

杰夫扬起眉毛表示感兴趣。"是兰德公司吗？"

她又低头瞄了一眼笔记。"不是，先生，是一个叫'展望团体'的组织。"

"把这个消息转告我的律师。让他去查一下，看看这个组织是不是合法的。"

伊莱恩在速记本上匆匆记下他的指示，又回过头来看清单。"只要我跟韦德先生讲话，我都要告诉他那些威胁要起诉我们的航空公司：墨西哥国际航空、阿勒格尼航空、菲律宾航空、法国航空、奥林匹克航空……还包括密西西比和俄亥俄州的旅游局。他们的律师也打来了电话。他们都非常生气，先生。我只是觉得我应该提醒您一下。"

杰夫心烦意乱地点点头。"就这些吗？"他问道。

"是的，先生，还有就是又有几家杂志社，想要安排对您或菲利普斯小姐进行独家专访，或者专访你们两个人。"

"这中间有任何学术性期刊吗？"

她摇了摇头。"《国家询问报》《命运》……我想您会认为其中最严肃的就数《君子》杂志了。"

"还是没有收到任何大学的消息吗？除了这家加州的机构之外，就没有任何别的研究基金会联系我们吗？"

"没有了，先生。这就是全部了。"

"好吧。"他叹了一口气，"谢谢，伊莱恩，随时把情况通知我。"

"我会的，先生。"她合上笔记本，准备要走，但又停了下来，"温斯顿先生……我在想……"

"什么？"

"你觉得我应该结婚吗？我的意思是，我一直在考虑这件事，我的男朋友已经两次跟我求婚了，但我想知道……呃，我想知道这段婚姻会不会成功。"

杰夫宽容地笑了，他看到这个年轻女人的眼里充满了对预知未来的极度渴望。"我希望我知道，"他对她说，"但这件事得靠你自己去发现。"


墨西哥航空在六月五日撤消了控告，就在那一天之前，该航空公司的一架喷气式客机在蒙特雷附近撞上了山腰，正如杰夫和帕梅拉所预测的那样。墨西哥政治领袖卡洛斯·马德拉佐与网球明星拉斐尔·奥苏那没有登上他们之前曾经死过五次的这班飞机。这一次只有十一个人决定登上这班死亡航班，而不是七十九人。

从那之后，在剩下那些被预言将会发生灾难的航班中，只有阿尔及利亚航空和尼泊尔皇家航空选择无视警告，没有取消被提到的航班。在一九六九年剩下的时间里，全世界所有商业航空公司中只有这两家公司遭遇了致命事故。

美国海军拒绝屈服于国防部长拉尔德所称的"迷信"，所以埃文斯号驱逐舰仍然在中国南海继续航行。但澳大利亚政府却悄悄下令让其航空母舰墨尔本号在六月的第一周关掉引擎，抛锚停靠，所以将埃文斯号截成两半的那一次碰撞没有再发生。

七月四号在俄亥俄州北部伊利湖的洪灾中死亡的人数从四十一人降至五人，因为居民注意到了被高度曝光的警告，在暴风雨来临前就撤到了高地上。在密西西比河也是同样的情况，八月中旬墨西哥湾沿岸的度假胜地格尔夫波特和比洛克西的游客预定量几乎降至零，当地的居民更是以之前单纯依靠民防警报所无法达到的速度逃往内地。卡米尔飓风袭来时，整个海岸线几乎是空无一人的，之前的一百四十九位遇难者中有一百三十八位幸存了下来。

　　人们的命运改变了。之前无法继续下去的生命得以延续。全世界都注意到了。


　　"我要现在就拿到禁令，米切尔！如果可以的话，就这周，最迟也要在下周三拿到。"

　　律师专注地摆弄自己的眼镜，用适合于对待一副昂贵望远镜的细致度擦拭厚厚的镜片。"我不知道，杰夫，"他说道，"我不确定这有没有可能。"

　　"那我们多久能拿到呢？"帕梅拉问道。

　　"我们也许拿不到。"韦德承认说。

　　"你是说根本就没办法？这些人可以自由地四处散播对我们的荒谬幻想，而我们却能无为力？"

　　律师又在他的一块镜片上找到了一个几乎看不见的污点，用一小块羊皮布小心翼翼地擦拭掉。"他们的行为在宪法第一修正案保障的权利范围内。"

　　"他们在榨取我们的利益！"杰夫爆发起来，挥舞着导致他们召开这次会议的小册子。他的照片被突出地印在小册子的封面上，旁边还有一张小一点的帕梅拉的照片。"他们靠我们的名字和我们的陈述牟利，完全没得到我们的授权，在这个过程中我们所做的一切努力都成了徒劳。"

"他们是一个非营利性组织。"韦德提醒他说，"而且他们还以宗教机构的身份申请免税。这种事情是很难对付的，这要花上数年的时间，而且击败他们的几率微乎其微。"

"能不能运用诽谤法呢？"帕梅拉坚持道。

"你们已经把自己塑造成了公众人物，这样你们就没受到太多保护了。而且不管怎样，我也不确定他们对你们的评论会构成诽谤罪。陪审团甚至有可能认为这是完全相反的。这些人是崇拜你们。他们相信你们是神灵在人间的化身。我认为你们最好不要理会他们，法律行动只会为他们做更多宣传。"

杰夫没有说话，发出一声厌恶的感叹，把小册子在一只手里揉皱，丢到办公室远处的角落里。"这正是我们想要避免的事，"他愤怒地说，"即使我们不去理会或者否认，但跟这些扯上关系也会让我们的名声受损。这之后就不会有有声望的科学机构愿意跟我们有任何往来了。"

律师重新戴上眼镜，用粗大的食指调整了一下眼镜在鼻梁上的位置。"我理解你们的两难境地，"他对他们说道，"但我不——"

杰夫桌上的对讲机响起了两短一长的蜂鸣声，这是他规定用来通知紧急消息的信号。

"什么事，伊莱恩？"

"这里有一位先生想要见您。他说他是联邦政府的。"

"什么机构？民防局？国家科学基金会？"

"国务院的，先生。他坚持要当面与你们谈话。您和菲利普斯小姐。"

"杰夫？"韦德皱起了眉头，"需要我旁听吗？"

"也许吧，"杰夫对他说，"我先看看他想要什么。"杰夫再次按下对讲机的按键，"带他进来，伊莱恩。"

她带进办公室来的男士大约四十多岁，秃顶，有一对警觉的蓝眼睛，和被尼古丁染黄的手指。他快速敏锐地打量了杰夫一眼，也一样对帕梅拉打量了一眼，然后看着米切尔·韦德。

"我希望我们能私下进行这次谈话。"那个男的说道。

韦德站起来，做了自我介绍。"我是温斯顿先生的律师，"他说，"我也代表菲利普斯小姐。"

那个男人从他的外套口袋里掏出一个薄薄的皮夹子，将名片递给韦德和杰夫。"我叫拉塞尔·赫奇斯，来自美国国务院。恐怕这次谈论的内容属于机密。您是否介意回避一下，韦德先生？"

"是的，我介意。我的客户有权利——"

"这种情况是不需要法律意见的，"赫奇斯说道，"是事关国家安全的问题。"

律师还想要再次提出抗议，但杰夫阻止了他。"没事，米切尔。我想要听听他说什么。你再考虑一下我们之前讨论过的事情，如果你想出任何可行的替代性方案就告诉我。明天我会给你打电话。"

"如果需要的话今天就可以打给我，"韦德对着这位政府代表沉下脸说道，"我会在办公室待到很晚，可能会待到六点或六点半。"

"谢谢。如果需要的话我们会联系你的。"

"介意我抽烟吗？"律师离开房间时赫奇斯拿出一盒骆驼牌香烟问道。

"请随意。"杰夫示意他在桌子对面的一张椅子上坐下，将一只烟灰缸推向他能够到的地方。赫奇斯拿出一盒火柴，拿出一根点燃了香烟。他让火柴慢慢燃烧到只剩下烧黑的残端，然后将还冒着烟的火柴头丢进那个大大的玻璃烟灰缸里。

"当然，我们一直都在注意你们，"赫奇斯终于开口说道，"过去的四个月里你们在媒体的聚光灯下所做的一切也难以不被注意到。但我必须承认，我的大多数同事都倾向于把你们的声明当成是骗局……直到这一周。"

"利比亚？"杰夫问道，他已经知道答案了。

赫奇斯点点头，深深吸了一口烟。"每一个处理中东事务的人都还处在震惊之中。我们最可靠的情报评估显示，伊德里斯国王的政权是极其稳固的。你们不仅道出了政变的日期，还明确指出执政团将会是来自利比亚军队的中层。我希望你们能告诉我你们是怎么得知这一切的。"

"我已经尽可能明白地解释过了。"

"关于你们重活人生的话——"他冷酷的眼神看向了帕梅拉，"你们的人生。你们不会指望我们会相信这一点吧？"

"你别无选择，"杰夫用实事求是的语气说道，"我们也一样。事情就是这么发生的，我们所知道的就是这样。我们这一次如此大肆公开的唯一原因是我们想要发掘出更多信息。我之前已经很明白地表示过了。"

"我就知道你会这么说。"

帕梅拉急切地前倾身子。"一定有政府研究人员可以帮我们调查这个现象，帮助我们找到我们一直在找寻的答案。"

"这些不是我的部门负责的事务。"

"但你可以把我们介绍给他们，让他们知道你对我们所说的话是认真的。也许就会有物理学家——"

"交换条件是什么？"赫奇斯弹掉烟上长长的烟灰问道。

"我不明白你说的是什么意思？"

"你们所说的意思就是要我承诺给你们资金、人力、实验设施……这样我们能得到什么回报？"

帕梅拉噘起嘴唇，看着杰夫。"信息，"她停顿了一阵子后说道，"你可以提前得知将会打击世界经济和导致数千无辜百姓丧命的事件信息。"

赫奇斯熄灭手中的香烟，用锐利的蓝眼睛盯住帕梅拉的双眼。"比如说呢？"

她又看了杰夫一眼。他的脸上没有任何表情，既没有表示赞成也没有警告的神色。"利比亚事件，"帕梅拉对赫奇斯说道，"将会导致灾难性且影响深远的后果。军政府的头目，卡扎菲上校，将会于明年初自任总理。他是一个疯子，是接下来二十年最邪恶的人物。他会将利比亚变成滋生罪恶的温床和恐怖分子的避风港。许多可怕、难以想象的事将会因他而发生。"

赫奇斯耸了耸肩膀。"这信息太过模糊了，"他说道，"你所断言的这类事情可能需要数年的时间才能被证实或证伪。而且我们对东南亚的事情更感兴趣，而不是感兴趣于阿拉伯小国家的起起落落。"

帕梅拉决然地摇摇头。"这你就错了。越南败局已定。接下来的二十年里，中东才是关键地区。"

那个男人若有所思地看着她，从皱巴巴的烟盒里又掏出一根烟。"政府里有一小部分人是抱持这个观点的，"他说，"但你说我们在越南已经胜利无望了……那么前天胡志明的死又怎么说呢？这不会削弱民族解放战线的决心吗？我们的分析员说——"

杰夫大声说道："如果有什么影响的话，也是增强了他们的决心。胡只会被奉为圣人，成为一名烈士。他们将会把西贡以他的名字重新命名，就在——他们拿下那座城市之后。"

"你差点就说出某个日期了。"赫奇斯透过一阵烟雾斜眼看着他说道。

"我认为我们应该有所选择地告诉你信息，"杰夫谨慎地说道，并给了帕梅拉一个警告的眼神，"我们并不想增加这个世界的烦扰，我们只想帮助它避免一些明确的不幸。"

"我不知道……部门里还有一些抱着怀疑态度的人，如果你们所能提供的都是些闪烁其词的笼统信息的话——"

"柯西金和周恩来，"杰夫强有力地说道，"他们将会于下周在北京会晤，下个月初苏联和中国将会同意就边境争端开展正式会谈。"

赫奇斯不相信地皱起了眉头。"柯西金绝不会访问中国。"

"他会的，"杰夫脸上带着不自然的笑断言道，"而且不久之后，理查德·尼克松也会这么做。"

\*\*\*

三月的风自切萨皮克湾吹来，将小雨变作轻薄寒冷的雾。风从四面八方吹打着雨滴，将之化作大气层的缩影，如同波涛汹涌的港湾里拍打着海岸的白浪。杰夫穿着的连帽雨衣在无处不在的湿气中闪着黑色的光泽，冰冷、清澈的雨滴拍打着他的脸庞，顺着他的脸往下淌，让他感觉神清气爽。

"阿连德呢？"赫奇斯一边问一边试着点燃一根已经被弄湿的骆驼牌香烟，但没有成功，"他有成功的可能吗？"

"你是说在你们这些人把智利的政治搞得乌烟瘴气的情况下吗？"杰夫和帕梅拉早就已经看出，拉塞尔·赫奇斯与美国国务院的联系是极其微弱的。他们不知道他是否是中情局、国安局或者完全是其他单位的。这并不重要。结局都是一样的。

赫奇斯露出他习惯的似笑非笑的表情，成功地点着了那支烟。"你们不必告诉我他是否会成功当选，只需要告诉我他是否有合理的机会。"

"如果我告诉你他有机会，那又如何？他会不会走卡扎菲的路？"

"这个国家和卡扎菲遭暗杀这件事没有任何关系，我已经反复告诉你们这一点了。这完全是利比亚的内部问题。你也知道这些第三世界国家的斗争是什么样子的。"

再跟这个人争辩已经没有意义了，杰夫非常清楚，卡扎菲在掌权之前就已经被杀了，这是他和帕梅拉将这位独裁者日后将会推出的政策和行动告诉了赫奇斯的直接后果。杰夫并不是在为这样一位嗜血的疯子之死感到悲痛，而是公众推论这次谋杀与中情局有关。而这些言之凿凿的谣言导致了一个之前并不存在的叫作"十一月分队"的恐怖组织的诞生，这个组织的头目就是卡扎菲的弟弟。这个团体誓言要终生为被杀的领导人复仇。三个月前，在的黎波里以南的沙漠中已经爆发了一场失控的石油火灾，那是十一月分队炸毁了一个美孚石油的装置，有十一个美国人和二十三个利比亚员工在此事件中丧生。

智利的阿连德并非卡扎菲。他是一位正直、善良的人，是历史上第一位通过自由选举上任的马克思主义领袖。他很快就会死去，很可能是美国教唆的结果。杰夫并不想加快这可耻的一天的到来。

"我对阿连德没有什么可说的。他对美国并没有任何威胁。我们就不要去插足了。"

赫奇斯试图吸一口那支潮湿的香烟，但它又一次熄灭了，湿掉的烟纸开始裂开来。他沮丧地把烟丢进码头下面永不止息的水中。"你在告诉我们希思将于今年夏天当选英国首相的时候并没有这种内疚感。"

杰夫冷眼看着他。"也许我是想确定你们没有决定杀掉哈罗德·威尔逊。"

"该死的，"赫奇斯恶狠狠地说道，"是谁让你充当美国外交政策的道德仲裁者的？你的任务就是给我们提供事前的信息，仅此而已。让管事的人来决定哪些是重要的，哪些是不重要的，以及要怎么处理。"

"我之前已经见识过其中一些决定的后果了，"杰夫说，"我更愿意有选择性地向你们透露情况。另外，"他又补充道，"这应该是一场公平交易。你那边谈判得怎么样了——有什么进展吗？"

赫奇斯咳嗽起来，转身背对着从海湾吹来的风。"我们为什么不走进屋里去，喝一杯热饮呢？"

"我喜欢待在外面，"杰夫挑衅地说道，"这让我感觉精神好。"

"呃，如果我们再继续在这外面待下去，我会死于肺炎的。走吧，进屋去，我会告诉你科学家们至今为止说了些什么。"

杰夫的态度缓和了下来，他们开始往那座位于安纳波利斯南部，马里兰州西岸的政府所有的老房子走去。他们已经在这里待了六个星期了，商议罗德西亚独立和柬埔寨王子西哈努克即将被推翻这两件事的涵义。一开始，他和帕梅拉以为住在这里将会是无忧无虑的玩乐，像度假一样，但杰夫渐渐对赫奇斯事无巨细的盘问变得愈发担忧。他显然是被指派到他们身边充当永久联络员的。他们小心翼翼不去提起任何可能被尼克松政府用于有害用途的东西，但如何划清界限变得越来越难以把握。甚至连杰夫对明年秋天智利的选举做出"不置评论"这样模棱两可的答复，也可能被赫奇斯和他的上级正确地理解为是暗示阿连德实际上将会赢得总统选举。而这样的推测将会引发美国方面什么样的秘密行动呢？他们在这里相当于走在一条危险的钢丝上，杰夫开始后悔他们一开始同意进行这些会面。

"所以呢？"他们走进百叶窗紧紧关闭的房子时，杰夫问道。房子那红砖砌成的烟囱正冒出诱人的烟。"最新的消息是什么？"

"贝塞斯达那边还没有得出确定的结论，"赫奇斯从雨衣竖起的领子下低声说道，"他们想要多做一些测试。"

"我们已经做过了所有能想象得到的医学测试了，"杰夫不耐烦地说，"甚至在你们的人介入之前就做过了。这不是问题的症结，这是一种超越我们自身，来自宇宙层面，或者亚原子层面的东西。物理学家们有什么结果了吗？"

赫奇斯踏上木制门廊，像一只生长过度的狗一样抖掉帽子和外衣上的水珠。"他们正在研究，"他含糊其词地对杰夫说，"加州理工学院的博格特和坎帕尼亚认为可能与脉冲星有关，是跟某种大型中微子的构造有关……但他们需要更多数据。"

帕梅拉在橡木梁的客厅里，蜷坐在燃烧正旺的火炉前的沙发上等。"来点热苹果酒？"她举起杯子，歪着头露出疑问的表情问道。

"我要一点。"杰夫说，赫奇斯也点头表示同意。

"我来吧，菲利普斯小姐，"那些穿着一身黑衣，一直在这幢隐蔽的建筑物里站岗的年轻男人其中的一位说道。帕梅拉耸了耸肩膀，将宽松毛衣的袖子挽到手腕上，从冒着热气的杯子里啜了一口。

"拉塞尔说物理学家可能取得了一些进展。"杰夫对她说。她面露喜色，被火光照得通红的脸在打褶的蓝色毛衣和闪着亚麻色光泽的头发映衬下焕发着容光。

"关于偏离的事呢？"她问道，"得出什么推断了吗？"

赫奇斯嘴里又叼上一支新的干燥的香烟，他扭动嘴角，低垂着眼睑，讽刺地斜瞟着他们。杰夫读懂了这个表情，他现在已经知道这个男人对于他们之前曾经活过并重生这件事并不怎么相信。这不重要。

赫奇斯和其他人要怎么想都随便，只要其他洞察敏锐、坚持不懈的科学家们继续关注于杰夫所知道的现象都是十分真实的事实就行。

"他们说数据点太不明确了，"赫奇斯说道，"他们最多只能得出一个大概的范围。"

"那这个范围是什么？"帕梅拉轻声问道，她握住热杯子的手指显得紧张而苍白。

"杰夫是二到五年，你是五到十年。他们告诉我不可能比这个更少，但如果曲线继续变陡的话，最高点可能会更大。"

"大多少？"杰夫想要问清楚。

"没办法预测。"

帕梅拉叹了口气，她的呼吸声随着屋外的风声起起伏伏。"这仅仅是一个猜测，"她说，"我们自己就可以做得到。"

"也许做些新的测试能——"

"让新测试见鬼去吧！"杰夫咆哮道，"测试结果只会跟其他一样'没有定论'，不是吗？"

那位穿着深色套装，沉默寡言的年轻人手里拿着两只厚厚的杯子回到客厅。杰夫拿了他的那一杯，气愤地拿着一支香喷喷的肉桂棒搅拌着。

"贝塞斯达那边想要更多的组织样本，"赫奇斯小心地啜饮了一口热苹果酒后说道，"其中一支研究队伍认为细胞结构可能会——"

"我们不会再回贝塞斯达去了，"杰夫决然地说道，"他们已经有够多东西可以研究了。"

"你们没必要回到医院去，"赫奇斯解释说，"他们只不过需要一些皮屑而已。他们送了一套工具过来，我们可以在这里完成。"

"我们要回纽约去。我有一个月的信息没有看了，也许其中会有一些有用的信息。你们能帮我们安排好今晚从安德鲁斯起飞的航班吗？"

"抱歉……"

"嗯，如果不能安排政府的交通工具的话，我们就乘坐商业航班。帕梅拉，打电话给东方航空。问一下他们什么时间——"

那位送来苹果酒的男人向前走了一步，一只手悬在打开的大衣前面。第二个守卫像得到了暗号一般从前门走进来，第三个出现在楼梯上。

"这么做并非我的本意，"赫奇斯小心谨慎地说道，"恐怕我们……无法允许你们离开。"

# 第十七章　伟大的孤独

"……企图对美国驻德黑兰大使馆发起猛攻，却遭自去年二月起就包围了美国外交前哨的第八十二空降师击退。据悉在对抗中至少有一百三十二名伊朗革命分子丧生，而美国方面的伤亡人数目前是七十人丧生，二十六人受伤。里根总统下令对大不里士以东山区的叛军基地发动新的空袭，据悉领袖霍梅尼可能——"

"把那该死的东西关掉。"杰夫对拉塞尔·赫奇斯说。

"……革命最高指挥部。美国，上周发生在麦迪逊广场公园的恐怖主义炸弹事件的死亡人数已达到六百八十二人，一份来自所谓的十一月分队的声明威胁说，在美国军队撤出中东之前将会继续发动袭击。苏联外交部长葛罗米柯宣布苏联对伊斯兰圣战组织的自由斗士表示同情，葛罗米柯还说美国第六舰队出现在阿拉伯海'无异于——'"

杰夫倾身向前，咔擦一声关掉了电视机。赫奇斯耸耸肩，往嘴里丢了一颗胡椒薄荷的救生圈糖，手里摆弄着一支铅笔，像他以往总拿在手里的香烟那样。

"苏联在阿富汗增强军备一事是怎么回事？"赫奇斯问道，"他们打算跟我们的部队在伊朗对抗吗？"

"我不知道。"杰夫闷闷不乐地说。

"霍梅尼的追随者实力怎么样？我们能否让伊朗国王继续掌权，至少撑到明年的选举吗？"

"我他妈的不知道！"杰夫爆发了，"我怎么会知道？里根之前甚至不是总统，在一九七九年还不是。这原本是吉米·卡特要处理的烂摊子，我们也没见过派军进驻伊朗。一切都变了。现在我根本不知道将会发生什么。"

"你一定会有一点看法，对于——"

"没有。我完全不知道。"他看着帕梅拉，她正坐在那里瞪着赫奇斯。她一脸憔悴，脸色苍白。这几年里那张脸失去了女性特有的圆润，变得几乎跟杰夫的脸一样有棱有角了。他抓起她的手，把她拉起来。"我们要出去走一走。"他对赫奇斯说。

"我还有一些问题。"

"把那些问题装进你肚子里去吧。我已经没有答案了。"

赫奇斯吮吸着救生圈糖，用冷酷地蓝眼睛看着杰夫。"好吧，"他说，"我们晚饭的时候再聊。"

杰夫要再次告诉他这样做没有任何好处，这个世界现在已经走上了一条陌生且充满不确定性的新的道路，他和帕梅拉都已经没法给出任何建议了，但他知道这样的声明没有任何意义。赫奇斯依然认为他们拥有一种通灵能力，认为他们可以依据现有的状况预测未来的事件。当他们的预知能力由于世界大事的巨大改变而消失的时候，他虽不曾说出口，但却显然把这归咎于他们故意隐瞒了信息。甚至连这些天他们身上被使用了硫喷妥钠[1]和测谎仪，也没能得到什么有用的数据，但他们不再抗议接受药物审问。他们认为，或许随着他们提供的回答价值降低，就没人来烦扰他们了，也许有一天他们甚至能从这漫长的"保护性监护"中被释放。他们都知道这种希望几乎微乎其微，但他们仍然坚持着。这样总比另一个选择要好一些，就是接受他们将会在这里待到再次死去这个明显的事实。

今天的水面平静湛蓝，他们沿着沙丘散步还能看见东岸那边的杨树岛。一群小船在浮标之间来回漂动，在切萨皮克湾产量丰富的牡蛎场上作业。杰夫和帕梅拉从这具有迷惑性的平静中尽力寻求安慰，尽全力无视始终保持在他们前后二十码远的距离里两两一对的身着深色衣服的人。

"我们为什么不对他撒谎呢？"帕梅拉问道，"告诉他如果我们继续驻军伊朗的话将会爆发战争。天哪，据我们所知，这样下去很可能真的会爆发战争的。"

杰夫弯腰捡起一根细长的漂流木。"他们会看穿的，特别是他们对我们使用硫喷妥钠的时候。"

"我们还是可以试一试。"

"但谁知道像那样的谎言会有什么效果呢？里根甚至可能决定先发制人采取攻击。我们最终可能会引发一场也许本可以避免的战争。"

帕梅拉感到不寒而栗。"斯图尔特·麦科恩一定很高兴，"她怨恨地说道，"不管他人在哪里。"

"我们做了自己认为正确的事情，没人能预测到这样的结局。而且这样也并非糟糕透顶，我们也拯救了许多条生命。"

---

1 一种全身麻醉剂，经常用于情报询问中。

"你不能这样把人命拿来衡量！"

"是不能，但是——"

"他们甚至不再对暴风雨和飞机失事采取任何行动了，"她用脚踢向一个沙堆，厌恶地说道，"他们希望每一个人，尤其是苏联人，认为我们已经消失了，所以他们就那样让那些人死去……平白地死掉！"

"就像他们之前一直以来的那样。"

她转身面对他，脸上满是他之前从未见过的愤怒。"这不能功过抵消，杰夫！我们在这一次生命中本应该要把这个世界变成一个更加美好、安全的地方——但我们真正在意的还是我们自己，想要找出我们自己无关紧要的宝贵生命将会延续多久。而且我们甚至连这个都没能做到。"

"科学家们还是有可能能找出——"

"我他妈的不在乎！当我看新闻的时候，看到那些因为我们告诉赫奇斯的信息而引发的死亡：恐怖袭击、军事行动，甚至还有一场即将爆发的全面大战……当我看到这些，我希望——我希望我从来没有制作过那部该死的电影，我希望你从没来洛杉矶找到我！"

杰夫把那根漂流木扔掉，痛苦而难以置信地看着她。"你这么说不是真心的。"他说。

"是的，我是真心的！我后悔遇见你！"

"帕梅拉，求求你——"

她的双手颤抖着，因为愤怒涨红了脸。"我再也不会跟赫奇斯说话了。我也不想再跟你说话了。我要搬到三楼的房间去。你他妈的想告诉他们什么都随你便。随便吧，把我们都卷入战争，把这整个该死的星球都炸了吧！"

她转身跑开，笨拙地跌倒在沙地上，又再次站起来，冲向成为他们监牢的那栋房子。其中一队守卫跟在她身后跑着，另一队人马则紧紧跟在杰夫两旁。他看着她离开，看着那些人跟在她身后进了那栋房子。赫奇斯正站在门口，杰夫听见她冲他大吼，但从海湾吹来的一阵夏风吞噬了她的话音，将她的狂吼淹没。

他在一阵冰冷，带着人工合成气味的气流中醒来。刺眼的灿烂阳光穿透附近窗户上半闭着的活动百叶窗，照亮了没放多少家具的卧室。床前的地板上静静地放着一台便携式立体音响，配镜衣橱上方的一堆衣服上面放着一台旧盒式录音机和带有 WIOD 标志的麦克风。

杰夫在空调的嗡嗡声中听到远处传来的铃声，他听出那是门铃的声音。不管是谁，只要他置之不理，那个人总会离开的。他看了一眼手里拿着的书，是约翰·海尔赛的《阿尔及尔旅馆事件》。杰夫把书丢到一旁，转腿爬下床，向窗边走去。他抬起百叶窗的一条白色叶片，往外看去，看到一排高高的皇家棕榈树，树的外面除了绵延至地平线的平坦沼泽之外什么都没有。

门铃再次响起，接着他听见一部喷气式飞机靠近的嘎嘎作响声，看着飞机从皇家棕榈树后面数百码远的地方滑过。杰夫意识到，它是要降落到劳德代尔堡－好莱坞国际机场。这里是他位于戴尼亚的公寓，离海边一英里远，距离机场过近，但这是第一个真正属于他的家，是他成年之后第一个完全独有的住所。当时他正在迈阿密做他第一份全职的新闻工作，是他职业生涯的开端。

他深吸了一口污浊、寒冷的空气，坐回到凌乱的床上。他按照预定时间死于一九八八年十月十八号一点零六分。世界没有爆发全面战争，还没有，尽管这世界已经——

门铃又响了起来，这一次是一阵长鸣，坚持不懈。该死的，他们为什么不直接离开呢？铃声停了下来，然后马上又响起了第四声。杰夫从配镜衣橱上的衣服堆里找了一件 T 恤和一条牛仔短裤穿上，气冲冲地大踏步穿过房间，去摆脱门口的人，不管他是谁。当他走进客厅时，一阵闷热潮湿的空气像一堵不会移动的墙一样撞向他。这里的空调一定是出了什么毛病，这就是他大白天会待在卧室的原因。就连房间角落里的阔叶蕨类植物都显得毫无生气，难以抵御这令人窒息的高温。杰夫在门铃再次开始急促地响起时拉开了门。

琳达站在那里，脸上带着笑，她波浪般黄褐色头发上的金色条纹在身后的阳光下闪耀着。这是他的妻子，曾经是，但如今还尚未成为他的妻子：琳达，笑盈盈的脸上毫不掩饰地洋溢着对他的满满爱意，在她伸出的手里握着一束雏菊。那似是汇聚了全世界的雏菊一般，那张难以忘怀的甜美脸庞上闪耀着青春时期热情的幸福和浓厚的情意。

杰夫感觉自己眼里盈满了泪水，但他的眼睛无法从她身上移开，甚至都不敢眨一下眼睛，深怕错过任何一个珍贵的瞬间。这个场景已经在他的记忆里埋藏了这么多年，此时又以全部爱的光辉重现在他的面前。太久了，真是太久太久了……

"你不打算请我进去吗？"她问道，娇声娇气的声音羞涩而诱人。

"啊……当然。对不起，快进来。这真是……太棒了。这些花很漂亮。谢谢。真是个惊喜。"

"你有东西可以装吗？天哪，这里面比外面还热！"

"空调坏了，我——稍等一下，我看看能不能找个容器来插上花。"他心神不宁地环顾房间，试着回想他是否有花瓶。

"可能在厨房？"琳达提醒他。

"对，这是个好主意，我去看看。你要喝点啤酒还是可乐？"

"来点冰水就好了。"她跟着他走进狭小的厨房,他从冰箱里找到一个大水罐,给她倒了一大杯水,她则找到了一个花瓶用来插放那些雏菊。"谢谢。"杰夫接过花,她则张着手给自己扇风。"我们能不能开点窗户还是怎样?"

"我房间的空调没有坏,我们干嘛不进房间去呢?"

"好。最好把花也放到房间里去。在这样的高温下花儿会枯萎。"

他把雏菊放到卧室里的一张床头桌上,看着她在空调的出风口前踮着脚尖旋转着,她穿着露背的背心裙,裸露的背上闪着晶莹的汗珠。"唔,这可真舒服!"她说着把纤细的手臂举过头顶,这样一来她小而紧实的乳房就在薄薄的白裙下隆了起来。

他们以前正是这样,杰夫记起来了:找花瓶插花,进他的房间里乘凉,她当时也这样旋转,然后摆出那样的姿势……多久以前的事了?数世轮回,沧海桑田。

她水汪汪的棕色大眼睛满怀热情地看着他:天哪,已经好几年没有人这么看着他了。帕梅拉说到做到,把自己关在马里兰州那栋房子的顶楼,就算偶尔和其他人一起吃晚饭的时候,也都冷淡地不去看他。过去九年里,杰夫印象最深刻的就是拉塞尔·赫奇斯那双充满危险的蓝色眼珠。随着世界陷入恐怖主义袭击、边境冲突和美苏对抗的炼狱般的泥沼,杰夫对未来已经一无所知,无法进行任何预测,而赫奇斯看他的眼神也越来越充满恶意。

杰夫在想,如果那个被彻底改变的世界继续沿着他和帕梅拉一片好心却无意设下的时间分叉继续前行,如今会变成什么模样呢?在十一月分队摧毁金门大桥并在联合国总部大楼发动大屠杀后,美国已经进入军事管制状态三年了。由于对大型公众集会施行了新的限制措施,一九八八年的总统选举被无限推迟,而三大情报组织的首脑以

"处于紧急状态"为由，成为国家的实际掌权人。

看起来法西斯主义正在美国酝酿成形，当然这从一开始就是世界地下恐怖主义分子的目标。他们最希望的就是让美国出现一个甚至连普通百姓都想要推翻的专制政权。当然了，除非现在控制着过渡政府，激进反共的三巨头中情局、国安局和联邦调查局先决定要掀起从七十年代末开始就蓄势待发的世界性核武器冲突。

琳达站在那里，让光滑的裸背对着空调吹出的阵阵冷风，她闭着双眼，一只手将头发高高拢在头顶，让她纤细的脖子吹到凉爽的冷风。从百叶窗叶片透出的光显现出白色薄裙下她那双舞者的修长双腿。

帕梅拉冲他发火是对的，杰夫痛苦地想到，她觉得他们应该为因他们而起的一切受到谴责也是对的，尽管他们是无意的，是出于利他的目的。在他们将自己曝光于世界公众面前，并跟政府做交易，换取那些收到的毫无价值的信息时，他们已经种下了恶果，另一个世界现在一定深受其害。她——其实应该是他们俩——能否原谅自己以善意与理解的名义而引发的全球性的野蛮暴力，还有待观察……而他要得到再次与她对话的机会，去尝试缓和他们二人之间的失和状态并接受他们完全无力改善人类命运的悲剧，还要等上好几年，也许要十年或者更长的时间。那个世界已经遗失了，就像在从今往后未知的岁月里他也失去了帕梅拉一样，也许将会是永远失去。

"给我抓抓痒。"琳达用甜蜜清亮的嗓音说道，杰夫一下子没弄明白她的意思。随后他想起她曾经喜爱的轻抚，他的指尖轻柔缓慢地在她皮肤上游走，轻到几乎算不上是触摸。他从她送来的那一束雏菊里拿出了一支，用它柔软如羽毛的花瓣沿着她的耳朵到脖子、肩膀，一直向下到她的右手臂，然后又从左手臂往上，依照想象画出了一条线。

"哦,好舒服,"她轻声说,"这里,我要这里。"她解开了裙子的细肩带,让它顺着她年轻的乳房滑落。杰夫用花朵爱抚着她,弯下腰去轻吻她的两朵蓓蕾,它们随之变得坚挺。"哦,我喜欢这样。"琳达叹道,"我爱你!"

在这个活过两次的完美日子里,他从这个女人长久以来拒绝给予他的毫无疑问的热情与爱意中享受着渴望得到的抚慰。在她对他的爱中,在他重拾的对她的爱里,他重生了。

\*\*\*

经过摩洛哥艳阳几天的照射,琳达头发中柠檬色的发缕变成了更浅的黄色,看起来就像是反射着挂在长吧台后方,画着金色阳光喷薄而出图案的挂毯里的阳光似的。船在北大西洋的潮水中轻柔地顺流而下,她抓住吧台栏杆,开怀大笑。她的杜松子酒补剂在倾斜的橡木台面上滑动,她轻巧地抓住了杯子,杯子里的冰块随着她的欢笑声叮当作响。

"再来一杯吗,太太?"酒保问道。

琳达转向杰夫。"你要再喝一杯吗?"

他摇了摇头,喝干了他的杰克丹尼威士忌加苏打。"我们到甲板上去走走吧?今晚很暖和,我想看看海景。"他在酒吧账单上签上了他们的船舱号,交给酒保,"谢谢,雷蒙德,明天见。"

"明天见,先生。谢谢。"

杰夫挽住琳达的手臂,穿过轻轻摇晃着的游轮酒吧,走到了外面甲板上。法国号游轮醒目的红黑烟囱凸出在他们上方的夜空中,它们油光发亮的平行翼片像是两只跃出水面的大鲸鱼凝固在半空中的尾鳍。巨轮迎上涌来的一波海浪，然后缓缓沉入巨大而平稳的海浪之间。头顶上空的星星在云朵之间清晰可见，但远处的南边，一道雷暴云砧不停地闪现出一道道闪电，点亮了地平线。暴风雨正向他们这里移来，但只要以三十海里的时速航行他们就可以在狂风暴雨抵达这片海域之前躲过去了。

杰夫心想，海尔达尔就没这么好的运气逃脱这样偶然的狂暴天气了。他谨慎而忧虑地驾驶着他那艘小小的纸莎草船，远离陆地，用不同的眼光看着这场即将到来的暴风雨。去年就是这样的一场暴风雨阻挡了他的航程，逼迫他在离目的地六百英里远的波涛汹涌的海上抛弃了受损的船只。

"你真的认为他这次能成功吗？"琳达凝视着远方被闪电照亮的锯齿状的云朵问道。她也在想着同样的事，想着这位留着胡子，亲切友善的挪威人的命运会是如何。过去的三个星期里，他们在萨菲古老的要塞港口共同劳作，一起分享成就，他就在那里打造了这艘故意做成原始模样、具有历史感的小船——上周刚刚下水。

"他会成功的。"杰夫满怀信心地说。

琳达身上轻薄的连衣裙在临近的暴风雨带来的风中飘动，她紧抓住船的栏杆。"他为什么让你这么着迷？"她想知道。

"就跟迈克尔·柯林斯和理查德·戈尔登令我着迷的原因一样。"他对她说。他还想加上鲁萨、沃登、马丁利和埃文斯，还有那些三年后的一九七三年开始返乡的战俘们。"那种孤立、完全与世隔绝的处境……"

"但海尔达尔还带了七名船员，"她指出，"柯林斯和戈尔登在太空舱里倒真的是没伴儿，至少有一阵子。"

"有时候孤立是可以分享的。"杰夫看着波涛汹涌的大海说道。即将来临的热带气旋带来的温暖气息让他想起了地中海，想起同样的气味飘进马略卡岛的一栋别墅敞开的窗户的那一天。西班牙海鲜饭的辛辣香气，劳林多·阿尔梅达充满哀思、撕心裂肺的吉他声，帕梅拉眼中的悲喜交加，那双垂死的眼。

琳达看出了爬上杰夫脸上的阴影，她伸手抓住杰夫，就像刚才握住栏杆一样紧紧握住了他的手。"有时候我有点担心你，"她说，"尽说这些关于寂寞、孤立的话……我不知道这个计划对不对。似乎你因此变得很沮丧。"

他把她拉向自己，在她头顶上亲了一下。"不，"他展露出满怀深情的笑让她消除疑虑，"它并没有让我变得沮丧，只是让我多愁善感而已。"

但他知道这并不是真的。正是他的冥想沉思让他全身心致力于现在的这项任务，而不是反过来。从一九六八年八月，他重生过来，发现琳达满手捧着新摘下来的雏菊站在门后等他的那一天起，琳达的出现，她那不同寻常的率真的爱，抚慰了他饱受折磨的心智。但就算是意外地重新经历他们许久之前共同分享的美好时光，也不足以令他忘记在前一次重生中，他通过拉塞尔·赫奇斯间接加诸给世界的苦难，还有这一切给他和帕梅拉之间带来的隔阂。内疚与懊悔之情难以避免，它们形成了一道不间断的暗流，持续侵蚀着他对这位他曾经娶过的女人重新建立的爱。而这种爱的不断减少又给他带来新的懊悔之情，而他坚信自己能够改变自身的感受，忘记过去，就像琳达对待自己一样。把自己全身心地献给琳达，这一信念又让一切变得更糟，令他充满了负罪感。

他立即就辞去了在迈阿密 WIOD 的记者工作，自从他把在马里兰州的政府隐居房所经历的那段行尸走肉的日子归咎于自己之后，就再也无法忍受每天搜寻、观察、报道人类悲剧的任务了。那一年的十月，杰夫一直等到底特律落后到三败一胜的时候，然后他把积蓄全压在了老虎队身上，赌它能在世界联赛最后三场比赛中大获全胜。米奇·罗利奇会给他挥出那一记全垒打，杰夫早就知道。

　　这一次赌注赢得的赌金让他得以在庞帕诺海滩买下一套新海滨公寓，靠近琳达的父母家和她上大学的地方。每天下午琳达下课之后都去跟他见面，他们一起在温和的海水中畅游，或者一起坐在他家的泳池边上陪着她读书。那一年春天她搬进来和他一起住，跟她父母说是"找了一个自己的住所"。她父母接受了这个说辞，从没有拜访过杰夫和琳达一起同居的望海公寓十楼，还继续欢迎杰夫每周天都到他们家去共进晚餐。

　　一九六九年的夏天，他构想出了如今消耗他大量精力的这个计划。在某个周天晚上晚餐桌前一起喝咖啡的时候，琳达的父亲在他脑海里种下了这个念头。直到当时，杰夫都一直习惯于不去看新闻，礼貌地拒绝参与国家或世界大事的讨论。但那一周，他曾经的岳父抓住了一个话题，不肯罢休：托尔·海尔达尔刚刚失败的航行以及这位挪威人所做的唐吉诃德式的努力：为了证明早期的探险家驾驶着纸莎草和芦苇做成的船，比哥伦布早三千年就把埃及文化传播到了美洲。

　　琳达的父亲嘲弄海尔达尔的这种构想，认为他那次几近成功的航行完全是失败的，而杰夫虽知道这位身为人类学家的冒险者在一年后的第二次探险中会取得胜利，却没有做声。但是，这次谈话却让他陷入了深思，那天晚上他躺在床上直到黎明彻夜未眠，听着从公寓的窗户底下传来的阵阵浪花声，想象着自己乘坐着自制的轻薄小船在黑暗的海面上漂流，那只脆弱的小船可能敌不过今年这场暴风雨，但它将会重返，征服这片曾经吞噬了它的海洋。

就在那个月他和琳达跟之前一样，驱车去了肯尼迪角，去看雄伟的火星五号火箭在受到控制的猛烈爆发力中将阿波罗十一号飞船送上了月球。火箭发射之后，他们和坐满了看客的数以万计的车辆一起在已经过度开发的黄金海岸上缓慢返程。杰夫的脑子里满是与世隔绝的生活状态，远离人类的日常琐事。那不是他曾经在蒙哥马利溪所追寻过的隐居静养的生活，而是一次孤立的旅行，朝着一个尚未被证明的目标前进的孤单的史诗般的旅程。

海尔达尔了解这种感觉，杰夫确定这一点，就像他们刚刚才看着完成任务的宇航员一样。而在他们当中，没有人比迈克尔·柯林斯更了解这种感受。阿姆斯特朗，从小一点的程度上说，还有奥尔德林，将接受荣耀，迈出那历史性的第一步，说出被篡改了的第一句话，在月球的土地上插下国旗……但当其他船员都在月球表面的那段激动人心的时刻里时，迈克尔·柯林斯比其他任何人都要更加孤单：在远离地球二十五万英里之外，在环绕一个外星世界的轨道上，离他最近的人类位于他下方那颗充满敌意的小星球上的某个地方。当指挥舱带着他经过月球的最远端时，柯林斯甚至不能和他的同伴用无线电联络，也无法看见他出生的那颗遥远的蓝白色星球。他要面对完全孤独、寂静状态下无限凄凉的宇宙，世界上只有其他五个人体验过这种感受。

当他堵在靠近墨尔本的美国一号高速公路长达三十英里的车流中动弹不得时，杰夫就知道，他必须见见这些人，必须了解他们。也许他能因此更好地理解他自己以及他和帕梅拉被迫经历的孤独的时间之旅。

接下来的一周，他去了休斯顿，开启了多次旅程。凭借去年他对厄尔·沃伦的采访，杰夫说服了国家广播公司帮他以自由记者身份取得了美国国家航天航空局的采访证件。他采访了斯图尔特·鲁萨并渐渐与他成了朋友。通过鲁萨，他又结识了理查德·戈尔登和阿尔弗雷德·沃登以及其他人，甚至连迈克尔·柯林斯都是属于相对容易接近的人。全世界的关注和吹捧都集中在真正踏足月球的人身上，而不是曾经留在月球轨道上的那个人，以及将会被留在月球轨道上的其他人。

一开始他是出于要深入了解自己的思想状态才开始这一行动的，但不久之后就超出了这个范围。多年来杰夫第一次运用他作为记者的才能，技巧性地深入探究采访对象的思想与记忆。当他们不再把谈话看成是一场访问，在杰夫的真情流露面前卸下心防，开始从深层次的人性上与他交谈时，他获得了最佳的采访效果。哀婉、幽默、愤怒、恐惧，杰夫用某种方法让这些宇航员吐露出了之前从未公开过的各种情感。他知道，他们对宇宙的特别洞察力是他无法再独自享有的了，而应该与全世界共享。

那年秋天，他写信给海尔达尔，安排在挪威与这位探险家进行第一次会面，然后是在摩洛哥。随着引导杰夫探寻这些特殊任务的原始冲动在他的脑中膨胀，随着他从他们身上收集到的画面和感受呈现出自身的力量，他最终意识到了自己在无意但却毅然决然之中创作出了什么：一本关于自己的书，利用这些一个个孤独的旅行者的隐喻，作为面对他自己独特经历的一种方式，用以诠释他积累起来的得失、悔恨交织而成的色彩斑斓的画卷。

又一连串闪电照亮了远处的风暴云层，黯淡的白色反光在琳达天使般的脸庞上跳跃着。

还有欢乐，他心里想着，用指尖轻轻地在她抬起头对他微笑的脸颊上划过。他也必须分享其中的欢乐。


杰夫的书房，就像位于波卡拉顿南部的希尔斯伯勒海滩上这栋房子里的其他房间一样，能看到海景。他已经越来越依赖能长久地看到这样的景色，听到无休止的海浪声，就像他曾经那么着迷于从蒙哥马利溪的房子里看到沙斯塔山白色峰顶的景色一样。这样的景象抚慰着他，给他安全感，除了在月亮从海面升起的那些夜晚，总让他想起这世上还有一部未完成的电影，还有一段最好被遗忘的时光。

他踩下索尼录音机的脚踏板，即使是透过这台小小的录音回放设备那小小的扩音器，录音带中带着浓厚的俄国腔调的低沉共鸣声还是清晰易辨。杰夫将这次采访内容打印成文的工作已经进行到一半了，而每一次听到这个声音，他的脑海中总能浮现出这个男人在苏黎世那个简朴得出人意料的家，还有摆在他们之间的那张桌子上装着小薄饼和鱼子酱的盘子，以及那瓶冰冻过的胡椒味伏特加，还有他的话。这位长着绝不会被认错的红边胡子的强壮大汉滔滔不绝地生动描绘着世界疾苦，话语中又闪现着智慧的光芒，甚至还有欢笑。在瑞士表达真知灼见的那一周里，杰夫很想告诉这个男人他是多么能体会他的痛苦，多么了解在面对无可挽救的事情时那种无力的愤怒。但当然，他没有这么做。他不能这么做。他没有做声，扮演着初出茅庐但却富有洞察力的采访者的角色，只是录下了这位伟人的思想，让他孤独地面对自己的痛苦，就像杰夫也孤独地面对自己的痛苦一样。

门上响起了一阵犹豫的敲门声，琳达对他喊道："亲爱的，要休息一下吗？"

"当然，"说着他关掉了打印机和录音机，"进来吧。"

她推开门，两手保持平衡地端着一个托盘，上面是两片酸橙派和两杯牙买加蓝山咖啡。"食物来了。"她咧嘴笑道。

"唔。"杰夫吸入咖啡醇厚的香气，还有香橙派清凉的香味，"不只是食物。这远不止是食物。"

"索尔仁尼琴的稿子怎么样了？"琳达交叉腿坐在他桌旁那张特大号软垫椅上，把托盘放在自己膝盖上问道。

"很顺利。我这里要做的工作还有很多，整个材料都非常棒，以至于我都不知道该从哪里开始剪辑或者改写了。"

"比从阮文绍那边取得的材料还要好吗？"

"好多了，"他一边一口接一口咬着那块极其美味的派，一边说道，"阮文绍的那份材料里有很多好的引语，值得收录，但这份材料将会成为这本书的支柱。我真的对此感到兴奋。"

他的兴奋有充分的理由，杰夫知道这一点。从他开始写关于海尔达尔和进入绕月轨道的宇航员的第一本书开始，这个新的计划就在他的脑海中形成了。当那本书在两年前的一九七三年出版时，在书评和销售上都取得了一定成功。他很有信心，这本他此时已经差不多完成调查工作的书将会超越他之前的作品中最好的部分。

这一次，他将要写的是被迫流放，被驱逐而远离家乡、国土和同胞的故事。通过这个主题，他觉得自己可以寻找并传达出引起普世共鸣的核心，通过所有人都经历过的隐喻意义上的流放而产生理解的火花，在这一点上，杰夫比任何前人都更能理解：人人都不可避免地被驱逐出我们曾经活过并抛之身后的那些岁月，告别曾经了解并永久失去的自我。

正如他所告诉琳达的，杰夫从亚历山大·索尔仁尼琴身上所引发出来的漫长的冥想——关于他的流放生涯，而不是古拉格的生活——无疑是他迄今为止收集到的最深刻的观察资料。这本书还将包括他和被废黜的柬埔寨国王西哈努克之间的往来信件，还有他在马德里和布宜诺斯艾利斯对胡安·贝隆的采访，以及在西贡沦陷之后他所获得的阮文绍的反省。杰夫甚至还跟霍梅尼在他巴黎的避难所外交谈过。为了确保这本书完全大众化，他搜寻了几十位普通的政治流亡者的评论，那些人都是逃离了左派或者右派的独裁政权的男男女女。

他所收集到的笔记和录音带里充满了强烈却令人深为所动的故事和情感。杰夫现在面临的任务是要提炼出这数百万衷心诚挚的语言的精华，通过彻底精简并将之并列放在最高效的语境中，来最大程度发挥出它们的原始力量。他打算将书名叫作《柳树上的竖琴》，出自《圣经·旧约》中的《诗篇》：

我们在巴比伦河边坐下，追想起锡安时哭了。

我们把竖琴挂在那里的柳树上……

我们怎么能在异乡唱耶和华的歌呢？


杰夫吃完了香橙派，把盘子放到一边，小口品尝着新鲜煮好的牙买加咖啡那令人陶醉的醇厚滋味。

"你觉得要多久——"琳达开口问道，但她的问题被桌上响起的尖锐的电话铃声给打断了。

"喂？"他接起电话。

"喂，杰夫。"电话那头传来他在三次人生中都熟悉的声音。

他不知道该说什么。在过去的八年里，他曾经无数次想象过这一刻，恐惧而又满怀期待，最后都几乎觉得这一刻再也不会到来。而此时，他发现自己突然间一句话也说不出来，他所精心演练过的开场白就像丝丝白云消散在风中，从脑中消失不见了。

"你方便说话吗？"帕梅拉问道。

"不是很方便。"杰夫说着，不自在地看着琳达。他看得出琳达已经看出了他脸上表情的变化，她正用好奇但却不带猜疑的眼神看着他。

"我明白，"帕梅拉对他说，"我是要晚一些再打过去，还是我们在哪里见个面呢？"

"那样比较好。"

"哪样？稍后再打过去？"

"不，不，我觉得我们应该见个面，尽快安排一个时间。"

"你能到纽约去吗？"她问道。

"可以。随时都可以。什么时间跟地点？"

"这周四，可以吗？"

"没问题。"他说。

"那就定在周四下午，地点在……皮尔怎么样？酒吧那里？"

"可以。两点？"

"最好安排在三点，"帕梅拉说，"我一点在曼哈顿西区有一个约会。"

"好的。我——我们周四再见。"

杰夫挂掉电话，他可以感觉到自己看起来一定脸色苍白，全身发抖。"这是……大学的一个老朋友，马丁·贝利。"他说了谎，他讨厌自己撒谎。

"哦，对，是你的室友。出了什么事吗？"她的声音和表情所表现出的关切都十分真诚。

"他和他妻子之间出了严重的问题。看起来他们可能要闹离婚。他感到十分沮丧，需要找人聊一聊。我打算去亚特兰大待两天，看看能不能帮上什么忙。"

琳达展开了笑脸，充满同情而天真无邪，但杰夫并没有因为她如此欣然相信他临时编出的谎言而感到轻松。他只感到罪恶感像一把利刃刺痛了他。而他因为自己将在三天之后与帕梅拉重逢而感到的一阵不可否认的欢欣之情，让这种罪恶感变得更加强烈。

# 第十八章　短暂的相见

　　杰夫两点二十分从皮尔酒店的房间乘坐电梯下了楼，向左转，穿过标志着皮尔咖啡厅镶嵌着黄铜标识的灰色意大利大理石。他找了一张面向狭长的酒吧后方的安静的桌子，点了一杯喝的，紧张地盯着门口，等待着。他对这间饭店有太多回忆：在他第一次重生刚开始时，他和夏拉就在这里的某一间房间里看完了一九六三年世界联赛的好几场重要比赛。而在过去的几十年里，他经常来到这里，通常都是和帕梅拉一起。

　　她在差五分钟三点的时候走了进来。她那一头顺直的金发依然是他记忆中的模样，她的眼睛也没有变。她丰厚的双唇还是摆出他所熟悉的那种严肃的神情，但没有了他们在马里兰的最后那几年时间里他所见到的那种痛苦、下垂的紧绷状态。她带了一对精致的祖母绿耳环，跟她眼睛的颜色相得益彰，身上披了一条狐皮披肩……还穿了一件浅灰色、剪裁时髦的孕妇装。帕梅拉已经怀孕五个月了，也许是六个月。

她走到桌旁，抓起杰夫的手，静静地握着好长一段时间没说话。他低下头，看到了那只没有花纹的黄金婚戒。

"欢迎回来，"她在他对面坐下时，他说道，"你……看起来很美。"

"谢谢。"她小心翼翼地说道，眼睛盯着桌面。一位侍者站在一旁，她点了一杯白葡萄酒。他们始终保持沉默，直到酒摆到了她面前。她抿了一口，然后开始把酒巾放在指间摩擦起来。

杰夫笑了，他记起来了。"你要开始撕那张纸吗？"他轻声地问。

帕梅拉抬眼看着他，也笑了。"可能吧。"她说。

"什么时候——"他开口之后又停了下来。

"什么时候怎么样？我什么时候开始重生，还是我什么时候生孩子？"

"我想这两个问题我都想知道。随便你从哪一个开始回答。"

"我已经回来两个月了，杰夫。"

"我知道了。"这一回是他先把头转向一边，盯着缎料布帘映衬着的金色灯台。

帕梅拉把手伸过桌面，摸到他的手臂。"我没法鼓起勇气打电话给你，你能理解吗？并不仅仅因为我们上一次重生中的分歧，而是……因为这个。这对我而言在情感上是一次严重的震撼。"

他态度柔和了起来，转过头看着她的眼睛。"对不起，"他说，"我知道这是肯定的。"

"当时是在新罗谢尔的一家童装店里。我正在买童装。我的小儿子，克里斯托夫——他三岁了——跟我在一起。然后我感觉到自己的肚子，我就明白了，然后……我就崩溃了。我开始啜泣，当然这让克里斯托夫吓坏了。他开始哭喊，'妈妈，妈妈'……"

帕梅拉的声音沙哑了起来，她用那张纸巾轻擦自己的眼睛。杰夫抓起她的手，抚摸着直到她恢复了镇定。

"我现在怀着的是金伯莉，"她终于轻声说道，"我的女儿。她将在三月份出生。一九七六年三月十八号。那将是美好的一天，更像是四月底或五月初的天气，真的。她的名字意思是'来自皇家牧场'，我一直都说她带来了春天。"

"帕梅拉……"

"我从没想过会再次与他们相遇。你无法想象——即使是你也无法想象过去、现在，还有将来的十一年，接近十二年的日子对我而言是什么样的感受。因为我对他们的爱更胜往日，而这一次，我知道我将会失去他们。"

她又开始掉眼泪，杰夫知道他说什么也无法抚慰她的心情。他想到如果他能再次将自己的女儿格雷琴拥入怀中，看着她在达奇斯县那所房子的花园里玩耍，却始终知道她将在某一天的某一时刻从他生命里再次消失，那将会是什么样的感受。不真实的狂喜，无法估量的心痛，完全不可能将这两者分开。帕梅拉是对的，这两种相伴的情感带来的不堪承受的长久煎熬，就连他那敏锐的心思也无法体会。

过了一会儿，她离开桌子，私下去擦干眼泪。等她回来的时候，脸上的泪迹已经干了，重新施了淡妆，显得洁净无瑕。杰夫又为她重新点了一杯酒，也为自己点了一杯。

"你呢？"她平心静气地问道，"你这次是什么时候回来的？"

他犹豫了一下，清了清喉咙。"我是在迈阿密，"他说，"一九六八年。"

帕梅拉思考了一阵子，用深表理解的眼神看了他一眼。"和琳达在一起。"她说。

"是的。"

"现在呢？"

"我们还在一起。没有结婚，还没结，但是……我们同居了。"

她心照不宣地忧愁一笑，将手指沿着酒杯边缘绕着圈。"你快乐吧。"

"是的，"他承认，"我们都很快乐。"

"那我为你感到高兴，"帕梅拉说，"我是真心的。"

"这一次不太一样，"他详述道，"我做了输精管切除术，所以她再也不用经历之前怀孕时的麻烦了。我们可能会领养一个孩子，我可以应付得来。我之前就领养过，在和朱迪结婚的时候。领养的孩子不一样……你知道我的意思。"杰夫停顿了一阵子，后悔又提起了孩子这个话题，又赶紧快速地继续往下说。"经济保障对我们的关系有很大帮助，"他说，"我没有把心思全都放在投资上，但我们过得十分舒适。我们在海滨有一栋很不错的房子，经常去旅行。我现在在写作，做一些回报性很高的工作。对我来说这是一种治愈的过程，甚至比我独居在蒙哥马利溪的那个时候更甚。"

"我明白，"她说，"我读过你的书，内容很动人。帮我放下了很多我们在上一次重生中存在的问题，那些痛苦。"

"你——对了，我都忘了你已经重生了两个月了。谢谢。很高兴你喜欢。我现在在写的这一本是关于流放，我采访了索尔仁尼琴、贝隆……等我写完之后会给你寄一本影印稿。"

她垂下眼睛，一只手拖着下巴。"我不知道这是不是一个好主意。"

杰夫想了一会儿才明白她的意思。"你是说你的丈夫？"

帕梅拉点点头。"并不是说他是一个嫉妒心强的男人，但是……哦，天哪，我要怎么说？如果你和我依然保持联系，还互相写信、打电话和见面的话，将需要太多解释。你看不出这样会多么尴尬吗？"

"你爱他吗？"杰夫强忍情感问道。

"并不像你爱琳达那样，"她说话的声音平稳却冷淡，"史蒂夫是一个正派的男人，他用自己的方式关心我。但我所想的主要是孩子。克里斯托夫才三岁，金伯莉甚至还没有出生。我不能在他们都还没机会了解自己的父亲之前就把他们从自己父亲身边带走。"她的眼中突然冒起了怒火，但她抑制了下去。"即使是你希望我这么做。"她补充道。

"帕梅拉……"

"对于你对琳达的感情，我无法去怨恨，"她说，"我们已经分开太久了，不可能再有那么强的占有欲，而且在我知道你和她之间，在第一次人生中出现问题之后，你们能成功经营这段关系对你而言有多么重要的意义。"

"这一点不能改变我对你的感情。"

"我知道，"她柔声说道，"这跟我们俩没有关系，但这是真实存在的，而现在对你而言这才是首要的。就像这次我必须专注于我的孩子，我的家庭一样。我非常需要这一切。"

"你已经不再生气了吧，对于——"

"上一世跟拉塞尔·赫奇斯发生的一切吗？不，我不生你的气。那是我们二人共同发起的，我们做了认为是对的事情。有好多次，特别是在最后的几个月里，我都想要找你，为责备的事跟你道歉……但我太倔强。我无法承受自己的罪恶感。我得让别人来承担才能让自己的精神保持正常，那个人应该是赫奇斯，而不是你。对不起。"

"我明白，"他对她说，"我当时也做错了，虽然很困难。"

她眼神里的渴望和深切的懊悔，映照出他自己的情感。"现在就更难了，"她说着用自己光滑的手掌盖住他的手，"我们俩都需要互相体谅。"

　　那间画廊位于特里贝克地区的钱伯斯街上，也就是运河街以南的三角区，这里已经取代索霍区成为曼哈顿主要艺术家的聚集地。但从八十年代中期开始，曾经发生在索霍区的大量艺术家外撤也同样开始在特里贝克区上演：在哈德逊河瓦瑞克街两旁，时髦的酒吧和餐馆像雨后春笋般冒了出来，商店和画廊里的商品价格开始反映出上城区主顾们的购买力，复室空间价格高涨。不久之后那些因为他们的到来而让这片一度荒凉的城市一隅变得兴旺繁荣的年轻画家、雕塑家和表演艺术家们都被赶到新的波西米亚地区，去往这片拥挤的岛上那些完全不受欢迎，因而让他们能负担得起的地方。

　　杰夫看到了标志着霍桑画廊的那块低调的黄铜牌匾，带着琳达走进这栋翻修过的建筑，这里曾经是一个工业库房旁的公寓套房。他们走到没有什么装饰却显得十分高雅的接待区，白色的墙面和天花板，一张低矮的黑色沙发面对着一张有弧度的黑色桌子。唯一的装饰物就是一件悬挂的做工极其精美的铁质艺术品，那细长的旋涡形状就像是早期新奥尔良的大门和阳台上标志性的做工精细复杂的金银丝铁制工艺品的提炼与延伸。

　　"有什么能帮助您的吗？"桌子后面那位小巧纤瘦的年轻女人问道。

　　"我们是来这里参加开幕典礼的。"杰夫说着递给她那张带着浮雕图案的邀请帖。

　　"好的，"她说着在一张打印出来的列表上划掉了他们两个人的名字，"请直接进去吧。"

　　杰夫和琳达走过桌子，走进了画廊的主空间。墙面依然是质朴的白色，但是专门用于展示那些若不是经过如此细致的排布设计，看起来很可能会像是乱七八糟的图像的作品。一整间偌大的房间被分隔出舒适的小隔间，正适合用来静静地欣赏摆在其中的那些引人沉思的作品。而那些大型作品则被展示在开放的大空间里，更加强化了作品宏伟壮观的效果。

一幅二十英尺高的帆布画支配了整个画廊的空间，展示着仅存在于艺术家想象之中的海底景观：画里一座祥和宁静的山峰高耸在波浪之下，那绝对不会被认错的独特对称性被清楚地描画了出来，山尖上的积雪完全不被周围的海水影响。一群海豚在低处的山坡裂隙中游来游去。走近去看，杰夫可以看到其中两只海豚拥有明显属于人类的永恒之眼。

"这……太了不起了，"琳达说，"看，看那边那一幅。"

杰夫转身朝她指的方向看去。那幅小一点的画作一点也不比那座被淹没的山的作品逊色。这幅作品描绘了从滑翔机上看到的景象，画面延伸开来，像是从广角镜中看到的景象，包含了一百八十度视野内的景象。在前景中可以看见滑翔机的方向舵杆和支柱，透过窗户，可以看见附近的另一架滑翔机……两架滑翔机都在翱翔，但并非在蓝空之上，而是在无尽的太空里，绕着一颗带有暗橘色光环的星球轨道飞行。

"很高兴你能来。"杰夫听见身后有一个声音说道。

这一次岁月对她十分仁慈。她的脸上完全看不到憔悴、形容枯槁的呆滞感，在马里兰以及他们第一次与斯图尔特·麦科恩见面后在纽约的那些日子里，她的脸上曾一度布满那种表情。虽然她很显然已经是一个三十多岁的女人，但脸上依然闪耀着心满意足的清澈光辉。

"琳达，我给你介绍一下这位帕梅拉·菲利普斯。帕梅拉，这是我的妻子，琳达。"

"很高兴能见到你，"帕梅拉拉住琳达的手说道，"你比杰夫跟我说的还要漂亮。"

"谢谢。我都没法跟你形容，你的作品给我留下了多么深刻的印象，真的是太了不起了。"

帕梅拉亲切地笑了。"听到这种溢美之词真是太开心了。你还应该去看看那些小一点的作品，它们不像这些这么堂皇庄重。我觉得其中一些作品甚至还挺幽默的。"

"我很期待看完整个展览，"琳达热切地说，"谢谢你邀请我们来。"

"我很高兴你们能从佛罗里达赶过来。多年以来我一直是你丈夫的书迷，在我们上个月见面之前就是了。我觉得他和你应该会感兴趣来看看我所从事的事情。"

帕梅拉转向站在附近的一群人，他们正啜饮着酒，一点点吃着小盘子里的加了松仁和罗勒青酱的意面沙拉。"史蒂夫，"她叫道，"过来这边，我想给你介绍一些人。"

一位面目友善，戴着眼镜，穿着一件灰色斜纹布夹克的男人从人群里退出来，向他们走了过来。"这位是我的丈夫，史蒂夫·罗比森，"帕梅拉说道，"我在工作上使用婚前姓，菲利普斯，在生活中用罗比森。史蒂夫，这是杰夫·温斯顿与他的妻子，琳达。"

"很高兴认识你们。"那个男人脸上堆满笑容，握住杰夫的手，"真是太高兴了。我认为《柳树上的竖琴》是我读过的最好的作品之一。还得了普利策奖，对吗？"

"是的，"杰夫说，"我很高兴它能引起这么多人的共鸣。"

"很了不起的一本书，"罗比森说，"还有你的上一部作品，是关于人们重返成长之地的故事的，是紧随其后的第二名。帕梅拉和我长久以来都是你的超级粉丝，我相信你的一些思想也对她自己的作品产生了一定影响。当她告诉我她几个星期前在从波士顿起飞的飞机上遇到你时我觉得难以置信。真是太棒的巧遇了！"

"你一定非常以她为傲。"杰夫说，回避了他和帕梅拉编造出来解释他们是如何认识的经过。她曾在今年夏初就写信给他，在邀请他秋末来参加这次开幕典礼之前，就要求至少跟他短暂地会一次面。杰夫今年甚至都没有去过波士顿。帕梅拉是独自飞了个往返，以使他们预先安排好的故事变得可信，而他则在亚特兰大待了一周，在埃默里大学校园散步，回想着从那里的宿舍醒来的那天早晨之后自己所经历的一切。

"我非常为她感到骄傲，"史蒂夫·罗比森说着伸出一只胳膊搂住自己的妻子，"她不喜欢我这么夸奖她，说这样听起来好像她不在场似的。但一想到她在抚养了两个孩子的情况下还能在这么短的时间内完成这样的成就，我还是忍不住要夸耀一下她。"

"说到孩子们，"帕梅拉笑着说，"他们就在那边那尊凤凰雕像旁边。希望他们表现得规矩一点。"

杰夫往画廊对面看去，看到了那两个孩子。那个男孩，克里斯托夫，是个显得笨拙的讨人喜欢的十四岁孩子，正在迈向成年的边缘；还有十一岁的金伯莉，已经看起来像是帕梅拉年轻时候的复制品了。十一岁，只比格雷琴小了两岁，当——

"杰夫，"帕梅拉说，"有件作品我特别想带你去看看。史蒂夫，你去帮温斯顿太太拿些意面和酒吧。"

琳达跟着罗比森走向供应食物和酒的地方，帕梅拉则领着杰夫走向围成圆柱状的一个空间，位于整个画廊的中央，是一个房中房的设计。几个人正排队等候进入这个小隔间，隔间外面镶着一张小卡片，上面要求房间里一次只能有四位以下的参观者。帕梅拉把卡片翻了一面，上面写着"因整修暂时关闭"。她向排队的人致了歉，告诉他们她需要调整一下设备。他们理解地点点头，离开走向其他展区。过了一会儿，四位参观者从里面走了出来，帕梅拉带着杰夫走了进去，关上了身后的门。

房间里正在展示录像画面，漆黑的圆柱墙上镶嵌着十二个大小不一的彩色屏幕，展区中央放着一张圆形的皮制椅子。屏幕的光从四面八方闪烁出来，不论观影者处于哪个方向，画面都在离他一臂之遥的地方。杰夫的眼睛随意地从一个屏幕跳到另一个，聚焦、调整。随后他开始明白自己看到的东西是什么了。

是过去。他们的过去，他和帕梅拉的。他首先注意到的是新闻的连续镜头：越南、肯尼迪被暗杀事件、阿波罗十一号，接着他看到了各种电影、电视节目和旧的音乐录影带的片段……突然他在其中一块屏幕上瞥见了他在蒙哥马利溪时候住的小屋，另一块屏幕上短暂地定格了朱迪·戈登大学纪念册的照片，接下来是她成年后的影像资料，和她的儿子肖恩一起对着镜头挥手，那个男孩曾在另一世里因为看过《星海》这部电影而研究起了海豚。

此时杰夫的眼睛迅速从一块屏幕看向另一块，想要把全部画面都尽收眼底，不想错过任何画面：夏多克赢了一九六三年的肯塔基德比赛马会，他父母亲在奥兰多的房子，西德尼·贝凯特的竖笛声穿透他灵魂的那一家巴黎的爵士俱乐部，他看着帕梅拉开始重生的那所大学酒吧，附近他的庄园的庭院……还有在其中一块屏幕上，展示着马卡略岛那位于山坡上的那个村庄的一个长镜头；镜头慢慢拉近，展现出帕梅拉死去的那栋别墅，然后又突然切换成她十四岁时和她的父母亲在西港镇的家里拍摄的一段模糊的家庭影像的片段。

"我的天哪，"他们所经历的所有重生之中的画面剪辑而成的蒙太奇式组接镜头让他惊呆了，"你是从哪里找到这些的？"

"有一些很容易就找到了，"她说，"那些新闻资料的镜头是现成的。至于其他的，大部分都是我自己拍的，在巴黎、加州、亚特兰大……"她脸上挂着微笑，闪烁的屏幕照亮了她的脸庞。"为了这个作品，我做了很多次旅行。去了一些我熟悉的地方，还有一些我只是听你说过的地方。"

此时其中一块屏幕上显示出一家医院的走廊和病房，床上全都躺着孩子。杰夫猜测这就是她在第一次重生当医生的时候那家位于芝加哥的诊所。另一块屏幕上是他们曾经在基韦斯特租过的一条船，停泊在一块荒无人烟的岛上，他们就是在那座岛上决定开始寻找其他重生者的。周围的画面不停地播放着，不停播放着的动态画面展示着他们数次人生的拼贴画面，有的是在一起的，有的是分开时候的。

"难以置信，"他低声说，"我无法形容我多么感激能有机会看到这样的作品。"

"我是为你做的。为了我们。没有其他人能理解。有一些评论家的诠释会让你觉得很好笑。"

他把眼睛从屏幕上转开，看着她。"这一切……这一整场展览……"

帕梅拉点点头，回应着他的眼神。"你以为我忘了吗？还是我已经不在乎了？"

"过了这么久了。"

"是太久了。一个月后，我们要从头再来。"

"下一次。下一次是属于我们的，如果你愿意的话。"

她转头看向其中一块屏幕，上面播放的画面是他们第一次长谈时所在的那一间位于马里布的海边餐厅。当时因为她打算拍一部电影，让全世界相信真实世界的循环本质，导致他们第一次出现了意见不合。

"这也许是我的最后一世了，"她静静地说道，"这一次我的偏离时间几乎达到了八年，下一次我要到八十年代才能回来。你会等我吗？你会——"

他把她拥入怀中，用嘴唇封住了她担心的话语，他的双手抚摸着她，让她安下心。他们在那个安静的隔间里拥抱在一起，周围播放着他们几世人生的画面反射出的光辉照亮了隔间，一同度过仅剩的一次短暂人生的承诺温暖着他们的心。


"出了什么问题，你能听见我说话吗？把那该死的电视关小声点。你是从什么时候开始喜欢看滑冰的？"

是琳达的声音，但不是他所熟知的那个声音。不，这是来自许久之前的声音，因为压力和讽刺让声音充满了紧张感。

她大步走进房间，关掉了电视的声音。在静音的屏幕上，桃乐茜·海弥尔在冰面上优雅地跳跃旋转，每一次她完成一个动作，她的一头短发都能完美地落在原来的位置上。

"我说了，晚饭已经做好了。如果你要吃的话就过来拿。我也许是这家里的厨子，但我不是一个仆人。"

"没关系，"杰夫说着，尽力调整自己，试着分辨出这个新环境，"我不是很饿。"

琳达向他摆出一副嘲弄的不悦之色。"你的意思就是说，你不愿意吃我煮好的东西。也许你想要吃龙虾，嗯？再配一点新鲜的芦笋？再来点香槟？"

桃乐茜·海弥尔正在做最后一次快速旋转，在旋转之中她身上的红色溜冰短裙在大腿上形成一圈模糊的影子。当完成比赛动作时，她露出了微笑，对着镜头眨了眨眼睛，随后电视上以慢动作回放了这一个表情：甜美的欢欣，慢慢展开的笑容就像一轮升起的太阳，被放慢速度的眨眼动作看起来显得既端庄又性感。在那被延长的时间里，这个女孩就像是清新活力的青春象征。

"你就告诉我，"琳达厉声说道，"你就告诉我你不想吃碎肉卷的话，明天是要吃什么美味佳肴。然后再告诉我我们怎么能负担得起——你要告诉我吗？"

桃乐茜·海弥尔的笑容定格画面渐渐消失在一片黑暗中，画面变成了美国广播公司所拍摄的前往奥地利因斯布鲁克的一次迷你旅行。一九七六年的冬奥会。他和琳达应该是在费城。实际上应该是新泽西的卡姆登，他在河对岸的 WCAU 广播公司工作的时候就是住在那里。

"嗯？"她问道，"如果我们下个星期不吃牛肉糜或者鸡肉的话，还能买什么，你有什么聪明的建议吗？"

"琳达，求你了……我们不要再这样了。"

"不要怎样——杰弗里？"

她知道他多么讨厌自己名字的全称。一旦她叫了这个名字，就是摆明了要激怒他吵一架。

"我们不要吵架了，"他恳切地说，"没什么好吵的了，一切都……变了。"

"哦，真的吗？像这样吗？"她把双手放在臀部上，慢慢地转了一圈，夸张地审视着这狭小的公寓和租来的家具。"我没看出有任何地方发生了变化。除非你要告诉我这么多年之后，你终于找到了一份收入好一点的工作。"

"别提工作了。跟这个没关系。我们不用再为钱的事情烦恼了。"

"这是什么意思？你中彩票了吗？"

杰夫叹了一口气，用遥控器关掉了令人分心的电视。"这不重要，"他对她说，"不会再有财务方面的问题了，就是这样。目前你只要相信我的这句话就行了。"

"吹牛。这是你的专长，不是吗？从很久之前，你就成天把'广播新闻事业'挂在嘴上，说你会成为炙手可热的新闻记者，成为晚期的爱德华·默罗。天哪，你用花言巧语欺骗我！最后的结果是怎样的？从一家小电台换到另一家，跑遍了全国，只为了住在这样一个蹩脚的地方。我觉得你是害怕成功，杰弗里·温斯顿。你害怕进入电视行业，或者进入这个行业的公司去，因为你害怕自己没有能力去应付那样的工作。而我也开始觉得你没这个本事。"

"别说了，琳达，马上住口。你这样对我们两个人都没有任何好处，而且没有任何意义。"

"当然，我会住口的。我会永远闭上嘴。"

她冲进厨房去。他听见她愤怒地为自己准备晚餐的声音，故意在摆放餐具的时候弄得哐当作响，把烤箱的门用力摔上。她又使出"冷战"这一招了。这习惯大约从这个时候开始养成，然后随着岁月的增长，使这一招的时间会变得越来越长，也越来越频繁。他们之间争论的话题几乎总是关于钱，但钱只是他们之间分歧的最明显的起源。真正的问题是来自更深层次的原因，源于他们无法沟通真正困扰他们的事情，比如子宫外孕这件事，这就进一步加剧了他们之间的分歧。那件事发生在一年之前，他们之间从未公开探讨过这件事带来的挫败感对他们俩都意味着什么，他们应该要如何克服，并一起跨过这一道坎。

杰夫往厨房看去，看到琳达痛苦地弯腰驼背伏在桌旁吃着晚餐。她甚至都不愿意抬头看他一眼。他闭上眼睛，想起了她抱着一束雏菊出现在他门口的情形，脑海里浮现出她迎着暖风站在法国游轮甲板上的模样。他意识到那是另外一个人，是他从一开始就分享内心最深处的情感的人，尽管他没有告诉她无数次重生中的细节。现在他们之间已经定下了沉默的基调，如果他们都对重要的事闭口不谈，此时就算拥有全世界的金钱也于事无补。

　　他从小小的走廊壁橱里找出一件外套穿上，离开了公寓。他走的时候他们连一句话都没有说。

　　外面的雪肮脏斑驳，完全不像电视里看到的因斯布鲁克那洁白无瑕的雪片，正如厨房里的这个女人也不像他过去十九年来一直深爱着的那个琳达。

　　他决定这一次要尽快赚到钱，确保她在下半辈子有足够的钱能过上衣食无忧的日子，但现在他没办法让自己留在这里。唯一的问题是，不管是什么时候，在帕梅拉来之前，他应该怎么让自己度过这段时间。

# 第十九章　安稳

帕梅拉第一眼看到的景象，是蓝色的松鸦在厨房的窗户外面飞来飞去，忙着在后院的榆树上筑巢。她看着鸟儿在空中跳着华美的舞，深长地吸了几口气，让自己平静下来，然后才开始环顾四周，开始走动。

她正在煮咖啡，正要把过滤器放进咖啡机里。厨房温暖舒适，是她所熟悉的。这跟她上一世时候的厨房不一样，但她从重生开始之前的第一世起就清楚记得这个厨房。上一次重生她在这里度过的时间并不长，当时她忙于工作室的事情，一直在作画和雕刻，雇来的女佣对这个房间风格的影响要超过她自己。此时，这间厨房印刻着她自己的个性特征，至少显现了她在第一世时的个性特征。

桌面上摊开着一本芭芭拉·卡特兰的小说，旁边放着一本《居家设计与园艺》。冰箱的门上用玉米穗或芹菜梗形状的小块磁铁贴着各式各样给她自己看的剪报和便笺纸。其中一个橱柜上贴着一张她画的孩子们的画像——画得很不错，但在明暗和构图上就缺少了她通过其他几世的人生练就的更为细腻的技巧。厨房的桌子上方挂了一幅大型日历。上面翻到的时间是一九八四年三月，而日期已经被整齐地划到快接近月底的地方了。帕梅拉已经三十四岁了。她的女儿金伯莉刚满八岁，克里斯托夫是十一岁。

她把咖啡过滤纸放到一边，正要走出厨房，但她记起了什么事，又停下了脚步，脸上露出了微笑。她打开厨房台面下较低位置的一个抽屉，在放着面粉和米的盒子后面翻来找去……果然，就在那里，就在她平时一直藏放的地方：一个装着大约一盎司大麻和一包好卷牌卷烟纸的塑料密封袋。这是当时她的一个私密恶癖，当时她只有抽大麻时才能真正逃离单调乏味的家务活和当时所谓的"教养子女"的责任。

帕梅拉把大麻又放回了原位，走进了客厅。里面挂着一张全家福，旁边还有两张她大学时期的画作。这两幅作品中展现出来的潜力在这一次人生中都没有机会得到发展。她为什么要让自己的才能荒废这么久呢？

她听见从楼上传来低沉的音乐声：辛蒂·罗波正在用她动画人物一般轻快的嗓音唱着《女孩们只想玩乐》。金伯莉一定已经放学回家了，克里斯托夫可能正待在他自己房里，玩着他们在那年圣诞节买给他的那台苹果二代电脑。

她坐在大厅的椅子上，从电话桌上拿了一支铅笔和一本便笺纸，开始打电话查询纽约市的登记电话。曼哈顿和皇后区都没有姓名为杰夫或杰弗里·温斯顿的电话名册。也没有叫琳达或是 L. 温斯顿的。但这本来也是可能性极小的瞎猜而已，没理由认为他会回到纽约去。帕梅拉又开始查起来，这次查的是奥兰多。他父母的号码是登记在册的。她拨打了过去，杰夫的妈妈接起了电话。

"喂，我叫帕梅拉·菲利普斯，我——"

"哦，我的天啊！杰夫告诉我们你会跟他联系，但是上帝啊，那已经是几年前的事了。我想应该是三年前了，甚至可能是四年前了。"那个女人的声音变小了，她显然是把头从话筒边移开了，对着旁边的人喊道："亲爱的！电话里是杰夫说可能会打电话过来的叫菲利普斯的女孩，你还记得吗？你能把他寄来的信帮我找出来吗？"她又拿起了电话。"帕梅拉？亲爱的，你等一下，这里有杰夫给你留的一条信息。我的丈夫正在给我拿来。"

"谢谢。您能告诉我杰夫在哪里吗？他现在住在哪里？"

"他在加利福尼亚，住在一个小镇上——嗯，他说是在镇外面——一个叫蒙哥马利溪的地方，靠近俄勒冈州。"

"对，"帕梅拉说，"我知道那里。"

"他说你知道的。你要知道，他在那里连电话都没有，你能想象得到吗？这让我急坏了，想想要是有什么紧急情况的话该怎么办，但他说那种情况下他有一台短波收音机可以用。我都不知道他怎么会突然有这种想法，一个成年人辞了职离开自己的妻子，还——哦，真对不起。希望我没有说什么不合宜的话——"

"没关系，温斯顿太太。真的。"

"嗯，不管怎样，这件事真是太奇怪了。如果是发生在一个上大学的小伙子身上还可以想象，但对于像他这种年纪的男人来说——他马上就要四十岁了，你知道——哦，谢谢你，亲爱的。帕梅拉？我拿到他寄过来给你的信了。他说我们要直接打开来念给你听。你有笔之类的吗？"

"我已经准备好了。"

"好，那让我看看……噢。经过这么长时间，又经历了这么多神神秘秘的事，你可能觉得他应该有更多要说的话。"

"信上说了什么？"

"只有一行字。上面写着'如果你要过来，务必带上孩子们。我爱你。杰夫。'就只有这些。你听明白了吗？需要我再念一遍吗？"

"不用了，"帕梅拉说，她突然发红的脸上渐渐咧开嘴露出一个大大的笑，"太感谢您了，我已经完全明白信上的意思了。"

她放下电话，朝楼梯的地方看去。克里斯托夫和金伯莉现在年纪已经足够大了。他们一开始会抗拒离开家的主意，但她知道他们很快就会爱上蒙哥马利溪和杰夫。

此外，帕梅拉咬着嘴唇想道，用不了多久时间的。在他们上高中之前，他们会回到新罗谢尔，回到他们的父亲身边。

三年半。她的最后一次重生。她被延长的不同寻常的人生的最后几个月时间。

她打算要尽情享受这些时光。


这雨下起来没完没了，又不痛痛快快下完，只是沉闷地断断续续下个不停。

他们已经被困在家里两天了。东西都开始发霉，潮湿的空气里都是皮制背心发霉的味道，克里斯托夫把它放在走廊栏杆上挂了一晚上，第二天早上又拿进屋里来放在火炉旁边烤干。

"金伯莉！"帕梅拉的声音中透出被激怒的沮丧感，"能不能拜托你不要再敲那块盘子了！"

"她听不到你说的话。"克里斯托夫说着，从桌子上方探过身子，把小型泡沫耳机从她妹妹的左耳拿下来，"妈妈让你停下来。"他喊着以盖过耳机里传出的麦当娜《宛如处女》的微小音量。

"实际上，是要你关掉音乐，"帕梅拉说，"我们都在吃午饭的时候你自己一个人听音乐是很不礼貌的。"

小女孩做出一个饱受委屈的鬼脸，噘起了嘴，但还是听话地把耳机摘下来，并把随身听放到旁边。"我想再喝一杯牛奶。"她用任性的语气说道。

"我们已经没有牛奶了，"杰夫提醒她，"我明天早上会去镇上，到时候我会带一些回来。如果你想的话，可以跟我一起去，到时候可能雨已经停了，我们可以去瀑布边上走一走。"

"我已经看过瀑布了，"金伯莉嘀嘀咕咕地说道，"我想要看 MTV。"

杰夫宽容地露出微笑。"算你运气不好，小家伙，"他说道，"但我们可以听短波收音机，听听上面报道的中国或者非洲的事情。"

"我不在乎中国或者非洲的事！我好无聊！"

"那我们就来聊聊天，"帕梅拉提议道，"人们都这么干的，你知道。"

"对，没错，"克里斯托夫咕哝道，"他们哪来那么多东西可以聊？"

"有时候他们会互相讲故事。"杰夫插嘴道。

"这是个好主意，"帕梅拉高兴起来，"你们想听我讲个故事吗？"

"噢呀，妈妈，拜托！"克里斯托夫抗议道，"你把我们当成什么，还在上幼儿园还是怎样？"

"我不知道，"金伯莉沉思着说，"也许听个故事会挺好玩的。我们好久没这么做了。"

"你愿意至少试一试吗？"帕梅拉问她的儿子。他耸了耸肩膀，没有回答。

"嗯，"她开口道，"几千年前，有一只叫作塞塔西亚的海豚。有一天她脑子里突然产生了一个奇怪的新觉悟，像是从她所在的大海上空和更加遥远的地方传来的想法。当时，海豚和人类有时候是会相互对话的，但是……"

在绵绵夏雨的背景声中，她给他们讲述了《星海》的故事，讲述连结着地球、海洋和外星球上的智慧生物的爱的希望……那灾难性的损失，在人类第一次和海洋家族取得全面接触时，使得那一刻既悲又喜。

孩子们一开始有点坐立不安，但随着故事的继续，他们听得越来越入迷。他们的母亲用口头讲述的方式重现了这部电影的情节，她曾经因这部电影获得全世界的赞誉，并因它与杰夫走到了一起。当她讲完的时候，金伯莉啜泣起来，但她年轻的双眼里闪现出超凡脱俗的狂喜。克里斯托夫别过脸去对着窗户，久久不语。

黄昏前，阴云密布的天空透下一道阳光，杰夫和帕梅拉站到外面的走廊上，看着阳光慢慢消逝。孩子们选择待在屋里，金伯莉向帕梅拉借了一些水彩，正在画着星星和海豚，而克里斯托夫则沉浸在约翰·李利的书中。

千变万化的光线在被雨水浸透的草地上欢快地嬉闹着，成千上万颗水珠在刚刚修剪过的草地上闪闪发光，像一片绿色火焰之中的神秘宝石。杰夫静静地站在帕梅拉身后，双手环抱着她的腰，脸颊靠着她的头发。就在阳光消逝前，他对着她的耳朵低语，念着布莱克的一句诗："一沙一世界，"他低声道，"一花一天堂。"

她双手紧贴着杰夫的手，轻柔地念完了整首诗："手心握无限，"她说，"须臾纳永恒。"

拖曳飞机滑行到指定的位置。当飞机停下来，引擎还在运转的时候，负责绳索的小伙子跑出来，将滑翔机上两百英尺长的尼龙绳挂到前头空转的塞斯纳飞机的尾部。

　　"克里斯托夫，愿意帮我去检查一下飞机的操纵装置吗？"杰夫对坐在他面前的学员座位上的男孩说。

　　"当然，"帕梅拉的儿子回答道，认真的语气之中流露出为自己不仅仅是陪同乘坐飞机，而是能参与到准备工作中而感到自豪。男孩左右扭动滑翔机的控制杆，两侧机翼尾部的副翼随着他的操控摆动起来。随后他前后推动控制杆，杰夫回过头去看着机尾处的升降舵随着控制上下摆动，然后随着克里斯托夫的脚在踏板上移动，飞机的方向舵摇动起来。所有的操纵装置看起来都处于良好的工作状态之中，杰夫露出微笑表示赞许。

　　他们前面的拖曳飞机开始缓慢前进，慢慢将绳索的松弛部分拉紧。飞行员摆动方向舵询问："准备好了吗？"杰夫也相应地左右摇摆自己的方向舵表示回应。塞斯纳飞机拖着后面的滑翔机沿着跑道滑行起来。负责机翼的男孩跟着跑起来，让飞机保持水平状态，并让它迎风前进。杰夫的双眼紧盯着拖曳飞机，根据前方的地平线判断自己的机翼是否处于水平状态。他们加起了速度，地勤人员被抛到后面，杰夫轻轻拉回控制杆。他们升上了天空。

　　杰夫从眼角看到前面那座山的基部附近有一些旋涡状蓬松的云朵。这是一个好征兆，这意味着不稳定的潮湿空气和热气流正在形成。但现在没时间去看云了。他专心地盯着拖曳飞机和那条绳索，让尼龙绳索精确地保持笔直状态，平稳地跟着塞斯纳飞机转了个弯。

　　他们到达了预设的高度，位于山的低坡上方三千英尺的高度。杰夫拉动了释放旋钮，等了一会儿，看着松开的拖绳像一根橡皮筋一样啪嗒一下向前断开，随后他操纵飞机向右爬升转弯，而拖曳飞机则向左下方转向而去。塞斯纳飞机的引擎声渐渐远去，回到他们刚刚起飞的那个小机场去，不一会儿除了风吹过树脂玻璃的座舱罩的声音之外，就完全听不见别的声音了。他们进入了平稳、无动力的飞行状态。

"天哪，杰夫！这真是太棒了！"

杰夫露出微笑，对着坐在座位上转过身来看着他的克里斯托夫点点头。男孩的双眼睁得大大的，眼里闪烁着光芒。他控制滑翔机来了个环形的大转弯，利用拖曳飞机留下的动力尽可能让飞机达到最大的作业高度。沙斯塔山神秘的白色圆锥形峰顶从他们左边滑过，随后又再次出现在他们面前，就像阳光般明亮的灯塔，激励着他们往更高的地方飞去。

杰夫朝身后的西南方向看去，以沙斯塔山命名的那座小镇正依偎在一大片美国黄松林的怀抱里。另一架单引擎的塞斯纳飞机，拖着另一架蓝白相间的滑翔机，正在朝他们靠近过来。杰夫懒洋洋地绕着圈，开始把速度降低到每小时四十到五十英里的正常巡航速度，等着另一架飞机加入。

那第二架滑翔机在距离他们一英里远的地方脱掉了连接绳，做了跟杰夫刚刚所做的一样的动作，离开了提供动力的拖曳飞机，快速向上飞去。克里斯托夫将脸贴在明净的座舱罩上，看着新来的飞机向他们俯冲下来，然后平稳地与他们并排前行。

帕梅拉坐在另一架滑翔机后部的控制座位上，微笑着向他们竖起大拇指，而坐在前面座位上的金伯莉则欣喜若狂，满面笑容地向杰夫和她的哥哥挥手。

杰夫轻轻地踩着左舵踏板，操纵控制杆让飞机向左边倾斜飞行，不再绕圈飞行，而是朝着山峰对称的巨大山体飞去。帕梅拉也跟着他做了一样的动作，紧跟在他的右后方。

随着他们越来越靠近山峰，山坡上被积雪覆盖的树顶看起来似乎触手可及，而地下的山坡也变得越来越陡峭起来。一只离群的鹿刚好抬头往上看，被吓得打了个颤，然后呆呆地站在那里，盯着头顶上方不远处无声的巨鸟看。再远一点的地方，大约在山坡上距离他们四分之一英里处，克里斯托夫兴奋地指向一只动作迟缓的黑熊，它完全没有感觉到从头顶上空掠过的奇怪的金属怪物。

在更加崎岖的山背处，他们在一个突出的悬崖前面和上方发现了一点山脊上升气流，也就是折回的风形成的旋涡型上升空气。杰夫和帕梅拉沿着山脊处前后滑翔了几分钟，看着那宁静、原生态的雪景，近得似乎伸出手去就可以舀起一把粉末状的雪。随后杰夫看到在稍靠近山的东边位置，有一片薄云正在蓝天中成形。他打破飞行阵型，朝着新生成的冷凝空气飞去。

他抵达云朵处时，右翼梢轻轻抬起，他立刻就朝着那个方向改变了航向。等他做完这个动作，整架飞机开始向上抬升，他放慢速度，控制着飞机做了个急转弯。滑翔机大幅度向上抬起，越飞越高。

在他下面的帕梅拉显然看到了杰夫的发现。她突然转向离开了悬崖附近温柔的上升气流，朝着他的方向飞去。随着杰夫和克里斯托夫借着大片的上升空气越飞越高，她的滑翔机看起来也变得越来越小，她被困在一个急剧倾斜的转弯之中，停留在热气流中心的狭窄范围之内。

帕梅拉在他下风向处打着圈，寻找着。最后她终于发现了那朦胧的上升暖气流，随着她的飞机快速上升，安静地朝他飞去，他们之间的距离渐渐缩小……直到他们的机翼并排而行，一起翱翔在沙斯塔山永恒、神秘的山峰之上的朗朗晴空中。

金伯莉已经停止了哭泣，正在屋外采一束九月的野花，打算在回东部的路上带着。克里斯托夫正以一个男子汉的姿态来面对这件事。毕竟他已经十五岁了，而且很久之前他就开始学会杰夫面对困境时坦然接受和该享乐时尽情享乐的态度——在过去的几年里他们时常都处于欢乐之中。

"我的登山鞋放不进旅行箱，妈妈。"

"亲爱的，在新罗谢尔你是用不上它们的。"帕梅拉说。

"我猜也是用不着。除非爸爸要带我们去伯克郡露营，他说他会的，到时候我就可以穿了。"

"那我寄给你怎么样？"

"呃……不用。没关系。不管怎样，我们在圣诞之前就回来了，到时候我还得把它们寄回来。"

帕梅拉点点头，把头转开，好让她的儿子看不到她的眼睛。

"我知道你想要带上鞋子，"杰夫插嘴道，"我们何不就把鞋子寄过去，我们会……再买一双给你放在这里。如果你想要的话，你所有的东西都可以这么安排。"

"嘿，这可真是太棒了！"克斯斯托夫咧着嘴兴奋地喊道。

"这么做很合乎情理。"杰夫说。

"当然，如果我要半年时间跟爸爸一起住，半年时间在这里跟你和妈妈一起住的话……你确定这样可以吗？妈妈，你觉得可以吗？"

"听起来是个非常棒的主意，"帕梅拉勉强露出一个微笑说道，"你何不将所有想要我们寄出去的东西列一张清单呢？"

"好。"克里斯托夫朝着杰夫为小男孩和他的妹妹在小屋旁边增建的两间卧室走去。然后他停下脚步转过身来："我能告诉金伯莉吗？我敢打赌她也有很多东西想要寄回东部区。"

"当然，"帕梅拉对他说，"但你们俩不要花太长时间。我们要在一小时之后出发去雷丁，不然你们就赶不上航班了。"

"我们会加快速度的，妈妈。"他说着跑向屋外去找他妹妹去了。

帕梅拉转向杰夫，落下一直强忍着的泪水。"我不想让他们离开。就剩下一个月就要……就要……"

他抱住她，抚摸着她的头发。"我们之前都已经经历过这一切了，"他轻声对她说道，"对他们来说最好要花上几星期时间适应重新跟父亲在一起的生活，去结交新的朋友……那样可能能帮助减少他们所承受的打击。"

"杰夫，"她啜泣着说，"我很害怕！我不想死！不想……永远死去，还有——"

他紧紧抱住她，把她抱在怀里摇晃着，感觉泪水流下自己的脸庞。"你就想想我们过去的生活。想想我们所做过的一切，让我们试着对这一切心怀感恩。"

"但我们本可以做更多。我们可以——"

"嘘，"他低声说道，"我们已经做了能做的了。已经大大超出我们俩刚开始时候所梦想的了。"

她把身子向后仰，探寻着他的双眼，仿佛是第一次看他的眼睛一样，或者说是最后一次。"我知道，"她叹了一口气，"只是……我已经习惯了这无止境的可能性，无穷的时间……从不会被我们的错误所束缚，一直都清楚我们可以回到过去，做出改变，让一切变得更好。但我们没做到，不是吗？我们只是让情况发生了改变。"

杰夫意识模糊的感觉里有一个声音在无休止地低声说话。那是谁的声音，在说些什么，都不重要。

　　帕梅拉死了，再也不会回来了。这个认识冲刷着他，就像海水冲向裸露的伤口，让他脑海中充满了五味杂陈的悲伤。自从他失去女儿格雷琴之后，就不曾感受过这种悲痛。他紧握双拳，在这无可否认、难以忍受的重压之下垂下脑袋……那个声音还在喋喋不休毫无意义地念叨着：

　　"……看看查理能不能拿到葛德华市长对里根比特堡之行的回应。看起来这件事真的能掀起一次大风暴。我们已经收到美国退伍军人团因此事对他的抨击了，国会也开始骚动了。这真是——杰夫？你还好吗？"

　　"嗯。"他快速抬头看了一眼，"我没事。继续说。"

　　他正在纽约 WFYI 会议室里，那是他第一次死去时担任新闻总监的那个全新闻广播频道。他正坐在一张椭圆形的桌子一头，他的两边坐着晨间和午间新闻的编辑，其他的座位上坐着记者。他已经几十年没见过这些人了，但杰夫还是立刻就认出了这个地方，这个场景。几年时间里他每个工作日早上都要开这样的会议：讨论每天的任务分配，事先对一天的新闻播报结构做出最佳规划。正在说话的午间新闻编辑吉恩·柯林斯正关切地皱着眉头看着他。

　　"你确定没事吗？我们可以缩短会议时间，没有太多别的要讨论的了。"

　　"吉恩，你继续吧。我马上就没事了。"

　　"嗯……好吧。以上就是地铁报道和地方消息。在全国性新闻方面，我们有今早发射的航天飞机，还有——"

　　"哪一艘？"杰夫粗声粗气地问道。

"什么？"吉恩一脸困惑地问。

"哪一艘航天飞机？"

"发现者号。你知道的，就是送议员上太空的那一艘。"

至少这点要感谢老天。在帕梅拉最终死去之后这么短时间内，杰夫不确定自己能否受得了再次经历挑战者号灾难这一天整个新闻编辑部里的一片混乱和沮丧情绪。不管怎样，如果他冷静思考一下的话，他应该要知道的，里根是在一九八五年的春天去的比特堡。那现在就应该是这一年四月左右的某一天，距离航天飞机爆炸还有九到十个月的时间。

桌上的人全都用奇怪的眼光看着他，不知道他为什么看起来如此心神不定，迷惑不清。让它见鬼去吧。他们爱怎么想就怎么想。

"咱们收尾吧，行吗，吉恩？"

新闻编辑点点头，开始收拾他带来开会的散落在桌上的纸张。"有一条好新闻发生在伊利诺斯州，是关于一个强奸犯公开认罪的。虽然律师在准备上诉，但今天多特森要回到监狱去了。今天就是这些了。有人有问题吗？"

"看来今天教育委员会的会议可能要开很久，"其中一位新闻记者说道，"我不确定能不能赶上下午两点消防局颁奖的新闻。你是想让我早点结束教育委员会那边的事，还是要安排其他人去播报颁奖新闻？"

"杰夫？"柯林斯请杰夫做决定。

"我不管。你自己决定。"

吉恩再次皱起眉头，想要开口说点什么，但又没有说。他转向那些已经开始在互相嘀咕的记者们。"比尔，教育局的新闻你需要多久就做多久。查理，你访问完市长就去报道消防局的颁奖典礼。一点

327

的时候给我们现场播报葛德华和比特堡的情况，然后你可以等到颁奖礼结束了再发稿。哦，还有吉姆，四号机器送修了，你要带着七号机去。"

会议静悄悄地结束了，没有了平常那些俏皮话和喧闹的笑声。记者和正走出门去的晨间新闻编辑陆续退出会议室，大家都偷偷地快速看了杰夫几眼。吉恩·柯林斯留在后面，不停整理着他那一叠纸质材料。

"你想要聊一聊吗？"他最后说道。

杰夫摇了摇头。"没什么要说的。我跟你说了，我会没事的。"

"听我说，如果是跟琳达之间的问题……我的意思是，我能理解。你也知道我和卡萝尔在几年前过得多么艰难。是你帮助我度过了大部分的时光——天知道我给你倒了多少苦水——所以只要你想坐下来喝一杯啤酒，尽管跟我说。"

"谢谢你，吉恩。感谢你的关心，真的。但这件事我必须要自己来面对。"

柯林斯耸了耸肩膀，从桌边站起身来。"你自己决定吧，"他说，"但如果你觉得需要倾吐一下心里的问题，就尽管往我这边来。我欠你的。"

杰夫简短地点点头，然后柯林斯就离开了房间。他又是一个人了。

328

# 第二十章　两个帕梅拉

杰夫辞掉了工作，下了很多赌注并进行短线投资，赚够了让琳达能在接下去的二十年里维持生活的钱。没时间给她留下大笔的遗产了。他把自己的寿险保额提高了十倍，他也只能做到这个地步了。

他搬进了上西区的一间小公寓，日夜都在曼哈顿的大街小巷转悠，感受自己长久以来隔绝掉的人类的景象、气味和声音。他最感兴趣的是老年人，他们的眼里满是久远的回忆和失落的希望，他们的身体在对生命结束的预期中日渐衰弱。

帕梅拉已经不在了，她在走向生命终点时所表达出来的恐惧和遗憾此时也一样深深地困扰着他。他曾经竭尽所能去安慰她，在她最后的日子里减轻她的悲痛和恐惧，但她说的是对的：尽管他们曾经那么努力，曾经完成那么多成就，但最终的结局还是一场空。甚至连他们曾经在一起的欢乐时光都短暂得令人沮丧。时光被各种各样的事情耽搁，短暂的爱与满足的时刻就像一片孤独的海洋里消失的水沫一样。

他们看起来似乎可以永远拥有无穷的选择和再次选择的机会。他们浪费了太多命运赋予他们的宝贵时光，把时间都浪费在悲痛、怨恨和罪恶感以及无果地寻求不存在的答案上——而他们自己，他们对彼此的爱，才是他们俩所需要的唯一答案。现在就连告诉她这一点，把她拥在怀中让她知道他是多么尊敬她、珍惜她，都已经永远不再可能了。帕梅拉死了，再过三年杰夫也会死去，永远都不清楚自己活着的意义。

他在城市街道上漫步，观察着、聆听着：眼神倔强的朋克族对世界充满了愤怒……穿着工作服的男男女女匆忙地为自己所设定的目标奔忙……咯咯笑着的一群群孩子，生气勃勃地面对生命中的新奇事物。杰夫羡慕所有这些人，垂涎他们的天真、无知和期望。

辞去 WFYI 的工作几星期后，他收到了一个在那边工作的新闻撰稿员的电话，是一个女人——实际上应该称为女孩——名字叫莉迪亚·兰德尔。她说，电台里所有的人都很关心他，他辞职的时候所有人都很震惊，而当他们听说他的婚姻破裂的消息时就更加担心了。杰夫告诉她，就像他之前对吉恩·柯林斯说的一样，他很好。但她穷追不舍，坚持要跟他见面喝一杯，面对面跟他谈一谈。

他们第二天下午在六十五街区第三大道上的和平之鸽餐厅见了面。他们挑了一张靠窗的桌子，位子上可以感受到六月纽约灿烂的阳光。莉迪亚穿了一件露肩的白色棉质女装，戴了一顶相搭配的宽檐帽，帽子上垂下一根粉红色的缎带。她是一位长相十分标致的年轻女性，有一头浓密的波浪状金发，还有一双水汪汪的绿眼睛。

杰夫把他编造出来用来解释自己辞职原因的故事讲了一遍，就是厌倦了记者工作的标准故事混合了他最近在投资上交"好运"的半真半假的事。莉迪亚理解地点着头，似乎接受了他所编造出来的说辞。至于他的婚姻，他对她说，很早之前实际上就已经结束了，并没有什么需要作出过多说明的特殊问题，只是两个人渐渐地产生了隔阂而已。

莉迪亚热切地听着。她又点了一杯喝的，然后开始谈起她自己的生活。她二十三岁，从伊利诺斯大学毕业之后就来到了纽约，跟她大学时候交的男朋友住在一起。他——他的名字叫马修——急着结婚，但她却不再那么笃定。她感觉自己"被困住了"，需要"空间"，想要结交新的朋友，想要体验那些充满冒险的生活，那是在中西部的小镇上长大的她所梦寐以求的。她和马修都不再是曾经的那个人了，莉迪亚说道，她感觉自己的成长超越了他。

杰夫让她倾吐完，那些司空见惯的年轻人的苦恼和渴望，对她来说是生命中头一次遇到的难以招架的大事，具有前所未有的重要意义。她看不出自己的故事是多么平淡无奇，但她或许能隐约感受到这一点，因为她至少表达了自己想要打破所陷入的陈腐生活的迫切愿望。

他表示了同情，跟她就生活、爱和独立聊了一个多小时……告诉她要自己做出决定，要学会承担风险。他把那些显而易见、必不可少的话都说了，对于一个正第一次面对生命中出现的普遍性危机的女孩来说，这些话是别人都会跟她说的。

从敞开的窗户吹进来一阵疾风，撩起她的头发，把她帽子上的缎带吹到了脸上。莉迪亚拨开缎带，她充满女孩子气的手部动作让杰夫内心产生莫名的触动。他突然在她充满生气的漂亮脸庞上看到了朱迪·戈登的影子，还有那天给他送来雏菊的琳达的样子：那张脸上充满美好的希望，正在诞生一个尚未成形的梦想。

他们喝完了饮料，他目送她上了一辆出租车。她上车的时候抬起眼睛看着他，带着年轻人的乐观和无限可能性说："我想会没事的。我的意思是，我们有大把时间可以解决问题。我们有这么大把的时间。"

杰夫明白这种错觉，他太清楚了。他对那个年轻女孩敷衍地笑了笑，握了握她的手，看着她朝生命奔去，那条长长的粉色缎带自由地飘荡着。

\*\*\*

北郊铁路的通勤列车准点到站，杰夫从他所在的有利位置可以看到站台下面一百英尺远的地方。他心想，在一天中的这个时间把这趟列车称为通勤列车有点用词不当，没多少上班族会在上午十一点钟乘坐列车进城。

杰夫快速走向通往终点站的斜坡，就像他刚从另一条线路上下车似的。经过从新罗谢尔开来的列车时，他稍稍放慢了脚步，发现他刚才的想法是对的：下车的乘客之中有好多打扮成去购物模样的女人、寥寥几个大学生，但几乎没有看到穿着西装、打着领带、手提公文包的人。

她是最后一批下车的人。他差点就没有看到她，都开始担心他拿到的消息是错的了。她打扮得很漂亮，但并没有那些前往班德尔百货和波道夫百货购物的女人对细节的狂热关注。她脚上穿着方便走路的低跟鞋，淡蓝色的亚麻布套裙和薄毛衣透着一股迷人的气息。

在她走上通往中央车站宽阔的中央大厅的斜坡时，杰夫开始在她身后二三十步远的地方追随她的脚步。他担心会在人群中把她跟丢，但她的身高和醒目的金色直发帮了他，让他能在他们各自穿梭在人群中时始终看得到她。

她踏上了通往泛美大厦的宽阔台阶，杰夫故意落后几步，跟着她穿过不太拥挤的大厅，然后走到外面的东四十五大街上。她大步穿过公园大道，经过罗斯福大饭店，穿过麦迪逊广场花园走上了第五大街，她在那里向北转。萨克斯百货和卡地亚的橱窗展示只让她短暂停了一下脚步，在此期间杰夫就假装对大韩航空的跟团游和马克克罗斯的行李箱套件感兴趣。

她在五十三大街上又向西转，走进了现代艺术博物馆。杰夫六星期前请的私家侦探社提供的消息是对的，至少从今天来看是这样。他们告诉他，每隔一星期，帕梅拉·菲利普斯·罗比森就会在星期四乘坐火车来到曼哈顿，花上一下午的时间来逛画廊和博物馆。

他交了入场费，走过十字转门时发现自己的两只手掌都已经被汗水打湿了。这时他把她给跟丢了。

杰夫还是不清楚自己为什么花了这么大工夫想要见她，如果只是为了远远地看她，他完全清楚，这个女人不是他所了解并深爱着的那个帕梅拉，而且她永远不会成为那个帕梅拉。她的重生已经结束了。他不能期待再次看到在大学酒吧的那个夜晚，看到她的脸上突然恢复意识的神情，她明白了自己是谁，他是谁，以及他们在过去的几十年里一起经历的一切，脸上流露出认出他的亲密神情。

不，这一个帕梅拉将永远不会知道这一切。但他还是渴望能再次望着她的眼睛，甚至再短暂地听听她的声音。事实证明，这种诱惑最终是无法抵挡的，他一点也不为自己心怀这种欲望而感到羞耻，也不为自己跟踪她而感到犯了什么罪。

杰夫先是在大厅一侧的博物馆商店里寻找她，希望能看到她停下来买一本书或是一张明信片，但浏览商品的人群中并没有帕梅拉的身影。他又走回大厅，走进玻璃墙面的花园大厅，又往前走进一楼的美术馆里，然后回到自动扶梯处，走上楼去。除了长期收藏的那些熟悉的展品之外，此时正在进行的主要展览有两个：一个是密斯·凡·德罗的百年纪念展；另一个是雕塑家理查德·塞拉的回顾展。杰夫对展览仅做了粗略浏览，他还是没能再找到帕梅拉的身影。

他在四楼看到了让他露出笑容的东西，虽然他已经开始不耐烦起来了：作为密斯·凡·德罗展览的一部分，博物馆布置了不少这位建筑家所设计的家具——其中就包括一张巴塞罗那椅，正是多年前弗兰克·马多克为杰夫的未来股份有限公司办公室所选的那张椅子。

还是没有看到帕梅拉的影子。他可能要再等上两星期，等她再次进城来，跟着她走进另一家博物馆，或者在火车站制造一次随时可能发生的，看似偶然的邂逅……只要足够让他好好看看她的脸，或许还能听她说一句"抱歉"，或是"现在还差二十分钟就十二点了"。

回到花园大厅的三楼，杰夫停下脚步休息，他靠在一排栏杆上，盯着巨大的玻璃墙面……他看到了，在下面的雕塑花园里，正是她那一头柔软的金发和天蓝色的亚麻女装。

他走到下面的花园时，她还在外面待着。她双臂交叉站在那里，看着塞拉的一件雕刻作品。杰夫在离她十英尺远的地方停下来，脑海里百感交集。随后帕梅拉出乎意料地朝他转过头来，说："你觉得这个作品怎么样？"

对于她主动搭话，他并没有做好准备该怎么做，或者怎么说，他甚至从没想过，会再次面对那双他无比熟悉的敏锐的绿眼睛，虽然只是短暂的一瞬间——不，他强迫自己记住，他根本就不认识那双眼睛，它们隐藏着一个过去和将来都永远将他拒之门外的灵魂。花园里的这个女人只知道这一次的人生——不久会结束，并不再重复——

在这次人生中，他并未扮演任何角色。

"我说的是，你怎么看塞拉的作品？"

还是一如既往的直率。他意识到，这就是她本性的一部分，而不是因为重生的经历而注入她性格中的东西。

"对我来说，感觉有点过于粗暴了。"他最后回答道，但他的想法完全都不在这位艺术家的作品上。

她沉思着点点头。"他的大部分作品里好像都隐含着一种威胁性，"她说道，"比如那个，是叫《描形器之二》吗？就是地板上平铺着一块大钢板，上面的天花板拴着另一块钢板的那个作品。我所能想到的就是如果上面那块松动掉落下来的话该怎么办呢。任何站在下面的人都会被压死。"

他没法站在这里跟她闲聊博物馆的话题，他的思绪不停跳转着他们一起度过的人生画面：她从旁边的一架滑翔机座舱罩里向他微笑，她在马卡略岛的厨房里的身影，她躺在他们这么多年来一起躺过的那些床上……似乎只要通过回忆，他就能创造出她曾经搜集后在自己的展览上展出的那个影像作品的内在复制品。

"还有那一个，"她继续说道，"叫《回路之二》的那个……我知道原本的效果应该是对这个房间空间的有趣分割，但那些从各个角落伸出来的尖锐的矩形钢块让我觉得自己像是被断头台的刀片给团团围住。"她发出一声轻松自嘲的笑，"也可能是我的想象力特别可怕，我也不知道。"

"不，"杰夫重新镇静下来，说道，"我明白你的意思。我也是一样的感觉。他的风格非常具有攻击性。"

"我觉得太有攻击性了。这影响了我从客观上欣赏作品形态的能力。"

"这个作品看起来好像随时都可能倒塌。"杰夫说。

"没错。也是往这个方向。"

他不由自主地笑了起来,感觉心底涌上一股轻松自信的感觉,跟之前和她在一起时的感觉一样——他硬是再次打断了自己的想法。再去回忆那些时光并不会有任何好处,这个女人和他曾经一起生活的那个人只是外形相像罢了。然而,她还是一样拥有冷冷的机智感,在冷静分析的情感之下隐藏着同样的温暖气息……跟她谈话令人愉快,虽然她将永远不会对他们的共同经历有一丝回忆。

"听我说,"他说,"你想不想在这个东西砸在我们身上之前离开这里,也许我们能一起吃个午餐?"


他们在能俯视雕塑花园的咖啡厅里吃午餐,继续对塞拉作品中露骨的威胁气息开着玩笑,对博物馆越来越不愿意展示新艺术家的作品而表示惋惜。当博物馆上方公寓套间的影子投射到花园里时,杰夫为她穿上毛衣。在这么做时,他的手拂过她的头发,他好不容易控制住自己不去抚摸那张熟悉却久违的脸庞。

她谈起了自己放弃的艺术生涯,还有抚养家庭的失意与快乐。他看得出她眼中不满足现状的光芒,因没有尽情生活而感觉到的痛苦。杰夫知道,这一生,很快就将结束了。他有强烈的欲望想告诉她曾经达到的成就。

午餐结束后,他们的对话开始进入断断续续的尴尬阶段。

"嗯,"他想要延长这次邂逅的时间,但却不确定要怎么做,"今天真是非常愉快。"

"是的。"她不安地摆弄着咖啡勺,表示赞同。

"你经常进城吗?"

"一个月来几次。"

"也许我们可以……"他的声音越来越小，他不确定自己要提什么建议，甚至更不确定他应不应该提出任何建议。

"可以怎样？"她在沉默中开口问道。

"我不知道。去逛逛另一个博物馆。再一起吃顿午饭。"

她摆弄着那根勺子。"我已经结婚了，你知道的。"

"我知道。"

"我不只是——我的意思是，我不是——"

他微笑着，递给她一张纸巾。

"给我这个做什么？"她惊讶地说。

"给你撕成小碎片。"

帕梅拉突然大笑起来，然后一脸疑惑地盯着他。"你怎么知道我……"她慢慢将头从一边摇到另一边，"有时候我感觉你能看穿我的想法，比如在你问我是否曾画过海豚的时候。我从没告诉过你我多么喜欢鲸鱼和海豚。"

"我只是觉得你会喜欢。"

她夸张地挥动手臂将纸巾笔直从中间撕开，抬起头好奇而愉快地看着他，带着一种突然下定决心的神气。

"在古根海姆博物馆有一场杰克·杨格曼的展览，"她说道，"我下周可能会去看。"


做爱之后的温暖麝香气味紧紧依附在他身上，伴随着充满芳香气息的记忆渗透在卧室里。强烈的甜蜜香气带回了生动的记忆，让他记起了在蒙哥马利溪小屋厚厚的毛毯下面的那些夜晚，在离开佛罗里达群岛的游艇前甲板上阳光明媚的炎热白昼，在皮尔酒店的套房里裹在被单里的周日的早晨……还有那些午后，在这一年间偷来的午后，就在这个公寓里。

杰夫低头看着靠在他胸口的她的脸，她闭着眼睛，嘴唇就像熟睡的孩子一样张开。他不由地想起了《薄伽梵歌》中的诗句，很久之前的那个夜晚，在多潘那谷的隐居处，她曾经满怀激情地念起那些句子：

你和我，阿朱那，已经活了许多世。

我全都记得，而你已经忘了。

帕梅拉在他怀里动了动身子，伸了个懒腰无言地发出满足的声响，她的身子像一只充满深情的小猫一样在他身上滑动着。

"几点了？"她打着哈欠问道。

"六点二十。"

"该死，"她说着在床上坐了起来，"我得走了。"

"你周二还会来吗？"

"我的课取消了，但是……我没跟家里人提过这件事。我们可以一整天都在一起。"

杰夫露出微笑，努力表现出愉快的样子。下周二。一整天都在一起。他脑海里回想起曾经苦乐参半的模糊记忆，但当然她无从得知。

"也许到时候我就完成那幅画了。"她说着从床上溜下去，收拾起她散落四处的衣服。

"我什么时候能看到？"

"完成之后才能看，你答应过的。"

他点点头，为他前一天偷看了一眼那幅遮起来的画而感到有一点负罪感。过去一年里她的技巧有了进步，她重新开始定期作画，并在纽约大学修了高级构图的研究生课程。但她再也没有达到她在自己并不记得的另一次人生中所展现出的充满大胆想象的才华。

她即将完成的这幅作品是他们两个人的裸体画，他们手牵着手，欢笑着奔跑在一个阳光斑驳的白色葡萄藤架隧道中。杰夫被画中展现出的单纯、天真烂漫而无拘无束的欢乐所感动。画这幅画的艺术家才刚开始去爱，还没有机会测试这份爱的极限，或者说生命的极限。

自从那次在博物馆的意外见面之后，他们在一起的时间无可避免地受到了限制：一星期只能在他的公寓里见一两次面，偶尔跟她丈夫说她想留在城里听音乐会或戏剧的时候才能留下来过夜……还有一次，他们一起去科德角度过了一个长周末，但仅那一次而已。她跟家里人说她人在波士顿，去拜访她在大学的时候认识的一个女性朋友。

离婚的可能性曾经有提起过一次，只是简单提了一下，但杰夫知道她还没有准备好接受如此极端的分别。他们之间不能分享的事情比她所知道的要多，他们对彼此的认知隔着一道尖锐的裂痕。帕梅拉有时能模模糊糊感受得到，就在他们的谈话突然中断时远远看着杰夫的脸时。

他爱她，真心地爱着今天的她，而不仅仅把她当成以前存在于其他人世的帕梅拉的影子……但她不知情的眼睛却始终在提醒着杰夫他所抛之脑后的那些记忆，让他们所作的一切都始终带着忧郁的气息。

她已经穿好了衣服，正在梳理被床上的温存弄乱的细直长发。他曾经从多少面镜子里看过她的这个动作？次数远远超过她的想象，也是此刻的他所无法承受的回忆。

"下周见，"帕梅拉说着从床头柜上抓起她的钱包，同时弯下腰来亲吻他，"我会尽量坐早班火车的。"

他回吻了她，张开双手捧住她闪着光亮的脸庞，停了一会儿，回想起了过去的岁月，那几十年的时光，他们在不同的人生中实现过、挫败过的那些希望和计划……

但下一周他们可以在一起待上一整天。在温暖的早春共度一天。那是值得期待的。


湖边吹来了第一阵冬天的气息，摇动着樱桃山上红的、黄的树叶。杰夫和帕梅拉走向中央公园优雅的铸铁拱桥，经过广场的时候，广场上的喷泉汩汩地喷着冰凉的水。

到了桥的另一头，他们沿着树木繁茂的漫步道往北绕着左边的湖散步。周围数以百计的鸟兴奋地喊喊喳喳叫个不停，正在为飞往南方的长途旅行做着准备。

"如果我们能加入它们的话该多好？"帕梅拉说着往杰夫身上靠得更紧了，"飞往某个岛，或者去南美洲……"

他没有回应，只是把她搂得更紧了，手臂护住她的腰部。他痛苦而确定地知道，他无法保护她，无法避免即将发生在他们身上的事。

他们在湖北端的眺台桥停了下来，站着俯视底下的树林，水面倒映着周围曼哈顿的高楼。

"你猜怎么着？"帕梅拉的脸靠近他的脸庞低声说道。

"什么？"他说。

"我跟史蒂夫说我下周末还要去波士顿拜访我的旧室友。从周五一直到周一。如果你想的话，我们可以坐飞机去别的地方。"

"这真是……太棒了。"他没什么可说的。将他所知道的真相告诉她的话实在过于残酷了，这一次就是他们的最后一次见面了。

五天之后，在即将到来的那个周二，他们两个人的世界将永远停止。

"你听起来对此并没有感到那么兴奋。"她皱着眉头说道。

杰夫咧嘴露出笑,尽力掩饰自己的悲伤与恐惧。就让她天真地相信自己还会继续活下去吧。现在,在终点上,他所能给她的最大的礼物就是一个谎言。

"太棒了,"他假装热情地对她说,"我只是感觉太意外了。我们可以去任何你想去的地方。任何地方都可以。巴巴多斯,阿卡普尔科,巴哈马群岛……你随便说。"

"我不在乎,"她依偎着他说,"只要是温暖、安静的地方,能和你在一起就行。"

他知道,如果自己再说话,他的声音就会露馅了。于是他吻了她,用意志力让自己满心的哀痛融进这最后、实在的表达上,这一个吻里包含了他对她的全部情感,他们曾经的——

她突然呻吟了一声,四肢无力地倒在了他身上。他抓住她的肩膀,不让她倒在地上。

"帕梅拉?天哪,不,怎么——"

她重新站稳脚跟,把脸往后仰,吃惊地看着他。"杰夫?哦,天哪,杰夫?"

她睁大的双眼里包含了一切情感:她明白了,认出了他,回忆了起来。八次不同人生中累积起来的记忆和痛苦全都写在她脸上,她的嘴巴因突如其来的困惑而扭曲着。

她环顾四周,看到了公园,还有纽约的天际线。她的眼里噙满泪水,又一次探寻着杰夫的双眼。

"我——一切本该结束的!"

"帕梅拉——"

"现在是哪一年？我们还有多长时间？"

他无法对她隐瞒，她必须知道真相。"现在是一九八八年。"

她又看着周围的树，黄铜色的树叶在他们周围飘落、旋转。"已经秋天了！"

他抚平她被风吹乱的头发，希望能再拖延一下对真相的揭示。但这是无可否认的。"十月，"他轻声告诉她，"十三号。"

"那就——只剩下五天了！"

"是的。"

"这不公平，"她哭着说道，"上次我已经准备好了，我几乎已经接受了——"她突然住口，重新一脸困惑地看着他。"我们一起在这里做什么？"她问道，"我为什么不是在家里？"

"我……我必须要见你。"

"你在吻我，"她用指责的语气说道，"你在亲吻她，曾经的那个我，之前的那个！"

"帕梅拉，我觉得——"

"我不在乎你是怎么想的，"她打断他的话，猛地从他身上离开，"你知道那不是真正的我，你怎么能做出这么……这么变态的事？"

"但那就是你，"他坚持道，"只是没有那些记忆，是没有，但那个人还是你，我们还是——"

"我真不敢相信你会说出这种话！这种事发生多久了，是什么时候开始的？"

"快两年了。"

"两年！你是在……利用我，把我当成一个没有生命的物体，就像是——"

"不是这样的，根本不是这样！我们相互爱着对方，你又重拾画笔，回到了学校……"

"我不在乎我做了什么！你引诱我离开了我的家人，你欺骗了我……你完全知道自己在做什么，要怎么样影响我……控制我！"

"帕梅拉，求你了。"他伸出手想抓住她的手臂，想要平复她的心情，让她理解，"你扭曲了这一切，你——"

"不要碰我！"她喊道，在他们刚刚拥抱过的桥上往后退，"离我远一点，让我死掉！让我们两个都死掉，结束这一切！"

她迅速跑开，杰夫想要阻止她，但她已经跑走了。他最后一世的最后一个希望也破灭了，消失在这条通往七十七大街，通往无名的、毁灭性的城市……通往死亡、永恒不变、确定无疑的死亡的小路上。

# 第二十一章　时间尽头

　　杰夫·温斯顿孤独地死去了。但他的死亡尚未结束。他在 WFYI 的办公室里醒了过来，他的第一世就是在那里突然中止的：墙上贴着记者们的行程安排，桌上摆着一张琳达的裱框照片，还有那个曾在许久之前被摔碎的玻璃镇纸，当时他抓住自己的胸口，电话掉落下去砸碎了它。他看了一眼书架上的电子钟：

　　　　　　　　12:57 PM OCT18 88

　　活着的时间还剩下九分钟。没时间去思考任何事了，只能等着渐渐逼近的疼痛和虚无。

　　他的双手开始颤抖，泪水涌上眼眶。

　　"嘿，杰夫，这次的新活动——"宣传部主任罗恩·斯威尼站在敞开的办公室门口，盯着他，"天哪，你脸色白得像纸！怎么了？"

杰夫又回头看向钟：

1:02 PM OCT18 88

"走开，罗恩。"

"需要我去给你拿个胃片什么的吗？需要我叫医生来吗？"

"给我滚出去！"

"嘿，很抱歉，我只是……"斯威尼耸了耸肩膀，关上了身后的门。

杰夫手上的颤抖扩散到了肩膀上，然后到了背上。他闭上眼睛，咬着上唇，尝到了鲜血的味道。

电话响起来。他用颤抖的手拿起话筒，结束了许多世之前开始的这个大轮回。

"杰夫，"琳达说道，"我们需要——"

无形的锤子锤打着他的胸口，又一次要了他的命。

他再次醒过来，惊慌失措地看着房间对面发着红光的数字：

1:05 PM OCT18 88

他拿起镇纸往钟上抛去，砸碎了矩形的塑料钟面。电话响个不停。杰夫大叫一声盖过电话铃声，像是野兽一般无言的咆哮，然后他死去了，醒过来时电话已经在他手上了，他听到了琳达的声音，然后又死掉，不停重复、重复：醒过来又死掉，恢复意识又失去知觉。轮换的速度之快已经让他无法察觉，时间始终停留在他胸腔遭受到第一次重击的那一刻。

杰夫饱受摧残的内心哭喊着想要得到解脱，但什么效果都没有。他寻求逃离，不管是发疯还是神志不清都无所谓……但他还是能看到、听到、感受到，让他持续感受所有的折磨，始终停留在不生不死的可怕黑暗之中：他临死时的永恒、麻木的瞬间。


"我们需要……"他听见琳达说，"……谈一谈。"

别的地方还感觉到了一阵疼痛。他花了一点时间才找到疼痛的来源：他的手，像一只爪子一样僵硬地抓着话筒。杰夫松开手，汗涔涔的手上的疼痛缓和了下来。

"杰夫？你听到我说的话了吗？"

他想要说话，但什么也说不出来，只能发出既像呻吟，又像咕哝的喉音。

"我刚才说我们需要谈一谈，"琳达重复道，"我们需要一起坐下来，坦诚地谈一谈我们的婚姻。我不知道这个时候是不是还有的挽救，但我觉得还是值得试一试。"

杰夫睁开眼睛，看着书架上的钟：


1:07 PM OCT18 88


"你要回答我吗？你明白这对我们来说有多重要吗？"

钟上的数字无声地变动，到了"1：08"。

"没错，"他用力吐出字来，"我明白。我们谈一谈。"

她缓缓地长长吐出一口气。"这一刻来得太迟了，但或许还为时不晚。"

"到时候就知道了。"

"你今天能早点回家吗？"

"我尽量。"杰夫对她说，他的喉咙又干又紧。

"那等你回家见，"琳达说，"我们有很多事要谈。"

杰夫挂掉电话，还是盯着那面钟。时间到了"1：09"。

他摸了摸胸口，感觉到了稳定的心跳。还活着。他还活着，时间又恢复了自然的流逝。

时间曾经停止过吗？也许他是心脏病发作了，但只是很轻微的一次发作，只是把他推向了幻觉。这也不是闻所未闻的事情。他自己就曾经把这比喻成是一个溺水的人看到自己的人生回放，当他第一次感觉到心脏疼痛的时候就有点期待这样的事情能发生在自己身上。大脑可以创造出惊人的幻觉，将时间压缩或是扩张，特别是在性命攸关的紧要关头。

当然如此，他心想，松了口气擦干汗湿的额头。这样完全说得通，比相信他真的活了好几世，经历了那些事情要更加说得通——

杰夫再次看着电话。要弄清楚只有一个办法。虽然觉得自己有点愚蠢，但他还是拨打了威彻斯特郡查号台的电话。

"请问您要接通哪个城市？"接线员问道。

"新罗谢尔。名字是叫……罗比森，史蒂夫或史蒂夫·罗比森。"

对方停顿了一阵，就听见电话里"咔哒"一声，接着就听到一个电脑合成的声音用单调的语气念出了一串号码。

也许他是在什么地方听过这个男人的名字，杰夫心想，可能是在某篇小新闻故事里看过，很可能他的脑海里记下了这个名字，然后在几星期或几个月后巧妙地编织进他的幻觉里。

他拨打了电脑给他报送的号码。一个年轻女孩接了电话，声音听起来有很重的鼻塞。

"请问，啊，你妈妈在家吗？"杰夫问那个孩子。

"请等一下。妈妈！电话！"

一个女人的声音从电话那头传来，声音低沉，有点失真，听起来气喘吁吁的。"你好？"她说。

很难判断这个声音，她正在急促地喘气。"请问是……帕梅拉·罗比森吗？帕梅拉·菲利普斯？"

一阵沉默。甚至连喘气的声音也听不见了。

"金伯莉，"那个女人说，"你现在可以挂掉电话了。你该去再吃一片康泰克和止咳药了。"

"帕梅拉？"那个女孩挂上分机后，杰夫说道，"我是——"

"我知道。你好，杰夫。"

他闭上了眼睛，深深地吸了一大口气，然后缓缓地吐出来。"那……这些事确实发生过？所有的事情？《星海》、蒙哥马利溪、拉塞尔·赫奇斯？你知道我在说什么吗？"

"我知道。我自己也不是很确定这是真的，直到刚才我听到了你的声音。天哪，杰夫，我死了一次又一次，那么快，真是——"

"我知道。同样的事情也发生在我身上。但在说这个之前，你真的都记得我们经历过的所有事吗，所有那些转世？"

"每一个都记得。我曾是一名医生、艺术家……你写了书，我们——"

"我们一起飞翔。"

"我也记得这件事。"他听到她叹了一口气，悠长空虚的声音中满是遗憾、疲惫，还有别的东西，"关于那最后一天，在中央公园——"

"我以为那将是我的最后一次，我以为你——已经消失了。永远消失了。我要陪着你走向终点，就算只是……一部分的你，一个并不真正认识我的你。"

她什么话也没有说，过了一会儿沉默就像曾经失去的岁月一样悬在他们之间。

"我们现在要怎么办呢？"帕梅拉终于问道。

"我不知道，"杰夫说，"我现在还没办法想清楚，你呢？"

"我也是，"她承认道，"我不知道现在怎么做才是最好的，对我们两个来说。"她停顿了一下，犹豫着，"你知道……金伯莉今天生病了没去上学——所以她接了电话——但这不仅是因为她感冒了，今天是她月经来潮的第一天。我就是在她刚刚成为女人的时候死去的。而现在……"

"我明白。"他对她说。

"我从没看到她长大成人。他的父亲也没看到。还有克里斯托夫，他才要开始上高中……这些年对他们俩来说很重要。"

"现在对我们俩来说想要做出任何确定的计划都为时过早了，"杰夫说，"我们需要消化、面对的东西太多了。"

"我真的很高兴知道……这一切都不是我想象出来的。"

"帕梅拉……"他努力搜寻着能表达他全部情感的语句，"只要你明白我是多么——"

"我明白。你无须多说什么。"

他轻轻放下电话，久久地盯着它。他们可能一起经历了太多事，他们所看过、知道、分享过的事情，比他们在这个世界上所能得到的要多得多。得到过、失去过、把握过、也放手过……

帕梅拉曾经说过，他们"只是让情况变得不一样了，但并没有变得更好"。这句话并不全对。有时候他们的行动对他们自己，对整个世界都有正面的影响，有时候又是负面的影响，但大部分时候，都是不好不坏的。每一次的人生都不同，正如每一个选择都是不一样的，其结果或影响也是不可预测的。但那些选择是必须做出的，杰夫心想。他学会了怀抱着收获大于失去的希望，接受可能出现的损失。他知道，唯一确定的失败和最大的悲哀，就是从不敢去冒险。

杰夫抬起头，看着在书架的暗色烟熏玻璃门上自己的倒影：他的头发已经斑白，眼睛下方眼袋圆肿，额头上已经开始爬上细细的皱纹。这些岁月的印记再也不会被再次抚平，只会加深和繁衍。随着时光流逝，逝去的青春将新的符号根深蒂固地留在他的脸庞和身体上。

但是，他沉思着，这些岁月都将是全新的，直到此刻，他都没有见过意料之外、变化无穷的事件和感受。新的电影和戏剧、新的科技发展、新的音乐——天哪，他多渴望能听到一首他之前从未听过的歌，随便什么歌都行！

事实证明，他和帕梅拉所陷入的深不可测的轮回是一种限制，而不是解放。他们让自己落入了陷阱，以为始终专注于未来的选择是一种享受，而这实际上是一种假象。就像莉迪亚·兰德尔一样对青春怀抱盲目的希望，认为人生永远都可以做出选择。"我们有这么多时间"，杰夫听她这么说，随后他的脑海里再次回响起他曾经不断对帕梅拉重复的话"下一次……下一次"。

现在一切都不一样了。这不是"下一次"，也不会再有下一次了。只有这一次。对这唯一、有限的人生，杰夫完全不知道它将往什么方向发展，最终会有什么结果。他不会浪费生命中的任何一刻，也不会认为一切都是理所当然的。

杰夫站起来走出办公室，走进忙碌的新闻编辑部。编辑部有一张巨大的 U 型中心控制台，午间新闻的编辑吉恩·柯林斯正坐在控制台旁，周围全是电脑终端，闪烁的屏幕上实时更新着美联社、合众国际社、路透社的最新报道，电视屏幕调到了美国有线电视新闻频道和三大电视网，一个远程通讯控制台连接着电视台里正在新闻现场的记者，以及他们自己的新闻网派到洛杉矶、贝鲁特、东京等地的记者。

杰夫感觉外面这个再次变得不可预测的世界带来的新鲜感像电流一样流过他的身体。一位新闻撰稿人匆匆从他身边经过，快速把一张绿色的新闻快报送入播报室。有大事发生了——也许是场灾难，也可能是会让人类受益的非凡发现。不管是什么，杰夫知道，这对他和其他人来说都是新闻。

他今晚会和琳达谈一谈。虽然他不确定自己会说些什么，但至少他亏欠了她，也亏欠了自己。他再也不确定任何事了，认识到这一点让他充满了期待的兴奋感。他可能会和琳达再试一试，可能会在某一天重新和帕梅拉在一起，可能会换职业。现在唯一重要的是，剩下的这大约二十五年的时间将是他的人生，他将根据自己的选择，以对他自己最好的方式去生活。没有比这更重要的东西了。工作、友谊和女人，这些都只是他生命的组成部分，虽宝贵，但它们都不能定义或掌控他的人生。他的人生他做主，而且只有他。

杰夫知道，他有无穷的可能性。

# 尾 声

彼得·史约忍醒了过来，对所经受的休克和极度痛苦记忆犹新。他在班图共和国出差，正在和曼德拉城的贸易部副部长共进午餐，在这时候——他死了。他直接倒在了桌子上，把饮料洒在了那位政府官员的裤子上——虽然感觉胸口要被压碎了，他还是注意到了这一点，感觉尴尬万分……随后他看到镶着红边的一片黑暗，接着就什么都不知道了。

直到现在。他回到了家乡奥斯陆，正待在卡尔·约汉斯大道上的一家店里，他最初就是在这里学习商业技能的，在这里他第一次发现自己应该在商场大显身手。

这间店在二十年前被夷为平地，盖起了一栋公寓大楼。

彼得打开书桌上的账本，看到了上面的日期，他看了看自己的双手，是一双年轻、光滑的手，上面没有戴着婚戒。

一切都还没有发生。带走他儿子爱德华的那场瑞士雪崩还没发生，他的妻子西格纳还没有因为夜夜消散不去的忧郁而陷入酗酒的无望深渊。他还没有儿子、没有妻子，他拥有的只有一个光明的新未来，他清楚地知道未来将会遇到的陷阱和机遇，可以根据不同的场合来采取最佳的应对措施。

从一九八八到二〇一七年，那些早已逝去的熟悉岁月，他将要重新来过，他知道曾经犯下的错。这一次，彼得·史约忍发誓，他一定会做好。